山水师
的
武林逸事

张东一◎著

时代文艺出版社

图书在版编目（CIP）数据

山水师的武林逸事 / 张东一著. -- 长春 : 时代文
艺出版社, 2021.5 （2021.9重印）
ISBN 978-7-5387-6555-7

Ⅰ. ①山… Ⅱ. ①张… Ⅲ. ①侠义小说－中国－当代
Ⅳ. ①I247.5

中国版本图书馆CIP数据核字(2020)第243794号

山水师的武林逸事
SHANSHUISHI DE WULIN YISHI

张东一 著

出 品 人：陈　琛
责任编辑：杜佳钰
装帧设计：任　奕
排版制作：隋淑凤

出版发行：时代文艺出版社
地　　址：长春市福祉大路5788号　龙腾国际大厦A座15层　（130118）
电　　话：0431-81629751（总编办）　　0431-81629755（发行部）
网　　址：weibo.com/tlapress（官方微博）　　sdwycbsgf.tmall.com（天猫旗舰店）
开　　本：710mm×1000mm　1/16
字　　数：350千字
印　　张：25.5
印　　刷：保定市铭泰达印刷有限公司
版　　次：2021年5月第1版
印　　次：2021年9月第2次印刷
定　　价：48.80元

图书如有印装错误　请寄回印厂调换

目　录

打不过少女的少年和说不过少年的少女

云流入泉，飞湍弄喧，戏引山风抚卷。

雾透山松，竹分月胧，追忆梦蝶花中。

山水是一座奇山。

循着哗哗作响的水声，踏过湿润滑亮的青石，在密林深处便能偶然寻得这一方人迹罕至的天地。石头做成的山门上布满了青苔，古旧的台阶也不复当年的华彩，只有山里不时传来的鸟鸣松涛声还提醒着人们这里依然还有着人烟的存在。

拾阶而上，入目尽是一片苍翠欲滴。

尽管已是秋日，但微风还来不及将夏日的生机完全带走，树林中无数参天松柏直入青云，一条羊肠小道从足用三人合抱的林木之间悄然穿过。几只长尾鸾鸟歇落在枝头树梢，灵动的双眼一眨一眨地看着风吹古道。落叶纷飞，直飘到砚林才被一棵棵挺拔的金竹轻柔地拦下。竹木环生，绕池三匝，一条瀑布从更高的山顶倾流而下，激起一朵朵泛白的浪花。氤氲的水汽将这片空地笼罩得雾蒙蒙的，隐隐约约能看到三两木屋坐落在这片安静的湖畔。

忽的，一道清冷中夹杂着些许不屑的声音划破了只有鸟鸣的宁静。

"就这？"

剑停在了眼前，少女居高临下地俯视着坐在地上的少年。少年看上去总是带有倦意的脸上滑过一滴冷汗，对着近在咫尺的眼光咽了咽口水，举起双手以示投降。

"小的技不如人，还望师姐高抬贵手，留您未来的夫君——……"

"死！"

"哇啊！！"

少年一闪身，身后原本靠着的石头悄然裂开，那死不瞑目的样子看得少年背后一凉。他颤抖着偷偷瞄向"杀害"石头的罪魁祸首，又被那冰冷无波的眼神刺得赶紧收回了目光，看向四周，只用余光瞟她。

"一只讨人厌的虫子罢了，你刚刚说什么？"

少女若无其事地擦了擦剑身，掸掉了手上的石屑，剑刃寒光闪闪，映出少女清丽的模样，少女有些羞怒，只是盯着剑刃边反射出的少年。

少年默然，裂开的石头那样触目惊心地摆在眼前，它奄奄一息的样子让少年久久难以忘怀。该低头吗？少年瞟了一眼依然在擦剑的少女，咬了咬牙关。

石头上掉下了一块块碎屑，露出岁月沧桑后饱经磨砺的样子，像一个刚毅男儿的脸，正威严地注视着少年，似乎是在鼓舞，又像是在嘲弄，让少年不甘的眼神重新焕发了生机。木石尚有不屈意，更何况堂堂七尺男儿？

不可以！

何谓丈夫？顶天立地之人也！能为他人之所不能，不惧他人之所退避，方可堪这千斤重的二字！若是只因眼前这点不足为人所道的小坎坷而放弃了一个男人的尊严，他又有何颜面继续苟活于世？

少年站了起来！不在沉默中灭亡，就在沉默中爆发！决意做最后的抗争，大丈夫生于世，安能苟且偷生？！

"为了你未来的夫……"

话音未落，少年看见剑光一闪。光影跃动，少年不敢有什么动作，毕竟师姐还在气头上。额头上有点点冷汗冒出，他真切地感觉到自己的发间飘落了几根青丝。

"对不起，是我的错。"

少年躬身，弯腰，一气呵成，腰弯得像极了被折断的竹子，一如少年的尊严。

"真是恼人的虫子，聒噪难听，发出的声音也叫人恶心。"

少女转过了身，素手一握，"啪"的一声收回了剑，迈步向着来时的方向走去。

"虫子说的不是我吧！不是吧！？"

少年脸上挂着牵强的笑容在心中呐喊着，但才跟阎王打过招呼的他还是乖巧地一动不动，毕竟刚刚飘落下的头发正安静地躺在地上，静静地等待死亡。

"输了还不走？是想落叶归根吗？"

少女背对着少年，微微偏了偏头，修长的手指似乎不经意地磕了下剑柄。

"走走走走走，小的这就走。"

少年脸上堆着假笑，忙不迭地迈开了还有些发软的双腿，亦步亦趋地保持在与少女相距两丈的位置。

"真是……"

少女略有些别扭地保持着脸的朝向，她想到了什么，脸上忽然被风吹起了一阵落寞。

不怕打的少年和不想理的少女

路本不长，可今天似乎遥远了很多，连行人的步伐都显得沉重许多。

少女一言不发地走着，没有再开过口。少年原本低着头跟在后面，不安分地抬了几次头偷瞄了几眼少女，每次偷偷看过便飞快地移开视线，装作看向四周。过了半天也没见她有什么反应，少年内心狂妄的自我便又开始作祟了。

他悄悄站直了身子，慢慢地向前挪了许多，两人之间的距离越来越短，他压着嗓子轻轻地呼喊着少女。

"师姐，师姐？"

少女昂着头，只是直愣愣地走着，像是没有听见身后少年的呼喊，又像是故意听不见。

"师姐？"少年微微抬高了声音。

少女还是没听见的样子，只是步伐似乎慢下来一些。这和往常敏锐的少女不一样啊，少年挠了挠头，心里盘算了一会儿，鼓足了劲儿一声大吼。

"师姐！！"

四周鸟雀惊飞，连树上的叶子都轻轻晃动。若说少年在看到一瞬间被吓到的师姐脸上惊慌失措的表情时，心中不无暗喜也没错，但随后他就苦着脸欲哭无泪了，毕竟和眼前架在脖子上的剑比起来，他倒宁可不看。

　　"啧，是你叫我吗？"

　　少女狠狠地哑下嘴。少年抖得像风中树枝一样的双臂摇晃着，眼中满是乞求。

　　少女不说话，眼中少年满目哀求，她不忍心看了，移开目光看向别处，只是手中长剑轻颤，连原本紧握剑柄的手指都放松不少。

　　风停叶寂，似乎只有天上的云缓缓流动。见少女目光躲闪不看他，少年轻轻用手指拨动长剑剑锋，慢慢把长剑从自己喉间推开，少女恍若不知，只是任由他活动。

　　少年看她没有反应，咬牙向前走了一步，站在少女身侧，望着少女的侧脸和她眼睛里的不舍，暗自一叹，轻轻握住少女莹莹如玉的手。长剑掉在地上，发出一声响动，好像这山里再无其他声音，只剩这一声剑落之声。

　　小风波而已，不长的路又多了几步。

　　少女反应过来，红霞一下布满面庞，连耳根都红透了，像只被惊的兔子，一下撒开少年的手，跑向身后的林子。

　　少年站在原地，看着她跑向枫林，火红的枫林间，她一身白裙，袅袅婷婷，像惊鸿一般穿梭于云端。多看几眼吧，以后可能好久好久都看不见这样的美景了，少年暗想。他呆呆地站在原地，久久不愿挪开视线。

　　少女的目光有些飘忽，像是想起些什么，她的脚步渐渐地越来越慢，落叶的声音也变得有些浑浊起来，她眼里虽有满目红枫却无心欣赏这美景。

她停在枫林深处。

落叶萧萧，佳人巧巧。

少年站在后面，风吹得迷人，他望着那道清瘦的背影，试探着迈了一步。

两步。

三步。

少女一动不动，只是看着周围火红的枫叶，像是在等着什么。

少年终于走到了少女身旁，他把手伸到了少女面前，晃了晃，没反应。

少年胆子大了起来。他把脸凑到了少女面前，正当少年去看向少女眼睛的时候，少女也正好望向他。

"师……"

"砰——"

"啊！！"

少年捂着鼻子一声痛呼，他赶紧蹲下身子捂着自己原本高挺的鼻梁，嘴里发出"嘶嘶"声，不断吸着凉气。

"我潇洒英俊俊逸不凡飘然如玉玉树临风丰神俊朗的脸啊……还有我高挺凌厉的鼻梁啊……"

少女对一旁少年的惨状无动于衷，她抬头静静望着不远处的山头，突然开口，不知对谁问了一句："今天走吗？"

少年一愣，连捂着鼻梁的手都放了下来，看了看身边的两棵枫树，确定它们都不会说话之后才委屈地点了点头："嗯。"

"一定要是今天吗？"

少女看着山头那边的云朵怔怔出神，少年看着少女红透的耳朵怔怔出神。

"嗯？"过了片刻，少年脑子里不知哪根弦突然一抽，"师姐你是舍不得我吗？"

少女被少年的话惊醒了，她并没搭理一脸希冀的少年，头也不回地朝着那座不大不小的山头走去。

"不回答就当是……我想多了吧。"

少年望着出鞘的银光，把本想说出口的话咽回肚子，一脸讪笑地跟在少女后面，心情却轻松起来。

师父，太子，少年，少女

鸟鸣声透泉阳里，乌啼峰回路转中。

少女推开了院门，院门"吱呀"一声，露出一张热切的面容。

"哟！乖女儿……"

"刀我放这儿了。"

少女有意无意地把卸下来的唐刀重重地拍在院内白墙上，唐刀慢慢下滑，笔直地躺在沉香木架上。院中央石桌旁的一位中年人咽了咽口水，斜眼瞟了瞟跟在少女身后进来的少年，少年无奈地回望一眼。

少女在看向那个不愿见到的好友之前先环视了一圈院子，院子粉墙黛瓦，檐崖高卓，上面覆盖着印都式的田字方斗砖，印斗托上坐着一只向天凝望的天狗。

落叶簌簌，满院点缀着金黄。像是误入黄金国中，举目望去，净是金黄。

"好久不见了，贾姑娘。"

"……确实，太子殿下。"

一位与适才少年颓唐模样恰好相反的紫衣青年与一中年人相对桌前，

身后站着位白须老者，老人身后又停了只硕大的白鹤，正歪着头好奇地望着少女。

少年一直待在门外，听到少女的语气好像有所缓和，这才从门外探进了头，小心翼翼地看了看中年人，又悄悄看了看正悬在院墙刀架上的唐刀，这才提心吊胆地走进了院内。

"南北。"

太子殿下看见少年蹑手蹑脚走进院子便话峰一转，笑着叫了一声少年。

"哦？"少年一回头，看到太子殿下有些惊讶，毕竟两人上次见面已经是很久之前的事情了。这位太子殿下喜好流连风尘，如果不是因为今天有要事，他是一辈子都不会来山上的。用他的话来说就是，"山下最好，风尘最好，东宫以外都好。"

"你已经来了啊。"说着，他正想靠近些上前打个招呼，却被中年人一声大喝打断了。

"小废物你怎么来得这么慢哪？！"

"啊？！"少年脸上马上挂起了不忿又欠揍的表情，"老古董你又喝多了是不？用不用我替你翻翻藏起来的九香啊？"

"你！"中年人被呛了一声，正要用恶毒的言语反击回去，却突然看见少女不再看着周围而是盯着他，感受到了少女冰冷的目光。

"咳……"他咳嗽两声清了清嗓子，又拿起石桌上的茶壶轻轻喝了一口。

"哼，师姐果然是站在我这边……咳咳咳。"

少年还未说完却也清了清嗓子，随即眼观鼻鼻观心。

"三位的关系真是不错呢。"

"谁跟他……那当然。"

中年人和少年还未说完便倒吸一口凉气，无他，两人不约而同地感受到了一股寒气，于是便异口同声地承认了。

"哈哈哈，这样和谐的关系倒也让我这个成天待在东宫里的闷葫芦好生羡慕。"太子殿下看着眼前颇为滑稽的一幕，爽朗地笑了。

"不，其实你不用羡慕，你要是住在这儿，我敢打赌一个月，不，半个月你就得埋怨自己为什么不在东宫好好待着。"少年心中暗暗吐槽。

他敢赌上一百两银子中年人的想法和他一样。

"那么……"太子殿下缓了缓，嘴角依然带着丝笑意，"可以谈正事了吗？"

少年听到这话脸上的笑意一下子消失了，随之而来的是局促和疲惫。他抬头看了看少女，又很快低下头去，不再说话。

少女下意识地看向了少年，被他眼中一闪而逝的疲惫捉住了目光，但又拿不准是不是自己的错觉。

"唔，行。"

少年看着地上的蚂蚁，随意地点了点头。太子殿下转身伸手接过身后老者递来的帛书，缓缓翻开。

"吾于此书立誓，待成就问天之日，当报玛朝之恩于北关五年，金帛为证，山水为鉴。山水师第三百七十二代传人，张南北。"

院内忽地沉寂了一会儿。

"嗯，写得挺全，那什么时候走？"

少年主动打破了寂静，他抬起头，一副睡眼惺忪的模样看向太子。

"你准备好便可动身。"

"好。"少年点了点头，转身钻回了自己的屋中。随着一阵叮咣乱响和几声动物的哀鸣，他轻摇折扇，背上背着个大卷轴，晃晃悠悠地走了出来。

"你这屋子里都放了些啥啊？"中年人摸了摸下巴上不多的胡子，诧异地看着少年。

"要你管。"少年白了一眼，不理正要怒斥他的中年人。

他对太子点了点头："走吧。"

太子有些惊讶："其实不用这样急……"

"无所谓，早死早超生，下辈子我要投个富贵人家，可不能叫人把位置抢喽。"少年说着打了个哈欠。

"你还真是……"太子无奈地笑笑，"也罢，那就……"

"等等！"

走是少年要走的，现在喊停也是少年喊的。他像是突然想起了什么，让正准备动身的太子和老人一愣。

少年提了提背上的卷轴，走到了许久未动的少女面前。

仿佛兮若轻云之蔽月，飘摇兮若流风之回雪。

佳人眉如翠羽，此时却多了几分僵硬，少了几许平日里的灵动。她移开目光，只是看着少年身后的粉墙。

"师姐，我走啦。"

少年看着少女瞥向一旁的秋眸，自嘲地笑笑，又看见少女眼里的黯然，心里一叹，伸手轻轻抚平少女微微皱起的黛眉。身后的中年人欲言又止，最后只是摸了摸自己的胡须，笑看着两人。太子一行见此也不再匆忙，只是站在原地，看着这幅画面里的两个年轻人，回想着自己的年轻时日。

"不和我吻别吗？"

少年扬起嘴角，坏笑地打着趣儿，随后赶紧伸手抱头护住了脑袋。

比起直男更像憨憨

半晌，风还是萧萧。

少年透过手指的缝隙看见少女不舍的眼眸，放下了抱着头的胳膊，低头怔怔地看着被少女捏住的衣角。

他做梦都没想到眼前的少女会说出一句让他能在平时欢呼雀跃的话。

"如果我亲你一口，你能不走吗？"

落叶飞得零落，连群鸟也一时沉默，两人身后的中年人好像被呛到一般，惊讶于一向矜持的女儿竟然也会说出这样的话，还真是女大不中留啊。

少年看不到偏过头去的少女的表情，这是他第一次拿不准少女的心思。他犹豫了片刻。

"可能……不行吧。"少年苦笑着挠挠头。

鸟鸣声再起，却让人烦躁。

少女垂下了头，只是手上依旧紧紧捏着少年的衣角不肯放松。

"那，我走啦。"

少年轻轻掰开少女的手，低下头想再看一眼少女脸上的表情。少女低低地说了句什么。

"……"

"啥？"

少年一下没听清，又或者他以为自己听错了，他半蹲下身子，慢慢把头凑到了少女的嘴边。

"滚！"

随着少女的一声大喊，少年捂着耳朵"腾"地站直了身子，脑袋里面嗡嗡直响，只觉得眼前金星不断。他晃了晃头，身形都有些摇晃。

"滚滚滚滚滚滚滚滚滚滚！！"

少女大声说完便一个劲儿地把少年朝着太子的方向推去。少年身体踉跄，几乎就快跌倒，脸上痛苦的表情还没缓过来，但一瞥见少女眼角的闪光，却一下忘掉了依然生疼的耳朵。他站稳身体，轻轻握着少女的手。

少女一直把他推到了仙鹤的背上。太子和老者面面相觑，都有些不知所措，老者欲言又止，正准备开口却听见太子轻嘘一声，便又闭上了嘴。

"滚！"

少女鼻腔耸动，声音微颤，轻轻咬着嘴唇，带着哭腔的声音不知是对谁喊的。

"乖女儿……"

"滚！滚得越远越好！"

这个倒能确定是对谁说的。张南北坐到仙鹤背上，默然无语，他从没见过这个样子的师姐。

太子扶着老者有些为难地坐上了仙鹤的背，他试探着开了口："呃……"

"滚！"

太子神色一滞，摸了摸额头，只好先让老者命令白鹤启程了。少年愣愣地看着发怒的少女。

仙鹤升空，不大的山丘变得目所能容，山、风、云、天一览无余。

少年觉得自己应该说些什么，自己必须要说什么，不管是什么，他只知道自己不能让师姐露出那样许久未见过的表情。

"师姐！"

少年在仙鹤上对着地面遥遥招手，少女和中年人同时听见了他的声音。

少女猛地一抬头，她看向少年的眼中还有最后一丝希望。

"下次见我的时候，再亲我吧！"

"张南北！！我发誓这辈子都不会再见你了，以后都不会了！！"

被少女气势所震慑的少年悻悻地缩回仙鹤的背上，不敢再看少女哀伤的眼眸。

"嗯？"少年一脸费解地挠了挠头，"我不是答应她亲我了吗？"

"唉……"身后的太子殿下叹了口气，无力地抚了抚扬起的眉头。

"有时候真的分不清你到底是糊涂还是机灵。"

"嗯？这俩不一样吗？"少年更加诧异了。

但他很快就不再在意这个话题，洒脱一笑。

"算了，不见面就不见面。"少年耸了耸肩，"毕竟北关嘛……"

太子心中明白少年没说出来的下半句——能活着离开就不错了。

"真的没事吗？"

太子看着背对着自己的少年。他的背影对于武者来说，还过于清瘦，过于单薄，他是少年，但也仅仅只是个少年。

少年回头遥遥地最后看了一眼远远甩在身后的山丘。

他摇了摇头："没事儿。"

"师姐，如果能再见，我要先吻你了。"少年看着白云蓝天，心里装着一个女子，这就够让他开心了。

一转眼，恍然如梦，往事多年。

烟柳画桥 · 青水都

枕落溪畔，红屏阑干，烟霞映柳垂绥。

萧笛吟筝，十里画城，南国雨落清蒙。

从风尘依旧可及的官道上，便能远远地嗅到青水都的味道。

慕容家的都城就这样坐落在连天山脉之下，潺潺的樊河用不急不缓的清波抚过市井的喧嚣，一座座石桥小巧地点缀在氤氲的水汽间，宽广的湖面总是毫不吝啬地将粼粼波光映照在河边洗衣妇女的面庞上，水中倒映着两侧高低不平的亭台楼阁，一丝丝的烟火气凝聚在河上，吸引着来往过客停步驻足。

从洗铅门高大的城楼下，跟着一队队的旅客车马走入青水都的内城，扑面而来的是独属于江南的宜人，其中又不乏作为一方国都的霸气。不论是笔直大道上整齐有序铺陈开来的青石板，抑或是城中央慕容府高耸的四座宫楼，青水都都毫不掩饰地显露着自己最为瑰丽的一面。

烟柳画桥，风帘翠幕，参差十万人家。

市井自然是繁华的，每日还不等晨雾散去，辛勤的商贩们便已在街头巷尾此起彼伏地吆喝起来了。洪亮的声音穿过紧闭的户牖关，纵使它们拦得再紧也总拦不住全部，总会有一缕缕吆喝声随风漏进一户户人家中。于是也有人状告这些勤劳可嘉的商贩们扰民，不过这也是小事，至少于武林中人侠客一辈是没甚大关系了。

但是今天，尽管有照平时翻了几番的商贩们比吃虫之鸟还要早地叫卖着，却没有几人再推开窗子指责他们。临近新年，街上红绸飘扬，自然也不会有几人忍心扰乱萦绕在樊河之上的欢风。家家户户早都挂上了红灯笼，慕容府的四座高楼也罕见地用五色绦悬在楼宇之间。摇曳的红绸上沾了润湿的雾滴，恍惚间平添几分朦胧，宛若画圣笔下仙女们飘飘的衣带随风摇曳。在这雄鸡都尚未啼鸣的时分，清水街古朴的牌坊下却早已经有不少车马穿梭其间了。

车马隆隆，耳边听着马掌钉不断踏在石板上的"哒哒"声，张南北有些怀念。对于已经习惯了烽火狼烟、金戈铁马的他来说，蓦地来到锣鼓喧天的青水都，还有些手足无措。

一向温驯的辞南不安分地蹬了蹬地，晃晃身子，张南北俯下身子安抚着马儿的焦躁，靠在它耳边轻轻捋着鬃毛。

"别怕，等下给你寻个好店家。"

辞南似懂非懂地嘶了一声，张南北笑着拍了拍它不宽但结实的背。

写有"清水"的牌坊下，是络绎不绝的人和车马。张南北微微皱了皱眉，嘴里嘀咕着店家的名字，目光不断搜寻。往来车马络绎不绝，小贩们沿街叫卖，更有货卖郎走街串巷，向孩子们售卖那些新奇的小玩意儿。张南北入神地看着和和睦睦的清水都，这是在北关永远也看不到的场景。

大致寻了个方向后，张南北策马走去，官道两边行人好奇地看着他，他也好奇地打量着这座玙朝国都，暗自拿这里和北关在心里比较。

青水、望海和羊丰三个州城顺着樊江从江口飘到了江尾。江南的雨季，是皇上特赐给慕容家的战礼。

晨起江边雾气弥漫，江上空气还是湿蒙的，像这座城里最著名的艺妓的眸子，秋水盈盈，不忍轻拂。

张南北眼中掠过一串串五花八门的匾额、一对对不同的楹联，丝毫未曾注意到周围百姓看他的眼神。过了很久，又也许并非很久，他在一家雕梁画栋的木楼前勒住了马，细细打量着内城的繁华。

"临风楼？"

张南北眯起眼睛看着几个气势恢宏的烫金大字——正大光明，笔力遒劲，想来题字者也该是个心胸宽广的豪杰之辈。张南北心下暗叹一句"好字"。他伸手从怀中的内襟摸出了一张信笺，上下比对了一下，这才纵身下马，摸了摸辞南的头，将缰绳递给了一旁恭候已久但又面带诧异的店小二。

"好生照看它，给我用最好的草料和最贵的马棚。"

"好嘞，您就放一万个心，咱们这儿都是最好的，您里面请！"

张南北点点头。

随着辞南被牵走，另一位店员领他走进了店内。张南北的目光从沉香的桌台移到绣金的屏风，再从上等的青瓷移到了走至身前的二掌柜。

二掌柜是个身材有些发福的中年男人，头顶微微有些秃，手上拨弄着算盘。见到张南北走进，他搓了搓双手，微微哈腰，面对张南北他心中隐隐有丝紧张和不解，但脸上依然是满面春风，恭恭敬敬地比了个请的手势。

"哎呀呀呀！敢情来了位禁军大人啊，快请进快请进，是前些日子上交的皇粮有什么岔子了吗？"

虽然二掌柜没见过张南北，但这一句话熟络得像是认识已久，又顺便提了一下自己已经交过了皇粮，一句话说得严丝合缝，倒是让张南北有些哑然失笑。

张南北对他摇了摇头，把手中的信纸递给了二掌柜。

二掌柜一头雾水地接过，才看了不几句，便倒吸一口凉气抬头看了看张南北。他有些怀疑这是不是假的，但看到信纸最后的金印便满脸恭敬、慌慌张张地跑回了屏风后面。只是片刻，就领出来一位身姿挺拔、精神矍铄的老人。此人姓许名易，字宴冬。

"临风楼掌柜许易，恭迎南北将军！"老者健步如飞地行至张南北身前对他深施一礼，身后的二掌柜也忙不迭地拉着所有不明所以的店员一起鞠了个躬，惹得整栋酒楼的欢宴声都略停了停，目光都集中在这位身着银甲的不速之客身上。

"许易掌柜快请起，久闻临风楼大名，今日幸得亲临，果然有睥睨天下之风范啊，不愧'天下三楼'的名号。"

说着，张南北上前一步扶起了许易，已是耳顺之年的许掌柜与张南北虽说是初见，但聊着聊着也十分投缘。可大堂毕竟不是说话的地方，于是许易便让二掌柜重回了柜台继续核对账目，自己则领着这位当朝飞关大将军登上了三楼的雅间。

更上一层楼

"小楼简陋，唯此一间'竹斜轩'堪能招待得起南北将军这般贵客了。"

许易和张南北先后落座，随后许易对门外的小二吩咐道："之前准备好的白玉春水茶呢？速速奉上，莫再让张将军多等。"

"张将军，小店简陋，还请海涵。"

张南北坐在散发着木香的檀木太师椅上，看着屋内古朴典雅的装饰。黄花梨桌、檀木椅、精致灿烂的花瓶、斑驳的古石，像是一瞬间回到了山里。似乎只有最尊贵的客人到来时，临风楼才会打开这间"竹斜轩"。

听着许掌柜的话，张南北回过神来，对许易笑着摆了摆手："掌柜客气了，若说临风楼简陋，那岂不是羞煞天下酒楼？况且张某在边关待了太久，早已忘了品茶这等雅事，茶汤滚烫，若是一不小心烫到了嘴，恐怕还要让掌柜见笑不是？若是不麻烦的话，张某倒是很乐意尝一尝临风楼声名远扬的绝品松花酒。"

许易听完这话一愣，随即哈哈大笑，"好！都说边关炼人，我观将军虽生就一副儒生面孔，却又暗藏将风帅骨，我许易尽管一介粗人，但在这临风楼里还没什么做不成的菜、酿不出的酒！来人，为将军上酒！"

等了不多时，虽然不见许易再次吩咐，酒席却已经流水一般地送到了"竹斜轩"内。

道道美食散发出诱人的香气。有洛河鲤鱼须点着翡翠白菜，菜名"点睛"，鲤鱼须使用上好洛水鲤鱼，非得是五年以上才能长出长须，肉质方才鲜美。有山参搭配着嫩鲍，菜名"避尘"，山参须取极北处深山老林里的老参，以十年份为最佳，鲍鱼是临海商贩加急送来的，海边遥远，为保证鲍鱼不老不死不柴，酒楼可谓是费劲心思、耗资甚巨。

随着美食而来的还有名动青水的几位歌伎，手持琵琶、琴筝、丝竹、箜篌，伴着醉人的香气袅袅飘进了屋内，素手轻拨，悦耳的乐声便如甘露般润湿了张南北久旱的心田。

听着动听的弦乐，张南北没来由地想起了北关的兄弟们。北关地处偏僻、物资匮乏，别说丝竹之声，便是寻常乐曲也只有稚子哼唱的那些童谣，可能北关士卒听过最多的声音，就是袍泽战死时都统的宣告。

张南北和许易相对而坐，两人先不落筷，张南北拿着酒杯，率先抬手遥敬北方，然后又斟满一杯示意许易，许易举杯回敬，两两对饮。

彼此几杯酒下肚便聊开了。许易谈京城逸闻，张南北说边关战事，虽然牛头不对马嘴，但又有一番别有洞天的感悟。

两人相谈正欢间，雅间的门忽地毫无防备地开了，在门口小二的慌乱中，走进来一位紫衣青冠、束金帛于腰、纹蛟龙于靴的青年。他瞧着面前两位在江湖上举足轻重的人物，却丝毫不见慌乱之色，对二人礼节性地一拱手，先瞧着张南北的装束"噗嗤"一下乐出了声。

"哟，太……"张南北虽然不知道来人乐些什么，但作为信上被邀请的客人，他还是下意识地要对写信的东道主打声招呼。但未等叫出声便被青年抬手制止了。

"哎哎，东宫逃一次易，逃两次难啊。"说着他又笑了，伸手指了指张南北身上的银色铠甲，"比起这个，你还是先把身上那些破铜烂铁换了吧，可别让许易掌柜的招牌砸在你身上。"

张南北这才想起来自己穿着的还是行军时的、带着丝丝血腥味的银甲，常年不绝的战事把银甲熏得斑驳，不复最初的清丽。他看着那些锈迹，似乎还能看到那些浴血奋战最后倒在战场的袍泽，似乎还能听见他们的怒吼，也迟钝地明白了为什么街上行人要对他注目，以及二掌柜称呼他为"禁军大人"的原因了。他后知后觉地想向许掌柜要一间房，却再次被来人打断了。

"旁边的'仡江阁'还是空着的，有几套衣物，你自己选吧。"

"多谢。"张南北耸耸肩，对一如既往心思缜密的紫衣青年笑笑一拱手，离开了房间。

仡江阁在竹斜轩左边，同样奢华与清雅兼具的屋内，放着四具衣架，一套黑衣、一套白袍、一套红衣和一套青衫。

张南北卸下了那沉重的盔甲，尽管他已经习惯了这样的重量，但拿在手里依然感到沉甸甸的。他站在屋子里，看着几套衣服，又想起心里的那个人。他伸手取下白袍，慢慢穿上，抚平衣服领子上的褶皱，看着铜镜里暗铜色的面容，理了理有些凌乱的头发，向小二讨了盆水洗去了远行的风尘，这才再次叩响了竹斜轩的门。

名 士 风 流

汤楚正斜着头拨弄箜篌，一双秋水眸子里满是好奇，她年不过十九岁，但声名却早已顺着樊江远扬天下了。淡眉如秋水、玉肌伴清风的容颜自是不必多说，但凭手中如水般荡漾着的凤首箜篌也是无数文人墨客争相求见的理由。

许易和她也有一些交情，每每朝中重臣来访或是慕容家家宴举行之时总不忘叫上她。因此当汤楚应邀前来，却发现许掌柜正和一位银甲将军相谈甚欢时，不免有些吃惊。毕竟许掌柜年事已高，近年逐渐退居幕后，用他的话来说就是，"没人值得老朽亲自迎接。"话虽狂妄，却也是真。

而之后进来的那位器宇轩昂之人更是让她瞠目，然而这一切还不及见到他手中太子印时的万分之一震惊。她弹着箜篌的手微微颤抖，手指按错弦结，箜篌险些错音，还好叩门声及时唤回了她的思绪。

汤楚下意识地看了看打开的门，却被进来的白衣身影吸引住了目光，手中的箜篌又险些辜负了刚刚飞回的思路。她慌忙按下了弦，赶忙用长袖遮住了半张娇颜，窗外的红霞晕染了青天。

"见过太子——"原来，这器宇不凡的紫衣青年实乃当今太子——曲昇。张南北笑嘻嘻地对曲昇夸张地行了一礼，这回曲昇笑呵呵地没有再阻止，看来他已经把身份挑明了。

不等张南北重新落座，曲昇便看见了红了脸的汤楚，他揶揄地对张南北眨了眨眼，道："南北无须多礼，古有秀色可餐，今天你这般俊秀模样也让我们大饱眼福了。"

张南北一愣，看着一起大笑的曲昇和许易，挠了挠头，下意识地对上了汤楚的目光，惹得佳人脸上的红晕更甚，倒是让一旁的几位歌伎也跟着捂嘴轻笑了。

酒宴已然上齐，正中是一道珍火淬花鱼，香气扑鼻，临风楼大厨的绝活在这条瘦长的江鱼上展现得淋漓尽致。曲昇虽然没端太子架子，但张南北和许易还是先敬了他两杯酒，这才拿起了筷子一品鱼肉之味美。

推杯换盏，酒至半酣，丝竹管弦不绝于耳间，三人脸上都微微现了几分醉意。曲昇在席上谈笑风生，随意洒脱，许易在江湖上混了这么多年，自然知道此时再顾忌太多会扫了兴致，两人便很快熟络起来了。张南北的话不多，有时听着许易给曲昇绘声绘色地讲着临风楼的历史，有时也会百无聊赖地看一会儿舞伎跳舞，脑袋里不知在想些什么。

"痛快！宴冬掌柜不愧是真丈夫，这小人斩得确是干净利落！"

曲昇听着临风楼从原本的一处野摊一点点做大做富，年轻的热血也不禁有些沸腾，他起身向许宴冬敬了杯酒，许宴冬也赶忙起身回礼。

"太子过誉了，不过是时不待人催刀落罢了，错过了这一次可就难寻下次喽。"

酒盏相碰，青铜相击之声沉闷中透着清亮。

"时不待人啊……"张南北也拎起酒樽倒满酒，松花酒清润却浓烈的味道让人欲罢不能。

"嗯？"曲昇正饮着酒，眼睛一瞥看见了一旁沉闷的张南北，"南北今天兴致不高啊？"他不无打趣地对身后的汤楚说道："给将军奏一曲《登云楼》提提趣儿。"

汤楚恭敬地应了一声，妙手弹拨，大弦嘈嘈如急雨，小弦切切如私语，嘈嘈切切错杂弹。弦音不绝，如铁骑突出，如银瓶乍破，连竹斜轩的室内空气都有些燥热起来了。

"父皇已经同意你的辞呈了。"曲昇抿了一口酒，他有些无奈地托着下巴看着张南北，"但连上九次书也未免太过了吧。"

"咳咳！"许易一口酒卡在喉中被噎住，险些失态，他赶紧拍了拍胸口缓了过来，连气也不敢长舒，满面惊异地看向平静的张南北。

张南北端起了酒盏，缓缓地让杯中的琼浆玉液一点点地消失不见，喉中满是酒液的辛辣，腹中酒液翻腾，一如他的心情。他有些醉了，也有些累了。望着曲昇，眼中有三分醉意，七分真心。

"谢皇上隆恩。"

曲昇皱起眉头看着淡然的张南北，良久，才舒展眉头，叹了口气。

"罢了，既然你不想留，我朝也不会强求。攻下的三座遗国郡城，一支未尝败绩的飞关铁骑，山水师的人情已经卖得很是值当了。"

曲昇一摆手，侍女帮张南北倒满了酒。二人一同举起了杯，曲昇看着张南北的眼神里多少有些不舍，张南北望着曲昇，眸中却有几分豁达。

"飞关大将军的令牌，我便不收回了，权当是个纪念。"

"那怎么行，以后若有人接手飞关铁骑……"

"以后也不会再有第二个……"

曲昇放下酒杯，看着张南北英俊的面容，回想起他刚刚出山时的模样，稚嫩又青涩。那个稚气未脱的孩子，现在已经变成一个男人了，一个饱经战争洗礼的男人，剑眉星目，眼眸深邃，有大将之风，也不知道什么样的女子才能不喜欢这样的男人。

张南北瞟了一眼正在凝视着他的曲昇，心里自是明白的。离山多年，好多东西都变了，那个顽皮的孩子变成了沙场万人敌，曾经的小太子变成了真正的储君，离最高处的那张座椅只差一步。那些过去好像就在昨天，又好像已经过去很久很久。他轻轻一叹，那故人呢？师姐呢？她现在在哪儿？是否无恙？

许易虽不清楚事情的来龙去脉，但他也大致猜了个八九不离十。他正了正衣冠，起身对张南北和曲昇各施一礼："老朽虽然智愚行苟，诗书礼乐是一窍不通，但好歹听过'四海皆兄弟，谁为行路人'之句。此番相别，亦是为了今后相会，莫说前路难，将军当归关矣！"

许易的脸庞沾染了窗牖外的霞光，像一棵老藤，老而不倒，老而矍铄，引得张南北和曲昇不约而同相视一笑。

"那我便以酒代礼，送将军卸甲。"

"末将感太子之恩，当敛裳还家。"

风临临风楼，旧歌歌旧愁。

"石头看了白首，重云望尽层楼。飞鸟归暮晓，浮云栖山游，渚江舟上，玄烟桥里，绣烛红屏看素手，谁记当年——登云侯——"

最后一丝琴声，飘散在樊江的潮起潮落之中。

慕 容 家

青水都叫卖声不绝，歌舞声缭绕在翻江之上，吵吵闹闹却有人间烟火气，唯有慕容世家的高楼这一片冷冷清清，静静悄悄。

"报！"一名侍从单膝跪在了堂前。

"何事？"闻声后，坐在左侧的人问道。

正殿宽阔，足容纳上百人立身，但仅仅摆着两个梨花木太师椅和一张檀木桌。两人一左一右，并肩而坐。

入目一位中年人，身着镶金纹龙墨黑袍，腰悬五尺开天无锋剑，威势逼人，剑眉微皱，英气勃发。其旁边的则是一位老妇人，岁月在她脸上刀削斧砍，留下一道道沟壑，头发花白，满身贵气，身上披着一件青紫的衣袍，左手持一柄龙头拐杖，不动声色，正闭着眼持壶品茶。

"大小姐求见。"侍从不敢抬头，只是盯着地下的石砖恭敬地回答，毕竟眼前的两人可是慕容家说话最有分量的人。

"哦？花尘怎么来了？"慕容家主慕容峰闻言蹙了一下眉头，不禁有些疑惑，言罢转头望向那边椅子坐着的老妇。

"先让她进来吧。"右侧老妇慕容老祖慕容月眯着眼，放下了茶杯，对跪着的侍从说。

"得令。"侍从起身鞠了一躬，退出了屋。

屋内静了半晌。

慕容峰从椅子上起身，望着空旷的大厅，心中无限感慨。慕容家世代戍边，战死者不计其数，所以有今日一家据一城的局面，连圣上都没有什么异议。慕容峰看着这些古老的石板，每一片都是用无数慕容家的鲜血换来的，慕容男儿为国战死几乎是一条铁律，可偏偏，偏偏自己只有一个女儿。

"娘，您说花尘会不会察觉到了些许？"

慕容峰背对着慕容月，微皱着眉，轻轻搓着手指，用沉重的声音打破了沉默，说完转头看向慕容月。

"尘儿也不小了，察觉到了也正常。"慕容月呷了口茶，却又闭上了眼。

"这段时间遗国那边太安静了，明眼人都知道这不正常。"慕容峰道。

"大乱前有大静，如今的寂静只能让我更加心惊啊，上次遗国进攻我们损失不小啊！只怕这一次，他们会更加疯狂。"慕容峰捏住开天无锋剑，眉头紧皱，感慨地说。"我慕容家，已经没有子孙可以折损了。"慕容峰叹了口气，用手轻轻抚着正殿的柱子，细细感知上面古朴的纹路。他表面风平浪静，内心里暗潮汹涌，京城、遗国，一桩桩一件件，无数事情交织错杂，串起一条主线，一条剑指皇位的线。

慕容月看着威武的儿子伤春悲秋，便不由得皱眉。

"慌什么，每逢大事要冷静，你是慕容家的主心骨，谁都可以倒下，你不行，谁都可以先死，你不行！"

慕容峰神色一滞，收起感慨的神态，轻声说："娘教训得是。"

"那娘以为今日花尘前来所为何事？"慕容峰拍了拍剑柄，背对着慕容月问道。

"到时便知。"慕容月又端起了茶杯，补充了一句，"若有外人，不要叫我娘。"

"儿明白。"

慕容花尘

"见过奶奶，父亲。"一道清冷的声音传了进来，一女子俏生生地站在那里，向高位上坐着的两人请安。

堂上坐着的两人不约而同地望向了门口，只见女子肤如江水凝脂，眉似柳叶滴翠。

女子轻移莲步，直至堂前，躬身一礼。

"尘儿啊，何事需要入堂商议？"慕容峰端坐在沉香木做成的椅子上，率先发问。

自慕容家扎根清水都，这间正殿就只有老祖慕容月一位女眷来过，凡在此处商议的都是关乎慕容家未来乃至生死存亡的大事。这间正殿见证过慕容家决意以死报国的决绝，也经历过慕容家决意出兵平叛时的慌乱，更听到过无数慕容男儿的死讯。这间正殿的存在，是对无数慕容忠魂最好的祭奠。

"儿臣有惑。"慕容花尘不紧不慢地说道。

"惑从何来？"慕容月微微睁开了眼睛，看向这个出落得倾国倾城的孙女，清丽的脸庞传达出一股拒人于千里之外的气质，连对自己的父亲和祖母也是如此。她心里一叹，难道我做错了吗？

慕容花尘没有抬头，只是脸庞换了个方向，冲着慕容月的座位讲道："花尘以为，自古以来遗国玛朝纷争不断，死伤者不计其数，本就是水火不相容，更何况如今遗国于西陆生存已久，地域贫瘠，高原众多，一草一木与中原相差甚远，因此其伐玛之心人尽可知。"

慕容峰听到这里忍不住点了点头，遗国一直想要重回中原，这事根本不算是个秘密。遗国近几年来一直厉兵秣马，军师烛烨更是变法全国，敢冒天下之大不韪，革除旧弊，大行耕战，正磨刀霍霍向玛朝。

"再说我朝。"慕容花尘顿了顿，继续说道，"我等慕容世家坐拥西南水道，临海有江，可谓是气候宜人，易于农耕，乃是驻兵屯田之绝佳要地。多年前皇上感念先祖战功，特赐我慕容家这片宝地，而若是遗国真有起兵攻打之意，恐其先犯羊丰、过玉两关。如今世事变迁，遗国动向有异，近几月骚扰侵略之事几近绝迹，儿臣心忧，特前来求教。"

慕容花尘毫不停顿地说完了一整段话，随后直起了身，无波的眼眸看向殿上两人，眼神里透着疏离和冷漠。

先看左侧，慕容峰将着胡须，面色不变，可是望向慕容花尘的眼中仍有挥不去的自豪。慕容家这一代虽无男儿，但慕容花尘这一番话着实给他吃下了一颗定心丸，这说明慕容家还有人愿想、敢想，一个家族可以无男子可却不能无远见，后继有人便是如此。

再看右侧，慕容月半睁的眼中闪烁着明光，仅仅片刻不到便又消失不见，她从慕容花尘眼中看见了几位慕容家中兴之祖那般的亮光。慕容几代，豪杰辈出，文治武功，首屈一指，可惜到慕容峰这一代男丁凋零。可惜，可惜是个女孩。慕容月再次闭上了眼睛，看上去不准备参与谈论。

慕容峰余光见身旁母亲已闭上眼睛，不准备答话，便继续将着胡须，语气不自觉地变得柔和，"尘儿心忧得不无根据啊。"慕容峰含糊了一下，没有明说情势，"那尘儿意下如何？"

慕容花尘有些惊异父亲的话，这似乎代表着慕容峰会听她的建议，这在以往几乎是不可能的，不知道为什么今天会如此。惊异归惊异，慕容花尘只是稍微一顿，脸上便复归之前的淡漠样貌。

"儿臣以为未雨绸缪才能后发先至。"

"那好，为父便把招兵令暂且借你一用，你意下如何？"慕容峰的嘴角带上了一丝笑意，想知道自己的女儿会有什么样的回答。

慕容花尘先是一愣，随后瞥见了自己父亲脸上的笑。

她心下暗叹，"儿臣……定不辜负父亲的期待。"也许是错觉，她的脸上更冷了几分。

慕容峰也愣了一下，倒是没想到她会回答得这么干脆。原以为她可能还要讨一些帮助，他还准备稍稍表下姿态，劝诫一下女儿不要总是想着带兵打仗。

但就是这个出其不意的回答，让慕容峰心花怒放，他清清嗓子，端正了下自己的仪表。

"哈哈哈，好！不愧是我女儿，慕容花尘听令，从今日起全权负责招兵，一应事宜由你负责。"慕容峰哈哈大笑，对今天女儿的表现实在是满意得很，挥手让下人回内殿取出招兵令，递与慕容花尘。

"儿臣领命。"

巾帼不让须眉！

得女如此，父复何求？得将如此，慕容大幸。

他今天很开心，因为他的女儿长大了。沉浸在骄傲中的慕容峰，没有见到他女儿离去时下垂的眼角。

巡天遥看一千河

"传闻慕容家得皇上御赐一方破军傀石,也不知道是真是假。是假的最好,要是真的,那我可就有得忙活了。"

傀石就是山下凡石在争斗中沾染血气、死者郁气不散凝结于石的产物,可大可小。此物没什么稀奇,不过如果常年佩戴在身边便会暗损阳寿,滋长傀石的灵性,一般作为巫蛊害人的首选。石分数品,又表数支,傀石中最为稀奇的莫过破军傀石,这玩意一般凡俗不可见,唯有在古战场尤其是大型战争后惨死的忠魂烈士怨气不散凝结才能够生成,需要鲜血浇灌,再以活人为祭,唯有数万活人的血液才能浇灌出其中一块。这种东西一般用来镇压军势、压制煞气,不过大部分王朝都不会使用这种东西,因为它尤为难缠,极容易诞生鬼魅,一旦沾染,轻则失去神志,变成凶暴嗜血、丧失理智的行尸走肉,重则破坏山水形势,造成一方绝地。老头子好像说过,离玙朝极远的塞外寒川有一座千军殿,是数年前两国于此处争战留下的遗迹。数万士卒在此殒命,无数将士其实并非因为争战而死,而是被突如其来的雪崩活活掩埋。煞气、郁气凝结一起,啧,光是那一战士兵的血液都能将整座千军殿被血染成红色。世俗匹夫之间争斗尚且有煞气，更不用说动辄数万数十万的大型战场了，那一战杀到日月无光，流血漂橹。

"算了，关我屁事，我连自己都不太顾得过来。"

辟间无殇坐在一个幽深的洞口前，嘴里嚼着一根茅草，暗自想着心事。洞口位于一座丘陵上，丘陵很矮，花枝繁茂，树丛丰茂，只是不见飞鸟惊啼，走兽奔突，一派祥和。置身于这座小小的丘陵，让他生出山水师特有的天人感应，像是这座丘陵的敌意化作实质在刻意针对他一样，不由自主打了个寒战。辟间无殇蹲下身子摸了摸土地，土地并不湿润，地表下面像是有些金属，置身于此，隐隐能感到脚下丘陵富藏矿物。

"嗯，像是天晶蓝铁，不是一两块，好像是一座矿脉！不对不对，这么强烈的毁灭气息已经不是单单占有星核气息的蓝铁了，似乎是一块包裹着星核的蓝铁。怪不得我站在这里能感到一股股的强烈的阻力，像是面对一颗星辰。"

辟间无殇摸了摸下巴，大千世界，无奇不有，只是能碰上一块星核这种事情太过稀少，可能只有山水初祖——三山五侯先生遇到过，毕竟《忆水怀山经》中关于星核的描写只有他老人家有过零星的叙述。

《忆水怀山经》中记载，传说天晶蓝铁是天上的星辰在星核衰老释放最后一次能量后凝结而成。因为沾染了星核的气息，蕴藏着毁灭的力量却又有带有初生的力量，世无多见，熔入兵器便可斩钉截铁，无往不利。

轻轻摩挲手指，细细感应着这座山丘的气息，似乎暗中有一股敌意径直向他而来。

"明明是座丘陵却让我生出站在倾奇山脚下的恐怖之感，你可真是会选地方啊，在这里晋升，对你以后怕是大有裨益吧。不过既然我来了，这里的一切就由我接管了，包括你！"

辟间无殇背对着丘陵，暗自感受着那一股惶惶然如巍峨高山的压迫，身体表面极力抵抗着这来自已死星辰的敌意，在它面前呼吸都为之一窒，不自觉生出高山仰止之感。

辟间无殇挺直腰杆，暗中运行《忆水怀山经》中最上乘的炼功法——陨星录，开始别样的修行。此法需要引动铁石锤炼自己，以铁石与自己的肉体对抗，直到磨碎筋骨，碾碎血肉才算初成，到了最后需牵引九天星辰，冥想自己为天空大星，方能有所成。

"嘿嘿，拿一颗星辰与自己修行，这种修行的方式，也就是我吧，换了其他人如此莽撞的接触，怕是顷刻间神志就会被那蓝铁沁染，成为行尸走肉，肉身也会立时冰解消融，登时死去。"

死去的星辰亦是星辰，它们曾经闪耀于九天之上，受众生膜拜，即使已死也不容亵渎，更何况是与其直接对抗。辟间无殇就这么做了，对抗"小丘陵"，对抗那山洞的幽暗，对抗星辰，所图不过为了更加强大，山水太平。

西天有个秃头曾说过，须弥亦在芥子中。身后这座不到三百丈的丘陵在无数岁月之前，曾是一座壁立千仞的高山，只不过因为天晶蓝铁太过沉重，山石不断被蓝铁吸纳，愈发凝结，最后才变成现在这副样子。

"田野藏麒麟，真人不露相啊，还好监天罗盘有所感应，要不然可就要错过一场好戏了。"

一想到这里辟间无殇心头难免沉重几分，天下之大，无奇不有，纵使是总理天下山水事务的山水师也不能全部解决，更何况是他这个还没有几年工作经验的入门山水师。毕竟山水师还只是凡人，不能解决所有问题，不是手持刀兵就变成强者了，手持刀兵的孩子依旧是个孩子，只不过比普通人强大一些罢了。

"也不知道玛朝此举是不是在敲打慕容家啊，毕竟慕容家久镇边境，难免让人心疑会有其他心思啊。唉，君心难测似天心哪，唉，也不知道太子那倒霉蛋最近过得怎么样了。"

　　想起那个拼命想逃出皇宫却屡屡失败的太子，辟间无殇脸上露出一丝笑容，他下山以后见多了世俗斗争，哪怕是在军营里，武将争权也屡见不鲜，多的是看不见的刀光剑影，这帮惯使刀兵的大老爷们真要是横下心来搞权谋也是顶可怕的，手握虎符，心有权策，纵是远在京都的那把椅子上的人也该是难以安寝，这年头大家都不好过啊。

　　辟间无殇嚼了嚼口中的茅草，翻了个身，看了看天上，今夜云遮雾绕，不见月光，好像连星辰都被云彩扼住，透不出一丝明亮。

　　"时候不早了，还没有到时候？"辟间无殇从口袋里掏出监天罗盘，罗盘指针轻轻晃动，地支中的丑字与天干中的庚字缓缓相对，遥相呼应，不断在罗盘中间轻轻晃动。庚主金、丑为时，指针不断晃动，摇晃幅度越来越大。辟间无殇抬头一看，云层渐稀，透出几缕极冷的月光，斜斜地射进洞穴中却没有照亮一点，似乎连光都逃不出那幽冥的黑暗。

　　"还不来？再不出来我就快下班了。"周围没有回应，辟间无殇自感无趣，摸摸鼻子，重新坐下。

　　说完又看了看身后山洞。山洞里的黑暗，透出丝丝寒气，似乎有若有若无的兽吼从里面传来，山洞周围没有任何活物，只有许多脚印凌乱地分布在左右，像是不时有什么动物进入山洞，只是脚印全都是进去方向的，没有一个出来的。

　　辟间无殇散漫地半坐半躺在地上，嘴里叼着一根随手采摘的茅草，翘起二郎腿，自顾自想着自己的心事。

　　"唉，也不知道师姐现在怎么样了，应该长成一个大姑娘了，有没有变好看，是了，现在她又在哪呢？"

　　辟间无殇满脸忧愁地想着。

　　云层突然散开，无数月光如同暴雨一般骤然而降，像水银一样四处倾泻。山洞周围地动山摇，晃动不止，四周草木以不可思议的速度变黄、枯死，几息之后，山洞周围再无一个活物，一片死寂间山洞里传来一声绝大的嘶吼，像是有滔天的怨恨从亘古传来。

"抽取生机吗？好手段。"

辟间无殇从地上一跃而起，收起脸上的忧愁，戴上一个白色的面具，挥手结印，步踏七星，脚踩禹步，手挥八方，上指天，下令地。

"天地四极，左右八方，听我号令，昆虚之势，临！天下山岳，镇！"

水有源，山有根，天下名山大川大多有祖脉绵延，《忆水怀山经》纵看是整座天下的地理图，可若将它反转过来便可看见一条隐隐约约的山体脉络，所有高山大川的最终指向都是昆仑。古早之前，天下群山出于昆仑，故昆仑玉山为天下始祖，号令群山，莫能不从，昆仑山受天地福泽，承宇宙之气，所以昆虚之阵统御四方，可厌胜诸岳，无往不利。

整座丘陵四面八方十二地分别有符篆轻轻摇动，符篆之间逸散出袅袅金光，又由金光化为实质，如同十二条锁链相互连接，将整座山丘绑成了个粽子状。从上空俯瞰，这座"丘陵"被这十二张符篆锁死，连隐没在地底深处的地脉都被彻底锁死，这就意味着这座"丘陵"马上就要变成孤岛，里面那一尊正在晋升的妖物也即将失败。金光由虚转实又从金色转为银色，昆虚之阵，结成。昆虚之阵一结，辟间无殇默然地碾碎手中的御阵符篆，符篆轻轻，败者，唯有死。

"即使我死了，你也不可能再出去。"

即使是他也无法保证自己今天是不是真的能够走出这一座昆虚之阵，说起来好玩，自他学完这座大阵之后，这还是第一次使用此阵，没想到刚刚使用便是生死对决。

月色里，辟间无殇沐浴在清冷的月光中静立不动，如一尊雕像，又如一位神明。

昆虚之阵一结，连天势都为之一变，月光也被这大阵影响，慢慢淡去，没有一会，月亮又重新陷入隐没。

月光慢慢暗淡，那山洞里的声音也似乎受到感应慢慢变小，直至月亮完全隐没在黑暗之中，大地一片寂静，辟间无殇屏住呼吸，他知道，如暴风骤雨一般的狂轰随时有可能降临。

一声凄厉嘶吼从山洞里传来，吼声大作，声音瘆人无比，像是刚从地狱中挣扎爬回的恶鬼，准备择人而噬。音波穿山裂石，震塌了山洞入口，无数石屑飞舞，激起层层灰尘。

辟间无殇恍若毫无感应，周围飞石近他三丈便悄然瓦解。

突然，一个巨大的爪子直扑辟间无殇面门，尖利的爪子在黑暗之中带起一阵腥风，辟间无殇感到这一抓的力道，不敢怠慢，忽地曲腰一闪，如张弓搭箭般躲开这致命的一击，又若鸣镝一样，闪身躲到不远处。晃了晃自己的脖颈，调笑着说道：

"好险好险，这一爪子下去，怕是我英俊的面容就要不保了。"

那个爪子的主人有些迟疑，看见辟间无殇不但安然无恙而且还出言讥讽，不由得张开大嘴，肆意长嚎，没有狼的野性，有的只是瘆人的怪叫，嘴里吐出的是没有意义的音节。嚎叫尚未完毕便朝着辟间无殇的方向冲了过去。那个怪物张着大嘴紧紧盯着辟间无殇，一丝丝不明的涎液顺着它张长着大牙的嘴中流了下来，牙齿尖锐，寒光微闪，散发出危险的气息。

昆虚之阵逐步发挥作用，辟间无殇明显地感知到自己已经完全与此方天地割裂开来，这种感觉十分怪异，像是突然离开大地，双脚没有了支撑一样，想必那只妖兽也十分不好受吧。

月光穿透云层，斜斜地洒了下来，那怪异的身影完全暴露在月光之下。赤色的眼睛像是染血一般，充满了嗜杀的气息，它有着豹一般的四肢，通体金黄色，张着血盆大口，发出婴孩般的嚎哭声，让人不寒而栗。

"我当是谁，原来是你啊，蛊雕。"

辟间无殇调笑的声音透过白色的面具传了出来，那只妖兽神色一滞，龇着牙，口中如蛇吐信子般发出嘶嘶声。

那双眼睛幽幽地盯着辟间无殇，突然一个宛若婴孩的声音从那张血盆大口中传出：

"没想到现在还有人记得我的名字，桀桀桀，又一个新鲜的血食，我被困了太久了，太久没有尝到人血的味道了，嗯，你看起来非常好吃！"

"那当然，凭我这帅气的面容，怎么着也得是最好吃的。不过吧，想吃我，你就不怕被崩掉牙齿？"

"好小子，百年来，你是唯一一个胆敢如此跟我说话的人，报上你的名号，小辈，说不定我能记住它。哈哈哈哈哈！"

声音愈发骄狂，似哭似笑，又似是蒙童夜啼的哭号声，也像是老猫叫坟。

"我姓辟间，你应该没听过，不过，你应该知道我的职业，我便是此代山水师！"

话音未落，一张血盆大口朝着辟间无殇径直而来，不过瞬息，犹如移形换影一般到了辟间无殇面前，辟间无殇刚要闪身躲开，却震惊地发现自身突然无力，宛若被天罗地网捆缚。

辟间无殇已经可以清晰地闻到蛊雕嘴里极恶臭的味道，皮肤接触到蛊雕锐利的尖齿，恍然身临钢刀，浑身战栗。

砰的一声，蛊雕一口将辟间无殇咬成两截，将他的上半身吞进口中，快意地嚼弄起来。

"桀桀桀，又是个废物罢了，山水师？我迟早要吃尽天下山水风脉！

连根断绝这一脉，就从吃你开始！"

感受着空中血肉的味道，蛊雕满脸快意。

月色突然凝为实质，一道人影立在蛊雕身后。

"你不觉得，嘴里有些硌得慌吗？"

腾蛇乘雾

蛊雕听闻心知不妙，正欲抽身逃离，却只见月光浓稠如同水银，倾泻在蛊雕金黄色的四肢上，宛若岩浆浇在身上，溶血化肉，霎时间又凝为实质，化作极寒牢笼，登时困死蛊雕所有的去处，蛊雕受痛浑身如同身处热风地狱又如同身在寒冰炼狱之中，仰天长啸，声音凄凉似乎能穿破耳朵，有穿金分石之力。

辟间无殇恍若未闻，明亮的眼神紧紧地盯着这只晋升尚未完成的妖兽，虚握五指，手指北极七星的方向，大声喝道：

"人发杀机，天地翻覆！"

整座昆虚大阵瞬间逆行，原有的一切都被打破，昆虚顺而生，逆而亡，一瞬间，乾坤逆转，五行倒行，三才混乱不堪，连光影都不断变换。大阵逆转时如果有神明从天上观看，不难发现，整座昆虚之阵已经变成天地大磨盘，要生生磨碎其中的所有东西，包括一棵草，一粒沙，唯有毁灭，才能再造。

大阵中的一人一兽分别承受着莫大的威胁，那颗地底的星核受到昆虚的影响，似乎又开始崩裂。辟间无殇浑身骨节吱嘎作响，像是在承受重锤击打，不一会，四肢处的白袍便被鲜血染红。

"哼，小子找死，昆虚乃是上古禁地，纵然是那位大人也不敢轻易入内，更何况是你这黄口小儿，哼哼哼哈哈哈，今天是什么好日子，等你一死，我就脱困，到时候，我一定要将你小子的亲朋好友一一吃掉！"

蛊雕站在原地，鬼诘的语言让人不寒而栗。辟间无殇心里不以为意，他知道，蛊雕不过在虚张声势，阵势一起，他自身的修为受到极大的影响，更糟糕的是肉体承受分筋错骨之刑，识海也翻涌不断，他全凭《忆水怀山经》中的镇山御水诀不断观想天下大川和天上星辰才能勉强抵抗。蛊雕虽说天生神异，身若虎豹，力若熊罴，却也难抵天地之威能，它金黄色的皮毛不断战栗，显示出它的处境也不好受。

望着蛊雕金黄色的皮肤逐渐开始变化，辟间无殇了然，蛊雕之所以一直和他说话不过是在刻意拖延时间。它体内那一颗妖丹估计受到星核、昆虚和天威三股气息的纠缠，只怕现在的它，任意一个凡俗之间的高强武人手持利刃便可顷刻间击毙。

不能再等了，天时快要过去了，若是此时不能将它击杀，只怕后患无穷，可若是再拖一会，大阵消融，即便它身死道消那后果也难以承受。

《忆水怀山经》中山水书一章曾隐约提到过，古早之前，九州妖物遍野，其中有一妖物名东皇号太一，执掌妖兵，一统天下，甚至成立妖庭，自号天庭。当时人类羸弱，不通修行之法，不得炼体之要，被群妖诸魔当作猪狗血食馔养，肆意虐杀。东皇甚至在觉察到妖族势必要崩离时对整个人族举起屠刀，妄图杀光所有人族，侵占人族气运为妖庭续命。幸得有几位前贤顶住压力，一路筚路蓝缕，暴霜露、斩荆棘，苦苦支撑，直到天地环境大变，妖族四分五裂，几位始祖才鼎定九州，其中就有那位山水师的初祖，他的主要工作就是划定山川河流疆界，布下天地之阵，其实说穿了跟世俗中的修补匠也没什么太大区别。

九州分布其实暗合天象，所有人物划定天干地支用御动山水灵气，只是寻常凡人无法察觉，种种险绝神异不足为外人道也。妖族被上天遗弃，绝难修行，大部分已经退化为家禽走兽，不再兴风作浪、为祸一方，只是仍有少部分妖兽蒙受天地恩德，寻常人族需要十年数十年才能拥有的力量它们一出生就能获得，此类妖物虽受天弃亦受天眷，杀之有祸，就像面前这只蛊雕，这可是世间巫蛊起源的老祖宗，若真将它逼入绝境，它自爆妖丹后方圆千里都可能受到巫蛊波及，无数生灵将毁于一旦。

一念及此，辟间无殇决意在大阵毁灭之前将其斩杀，最少也要将它镇压！

一人一兽在大阵之中静立不动，默默承受大阵的凶暴，双方都在等待大阵逆转后转瞬即逝的那一抹生机，两人相向，宛如阴阳鱼的两只眼睛，维持着一个诡异的平衡。

辟间无殇率先动了起来，闪身一动，凌空跃起，恍若天外流星，举拳便朝这蛊雕硕大的头颅上砸去，蛊雕咧嘴一笑，辟间无殇的行动虽快，但在这逆行的昆虚大阵之中却被放慢无数倍，此时的任何行为都是在与无数天地之威正面对抗，阴阳平衡瞬间被破，无数的压力尽皆施加于辟间无殇一人之身，蛊雕则一身轻松，轻松闪过这凌厉的一击。

"嘿嘿，小辈，那卷轴跟在你身边真是可惜了，不如我帮你好好保存！"

蛊雕欺近身前，利爪横扫，辟间无殇有心躲闪却仍被横扫击中，腹部被撕裂一个口子，鲜血很快浸湿他腹部的衣裳。

辟间无殇恍若没有觉察到自己受伤，神色停顿一瞬，仍然挥动拳头，不断朝向蛊雕打去。蛊雕咧嘴一笑。

"真是个蠢材，像这样的拳头是永远打不中我的，纵使我硬接也伤不到我分毫，山水师一脉果真废物，这么多年过去了，依然还是这个样子！”

说罢，蛊雕不再躲闪，而是以掌接下。

“哼，仅仅是这样吗，那你可以去死了……”

蛊雕话未说完却惊讶地发现这被阵势影响的拳式没有它想象的那样简单，指尖处传来微弱的刺痛之感。没等蛊雕反应，一拳又一拳不断袭来，拳式凝沉，一往无前，任它千般变化，我自有一拳破之！

蛊雕面色变得沉重起来，悄然收起脸上刚刚的讥讽，指间传来的疼痛缓慢地游走全身。辟间无殇为逆行大阵干预，每一拳都极为缓慢，就是这宛若慢动作的拳头，让蛊雕暗自腹诽。

“我到底被封印了多久！人族体魄与战力都已经变到这种地步了吗？！如此拳意，竟然能影响我的心绪，使我产生怯退之心，不行，我今天必要杀出去，哪怕晋升不成，我也要干掉这个小子！”

辟间无殇宛若疯魔，浑不在意身上的伤痕，要以伤换伤。蛊雕也横下一条心，今日必杀这个山水师，年纪不大却如此棘手，他恍若随意御动着的拳法已经让他感到不安，最要命的是拳意不断叠加，拳在人在、拳毁人毁，每一拳都无比缓慢，若有龙象搬山开道之雄伟神力，拳意越发凝沉，蛊雕甚至看见妖族圣兽龙象二兽的影子隐隐约约在辟间无殇身后出现。

“地发杀机，龙象起陆。”

辟间无殇停下挥舞的拳头，大阵逆转之势登时停止，辟间无殇如同一把面条在揉捏紧致之后骤然放松，顿时泄气倒在地上，滂沱大力诸般压力尽转于蛊雕之身。蛊雕暗叫不好，感知到如山岳一样的大力骤然压在身上，浑身经脉欲断，瞠目结舌，赤红色的眼睛都因为血脉的贲张凸了出来。有如阴阳顺行，辟间无殇感到一阵轻松，不过周身疼痛难忍，识海不再翻腾却也犹如钢刀刮过。

不过因为这一遭，陨星录修行势如破竹，毕竟直接与天地对抗可不是什么人都能有的经历，只要能熬过这里，回去多加修养，体魄能直接对抗这些上古神异种。

轰的一声！整片丘陵因为大阵肆意变化，星核大受影响而瞬间四分五裂，如泰山崩塌，滚滚碎石朝着两人劈面砸下，滚滚石流宛若天上流星直直砸向蛊雕，落石滚滚，砸向蛊雕，蛊雕无处可躲，被众多落石砸中。

辟间无殇摇摇晃晃站起身来作天女飞仙舞，要一击绝杀被困住的蛊雕，蛊雕本就状态不佳，又连遭痛击，自身气息已经是跌入低谷。

"五行更易！倒转天庭，天枢、天璇、天玑，斩！"

月光登时化作锁链要困住蛊雕，蛊雕见势不妙，晃动身形，灵巧地躲开几道锁链的捆绑，然而月色无穷，立身大地何处无月？越来越多的锁链就要困住它时，蛊雕伸出爪子，轻松地挥动几下便将迎面而来的月锁击毁。辟间无殇看得真切，蛊雕随意挥击蕴藏着熊罴穿金裂石之力。

"小子，我们往日无怨，近日无仇，何必生死相向？不如我们谈谈。"

"嗯，前半句说的对，后半句可就不对了，仇，刚刚不就有了吗？"

"这么说是没得谈了？"

"那也不是，只不过你看看天上的月亮，马上就要天亮了，时辰一到，哼，你还来得及吗？"

"要不你试试看？"

传闻蛊雕一族生性狡诈，说不定有什么后手，辟间无殇暗自揣测蛊雕的后手，嘴上却毫不示弱。

"我没时间跟你打哑谜，我耗得起，你等得及吗？"

被提到心中焦急处，蛊雕低下头，眼神阴郁，像是在思考要如何虐杀辟间无殇一般。

一人一兽陷入僵持，双方都在积蓄力量，准备一击置对方于死地。

突然一声轻叹从蛊雕口中传来，全不似刚刚的婴孩声，取而代之的是清越的声音，宛若一个翩翩少年郎。

"唉，本不想现在就展露这份躯壳的，无数年了，我好久没有品尝到这样痛苦了。"

蛊雕摇了摇头，如惊雷疾电一般冲向辟间无殇。辟间无殇心中大惊，正欲伸手格挡，却发现蛊雕在极快冲击的过程中不断变化，四肢不断变化，头上似乎有角凸起，一阵金光闪过，一道身影冲天而起，山丘之上，一个身影冷冷地注视着辟间无殇，这时的它显出另一幅截然不同的面容，鸟喙，鹰眼，鹏翼，头上有独角。

"啊，无数年了，久到我已经忘记翱翔天宇的感觉了。"

化作真身的蛊雕自在地行走在大阵左右，一边踱步，一边悠闲观光。

"如果我没猜错，你下一步就要动天杀了吧？三才杀阵果然厉害，这个由符箓组成的昆虚也算不错了，嗯，你应该没去过昆虚，那里禁锢万法、囚禁万道，昆虚啊，又是无数年以前的记忆了。不过，在你这个年纪能用出这样阵法的阵师古来无几，岁月啊！"

"忘了介绍一下，我叫折风，你可以去死了。"

折风狂暴一击，冲向辟间无殇，辟间无殇抵挡不及，周身鲜血四溢。

"天棚搏龙！"

折风对着辟间无殇又是一击，辟间无殇已经没有什么余力去抵抗这狂暴的一击。

"天发杀机，移星易宿，我就是星宿！"

辟间无殇暗中掐诀，御动昆虚之阵，准备暗自引动星核，要与这头蛊雕同归于尽。

突然，一道身影闪电般从后面穿过折风的身躯，折风随手伸手一击，将这道身影一分为二，鲜血喷洒。

"师姐，我不能去见你了，如果有来生，我还要做你的师弟。"

辟间无殇正准备御动昆虚之阵，与折风一同毁灭，却突然听见折风一声痛呼。

辟间无殇惊讶地回头看向它，折风正拼命捂住腹部，可惜那里面空空荡荡，那枚妖丹被突然出现的腾蛇抢夺过去。

"不不不不不！我折风纵横一世怎么可能被你们这群畜生，怎么可能！"折风不甘地倒下。

辟间无殇虽然不知道为什么这只隐藏不发的异兽突然窜出，但他仍松了一口气，无符篆可用，四肢也已经绷紧到极致，他已无力再战。

蛊雕折风哀鸣一声。

"我，我不甘心哪，只差一步，一步啊……"身躯重重倒在大地之上。

辟间无殇等了一会，等到再没有任何异动才缓缓站起来，他屏气凝神，察觉到那颗星核已经被嵌在此方天地中间，不能再被取出，不由得长舒一口气，空气里是灵气至真至纯的味道，此地将成为福地洞天。

"这，这三才杀阵真是好用啊，搭配昆虚之阵没想到有此奇效。不对不对，是因为我厉害阵法才厉害的。"

辟间无殇先是愣了愣，随后大笑起来，这可是数代祖师都未曾做到过的事情。可是刚一动身子却发现周身宛若散架，辟间无殇身形一阵踉跄，勉强走到蛊雕尸体旁边，一屁股坐下。

一手按在大地上，一手持着《忆水怀山经》，辟间无殇说道：

"我以此代山水师之名，封敕此山，今日之后，此山更名倾奇山。"

说完从口袋中掏出山水神印，用力摁在忆水怀山上，才算完成。

山体突然变高变大，一寸寸以肉眼可见的速度不断增长，一瞬间辟间无殇便只能仰望。山有其魂，那块郁结于此的星核已经化作核心，又有蛊雕血肉作为养料，倾奇山慢慢变化出自己原本的样貌来。

　　"现在让我来看看究竟是什么让你突然窜出相助。"辟间无殇蹲在那头妖物身边。

　　这刚才一闪如电般的身影再无动静，只是嘴里仍旧衔着蛊雕折风的妖丹，死死不松口。

　　"无角，有翼，身若真龙，嗯，是只世无几见的腾蛇啊。"

　　死去的腾蛇头上和腹部分别有几道极重的伤口，血肉间的精华也没有多少，像是被蛊雕打伤化作血食馈养起来了。

　　"啧，虽然不知道你为何突然出手，但是仍要感谢你的帮助。"

　　说完，辟间无殇轻轻挥手，山石自动化作墓穴，他御起腾蛇尸体，将其放在墓穴之中。正要转身离开时，却惊讶地发现不远处有一只小腾蛇眼中噙着泪水，正看着自己。

　　小腾蛇见他没有恶意，便慢慢爬到已死去的腾蛇身边不肯离去。

　　辟间无殇停下脚步，想了想折返回去，看着悲伤的小腾蛇，用手轻轻点了点这个小家伙的头。

　　"跟我走吧，你母亲有恩于我，我自当照顾你。"

　　小腾蛇噙着眼泪爬到辟间无殇肩膀上，依依不舍地回头看着那条死去的腾蛇。

　　辟间无殇迈开大步，就要走出这片山林。

　　"好家伙，光这一个就这么难处理，看来这活儿比我想象的要难得多啊，现在放弃不知道还来不来得及。"转头看看肩膀上的小腾蛇，说道："既然你以后就跟着我了，那要有一个名字。你就叫，嗯，黑白色的，红宝石一样的双眼，天生神异种，就叫你'小明'吧！"

清晨里，一个少年和一条盘卧在少年肩膀上的小小腾蛇，慢慢走出大山，朝着朝阳和明天，一瘸一拐地走去。

　　"其实我刚刚是逗你玩的，你既黑白相间，恰似书家腕下挥毫，不如就以墨为姓吧，盘卧似轮，你以后跟着我，就叫墨轮！"

　　那条出生尚未多久的腾蛇安静地盘在辟间无殇的肩膀上，听到"墨轮"两字，一下活跃起来，睁开了黑宝石般的双眼，轻轻直起身子，用脑袋轻轻摩挲着辟间无殇的脸颊，冰凉凉的体温弄得辟间无殇脸上痒痒的。

　　"别闹，痒痒的，哈哈哈哈哈哈哈哈！"

　　……

　　"你放心，跟了我你不会吃亏的，以后江湖上一定会流传这样一个传说，英俊的少年和英俊的腾蛇的故事！怎么样，是不是心动了？"

　　……

　　"哦，忘了，你是冷血动物，不会太过激动，不过没关系，我替你激动就行了。"

分二军·掌兵长老

"真是热闹的景象啊……和那座大院子里的冷寂全然不同。"

慕容花尘坐在轿子里，从帘子缝隙中看见无数农夫走动，有些诡异地微微挑了挑眉。今年这秋实祭可是比往年要多了不少人。

青水都地处平原，气候宜人，谷物丰饶，但气候难测，多于夏季降洪水，大江一泻难平，江堤破围更是常事，无数良田被淹，无数谷物被毁。故而青水都居民会在每年秋收后举办秋实祭以祭拜谷物，敬拜谷神，希望来年风调雨顺，谷粱满仓。

"小姐您有所不知，多亏了没有邪道那面的干扰，今年收成比前两年都要好得多呢。您看，不光是这青水都，就连平时最为低调的邀仙山，都来了不少农户。"坐在对面正剥着水果的灵儿轻笑了几声，显得很是轻松愉快，毕竟对于她而言，这辈子曾走过最远的路就是幼年时被送到慕容府的那条乡间小路了。

慕容花尘心下点头，突然想起来灵儿好像就是农民家的女儿，为减轻家里负担送到府里的。而她也的的确确是真的在为百姓的安居乐业而开心。

而慕容花尘却很难像灵儿那样。她望着轿子外热闹非凡的景象，纵然人声鼎沸车水马龙，她的心中却只剩寂寥，总有种挥之不去的不祥预感。

"多亏了没有了邪道……吗？"慕容花尘喃喃道。

"小姐您说什么？"灵儿停下手中正在剥着的橘子，闻声抬起了头，有些疑惑。

"没什么。只是在想，今年招兵，可是着实需要下一番功夫了。"慕容花尘微微苦笑了一下，灵儿看着她的笑突然愣住了。

"灵儿？"慕容花尘微微探身，见她没有反应，便伸手轻轻点了点她的小脑壳，"灵儿……"

"啊！小、小姐抱歉，灵儿不是故意的。"灵儿一下子回过了神，赶紧红着脸道歉。

"不打紧，但下次可别在赶路的时候发呆了。"慕容花尘有些无奈，嘴角的笑容也收了回去。不见这笑容，轿子里似乎都暗下来不少。

"是，小姐……"灵儿低下头又削起了苹果，嘴里小声嘀咕道，"小姐的笑脸明明那么好看，为什么就是不爱笑呢……"

一阵风过，吹得帘子微动，伊人若现，像极了那些诗文里大家闺秀该有的出场方式，而慕容花尘也的的确确是个大家闺秀，还是个极其美丽的大家闺秀。

慕容花尘转回了身，慢慢撩开帘子的一角，托着腮看向帘外。帘外人来人往，车马络绎不绝，路边晒得黝黑的农夫也抬起身来，脸上溢满丰收的喜悦。庄稼人靠天吃饭，能够吃饱已是最大的恩典，所谓道理，吃饱穿暖便是最大的道理。

她心中突然冒出了一个想法。

慕容花尘并不担忧来到青水都的普通人过多，甚至认为，来的百姓越多越好，毕竟一个都城的繁华肯定少不了来往过客出的力。但今年多出来的可不仅仅是老百姓，她坐在轿子里一打眼就看到了几个修为不俗的武修。

原本慕容花尘的想法只是借秋实祭招募些许人马留作族军，慕容家虽掌管一支铁骑，但那毕竟还在前线，留在族内的已无法支撑起现有的防卫。

私军固然规模不大，但好歹也是一份力量。既然这次的秋实祭聚集了这么多武林中人……那似乎也是时候考虑一下私军的问题了。

私军，顾名思义。玙朝上下有养军之风，只不过，养私军消耗巨大，一般人家吃饱穿暖已属不易，能够养得起私军的也就是那些士族。许多年前，玙朝初立之时，太祖垂老，有世家暗养私军以谋叛乱，被铁血镇压后，私军更是被严格管制需得"招兵令"后，方可招兵。

世家皇朝满十七岁的长子、次子，都可以配备私军。

说是"军"，实际上也不过配备十余人权当护卫。想掌握兵权自然是不可能的，有一把明晃晃的刀子正悬在他们头上。

按理说慕容花尘早在两年前就可以筹备私军了，但因为一直都没有要到招兵令，加之也没什么需要动武之事，也就没有实施。

不过如今情况迥异于往常，该早做准备，还是不要再拖着了。她暗暗下定了决心，决定先以家族护卫的名义暗中招募，不求多，但求精。然而心底那挥之不去的预感似乎在警示着她。

"灵儿，叫车夫先去一趟鼎军司，我有事要办。"慕容花尘回身对削完苹果便显得百无聊赖的灵儿说。

"哎！现在吗？"灵儿抬起脑袋，歪了歪头疑惑地问道。

"嗯，现在。"慕容花尘说着再次偏过了头。窗外杨柳的翠绿色已全部变成黄色，远远望去，就像迈入古稀之年的老人一样，在沧桑中隐藏着一种深邃，让人感到无比凄凉。随着阵阵秋风袭来，柳树的叶片开始翩翩起舞，转眼望去，仿佛只剩下光秃秃的树干。

一如女子心事，难知难求。

半个时辰后，鼎军司内。

"哟，什么风把大小姐吹来了？"粗犷的男声带着些许笑意，回荡在略显空荡的会宾阁里。

慕容花尘呷了一口茶，茶汤入喉有些苦，她一向不大喜欢。

"小女子此次是为募兵而来，韩长老可否拨冗详谈？"她轻声说着，放下了茶杯。

"详谈就免了，可否让我先看看小姐手中的招兵令。"坐在对面的韩轩，也就是慕容家的掌兵长老摊了摊手，对着她笑了笑，很是客气。

慕容花尘也礼貌地回以笑容，这不仅仅是出于对韩轩长老的尊重，更是对募兵权的尊重。

太祖立国后经历的那场腥风血雨的动乱，已经让坐在那张椅子上的当权者内心惶惶不已。但玛朝疆域广阔，光靠京都驰援各地并不现实，但那些偏远疆域又不能放任不管，因此如何节制兵权就成了玛朝历代帝王最为头疼的事情。已有无数前车之鉴证明，兵权必须分散，故而一个世家只会对最信任的盟友送出兵权。无疑，韩轩便是慕容家的盟友之一。

据说他早年对慕容家主慕容峰有着救命之恩，故而在慕容世家由慕容峰掌权之后，便授予了他掌兵长老一职。而他也的确一直兢兢业业，虽然没什么丰功伟绩，但也算是恪尽职守，从无懈怠。

"自然是要到了的。今日方才从家父手中求得，即刻便来打扰韩长老了。"慕容花尘端正了一下坐姿，对他微微点头，慢慢从身上拿出那枚招兵令。

"不打扰不打扰，既然有招兵令，有什么吩咐小姐尽管直说。"韩轩一边接过招兵令一边暗自打量着这位慕容长女。招兵令上有慕容家主所盖金印，断不可能有假，韩轩不由得有些惊讶，眼底多了丝犀利。他倒是没想到慕容家长女竟如此谦逊，也没有想到慕容家会允许一位女子招募私军。

"没错，印章是真的，小姐有什么吩咐？"

"那小女子便开门见山了。"慕容花尘静静地等他检查完令牌，顿了顿，斟酌了一下用词，缓缓开口说道，"今日前来，一则是为了家族募兵之事。最近邪道悄无声息，家父恐其生变，便派小女子前来寻先生讨要兵权，留作后手；二则也是为了慕容家的私军一事，还望先生能够稍加帮衬。"

韩轩听完，皱起眉头，沉默了一阵。

"小姐持招兵令而来，兵权自然可以给小姐你。只是这招募私军之事，我却是不知有什么地方能够帮助到慕容家的长女啊。"韩轩抬头看着慕容花尘，眼神中有些许歉意。

"此事不劳先生费神，小女子已有办法。"慕容花尘不紧不慢地说道，心中显然已准备好了计划。

巧设计·形色江湖

向着对面端坐的慕容家掌兵长老韩轩，慕容花尘缓缓道出了心中所想。

"依我看来，今年秋实祭不同以往，人数明显更多，鱼龙混杂，其中也不乏武修存在，因此我也想趁此机会招两三私军作为备用。"

听到这句话，韩轩的眼神突然闪了闪。他也留意到今年的秋实祭不同往年，前几日家族内部还下令留意今年秋实祭，防止有敌国细作和一些不怀好意的人在青水都内伺机破坏。山雨欲来风满楼，连慕容家都已经感受到了即将到来的暴风雨。

"好个一石二鸟啊！如此一来，既可以找出那些敌国细作，又能寻找到那些深藏不露的市井武夫。"韩轩惊讶地看向慕容花尘。

慕容花尘礼貌性地点了点头。

"久闻慕容家长女天资聪慧，琴棋书画无所不精，今日一见方才知道，那些不过是对小姐的'污蔑'罢了。"

慕容花尘听闻，浅浅一笑，心里却无法开心起来。她将茶杯轻轻放在了瓷碟上，茶汤荡漾，沿着杯壁荡起了圈圈波纹。

"我以为此举甚妙，需不需要派遣一些人手协助小姐暗中调查？"

"不必了，韩长老有此心便好。最近青水都内暗流涌动，还望长老多多注意，不要让人趁虚而入。"

慕容花尘婉言拒绝完韩长老，想起最近诡异的平静，心事重重。父亲虽没有对她明说，却将兵权暗自放给她，这就说明即将到来的战事将可能会超出慕容家的承受极限，让她掌兵，何尝不是对她的一种保护。

"那小女子便不再叨扰了。告辞。"

慕容花尘起身，对掌兵长老微微鞠了一躬。韩轩也赶紧起身还了一礼："小姐言重了，这也在我职责内，鼎兵司的大门永远为您敞开。"

随后他一挥手，招来了一个士卒，吩咐几句后歉然地望向慕容花尘。

"小姐慢走，在下还有要事处理，就不送了。"他再次对慕容花尘抱了抱拳。

慕容花尘点了点头，随着士卒走出了大门，耳畔犹回荡着那句——

"慕容家长女……"她情不自禁地念出了声。

自己这么多年一直都背负着"慕容家长女"的称号，难道自己仅仅就是慕容家的长女吗？她有时想问问父亲和祖母，但每次看到他们板着的脸便不想再多问些什么了，她知道纵使自己真的问了，得到的亦不过是一个让自己失望的答案。

在前面领路的士卒回头递来一个疑惑的眼神，慕容花尘摇摇头，示意无事。

不过啊……仔细回忆一下，这么多年了，她从来就不像父亲和祖母那般喜欢喝茶。

那茶，果然还是苦了些。

遭人算·误入青楼

慕容花尘回去的路上没有坐轿子，也屏退了左右侍女，只戴着一顶面纱，慢慢走向那座慕容家的宫楼。她想看看这外面的世界是什么样的，看看这个与常日不同的青水都。

她独自一人走在繁华的街道上，看着在慕容世家管辖下显得欣欣向荣的青水都，内心多少有些自豪。慕容家刚立足青水都时，此处虽有良田，但水患频发，加上税收苛刻，治安混乱，百姓往往艰难度日。而现在这一派欣欣向荣的景象，无疑是对慕容家治理的最大肯定。

在青水都定居的居民很多，大多选择成为商贾，此地临江靠海，有最好的经商渠道，故而大多居民在此定居后会选择经商。来来往往大部分都是各式旅客，途经青水都，有时累了便留下来歇一歇。而除了迁客之外便都是些行商，来自东陆各地的商家都会在这里集聚，各式新奇物件也都最先到达这里和京城，水利发达就是最好的行商路径。

今天，樊和街两旁的酒楼依旧是人声鼎沸，往来游人不绝，车马轧过青石板的声音"咯吱"作响。木制的酒楼并不高大，大多都是一两层，供行人累了休息，酒楼附近也会有许多商贩向旅客兜售着那些新奇物件。

偶尔有些金碧辉煌的酒楼，一般人是进不去的，只有极富裕的豪绅才知道里面到底是什么样子。

慕容花尘离开鼎军司走了约莫五里地，腹中已无食，她觉得有些饿了。瞧了瞧两旁的店家，基本都是客满为患，还有几家比较火爆的更是队伍排出了楼。她有些失望，正欲离去，不经意间瞥见了一家有些冷清的木楼，楼的墙壁上装饰着许多彩色灯笼，也涂上了五颜六色的漆。这家店的格格不入令她有些吃惊。

"这片繁华之地竟然还有如此冷清的店面，不是东西不好吃就是太贵了。"她暗中思忖，伸手撩了一下头发，看看其他几家座无虚席的店铺，她稍微犹豫了片刻，最终还是走进了这个看起来有些奢华却空荡荡的店内。

一楼除了柜台和几套桌椅之外竟无他物，这倒是让慕容花尘有些吃惊。寻常酒肆的门口一般都会有小二招呼，这家却没有，其他店家会在一楼大厅中摆满酒桌，这家也没有。现在慕容花尘有些看不透这家店是干什么的了。

"或许这就是这家店的特色？"她心中暗想，脸上却是不动声色。

屋内充斥着胭脂香气，扑面而来的气味有些刺鼻，令人头晕目眩，这让她有些反感。微微皱了皱眉，她招呼了一下趴在柜台上的侍者。

侍者是一个长相清丽的少女，正懒洋洋地趴在柜台上，无精打采的。这让慕容花尘多少缓和了些语气，用那种不冷不淡的声调向眼前的女侍者发问。

"此地有什么特色菜肴？"

女侍者好像有些没睡醒，听到有人问话便揉了揉眼睛，使劲眨巴了几下，在看清慕容花尘的面容时，第一反应不是迎客，而是有些惊讶。

"女……女人？！"她不禁小声惊呼。

慕容花尘歪了歪脑袋,显得有些疑惑,难道此地不允许女子食宿吗?这倒是稀罕,她心中有些不快,难道女子只能待在家中,相夫教子?

"这里能吃饭吗?"她觉得少女可能有些没明白自己的意思,声音比刚才冷了不少,她倒要看看究竟是什么样的酒家,敢在青水都中如此荒唐行事!

女侍者好像还没有回过神来,只是看着她,眼中有些惊讶,有些不解,还有些……恐惧?

"不好意思,这位小姐,但我们这里并不是酒楼,酒肆就在旁边,您还是另寻佳处吧!"少女看着慕容花尘面纱后的轮廓,不由得有些慌乱,连语速都加快了一些。

"不是酒楼?那为何装饰如此奢华,香气如此浓重?"慕容花尘听到了少女的回答不禁更加疑惑了,微微蹙了一下眉,连语气都变得生硬起来。

"这……这里是什么地方,小姐您、您难道不知道吗?"少女比她更为惊讶,一下没控制住喊了出来。

三楼响起了一阵铃声,吓得少女一个激灵。她赶紧回过头匆匆忙忙地对慕容花尘把能说的都说了,语速奇快神色慌忙,"这里可是湘华楼,就是青楼!你找错地方了!快走快走,一会儿那些妈妈们下来,见你长得这么漂亮,便是一定会将你留下来的!到了这里那可就一点不由得你了!"少女说完对她焦急地比了个手势,摇铃声慢慢变大,少女只是不断摆着手,示意慕容花尘赶紧离开。铃声骤然停下,少女紧紧闭上了嘴,这一次连手也不挥了,只能用眼神不停示意。

慕容花尘闻言愣了一下,随之面纱后面俏丽的脸庞倏地羞红了。她自幼生长在深闺,没想到自己今日竟来到了这种风月之地,自己以往对青楼的印象也就只是偶尔在兵卒闲聊之际听到的几句描述，不外乎是一个糜烂的销金窟，淫乱的英雄冢。

她现在才反应过来为何这店铺在白日里会如此冷清了。慕容花尘急急点了一下头，算作是对少女的感谢，她也不愿继续在这里待着，转身匆忙离去。

……

湘华楼三层，云花阁内。

"庄少爷，您在看什么呢，这么入迷？"刚刚摇铃的妩媚女子正趴在一个"肉球"身下，不断拨弄着手指。

问话的对象——那个"肉球"却并没有回答她，只是望着离开了湘华楼、走在樊和街上的慕容花尘，被肥肉挤得眯成了一条缝的小眼睛不住地射出贪婪的光芒。

"没什么。"他扭动着身躯，从床上坐了起来，"今日没你什么事了，你先走吧。"他披上了衣服，向着妩媚女子挥了挥手。

"啊？那今日的银两……"妩媚女子连忙起身，有些小心地发问。

"不会少你的。"庄少爷皱了皱眉，不耐烦地撒出去了几两银子。

"多谢少爷，那妾身便先走了。"接过银两，女子虽然有些不解，但这么多年的青楼生活让她知道什么该问什么不该问，起身施了一福，便离开了屋子。

那名庄少爷舔了舔肥厚的嘴唇，在窗外寻找着慕容花尘的身影，随意披了一件衣服下了楼。

街边摊·一面之缘

慕容花尘离开湘华楼，腹中仍在咕咕作响，已是饥肠辘辘了。今日从一早开始便没有来得及吃东西，饶是她次品归土的境界，也不禁有些难忍。

午时的饭点也还没有过去，酒楼内仍然没有空下来的座位，街上行走的人可能有不少同她一样，寻找着能落脚的地方。

她叹了口气，恐怕今天中午是吃不上饭了，只能等回家再做打算。

慕容花尘稍微有些郁闷，往街边的几个摊头走了过去，想着中午若是吃些小吃，也算是聊胜于无吧。

街边酒楼林立，与之相比，那些零零散散的小摊就显得有些寒酸了。若非无奈，恐怕她也未必会选择这些小摊售卖的东西。

她离开人流，走到了一个推着木车的老人旁，这是为数不多的卖水煮荞面的小摊之一。

摊子简陋，只有老人独自经营，所售的水煮荞面也无甚出彩，只是清汤寡水，不过看起来倒也干净。

"老先生，荞面多少文一碗？"慕容花尘俯下身，拨开面纱，露出精致的面容。她将眼前的长发捋到了耳后，指了指面前摆放着的一碗一碗面条，轻轻地对老人说。

老人闻言抬起了头，看了看她，停下了手中的活计，把铁铲放到了一旁，露出了一个乡村人特有的质朴笑容，对她和蔼地说："小姑娘长得可真俊俏，那俺就给你算便宜点，十文钱就成！"

"给，十文。"慕容花尘从怀里掏出了十文钱递给老人。

一只手接过了钱，老人一边盛着面，一边打开了话匣子。

"仔细算一算，如果俺女儿还活着，现在也和你一样大了。"老人说起自己的女儿，满是皱纹的脸上不知不觉就布满了笑容，同时也没停下手上的活计，"俺女儿那长得也可好看了，从小到大也有不少村里的小伙子追求她，都被她给拒绝了。哈哈哈，你是没看见那帮小屁孩脸上吃瘪的表情啊！"他爽朗地笑了笑，眼中有着直入人心的怀念。

慕容花尘微微有些动容，自幼长在深闺，耳边听到最多的也不过就是那些阵亡将士的数字。然而世间苦痛多样，样样不同，样样难以面对。有些事情难的不是如何面对那些让人泪流的苦难，难的是在经历过苦难后仍旧对生活保持希望。太阳会照常升起，可人心呢？人心遗落就难再拾起了。

这是一个有故事的老人，而"故事"在没有过去之前，往往就是"事故"，唯有将生活的苦完整嚼碎，轻轻咽下，才能有面对苦难的勇气，才能把"事故"变成"故事"。

"老先生，我再要一份吧。"她笑了笑，笑容明媚，像一束晨光，像一缕清风。

"哎哎，好嘞。"老人看着眼前这个俊俏的姑娘，不由得想起自己的女儿。可能是因为刚才的回忆，老人的语气少了几分开朗，但还是爽快地捞着荞面。他眼角的皱纹堆积了很多，也不知是喜是悲，不知是悔是哀。

"给，拿好喽，小心别被烫到。"老人递给了她第一碗，正要准备捞第二碗时，被远处传来的呼喝声打断了。

"老头，这摊子我包了！"

一个圆润的身躯优哉游哉地走向摊子，挤得两侧的人不停闪躲。此人的衣衫还有些不整齐，腰带才系上大半，便敢走在大街上，脸庞上的横肉也随着他的步伐不断跳动，让人分不清他到底是眯着眼睛还是天生眼睛就那么小。

他挤着周围的众人来到了老人摊前，随意地将个钱袋丢在那简陋的木桌上，随后看也不看老人一眼，转身径直对着慕容花尘说："这位小姐，不知能否赏脸陪本少吃个饭？"

慕容花尘放下面纱，面纱后的她微皱起眉头，厌恶地将头转向一边，没有答理他，递给了老人十文钱，取上两个布袋便快步离开了。庄少爷微不可查地皱了皱眉，提了提裤子上的腰带，迈着臃肿的身躯也跟了上去。

大踏步地走过一家家商铺，慕容花尘冷着一张脸，心中只有这一个想法——揍他一顿。

青水都的纨绔子弟还少得了？她自己就被骚扰过好几次了。不过这也是因为她不怎么露面，所以城内的纨绔子弟们大多都不知道她慕容长女的身份。就这样好几次下来，她也多少有了点经验，遇到这种人就把他们引到巷子里揍一顿就好了。

慕容花尘罕见地有些兴奋，毕竟好久都没有亲手揍人了，在这青水都内还没有人在骚扰她后还能全身而退的，就算她没有动手，慕容家的护卫可不是吃干饭的！

道旁的喧嚣终于随着她进入了一个无人的巷口而逐渐消散，她缓缓转身，不满的情绪早已布满了她的脸庞。

面对着这堆令人作呕的肉山，她左手轻抚了一下幽踪剑柄，准备好好活动一下手脚。

而就在这庄少爷又要开口、她就要动手之际，突然间飞来了一个人，笔直地撞向那位庄少爷。

没错，就是飞来。

一道青烟化作人影撞上了眼前的庄少爷，将这个肥硕的身躯撞倒在地。"咣当"一声之后，巨大身躯倒下，带起无数尘土，烟尘散去，只见一位白衣黑靴背着个造型夸张卷轴的青年，正气喘吁吁地站在庄少爷原本站着的地方。

慕容花尘看着正缓着气的青年，有些发愣，一时间搞不清楚这是什么情况。

青年先是掸掸身上的灰尘，又伸腿踢了踢正躺在地上装死的庄少爷。庄少爷慢慢睁开眼睛，却正对上青年凌厉的眼神，被青年一瞪，很快从地上费力地爬了起来，一瘸一拐地跑了出去，只剩下慕容花尘握着剑柄警惕地看着青年。

青年的脸上虽然看不出恶意，但他的装扮却让慕容花尘感到一种莫名的违和感，一看就知道他是外乡人。

青年诧异地指了指慕容花尘的剑："你们就用这种剑？"

慕容花尘听他的语气，猛然明白了为什么自己会感到这种莫名的违和感。青年的气质与江南的温婉格格不入，凌厉的感觉倒像是从北方带过来的，不，是只有从极北战场上磨砺过的男子才会有这样的气势。

"你是北关来的？"慕容花尘没有直问青年的身份，而是旁敲侧击地探索着情报。

"啊？北关？你看我这副柔弱的样子像吗？"

辟间无殇感叹着这个姑娘观察力敏锐的同时，也赶忙收敛起了自己身上的戾气，刻意摆出一副"娇弱"的模样。

慕容花尘微微蹙眉，手上的剑现了银光。

"哎哎哎，家和万事……不，礼之用和为贵嘛。"

辟间无殇可不想在这里出什么岔子，他赶忙摆了摆手表示自己没有恶意。慕容花尘依然警惕地握着剑柄，仿佛下一刻就将拔剑搏杀。空气变得越来越凝滞，两人之间的气压把辟间无殇压得快瘪了。

僵持了好一阵子，慕容花尘这才再次开口。

"你来青水都做什么？"

辟间无殇如蒙大赦般深吸了一口气，挠挠头，眼珠乱转几下便说出一个明显是敷衍的理由。

"吃喝玩乐！"

慕容花尘没有说话，只是悄悄把剑往上提了些许。看着即将出鞘的剑，辟间无殇总感觉这番经历有很强的熟悉感，似乎在很久以前也有一个少女这样拿剑对着自己。

"呃，其实我是来向慕容家讨口饭吃的……"他讪笑着说出了一半的实话。

"慕容家？说仔细些。"慕容花尘挑了挑眉，显然不太相信。那也太凑巧了，事出反常必有妖。她握着剑的手更加用力，脸上却是不动声色。

"对啊。"辟间无殇一脸无辜地点点头，他一眼就看出了这个女子次品归土的修为，所以也无所谓被她当作歹徒。

"你想去干什么？"

"唔……或许我可以讨个将军当当呗。"辟间无殇摊开手，半开玩笑地说。

慕容花尘看着这个来头不明的青年片刻，回想起他身上刚刚那一闪而过的戾气，决定冒一个险。

"给。"

她用剑尖挑给了辟间无殇一张告示，辟间无殇小心翼翼地从剑尖上接了过来。他又看了看眼前这个戴着面纱的女子，虽然看不清她的脸颊，但想来也一定是个极为美丽的女子，至于为什么有归土的修为，啧，一定又是个大家族里偷跑出来的大小姐。他心里莫名浮现出曲昇的面容，哑然一笑，看着那张告示。

"二品归土及以上武修，可去鼎军司应征慕容家私军。"

辟间无殇看着告示眨巴眨巴眼睛。

"啊！"他后知后觉地惊呼了一声。

天赐良机啊！辟间无殇像拿着块宝贝似的两眼发光。他明白私军是什么意思，有了这个就更容易接近慕容家的核心了，说不定还真能在战场上借一份慕容家的力。

慕容花尘奇怪地看着这个过度兴奋的青年，一般这样的人，大多都是遗国探子，她有些怀疑自己应不应该告诉他这件事。

"多谢多谢，敢问姑娘尊姓大名？"

辟间无殇感激地看向慕容花尘，努力挤出一个和善的笑容，这在慕容花尘眼里却是更加不怀好意，想他怕不是一个登徒子。

"等你能成为慕容私军后自然会知道。"

慕容花尘变相地告诉了辟间无殇真相，看着辟间无殇微微瞪大的双眼，她对于这个青年的智商颇为满意。

"莫非……你就是考官？！"

慕容花尘很快打消了心里刚刚对这个青年的赞赏，心底满是无力。

"也许吧。"

她对于这个青年有些丧失信心了。慕容花尘轻轻叹了口气，把剑收了起来，对青年施了一礼。

"就此别过。"

"哦，哦，别过别过。"

慕容花尘再次在心里叹了口气，走出了小巷。

辟间无殇感受着慕容花尘的气息彻底消散，他眼中开始冒出了精光，就和当年算计自己的师父一样。

他心中大致有了个想法。

入私军·再见慕容

金黄的树叶被拨开了一道缝，沙沙作响，一个英俊潇洒俊逸不凡飘然如玉器宇轩昂玉树临风的人影跳了下来。

辟间无殇打了个哈欠，揉了揉还有些惺忪的睡眼，他不慌不忙地向参军处迈着方步踱了过去。路上人少了许多，听不见那些聒噪的吵闹让他心安不少，每次一听见那些声音，尤其是那些女子挑挑拣拣时发出的惊叹，简直让他难以理解，他现在才有些理解为什么世上男子都不愿意和女子出去逛街了。

刚才来的时候那叫一个人声鼎沸车水马龙乌烟瘴气鬼哭狼嚎。一看到那一排排的长龙辟间无殇觉得烦躁不已，最终决定还是先睡一觉再说，左右时间还早，着甚鸟急。所以他爬上了一棵看起来长势十分喜人的大树，叼着一根竹签，酣然入梦。

一只小鸟停在他脑袋上，看样子是把他的头当作鸟窝了，这让他有点不爽，倒不是因为鸟吵得他睡不着觉，而是因为它一边叫一边啄人脑袋！这么富有智慧的头脑万一被啄坏了怎么办？这行吗？这不行！

辟间无殇恋恋不舍地与周公告别，抻着懒腰，随便找了个酒馆，问了下时辰。

哼，与他所料相差无几，也就晚了两三个时辰。

……

"无踪！！"

辟间无殇一溜烟地从酒馆门口冲到对面一座塔楼的塔顶，从最高处看着不远的征兵处，轻轻下落，踏几下屋顶，施施然来到了参军处，潇洒自然，不负豪侠。

面不红气不喘，这就是辟间无殇。

他使劲呼吸这弥足珍贵的空气，传出一声声嘶哑的呼吸声。

"我要参军……"他气定神闲地走到守卫向前。

"族军？私军？"守卫看起来不为所动，仿佛司空见惯，这倒是让他有些诧异，慕容家的守卫看来都是见过世面的啊。

"私军。"他心想我来此就是为了获取功名的，可不是为了战死沙场的，可不想再回一次北关。

"右边儿，去吧。"守卫看都没看他一眼，只是低头填了些什么东西，填完后潇洒地指了下右边的通道，这也算是指路了。

辟间无殇拖着脚步踏进了挂着块"私军"牌匾的通道，顺着路径往里面走。通道狭长，面前漆黑一片，手伸出去都看不真切，洞内不时还有冷风阵阵，令人寒毛直竖，他不由得心疑这到底是来参军的还是来试胆的。

这到底是招军的还是吓人的啊！

辟间无殇伸手抚了抚脖子上的墨轮，墨轮安然不动，显示没有危险发生，他这才勉强安下心来。平静了片刻，他继续向着黑暗中走去。

"哒……哒……哒……"

恐惧感在这样的环境中极易产生。

走了半响，他突然心念一动，身形往左一避。

"簌！"伴着一声厉响，似乎有什么东西突然向他袭来。

一道银光飞闪，威力之大搅得气流乱窜，辟间无殇眯了眯眼睛，抬手一攥，成功握住那道一闪而过的银光。是跟银针，啧，这慕容家不讲究啊，还搞偷袭。

"叮。"银光消散，随之一起散去的还有黑暗，他感受着手上的麻意，忽然觉得这慕容家鼓捣的什么测验还蛮有意思的。

"恭喜你，成为慕容长女私军的一员。"一位侍女对他施了一福。

"侥幸侥幸。"辟间无殇甩了甩手，挠挠头笑笑。

他环视了一圈周围，发现大殿并不特别大，也不是很气派，没有过多的装饰，简洁威严。除了他和侍女之外还有九个人站在大殿中，八男一女。其中七个人分散开来，另一对男女站在一起，男人每次看向女人的时候，眼里都有满满的爱意，看起来应该是道侣。至于其他七个男人，呵，七条单身狗罢了。他们看到辟间无殇进来脸上没什么波动，只是打量了他一眼便又很快恢复原本的姿态，看起来都在等着谁，而大殿中的上座并没有人，那等的应该就是慕容家此次招兵的人了。

稍稍推断了一下，辟间无殇也找了个柱子靠着，把《忆水怀山经》抱在怀中。管他呢，一会儿就知道了，对于想不清的事情他从来不多想，反正也是白想，不如休息。能坐着就别站着，眼下大殿里没有多余的座位，那就只好将就一下了。

按师父的意思，遗国应该是要和慕容家打一仗了，而被扣的师姐应该会被遗国那边作为人质。

"他们会想尽办法得到你，或者说得到山水师。"

"你师姐那边……全看你了。"

脑海里这两句话不断重复，这才是他此行的真正目的，这也让他有些心烦意乱。

　　抬头看了看高高的房顶，没什么意思，又打量起那九个人。他们似乎在想不同的事情，脸上挂着不同的表情。

　　"算了，走一步看一步吧。"他嘀咕了一句，打了个哈欠。

　　哈欠还没有打完，一道嘶哑的通报声便响了起来。

　　"大小姐到——"

　　辟闾无殇甩甩头，尽力做出一副精神的样子，抹掉眼中的泪水看向了门口。一位身着素衣的女子正走向上座，身后跟着一位看起来应该是管事的瘦得不像话的老人。咦？好像认识她？

　　辟闾无殇有些惊讶，愣愣地看着那女子。

　　察觉到了他的目光，她也看了过来。

　　两个人都有些惊奇。

风云起·暗潮涌动

辟间无殇惊讶地看向殿上的女子。

敢情在街巷里偶遇的就是他日后的老板啊！

江湖有时还真是小得不可思议，好像随意转一转就是全部了。可江湖好像也很大，大到走过无数地方也遇不到一个正确的人。

尽管仍然有些不敢相信，但他并没有过多地沉浸于震惊之中，毕竟修养也是山水师的一大宗旨。礼貌性地向未来的上司微微躬身后，他便恢复了常态，没有过多的表情，尽量让自己显得冷酷一些，争取不像上次一样，虽然他也并未觉得上次做错了什么。

堂上女子——嗯，他还暂时不知道她的名字，她也同样在微微一愣后便恢复了正常，但不知是不是错觉，辟间无殇总感觉她的表情有些复杂，说不定也在感叹缘分的妙不可言。

将潇光重新挂在了地上，辟间无殇习惯性地从衣服里掏出了根纸包糖人，却被所有人奇怪的目光逼得重新放回了原处，心想这帮人真是没见过世面，连糖人也没见过吗？

女子落座后没有开口说话，她身后的那个瘦削老人先站了出来，用嘶哑而没有起伏的声音告诉众人应担负的责任，包括有关地区、守卫、住处、伙食，暗哨分布等，这些杂务总是让人没有耐心，天知道他究竟听进去了什么。辟间无殃想，下次应该买一个不同口味的糖人，不，买两个。

老人约莫说了半个时辰，方才将所有注意事项都讲完一遍，他僵硬地走下台阶递给每人一块金色的令牌，上面纹刻了"花尘"两个黑色大字。直到这时辟间无殃才知道慕容家的长女原来叫作"慕容花尘"。

"还好我那天展现出了完美的自我。"辟间无殃在心里得意地想，想必慕容花尘现在对他的印象一定是位知书达理玉树临风的江湖豪侠吧。

啧，气质这块辟哥永远拿捏得死死的。

慕容花尘看着殿下正一脸陶醉的辟间无殃，脸上更多了几分疑惑，心里也是五味杂陈。

……

走出招军殿时，夜色已然爬上了天边，悄悄侵蚀着火红的夕阳。秋风十分称景地少了几分温暖，多了些许凛冽。就像他迷人的眸子一样，辟间无殃心想。

哎哟气质这块真的……不敢多说，起码他就没见过比自己还有气质的，也许正经起来的曲昇能算一个，但他不算，毕竟是从东宫走出来的，不作为横向比较的对象。

墨轮抽了一下他的脸，用的还是最尖锐的尾部。

"嘶你做甚……"

他还没说完，墨轮便先冲他凶狠地吐了吐舌头，辟间无殃撇了撇嘴只好认怂，不跟它一般计较。思绪又回到了刚刚的老管事身上。

辟间无殃对自己的观察力十分自信，所以他确定那位管事不是人。

准确来说，不是位活人，更接近傀儡。这种手法一般多出现在世家豪族里，毕竟一具傀儡可比一个活人好控制，人心可是要复杂多了。

听说这种傀儡的制成颇为复杂，首先要寻到一具刚死不久的尸体，死去太久便失去活性，且最好是青壮年男子，之后在他的尸体中放置无数机关一样的东西，再为其表面涂上一层流光露，保证不会被看出端倪。种种事宜处理得当后便能带动其进行简单的活动了，想必那嘶哑的声音也是从傀儡口中传出来的。

这种手段……唔……应该是邪道六傀门的秘术了，辟间无殇轻轻皱起眉头，慕容世家用这种邪道秘术总归是让人不喜的。很久以前师姐还没有被抓走时，师父曾经在自己的茅屋里教他们俩该如何辨别傀儡、如何与傀儡作战等。只是那时的他并没有多加注意，那时他看着窗外的母鸡，寻思着什么时候它才能下蛋。

那段回忆稚嫩而美好，现在回想起来，令人不禁有些怅怀。山远，水远，故人远，好像一忆起这些就更想回去了。

唉，往事如烟。

拍了拍脸颊，辟间无殇重新将注意力收了回来。

这次行动尚不甚清晰，雾里看花的感觉他并不是很喜欢。北关战争中也是如此，对目标的模糊就是在拿士卒的生命开玩笑。但现在作为已经被录取的慕容家私军的一人，他是要尽力帮着慕容家度过这次危机的。

兵来将挡水来土掩吧……能行吗？不知道，好像每次他这么想的时候都得不出个结论，只能愁煞自己罢了。

辟间无殇用手摸了摸还没有胡子的下巴，愁闷爬上了脸庞，但他并没有过多慌张。先不提他的修为，师祖曾告诫过他，如果慌张能解决事情，那还要军师干什么？所以他非常冷静地在思考。

远处一排排的侍卫在来回巡视着，慕容花尘也跟着那位"管事"出了大殿。

辟间无殇想了半天也没什么好方法，现在只知道对方的部分手段，贸然行事在这时明显不是上策。啧，果然在一切都还处于迷雾中时，只能防患于未然，却无法直接出手抢占先机。还是多留意那九人，外加多多注意着那位慕容家长女吧，毕竟那女子看着就傻傻的，估计被人卖了都还得帮人数钱。

知道再多想也没用，他索性将这事抛在脑后，挂着潇光溜溜达达地到了街上。他手里拿着刚刚领到的预支薪水，决定今晚也尝尝当豪绅酷吏的滋味。

"老板！"他气势汹汹地来到一个卖糖人的摊主面前，将手中的银子重重地拍在桌上。

"给我来它十个糖人！哥钱多得很！"他嚣张地向后捋了一下头发，趾高气扬地说道。

老板看了看桌上的银子，又看了看辟间无殇。

"收摊了，去别处吧。"他重新低下了头，很快收拾好了桌上的布单，推着木车快步离开了街道。

"啊，什么？哎你等等！别走啊！"他看着老板渐行渐远的身影，一下不知道给出什么样的表情。夜空下，灯火辉煌，照得他的背影是那样的高大，那样的潇洒。有钱都不挣，是个有骨气的汉子啊，辟间无殇不禁为之动容。

就在这气氛渐渐变得不太正常之时，今天大殿上那对道侣向他走了过来。男的拍了拍他的肩膀，和他搭话。

"你就是那位与慕容家长女认识的人吧？果然很特别啊。"他背着长剑，相貌和善，语气也同长相一样温和地对他说道。

"哎呀呀，幸会幸会，你们两人真是郎才女貌啊。"既然对方这么平易近人，辟间无殇自然也不会吝啬自己的好话，这是他在行军中学到的，要是有一对道侣同在的情况下，最好的选择是称赞他们二人般配，在私下无人时也可提一句女子的美丽，但要适度，如此方可拉近与陌生男子的距离。

"多谢多谢。"男的挠了挠头，不好意思地笑笑，身后的女子羞红了脸，挽着他的手臂向辟间无殇点了点头。

"我叫单立仁，这位是我未婚妻，舒欣。"男子介绍了一下，向辟间无殇伸出了右手。

"单立人"和"竖心"？敢情这俩人都是偏旁部首呗！这俩算是真般配啊，俩人合起来不正是那个让无数男子汗颜的"惢"字嘛，啧，这才是缘分哪。

"你们，咳……果然是天造地设啊，各种意义上。"他被狠狠地呛了一下，这名字真是有个性。收拾了下表情，他也伸出了手同男子的握在了一起，两个好男人在这一刻相遇了。

"还不知道兄弟名号。"单立仁好奇地问。

辟间无殇险些就脱口而出"张南北"，这也是好久之前的事情了啊，又是一段往事了，他想。

"辟间无殇，无名之辈不足挂齿。"

男子显得有些开心，虽然并不知道他为何而开心。师父讲过的，一个人的眼神是不会骗人的，如果连眼神也能掩饰，那不是老狐狸就是个小笨蛋。是老狐狸的话就绕着他走，免得被他卖了还帮他数钱；要是个小笨蛋的话也得离他远一些，防止被他带到沟里去。而单立仁明显属于后一种，好像真的就是那种结识新朋友的开心。

所以辟间无殇才喜欢江湖嘛，友谊，有时候就是这么简单。

"嗯？兄弟脖子上的围脖呢？"他观察得很仔细，疑惑地问道。

"谁知道呢？自己跑了呗。"辟间无殇摸了摸脖子，对他笑着说道。

游　街

　　昨夜因为交到了新朋友稍微有些喝多了，辟间无殇本想着到树上看看月亮清醒清醒，却沉沉地睡了过去。直到阳光被割得支离破碎，他才支起身子，准备起床，本想从房梁一跃而下，再淡淡流露出那种大侠专属的潇洒，手却一下没抓稳，从梁上滚了下来。

　　噗叽！

　　仿佛能听见房间里的青石板在轻轻呻吟，扬起好大一阵灰尘。还好没人看到。

　　今天是个好天气，秋风吹不散遗留在空气中的夏日花香。

　　单立仁领着舒欣敲响了门，辟间无殇呸了几声土，含糊地应了一声"来了"，给他们开门。

　　还没等他揉揉眼睛，迎面而来的就是一道凌厉的刀风。

　　辟间无殇被吓得惊愕失色。

　　辟间无殇身形一闪，堪堪躲过那道凌厉的刀芒，望着两人满脸疑惑。

　　"辟间先生呢！你把他藏哪儿去了！"

　　这还是辟间无殇第一次看到单立仁正经八百地摆出架势，但怎么也没想到会是对着自己。不光是单立仁，舒欣也一脸凝重地拿起了弓，从箭筒中抽出了一支箭，弓弦拉到九分满，像是蓄势待发。

"……辟、辟间先生？"

想必辟间无殇脸上的表情十分精彩。是他一夜之间变帅了吗，连昨天刚见过面的朋友都认不出来了？他若有所思地摸了摸下巴，突然感觉有点儿不对劲。抬手一看才发现手上全是土，这才感觉到脸上火辣辣地发闷。刚才可能是脸着地了吧，这是个意外。

想到这里他松了口气，有些尴尬地望着门口的两人，打算要不就先溜之大吉好了。现在这副面容迥异于往日，这不利于他帅气的形象在别人心里的构建。

"不要以为脸上抹了东西就可以溜之大吉！我们定不会坐视辟间先生身陷危机而不管！"

单立仁眉头一皱，一种决然的感觉诡异地在朝阳下的小院中弥漫开来。他的身影一下高大起来，身后的舒欣也重重地点了点头，示意他们二人站在同一条线上。

辟间无殇看着一言不合就要动手的两人赶忙摆了摆手！"等等等等！我就是辟间无殇！"说罢赶紧在脸上胡乱抹了几把，接着"呸呸"地吐掉了嘴里的土，然后抹平支起的头发。

"现在你们二人总算相信了吧？"辟间无殇没好气地说着，一边掸着身上的灰尘。

单立仁和舒欣看着他灰头土脸的样子，眯起眼睛仔细辨识了一下。

"啊，真是辟间先生！这番样子还着实让我吓了一跳。"单立仁恍然大笑，把刀收了起来。舒欣也不好意思地对他鞠了一躬，将箭矢放回箭筒，重新背回了弓。

辟间无殇脸上僵硬的笑容出卖了他内心的真实想法："不是，被吓的明明是我吧！"

辟间无殇看着两人背后的武器，咽了咽口水，还是忍住了没说出口。

"哦对了，差点忘了正事！今天慕容小姐要出行，好像是为秋实祭做准备，我和欣儿正准备叫您一起过去。"

单立仁说完，欲言又止地和舒欣对视了一眼，两人又一起补充了一句："但您还是先洗个脸吧。"

辟间无殇想着万一迟到了就不好了，于是对他俩摆了摆手："没事，正事要紧。"说着就要往外走，却被单立仁拦住了。

他拉着辟间无殇的手，面目深沉地说："还是先洗个脸吧。"

他的目光里有一分劝告九分强迫。辟间无殇正有些犹豫，舒欣拿着一个小巧的铜镜凑到了他的面前。

铜镜里是谁？我帅气的面容去哪儿了？

辟间无殇妥协道："这……我先去洗个脸。"

"嗯。"

洗完脸，净完面，看着铜镜里帅气的面庞，微笑重新回归他的脸上。顺带一提，单立仁这一对道侣不错，假以时日，他们一定能成为推心置腹的好朋友。

离了小院，辟间无殇三人来到招军殿中，其他七人已经站到了两侧，看样子正在等着他们。

坐在主位上的慕容花尘今天换上了一件颇为华丽的衣服，完美地勾勒出她优雅的身姿和高挑的身材，却又不让人觉得轻浮，但是她自己总觉得动作有些不顺畅，也许是因为不常穿吧。

"唉，这些世家的破事还真是不少。还不如北关那样，危险归危险，但自由也是实打实地自由。可自由又往往毗邻着孤独、背靠着限制，不然怎么界定自由呢？世人都不自由，可自由却无处不在，真够矛盾的。

辟间无殇脑袋里胡思乱想着。一行人早已经跟在慕容花尘轿子的后面，穿过了几条街巷了，辟间无殇快步追上，走上了清水街。市井的喧嚣一下子充斥耳旁，方才的清净仿佛只是幻影。各种香气扑鼻而来，有食物的，有香囊的，还有女子的胭脂香味。好些人望着路中间的轿子指指点点，眼神中透露着疑惑。私军的十人则分散在中央轿子的周围，以众星拱月之势保护着轿子内的慕容花尘。

但这保护也几乎是形同虚设了，中间隔着好几位侍女和轿夫，若是有人袭击，难道还要指着离她最近的侍女救她吗？辟间无殇在心中暗自吐槽，老是在意这个在意那个，那还要他们这帮私军干什么？

"唉……"辟间无殇无奈地轻叹一声，抱起了胳膊把潇光别在了左腰，呼吸着各式各样的气味，观察着这无论看多少次都看不厌的繁华景象。

街道上的人有说有笑，气氛和以往无甚差别，但和他过去待过几年的青水都相比，还是能从日益增多的武者中感到一丝山雨欲来风满楼的气息。

不知不觉间，已经走过了半条清水街，轿子顶上落了几片叶子。晌午的阳光有些刺眼，照在身上暖融融的，然而刚有暖意却又被秋风驱散，让人不爽。

走着走着，轿子在路过一个荞麦面摊时停了下来。幕帘微动，慕容花尘在侍女的搀扶下缓缓走了下来，依旧是那身华贵的装扮，宛若天女，让人不敢直视。她迈步走到一位卖荞麦面条的老人的摊前，递给已经看呆了的老人一个布包。

"前几日的骚乱，真是不好意思。"

老人难以置信地接过布包，张着嘴什么也说不出来。慕容花尘对他歉意地笑笑，重新在侍女的陪伴下回到了轿子上。围观者都在惊异这女子天女一般的面庞，嘀嘀咕咕，互相询问，奇怪这女子到底是谁，好大的排场。只有一些青水都久居的老人们认出来，这就是不常露面的慕容家长女，但因为几个私军守在一边，也没人敢上前造次。

看着慕容花尘的举动，虽然不知道这是不是故意做样子，以此来收买人心，但辟间无殇对慕容家的看法确实好了不少。早几年在青水都时，他也不是完全无所事事，也熟悉了民情，每次一提到慕容家，无不交口称赞，看来不是造作的收买人心。

一想到明天就是秋实祭典了，慕容花尘心里沉甸甸的，照着青水都往年的惯例，作为慕容家长女的她是要上台做祭，亲自起舞一曲"祈天"的，所以她今天必须要好好熟悉一下周围的环境。

祭台威严古朴，而祭台外围却还是稍显脏乱，守卫的秩序也有些松散。

以往的秋实祭总是平平无奇的，除了看着美丽女子翩然起舞，再没有什么能让人觉得有趣的了。辟间无殇暗自感受着周围的环境，却一无所获，就算用出探地后也依旧没发现什么阴谋痕迹。

但那个老管事是怎么回事？

正思索着，辟间无殇的余光突然瞥到散布在慕容花尘轿子周围的除了那对道侣以外的其他七人互相使眼色，貌似在传递着什么信息。

辟间无殇愣愣地看着他们彼此传递眼神，心中五味杂陈，细细感知了一下，好像刚刚眼神里都有杀意啊。

刺客大概就是这七个人了吧。

夜风凉·轻舞霓裳

过了几个时辰。

天已经黑了，太阳的光芒好像也服软了一般，闪烁不过家灯万盏后，隐没在茫茫寰宇之中。

晓英阁是慕容花尘居住的地方。

灯已熄，帘未阖，透出了窗外灯火。

她躺在床上，却睁着眼睛没有睡觉，心中想着白天的事情。这是她多年以来养成的习惯，睡前回想一天所做事宜，反思自己是不是做错了什么，有没有说错什么。人心微妙，唯有自省。她记得有本书上写的，吾日三省吾身。

今晨她刚起床没多久，就在两位婆婆的帮助下，勉强套好了这件显得略重的羽衣。华贵衣袍外面看着是锦罗玉衣，里面却沉重不堪，像极了这个压抑的家。两位婆婆扶着慕容花尘一步步走到了招军殿，看着各位私军，又望向殿外的阳光，她知道今明两天自己的职责。

秋实祭与青水都人民的生活息息相关。所以它虽然不能说是一年中最重要的节日，但绝对是最接地气的，历经多少代王朝的兴盛衰亡也没有断掉这个传统。因此每隔三年，玛朝都会在都城里寻一位"天女"，在秋实祭典之时舞一曲"祈天"，这是对丰收的感谢，对上天的祈望，更是对先人的尊敬。

尽管慕容花尘并不讨厌这个祭典，甚至可以说很喜欢，但也有些紧张。在无数规则下，她也想看看那些市井小民的生活，如果有可能，她甚至想抛去一切，寻一个僻静地方，像那些普通人一样，安静地过完这一生。

慕容花尘并不喜欢人多的地方，但今天她很高兴能和青水都的居民们一同分享祭典的快乐。

所以她很珍惜今天的时光，尽可能地放慢了脚步，想要再自由地呼吸几口欢快的空气。

欢快的空气。

母亲在天上，呼吸的应该不会再是世家院闺中沉闷的空气了吧？

她又想起了母亲。世上真的会有轮回吗？那边的母亲会是什么样的呢？她已经快记不清母亲的面容了，只记得她嘴角下有颗妩媚的美人痣，回眸一笑百媚生。

眼角多了几点晶莹，倒映着窗外的万家灯火。

夜，无星无月。

她的思绪却在夜空中继续翱翔……

锣鼓喧天，惊醒了熟睡着的慕容花尘。她已经很久没有睡得这样沉了。

她在婆婆的服侍下洗净了脸，露出了一副精致的玉颜。抹上平时不常用的腮红和胭脂，看了看铜镜中的自己，凭空多了一丝妩媚。套上了那件舞乐羽衣，渐渐熟悉着这件厚重而华丽的衣裳，她好像也能听见它的哀鸣。

她轻轻迈着步子，缓缓来到了招军殿。

殿内几人已经在那里等待着她了，辟间无殇这次倒是没有迟到，嘴里嚼着不知是第几串的糖葫芦，懒散地靠在柱子边上。她有些好奇，这糖葫芦真的这般好吃吗？他为何一直执着于这些跟糖有关的小吃？

她寻思着是否要找时间询问一下，毕竟关心下属也是一个领导该做的事情之一。

今天她并不能出去，还要为舞乐做最后的准备。所以她的周围依旧只有侍女在近旁，辟间无殇他们只能在外围保护。

"祈天"的乐曲不似朝堂演奏的那般恢弘博大，不像诗客传唱的那样凄哀婉转，只是一个平平淡淡的曲调，只是一支平平淡淡的舞蹈，却生动演绎了农民的劳作生活。没有十八弯的悠扬，没有易水寒的萧瑟，只有农家乐的质朴。

她蛮喜欢这种意境。

在上台之前，她练习了一遍又一遍，移步，抬手，回身，祈祷。

挥洒的汗水中，她略有些生涩的动作渐渐连贯了，天色也随之逐渐沉了，白天的闹市、车、马、人潮、戏班，和她都没有关系。

慕容花尘停下了舞步。她向侍女要来了一盆水，擦了擦有些疲惫的脸颊，又在婆婆的帮助下补好了妆容。

她的脚步有些麻木，但为了真的能给生活在自己家族统治下的人们带来美好的生活，她没有怨言。秉持着这般信念，她坚持了下来。

玙朝共三座内都五座外都，她不想输。男子不想输，即便是女子也不想，女人的好胜心其实不比男生差。

慕容花尘坐在椅子上，努力运转着内力，使状态达到最佳。

时间在这时显得慢过了头。

良久，打更的锣声才沉闷地响了起来，人们无视锣声，继续欢庆着，欢庆着这独属于他们的庆典。

她随着守卫的保护来到了祭台旁，一步步沉稳而有力地走上了宽大华丽的祭台。

一眼望尽清水街，参差楼阁行灯烟。

今夜有人在燃放爆竹，噼啪作响，天空中也布满了烟花，五彩缤纷。乐坊倒是关门了，丝竹声都偃旗息鼓，她们知道今晚是要留给慕容花尘的。

她深吸了一口气，轻轻抬动了自己的脚步，闭上了眼睛，舞动着步伐。

移步，抬手，回身，祈祷。

在烟花的绚烂下，在观众的注视下，她的动作是那么完美。每一个动作恰到好处地应和着曲调，三弦和乐鼓的声音重叠在一起，为这平淡的曲调加了分激烈热诚。

她的嘴角不觉扬起了发自内心的笑容，她渴望着这样的无拘无束，她渴望着抛弃家族的锁链，她全身心地投入了舞蹈，真诚地对天祈祷。

舞曲迎来了最后一波高潮。观众们的喝彩声代替了乐音。如潮的声浪此起彼伏，表达着人们的赞美。

她睁开了眼睛，由衷地笑了，她为自己，也为百姓的安居乐业而开怀。

她向着台下的观众挥手致意，不经意间看向了辟间无殇的方向。

辟间无殇也在笑，放下了一直握在手中的糖葫芦，脖子上套了一条白色的围脖，哪怕在人潮中也干净得不可思议。

慕容花尘向观众致意后离开了祭台，锣声正好敲响了第三下，宣告着今日庆典已毕。

烟花爆竹声渐渐消失了，人们欢庆了一天，今夜的大街是最为寂静的。

慕容花尘再次将这件舞乐羽衣放进了衣箱。她屏退了周围的侍女，房间里只剩下了自己和摇曳的烛光。她靠在床头，随手拿起一本《江湖逸闻录》，百无聊赖地翻着。

她忙活了一天，尽管精神上还残存着节日的兴奋，但还是不免感到些许乏累。她打了个哈欠，吹灭了蜡烛，躺下身子却没有睡着。头脑中留着兴奋的余热，强烈得让她难以入睡。

一阵夜风袭来，不冷也不热，催得人昏昏欲睡。但慕容花尘却僵在了被子里，一动也不动。

她分明记得自己是关了窗户的。

遇刺杀·暗中护主

风吹得并不大。慕容花尘眯缝着眼睛，勉强看到了月光下的黑影。

如果不是她处于一种兴奋的状态没有睡着，一定也无法发现有人在她睡觉的时候偷偷潜入。

她僵硬着身子不敢动弹。敌在暗我在明，这种情况先下手为强不一定是上策。而且在半夜三更之时，悄无声息地越过大批守卫进入自己房间的人，并非她所能敌。她调整着呼吸，回想着月奶奶曾经教过自己的，在危机时必须记住的五点。

脚步不能乱，呼吸不能乱，心跳不能乱，内力不能乱，眼神不能乱。

慕容花尘很快调整好了状态，摆出熟睡的姿势，头脑却时刻清醒着，准备随机应变。

然而令她惊讶的是，这人来到自己屋内竟毫无动作，只是一直倚靠在窗棂上，未曾移动。

"此人难道不是冲着我来的？"慕容花尘心中疑窦重重，只能小心地注意着房间内的变化。

慕容花尘仍旧不敢乱动，眯缝着眼睛，想要看清楚那人的面容，却被阴影遮住，模模糊糊，看不清晰。

依她所想这应该是邪道或者遗国那边派出的刺客前来刺杀自己，而今天秋实祭典无疑是守备最为薄弱的时刻，他们一定不会放过这个机会。所以她特意留了一个后手，在枕头下放着自己的幽踪剑。她很有把握这把剑在夜晚不会被人发现，同时这也是刚才她要屏退那些侍女的原因。

她要以身为饵，钓出一条大鱼。

比起让刺客们因为那些毫无武功的侍女而要些更加稀奇的手段，莫不如直接正面交战。慕容花尘对自己次品归土的修为和院子里的几名准问天侍卫还是蛮有信心的，毕竟那些江湖上有名有姓的刺客修为也不过一品归土，自己就算打不过溜进来的刺客，想跑只要喊一声也并不难。所以当她发觉此人武功如此了得之时，心中不禁凉了半截，手指微不可查地挪动到了枕头之下，握住了剑柄。她的脑中一直在思考要不要现在求救，但不知道为什么，那人没动，她也不敢动。

约莫过了一炷香的时间，慕容花尘感觉自己的手臂已经开始发麻了，窗外突然响起了微不可闻的簌簌声，有人拨开枝叶蹑手蹑脚地跳进了屋子。

慕容花尘再次打起了精神。她在心底默默数了数，应该是七个人。全部身着黑衣，脸上戴着半块黑面具，在月光下没有反光，是磨糙了的，手中的剑也丝毫不亮眼，应该是同样的手法。

她心中一叹，自嘲地想着，自己的运气还真是……

一念至此，这才是正牌刺客吧，她想到。同时又不禁有些奇怪，这些人难道不是一伙的吗？后进来的七人好像没有发现最开始进来的那个人。她重新攥紧了手中的剑，脑中飞速思考着脱身的办法。

她还是没有立刻呼救，不光是担心把他们逼急了一窝蜂地冲上来，更是因为脑子里一道声音告诉她，要相信阴影里的那人。

七个黑衣人四处张望了一下，却没有发现倚在阴影里的那人。几人轻手轻脚地跳下了窗台，要进行下一步动作，却被一根从阴影处伸出来的棍子拦住了。

七个人惊了一下，随即赶紧摆出了战斗的架势，呈包围之势围住了阴影地带。

时间似乎静止了，八个人都没有动弹。突然，从窗户吹进来的风猛然似乎大了一些，眨眼间又归于无声，快得让人反应不过来。

慕容花尘被风吹得闭上了眼睛，再一睁开的时候，却发现那黑衣覆面具的七个人都已经倒在了地上不省人事。黑夜中，也看不清究竟是什么样的攻击造成了这种效果。她握着剑的手不敢动弹，眼睛一眨不眨地瞅向那人的方向，心中的理性让她不敢继续赌下去，但女人独特的直觉却又让她放下心来。

那人似乎松了一口气，伸手摸了摸自己的下巴，随后从身后扯出一节长布，慢慢穿过七个人，紧紧地将七个人打包在一起，变成一个大包裹的模样。随后用两条胳膊扣住了长布的另一头，脚步轻轻一踏，带着那个大包裹跳出了窗户。

慕容花尘呆住了，握着剑的手不觉间已经放开，她猛地直起身，犹自不敢相信。

在月光下，那人白色的围脖被照得闪闪发光。

……

回想今天的种种。

不知单立仁那两口子到底是怎么了，今日总是拿辟间无殇和慕容花尘开玩笑。

辟间无殇跳上了一棵树，照例准备在午后小憩一下，安静下来之后脑海中一直抱着这个疑问。

今天一大清早就有人来敲他的门，开门瞬间单立仁和舒欣就冲进了他的小院子，谁不知道还以为有强盗来了。一进门他俩就开始问这问那，连生辰八字都要弄个清楚。

想到这里辟间无殇不禁扶住了额头，有些无力吐槽。

天哪，之前真是一点都不知道舒欣在八卦方面竟然兴趣如此浓厚，这个平时看起来文文静静、战斗起来也毫不拖泥带水的女子在听说了什么风言风语后便好似变了个人似的。与其跟她这样待一天，辟间无殇宁可直接去找邪道拼命。

这还不是全部，今天去大殿的路上，他们几人跟在慕容花尘身后，这两个人一个劲地把他往前推，非要把他挤到慕容花尘身旁。他到现在也忘不了当时慕容花尘的目光，辟间无殇只好苦笑着指了指身后的两人，她也没说什么，正常上了早会。

辟间无殇心道："唉……真不知道他俩抽了什么风，莫不是我帅气的面庞让他们觉得只有这样的女子才能配得上？呸呸呸，自己在想什么，我的命是留给师姐的，嗯，一定要坚守自己，不忘初心。"

无奈地摇了摇头，他也只得认命。收起了纷飞的思绪，当务之急还是要先弄清楚关于刺客的事情。

那天秋实祭时七个人的"眉飞色舞"，对普通人来讲可能足够隐蔽了，但辟间无殇好歹算是个一品问天，自然不难从他们眼神中判断出来情况不对劲。这七人训练有素，配合缜密，想来是从同一个地方出来的，只可惜没能从他们嘴里套出更多的情报。

简单地分析一下，辟间无殇断定他们应该会选择在秋实祭典之后、守备相对松懈之时下手，于是他便在半夜三更趁着慕容花尘应该已经睡着的时候进了房间。

这还是他第一次进女孩子的闺房，以前师姐连看都不让他看，虽然他最终还是看了，但那是偷看，不能作数的，所以心中多少还是有些紧张。

悄悄打开了扇窗子，辟间无殇躲进了一片阴影之中。就那么站了好半晌，直到他都有些犯困了，那七个人才终于现了身。他看着他们先是合力打昏了一个看门的守卫，随后熟练地绕过了侍卫守着的地方，一声不响地到了慕容花尘楼外的树下。

本以为能见识到飞檐走壁的他看着这七个人滑稽的爬树模样，属实有点失望，简直都对不起他们的修为，虽然不是很高，但身手也好歹算个不错，一直靠走实在太掉价了。

控制住了打哈欠的欲望，他直接用无踪给他们一人来了记手刀。把他们捆好之后，带着他们跳出了房间，给他们塞到了驿站的马棚里，让墨轮在那边继续盯着。如果到第二日天明，他们再什么都不说，就得考虑把他们全丢进樊江里了。

辟间无殇能肯定自己做得天衣无缝，没有留下任何痕迹，当时慕容花尘已然熟睡，第二天起来任何人都不会看出什么破绽。只是他还挺好奇，慕容花尘会怎么想？七名护卫一夜之间全部失踪了，她又该怎么说呢？想到她脸上可能会出现的表情，辟间无殇便不由自主地笑了出来。

他只是有一点想不明白，明明除了自己再也没人注意到这件事情了啊，那为何今天不光是单立仁他俩，连慕容花尘的行为都有些怪异？莫不是真发现他的事迹了？不应该啊，以他一品问天的实力，如果有人在旁一定会第一时间就感应到的。

"怎么可能，一定是我想多了，对，肯定是我想多了！"辟间无殇心中想道。

他咬了一口糖葫芦，闭上了眼睛享受着秋风的吹拂。就他这长年累月犯……咳，行侠仗义积累下的观念不可能会轻易地被发现。

秋风忽地吹大了些，一片落叶晃晃悠悠地落到了他脸上，他睁开了眼睛。

墨轮好像有什么事。

他立刻施展步空，奔向了那间客栈。

好的神秘人

时间在心急的时候似乎变得格外慢，太阳费了九牛二虎之力才不情不愿地从天边吝啬地投射出第一道光。

而慕容花尘此时却已经早早地穿好了衣服。

她原本应该在意的是刺客的问题，但不知为何她却总是会想起第一个进来的人脖子上白色的围脖。

比起刺客，她更想见见这个人，这个悄无声息地救了她的人，这个事了拂衣去的人。

可他会是谁呢？

她已经想了一整个晚上，但还是没办法确定这人究竟是谁。

"白色围脖……"她微微皱眉沉思着。"会是谁呢？"

叩门声响了起来。

"进。"慕容花尘有些心不在焉地应道。

"小姐，您今日起得这么早？是身体不适吗？"灵儿走进来看到了坐在梳妆台前的慕容花尘，不禁一愣，有些担心地问道。

"没有没有，只是心中有些事而已。"慕容花尘摆了摆手，手拄在梳妆台上，捂住了额头。

"对了灵儿，"灵儿原本见慕容花尘在想事情便没去打扰，正在收拾着屋子，反倒是慕容花尘先开了口，"你有没有见过一个戴白色围脖的人？"

"啊？白色围脖？"灵儿闻言有些疑惑，咬着嘴唇想了想。

"唔……秋天戴围脖……还是白色的……"她皱着眉头努力回想着，突然说道："啊对了！我记得大小姐私军里的单先生说过，那个白衣服的公子有个白色的围脖。"

"白衣服的公子？"慕容花尘一愣，眼前忽然浮现了一个人。

"辟间无殇？"她满脸疑惑地嘀咕道。

"会是他？可瞧他那样也不像是什么大家宗门的……"慕容花尘突然心中一动，"不对，第一次见到他时用的那招步法……难不成真是他？"

想到这里，慕容花尘微微皱了皱眉。

这个辟间无殇什么来头？目的又是什么？

为了钱？仅仅为了钱至于大半夜冒着危险跑来抓走刺客吗？

那是为了什么？

慕容花尘拄着下巴想了半天，也没理出个所以然，她决定先去问问单立仁和舒欣。

秋日的清晨虽谈不上冷得刺骨，但薄雾却更容易让人受寒。慕容花尘接过了灵儿递来的外袍，屏退了周围的侍女，独自一人来到单立仁这对道侣的小院。

叩门声响起，单立仁打开了门。

"大小姐？"他有些意外地招呼道。

"没打扰到你们休息吧？"慕容花尘微微笑了笑。

"没有没有，请进。"单立仁也笑着摆了摆手，拉开了门。

"客气了。"慕容花尘走进了小院，正中央一棵果树，下面摆了一张石桌，慕容花尘拉出一个凳子落座。

单立仁从屋内拉出了舒欣，两人坐到慕容花尘的对面，肩膀贴着肩膀。

"大小姐这么早过来，是有什么急事吗？"单立仁开口问道。

"算是吧。"慕容花尘沉吟了片刻，"据单先生所言，那位辟间先生是有一个白色的围脖吗？"

单立仁有些诧异地看向慕容花尘："呃，也许是吧。"

"是吗……"慕容花尘抵着下巴想了想，"先生还知道什么关于他的事情，能否告知于我？"

"呃……"单立仁有些不知道该说些什么，"说实在的，我也对他不甚了解，但大概能看出他不是个坏人。"单立仁苦笑着挠了挠头。

"细节呢？"慕容花尘微微向前探了探身。

"细节的话……"单立仁苦苦思索了一阵，舒欣怼了怼他的腰，单立仁突然灵光一现，"哦对，他好像非常喜爱糖人。"

"糖人……"慕容花尘挑了挑眉，这辟间无殇藏了这么多，唯独在这一点上丝毫不收敛。

"总的来讲，他应该是个好的神秘人吧。"单立仁说完这句话也忍不住笑了笑。

"是吗？"慕容花尘闻言也不禁微微一笑，"那就打扰两位了，小女子先行告辞。"

慕容花尘站起身对两人抱了抱拳，单立仁和舒欣一同站了起来施以回礼。

到了门口，单立仁和舒欣对视了一眼，欲言又止。

"怎么了？"慕容花尘察觉到了单立仁的异样。

"咳，嗯……也没什么，就是不知道大小姐为什么突然对辟间先生这么在意……"单立仁有些犹犹豫豫地说出了心中的疑问。

"嗯？"慕容花尘一愣，要说为什么的话……

"是因为喜欢辟间先生吗？"舒欣突然窜了出来，眼中泛光地问道。

"嗯？"慕容花尘身形一僵。

"没有没有，只是因为他的来历不明罢了。"慕容花尘连忙摇了摇头解释道。

"唔……可是他只是个小小的私军啊。"舒欣有些疑惑地说道。

小小的私军吗。

"那个眼神，那个身手，无论从哪方面来看都绝非常人，那又为何要成为这小小私军中的一员呢？"慕容花尘嘀咕道。

"果然是因为看上了吧？"舒欣眼中闪烁的神光叫慕容花尘不知道该作何反应，还好单立仁拖走了她。

"抱歉啊大小姐，她就这个性子，您也不用放在心上。"单立仁拉住了舒欣，脸上带着歉意关上了门。

"嗯，嗯。"

慕容花尘离开了单立仁和舒欣的小院，不自觉地看向了对面辟间无殇的小院子，她犹豫了再三还是没有敲门。垂着头走进了樊溪廊，迎面走来了刚刚收拾过屋子的灵儿。

"大小姐！"灵儿招了招手。

慕容花尘抬起了头。

"咦？大小姐您怎么脸红了？"灵儿小步跑到了慕容花尘的身前，有些惊讶地说道。

"没、没什么……"

不让人放心的太子大人

按照墨轮的引领，辟间无殇谨慎地赶到了一间再普通不过的旅馆，墨轮此时正盘绕在一根刷成白色的木橡上，隐没了身形。辟间无殇竖起耳朵在屋顶上，辨析着其中一间屋子的谈话内容。

旅馆中祭典的热度依旧没有消散，人声嘈杂得不行，但辟间无殇凭借一品问天的修为勉强能听得清楚。

……

余七镖走出了那间华丽无比的大院，步履匆匆地走向喜宾客栈。他本来不想接这活儿，但奈何他们青水七侠都是靠实力打上来的，老大要接这活，除非六人联手，否则他们谁也拒绝不了。

想起那天被老大不明不白地拉到了一间再平常不过的小院前，活生生站了好几个时辰，再见到老大时天都已经黑得差不多了，他就觉得奇怪。

但终归这也不关他的事，老大接了好处自然会分给他们，这也是为什么他们六个人会那么支持老大。

昨夜的行动失败了，今天老大召集所有人，估计又要挨一顿批评。

他有些不情愿地挪动着脚步，看着街上来往的人流，心中有些向往这样平淡的生活。

他已过不惑之年，心中的热血渐渐地冷了，也就不复当年那般果敢要强。打家劫舍的脏事做了太多，已经充满了他的生活，甚至于如果不再干下去了，他都不知道要找个怎样的活计来为生。

他杀人、放火，因此至今未娶，他担心自己哪天没了的话，又要祸害一名无辜女子。他最讨厌那些采花贼和纨绔子弟，随意玩弄女人，这让他受不了。他是一个比较重情的人，也因此和老大关系最好，跟着老大的时间也最长。青水七侠，他排第二。

他又一次回忆起了第一次见到老大的情形。那时老大光着膀子提着一把带几个缺口的大刀，被几个武林中人围在中央，大刀舞得虎虎生风，连斩数人，逼得对方落荒而逃，着实是威风八面，教人看了热血沸腾。自那时起，余七镖便跟上了老大，一路正的邪的都干过。斩杀恶霸干过，抢劫镖车也干过，这才落得个"侠"的名号。他们既不算土匪恶霸，也称不上英雄好汉，倒也算是亦正亦邪，黑白通吃了。

想着想着，客栈的大门已经映入眼帘，一楼人们喝酒谈天的声音也传了过来，余七镖一阶一阶地上了楼梯，在过道尽头靠着窗户的房间门上轻轻叩了七下。

"吱呀"一声，门拉开了。屋内已经坐了六个人，老大盘腿坐在床上，剩下的五个人都坐在地上。

余七镖随意挑了个地方，盘膝下坐，看向了床上面略带威严又不乏狂傲的中年人。

"昨夜失手了。"老大低沉的声音平淡地说出了这句话，听不出怒意。

余七镖暗自咽了下口水，没作声，继续听着。

"这事也不怪你们，就算是我和那人斗也打不过一个回合，不然咱们今天早上也不会在马厩里的干草垛下起床了。"老大依旧面沉如水，不疾不徐地说出这一番话。

余七镖松了一口气，看起来今天应该不用被骂。

"那人修为很厉害，咱们青水七侠在这青水都混了这么长时间，哪来的人没见过，就凭老余一品归土、我末品问天的修为，连那慕容世家都要掂量掂量才能命令咱们，可那人居然一个照面就将咱们打晕，连反应都来不及，却是当真可怕。"

"上次我跟那接头人谈好的交易已经吹了一半，剩下的一半要看咱们明日的表现。但任务中途出了这么个幺蛾子，倒真是打了咱们一个措手不及，而且慕容家那边的私军也干不成了，以后咱们都要小心着点。你们几个找时间跟地干大道的黄老爷子学学易容。"老大皱了皱眉，似乎是不满任务中途出现的变故。

余七镖张了张嘴，正想发问，却被话最多的老七——阮小柒打断了。

"老大，你这说了半天，也不透露个信儿，咱这次到底干的啥活儿啊？说出来让大家伙儿也有个准备不是。"阮小柒摊了摊手，向床上的老大发问。

沉吟了半晌，老大才慢慢说起来。

"这次接的活儿……第一件你们都知道了，刺杀慕容家长女。那接头人都没去沙榜悬赏，直接来找了咱们，就能看出此事对他们的重要性。"老大犹豫了一下，沉声说道。

"这第二件事，就比较严重了。"老大招了招手，示意坐着的几人靠近些。

他压低了声音，语速加快了点："一个月之后有一场大战。据说是遗国和玛朝谈了笔交易，玛朝答应遗国给他们一次攻城的机会而不干预，虽说最多割让三座城池，但天知道遗国那边开出了多大的价码。咱们也得去插上一脚才能得到另一半钱。”

"啊！"阮小柒惊呼了一声，随即赶紧捂上了嘴，"老大！这可是要命的活计啊！咱咋能干这事儿啊！"他半是不解半是慌张地说。

"你知道他给了咱们多少银子吗？"老大不急不慌地靠上了床头，盯着他问道。

"多、多少？"阮小柒被看得有些不自在，结结巴巴地问道。

老大伸出了五个手指。

"五百两？"

老大摇摇头。

"五、五千两？"阮小柒不相信地又问。

老大还是摇摇头。

阮小柒不说话了，张大着嘴看着老大。

"五万两。遗国那边也是慷慨，生生把咱几个的身价翻了几番。这么多钱足够咱们七个人安度一生，以后也不用再干那些丧尽天良的事情了。"老大环视了一下六人，说道。

余七镖没什么说的，冲着老大点了点头，阮小柒心里争斗了半晌，只好也点点头。

老三到老六几个看着领头的两个同意了，自然也没什么意见，纷纷跟着点头。

"很好，这次开战算是一笔横财，但切记，命是第一，没命你要钱干什么，下地府去花？"老大见意见统一了，点点头嘱咐道。

"对了，老余啊。"老大叫住了余七镖，拍了拍他的肩膀。

"到时候你也不用跟着大家一起冲，你在后边放镖保护咱哥几个就成。"老大多瞅了几眼阮小柒。

……

玙朝那帮朝臣是成天写奏折写傻了吗？遗国到底用什么东西竟然能让玙朝给他们一个攻城拔寨的机会？

　　正恨铁不成钢着，辟间无殇脑中突然浮现出一个洒脱不羁的人影。

　　不会吧……

　　难不成是成天闲逛的太子被遗国抓走了啊。

　　辟间无殇苦恼地捂住了脸。

第二次突袭·挺身而出

节日过后的青水都虽然冷清了点，但依旧比以往要热闹上几分。许多行商为了再赚上一笔，选择在这个时机抛售商品。这样既能借到祭典的光，又能避开最为繁忙的时间。

一支车队慢慢悠悠地行进过来，拉车的马白色的鬃毛已经被风沙沾染得发黄，耷拉着头无精打采地走着。这支车队就那么晃晃悠悠地驶了进来，让人直为它担心会不会被吹翻。

车队到了门前，守卫拦住了马，向马夫讨要行商令牌。

车上跳下一个中年人，伸手递出了一块柏木制的令牌。守卫接了过去，一同接过的还有一个装满银钱的布包，简单看了一下便放他们进去了。

车队又重新开始行进，不急也不慌，看起来像是长年跑商道的老手。

那名守卫看了看那支车队，虽然奇怪今年青水都的邀仙山前来上供的车队怎么换人了，但掂量掂量手中哗啦作响的银钱，还是没放心上。

……

太阳强烈得有些刺眼，还好秋风偶尔送来一丝清凉，也算惬意。辟间无殃靠在树上闭着眼睛享受着午后的安宁。至于什么战争，到时候走一步看一步吧。

昏昏沉沉间，睡意渐渐爬了上来。

"轰！"

树叶哗啦作响，强烈的气流顿时把睡意吹得一干二净。随着人们的惊叫声，无数飞鸟应声而起。

他拍掉了脸上的落叶，一个鲤鱼打挺站了起来。环顾了一圈附近的街道，只见慕容家大殿的正门那里正向天上喷着浓烟。

"还来？！"

辟间无殃是真觉得自己不应该为那五两银子折腰，再这样下去只怕命都要折在这里了。

他自感苦恼地捂住了脸，还是重重地叹了一口气，手握无踪冲向了大院。

踏过一个个房顶，风在耳旁呼啸，他眯缝着眼睛再次加速冲到了皓月宫——也就是慕容大院最高楼的屋顶上。

果不其然，大院中此时已经混乱不堪。院子的门口停放着大概有四五辆车的车队，从车里面冲出了几十号人，一路见血奔向了慕容家议事堂。叫喊声此起彼伏，有慕容家的，也有刺客的。

辟间无殃没有急着冲下去杀敌，先在屋檐上用了一下观风，灵神随着混乱的气流四散向了慕容家。

议事堂内集中了慕容峰和慕容月等人，应该是在议事的过程中被突然袭击，不过看起来防线还比较坚固，以慕容峰两人的修为也能坚持好一会儿。厢房和后殿中则打得难解难分，守卫分散开来后兵力有些不足，只能凭借着地形优势与刺客周旋，地面的红毯被血染得更加鲜红。

他皱了皱眉，厨房这些地方虽然不是被重点针对的，但恐怕很快也会被突破，到时候可就是地狱一般的景象了，毕竟这些地方待的大多都是普通人。

但就在他正要跳下去时，那些屠戮着普通人的刺客却一下子收住了手，一起跑向了一个地方。

那是……慕容花尘的小院。

辟间无殇明白他们要干什么，擒住慕容花尘就相当于手中多了一张谈判的底牌，到时候只怕是会一步落步步落，形势恶化得更快。

他从屋顶跃下，比刺客们更快地到达了慕容花尘的小院。

该说是庆幸她不喜热闹，因此小院的位置比较偏僻，此时院中仅有两三个人在与她周旋。慕容花尘的剑术不可谓不高，手中幽踪剑更是削铁如泥，令人难以摸透它的轨迹，但面对三个修为比她高的人，慕容花尘仍旧是吃力无比。

三个人全部戴着白纱，遮住了上半边脸，浑身白衣，一点也不像刺客的模样，反倒更像是江湖游侠。

左侧一人当先刺出一剑，直奔她的咽喉，慕容花尘矮下身躲过，却被右侧的人一个横扫攻向了下盘，慕容花尘躲闪不及，只得勉强偏过身去，却是被刺来的利剑割破了衣服，春光乍泄，但此时除了辟间无殇谁也无心欣赏。

虽然看戏更加自在，但在身为私军的责任感和还没有预支的五两银子的共同作用下，他在第三个人的剑要劈下来之前便挡在了慕容花尘的面前，伸出手指夹住了剑身，随即猛地一拉，把那白衣人拉到了怀抱中，没等他们之间的目光"擦出火花"，他便一记膝撞把那人磕晕了过去，倒在地上鼻血直流。

左侧的人见了辟间无殇毫不犹豫地就是一记直刺，他偏过脑袋踹了他下身一脚。

"啊！"痛彻心扉的喊声震得树叶哗哗作响，刺客跪在地上不住地抽搐。

右边的人见敌不过辟间无殇，果断杀向慕容花尘，辟间无殇施展无踪来到了他旁边，轻轻地……绊了他一脚。他一个趔趄摔向了池塘，好像还吃进去一条鱼。

"我说你啊，吃了鱼要付钱的知道不？"辟间无殇蹲下来戳着他的腹部，刺客呛进去了好几口水，咕噜咕噜的没了声响。

"喂，你没事吧？哎哎，别装死啊，死了也得给我交纸钱。"他站起身踢了踢刺客。

算了，不要钱了。

"便宜你了。"他仍旧有些不满地嘟囔道。

慕容花尘看得呆住了，辟间无殇来到她面前她才反应过来。

"原谅小女子有眼无珠，竟不知先生武功如此了得。"她赶紧垂下头抱了抱剑，咬了咬牙，还是用略带恳求的语气对他说道："不知先生可否助我慕容世家渡过这次难关？"

虽然她衣服被割破，十分狼狈，但动作依然端庄而不失礼仪。他看了看从院墙和门口不断涌入的刺客，挠了挠头，微微苦笑了一下。

"五两银子也是钱啊，之后别忘了预支给我就行。"

慕容花尘的身子一颤，眼中的惊喜让他不好意思地摸了摸鼻子，慕容花尘对他露出了此前从未露出过的笑容。

"多谢先生出手相助！若我慕容世家能够躲过这次劫难，定当厚礼酬……"

没等慕容花尘用激动的语气说完，辟间无殇便摆了摆手打断了她的话，伸出一根手指竖在了自己的嘴前，比了个嘘声的手势。

"嘘……"

他甩了甩手，脸色逐渐变得严肃。

"该打架了。"

慕容花尘愣了一下，张了张嘴没有多说什么。

辟间无殇面对着越来越多的刺客，心中拿捏着要用几分力，这在别人看来可能是多少有些紧张吧。

不过也罢，总不能刚一出山就丢了山水师的脸面吧？

虽然心里暗暗叹气，但他依然挺直了身板，拿起手中的潇光摆好了战斗的姿势。

这次反击败不得，他还指望和慕容世家攀上关系，但也不能赢得太利落，免得再让他这两年的隐姓埋名白费。

念及于此，他拿着潇光转了几圈。

慕容花尘怀中抱着幽踪剑，呆呆地看着站在自己身前的辟间无殇。迎着刺眼的阳光，她的心里还是第一次这样深刻地烙印上了一个背影。

退来犯·情愫暗生

门口和院墙上翻进来一拨又一拨的刺客，辟间无殇右手挂着竹杖，平静地看向这群白衣人。

看着白衣人的数量从三五个到二十来个，他脸上的表情想必一定是越来越精彩纷呈。

嘴角抽抽着，他纠结地看向一大群气势汹汹的白衣刺客。

"诸位，人生天地间，不过百余年。"竹杖一拄，气浪吹得他衣衫乱舞。

"可不要为了钱财耽误了大好年华。"辟间无殇露出了一个苍白的笑容。

刺客们互相看了几眼，瞅了瞅那个趴在池塘里的人、那个跪在地上冷汗直冒的人，以及那个躺在地上鼻血直流的人，手上握着兵刃却不敢多动一下。

他感到刺客似乎并没有撤退的意思，不禁有些苦恼。就在束手无策之时，墨轮突然拍了拍他的肩膀，看向了无华杖的前端。

他这才想起来，师父把这竹杖给他之前，似乎告诉他第一节是可以拆掉的，说是能有救命之用。

他忙不迭地用手拧了一下，竟然从平平无奇的竹杖里抽出了一把竹剑。

哇！

此剑寒光闪烁，流光溢彩，气势逼人，当真是把绝世宝剑！

"可是啊师父，您老人家难得这么慷慨，但您记不记得……

你压根就没教过我怎么用剑啊！

你给我剑是用来吓唬人的吗？"

……

好像还真值得一试。

"啊——"一名刺客捂着被刺穿的胸膛，含糊不清地大声叫喊着。

辟间无殇施展无踪，又以最快的速度直直地把剑刺进了另一人的胸膛中，随即退回到原位，冷冷地看向一众刺客。

"就这？"他再次甩了甩手腕，摆出了一副云淡风轻的模样看向对面。

"真是让人忍俊不禁。"

他单手持剑，秋风一吹，脚不动声色地小幅度抖动，扬起一片尘沙，倒是颇有几分高人风范。

刺客那边骚动了起来，好像是按捺不住要冲过来了。

他微微矮下身，摆出了阵势。

时间似乎静止了，不论是辟间无殇、墨轮、刺客，还是慕容花尘，都没有作声。

沙沙声响，那名捂着下身的刺客缓缓爬回了对方人群中，辟间无殇见状还有些佩服他的坚强。他对着一众刺客含糊不清地说道："此人……好狠毒的手段……"说完再次颤抖着蹲下了身。

刺客们看他痛苦的模样，又看向了另外几个人，不禁缓缓放低了重心，护住了下盘。

就在似乎一瞬对面便要冲过来时，从他们的后方却走出一个戴着斗笠遮住了大半面庞的人。而看到此人，一众刺客都齐刷刷地肃立在原地。

"先生武功高强，根骨不凡，在下实在是佩服不已。但您一代侠士，又为何要一再参与这世俗纷争不可？"难以从声音判断他的年纪，这个戴着斗笠的人温和而有礼地对辟间无殇拱了拱手。

"拿人钱财，替人消灾。"辟间无殇假装漫不经心地回答，目光一扫却发现竟看不透此人的修为。

他皱了皱眉，目光深处多了一丝警惕。

此人绝非善类。

"我等愿意出慕容家的三倍价格，只求先生不再现身帮助慕容家，可否？"他对辟间无殇躬身行了一礼。

慕容花尘心中一凉，不敢抬头看向辟间无殇的脸。她的最后一丝希望已经摇摇欲坠了。

他眼神毫无波动，摇摇头道："凡事都要有个先来后到，不是吗？江湖之人诚信为先，任职期未到，自然不能袖手旁观。"

两面三刀之事，辟间无殇不想、也不屑做。

"先生果然是一代豪杰，那我自然也不好再与人为难了。慕容小姐……"他意味深长地笑了笑，突然把话头转向了慕容花尘，"令尊应该会知道该怎么做的，我们后会有期。"

说罢，此人对辟间无殇和慕容花尘抱了抱拳，退回了队伍。只见他一摆手，二十来号人像挥散在了空气中一样，无影无踪。

辟间无殇用观风看了一下，确定此人没有再回来的意思后，心中大大地松了口气。这个斗笠人应该知道他是一品问天，但辟间无殇却看不透他，要是和他打起来，除非辟间无殇用出全力，不然还真没有太大把握。

慕容花尘虽然好像还在思索斗笠人临走前的话，但也长长地舒了一口气，随后感激地看向辟间无殇："这次真是多谢先生了。"说罢深深地鞠了一躬，辟间无殇赶紧侧身一躲扶起了她。

"大小姐无须多礼，这只是我分内之事，况且我也没真的和他们打起来……"辟间无殇挠了挠头不好意思地说道。

"先生不要谦虚，若不是先生出面震慑，这次我慕容世家必将大伤元气，甚至一蹶不振，这份功劳先生万万不要推托！"她认真地看着辟间无殇，言语中充满了不可置疑。

"啊好好好……我觉得大小姐该去趟大殿了，要不然家主该担心了……"他有些别扭地别过了头，有些无奈地说道。

慕容花尘眼中含着笑意盯着他看了一阵，直到他心中有些泛突突，她才转身向门口走去："先生也请一起来。"

"啊？我、我就不用了吧……"辟间无殇一愣，下意识地后退了一步。

"怎么可能，慕容家向来都不会亏待恩人的。"她将幽踪剑别回了腰间，背着手转过身来对着他灿烂地笑了笑，眨眨眼示意他跟上。

"唉……"辟间无殇知道自己是跑不掉了，便只得苦着一张脸，跟在慕容花尘的身后。

慕容大院的石板路上，走在前面的女子步履轻盈，跟在后面的青年步伐沉重，这样的搭配若是平时肯定会让不少人好奇，但在刚刚经过一场秋雨般短暂而猛烈的袭击后，慕容家里却没人在意了。他跟着慕容花尘走入了慕容家招兵殿。

大殿仍未打扫完毕，鲜血随处可见，此时所有长老执事便都集合到了招军殿中议事。

"家主，此次遭受偷袭我方损失重大，商会穆原长老不幸身亡！向京长老等五位长老受伤较重正在治疗，护卫死亡近百人，其他伤亡者不计其数，还有无数宝物被毁！"一名老者颤抖着对上座的慕容峰说道。

一时间堂下人声鼎沸，混乱不堪，群情激奋，痛斥邪道那帮人卑鄙险恶、不择手段。

辟间无殇站在慕容花尘身旁不远处，尽量降低着自己的存在感，心中想着那个斗笠人离去时的话。

"够了！"慕容峰按捺不住，使劲儿拍了一下椅子。

堂下顿时鸦雀无声。

慕容月没有作声，默默地看着这一切。

"少说两句。"慕容峰的声音再次恢复了低沉，只是多了几分掩盖不住的疲惫和苍老，"和平久了，都松散成如此模样了吗？"他扶着额头，半睁着眼睛，目光直直地刺向了计相章祝，章祝连忙垂下了头，脸上直冒冷汗。

"还有鼎军司韩轩何在？"慕容峰紧蹙着眉头审视着下方一众长老，长老们面面相觑，不约而同地耸了耸肩。慕容峰见半晌没人应，又皱了皱眉头，吩咐手下道："去，给我找到鼎军司韩轩长老。"

"就连青水都都能让邪道潜入，让皇上听闻难道还要觉得我慕容世家是谁都能欺负的软柿子吗？来人，传令从即日起加强城防，严加盘查来往行商，若有必要可进入备战准备！"慕容峰努力克制着心中怒火，挥手传下令去。

传令卒的脚步声远去，堂上一时间落针可闻。

"喀哒。"

鸦雀无声中，突然有一道细微得连慕容峰都没有察觉到的声音，传入了辟间无殇的耳朵。

那是机巧弹簧的声音。

原本心不在焉的他心神猛然间惊觉，在因家族动乱而心神恍惚的慕容花尘身后瞥到了那名不起眼的老管事，他的手负在背后，一道寒光闪过他的眼睛。

"走！"

甚至都没有时间蓄力，辟间无殇的一声大喊炸响了大堂上沉闷的空气，在所有人都还没反应过来前，用步空推走了慕容花尘。仓促之间连防御都来不及，他能真切地感到一柄小刀捅进了自己的胸膛。

"噗！"辟间无殇喷出了一口鲜血，老管事似乎还想追杀，奈何慕容月当先反应过来朝他刺出一剑，他不得已只好拖着辟间无殇化为一道黑影跑出了慕容大院，还向身后的慕容月抛出了一张纸条。

"辟间先生？！"慕容花尘刚刚站稳了脚步便看到辟间无殇被老管家刺了一刀，她愣愣地看着辟间无殇被拖走，回过神来却只能感受到早已远去的黑影留下的气流。

堂上所有人都张着嘴巴，呆呆地看着电光石火之间发生的变故，都没反应过来，慕容月皱了皱眉，看向远去的黑影若有所思。只剩下慕容花尘一个人身体颤抖的幅度越来越大。

"为什么？"

她回想起小院中一人面对二十余名刺客面不改色、挺身而出的他，又回想起刚刚不顾生死推走自己的他。

眼角泪痕悄然滑落，她有些不知所措。

失阵法·决议迎战

大殿里的众人回过神来，慕容月拾起纸条递给了慕容峰，她与接过纸条的慕容峰对视着。

慕容花尘身旁的长老安慰着抽泣的她。

慕容峰从慕容月的目光里读出了什么，他拿着纸条却没有打开，看着女儿，心中有千言万语想说，但面对着千军万马能够侃侃而谈的嘴巴，却唯独面对她的时候连一个字都蹦不出来。

"唉……"慕容峰长叹一声，微微颤抖着双手打开了纸条。

纸条上字迹工整，应该是事先就已经写好的。慕容峰不知为何心中有些发慌。

敬启者，慕容家主：

鄙人不才，裁天帐下一军师而已，今日之事多有得罪，还请见谅。

遗国玙朝相邻已久，常言远亲不如近邻，此番圣上特让我等借江南两三城一用。在下亦久闻慕容家实力强劲，数年来几番前往，自叹慕容家有名有实，果真是人才辈出，深不可测，故而暂留此《五十六阵图》一用，权当学习。家主若想取回，一月之后，三斗岭相会便可。在下于此等候已久，还望家主前来一会。

祝武运昌隆。

慕容峰瞪大了双眼，手颤抖得更加厉害。

"报！"刚刚前去寻找韩轩的士卒跌跌撞撞地跑了进来，见到慕容峰低垂着的头咽了咽口水，"鼎军司韩轩长老他……于今日清晨外出，至今未归。"

大殿中顿时又安静了下来。慕容花尘擦干了眼泪，在长老们的搀扶下站稳了身，她望向上座，不知父亲听到这个消息会有什么反应。

慕容月的目光凝练了几分。慕容峰右手握成拳头又张开，牙关咬紧又放松，他猛地拍了下扶手，站起身来，在大殿中不停地踱着步，双手摩挲着棱角分明的下巴，眼睛直直地盯着前方的地面，不知在想些什么。

玛朝太子被擒，他心中已有开战的准备，但他却着实没有想到遗国竟然专挑自家的过玉关打。另外也不怪他如此愤怒，《五十六阵图》可是圣赐之物，皇上给的，慕容世家集合众人之力苦研数年才终于勘破其中小半奥义。但只是依靠这小半，慕容世家就在当时那片乱世中得到了一席立足之地。先不说其对家族的意义，光是其中的内容就绝对不能失去。五十六阵图，阵阵含生死。八门遁甲，七死一生。裁天军是遗国头领向天裁的亲训部队，算得上是遗国五大部队之首了，若是让他们勘破其中契机，其后果不可想象。

殿下的众位长老欲要上前询问，却终是无人敢打扰。慕容花尘瞧见自己的父亲这个样子，走到了父亲的跟前，轻声问道："父亲，怎么了？"

慕容峰闻言回过神，转头见到了自己女儿眼角发红、却仍旧强颜欢笑询问自己的模样。他心头一软，恍然之间仿佛又回到了还没有人离去的那段时光。

　　他拍了拍慕容花尘的头，神情复杂，勉强挤出一丝笑容，说了一句与当下情景毫不相干的话，

　　"那小子……为了你连命都不要了？"

　　慕容花尘怔了一下，眨了眨眼睛，半晌才反应过来。她的脸颊迅速飞上两抹嫣红，支吾着不敢和慕容峰对视，依旧泛红的双眼不自然地四处扫视着。

　　慕容峰罕见慈爱地笑看着自己的女儿破天荒地这么慌张，他轻柔地摸了摸她的头。

　　"不用担心了，皇上还是十分信得过咱们啊，不过是一些小贼罢了。比起这个，为父倒是觉得自己女儿的终身大事更为重要。"

　　慕容峰调侃地看着想要辩解但又手足无措的慕容花尘，拍了拍她的肩膀。

　　"走吧，为父要与诸位长老商议一些事情。"

　　慕容花尘这才渐渐缓过了神，她忧心地看着慕容峰疲惫的眼角。

　　"真没事，快走吧。"慕容峰又推了推她，她这才一步三回头地离开了大殿。

　　慕容峰望着慕容花尘逐渐远去的身影，许久，他缓和了下心态，身旁士卒重新搬来一张椅子，慕容峰坐下，沉声道：

　　"遗国看来要攻打我慕容三城。"

　　堂下慕容家臣面面相觑，一位将军走上前单膝下跪："微臣可请命去通报皇上，向京城借兵。"

　　"不可。"慕容峰摇摇头，让堂下所有人一愣。

"遗国与玙朝相约，遗国仅用裁天一军，除玉钟花、羊丰不能多得，而玙朝……不得干预此次战争。"

慕容峰前几日刚接到圣旨，上面写了玙朝遗国之约，但他心中还抱有一丝期望，而今天遗国留下的纸条让他确信玙朝与遗国之约属实了。

没等众臣反应过来，慕容峰又接了一句，

《五十六阵图》也被盗了。"

接连两句话，好似炸开了一枚千针雷，引得大殿顿时混乱起来。

"什么？！皇上这不就是割让三座城池给遗国吗？"

"《五十六阵图》？！不会是圣上亲赐的那本吧！"

"我等真能挡住遗国东伐之路吗？"

"《五十六阵图》不是在鼎军司韩轩长老那里吗？"

众人议论声此起彼伏，慕容峰打断了嘈杂的众人。

"圣旨无虚言。"慕容峰捏着纸条，眼神望向了空处，"韩轩想必就是内奸了。"

这时，他才恍然明白，为什么那群凶神恶煞的邪修们会止步在那座空空如也的山头前，让他得以接受韩轩的帮助。

他又明白，为什么竞选家主之前自己的大哥慕容山会突然暴毙，让自己得以成为慕容家主。

"这遗国果真是为了重回中原而殚精竭虑，不择手段。呵，倒也是让人佩服！"慕容峰忽地大笑了几声，手中纸片却是捏得不成样子。

让他真正心伤的不是皇上托付给他的重任，而是韩轩的背叛。

世家的悲哀，不只一代。

慕容峰这一生，只动过三次真情。一次手足情，一次爱情，一次友情。甚至于他的亲生父母和他，都有着无法逾越的隔阂。

他唯一一次友情，给的就是韩轩。

不管是那次救命之恩，抑或是选举家主时给他的安慰，他都记在了心里，打心底把韩轩当成了真正的兄弟。

自己的朋友，背叛了自己。

他不愿接受也不想接受，但他必须要接受。

他没有那么多儿女情长去感慨，遗国已经下了战书，玙朝也不能给他帮助。不管他多么希望韩轩不是内奸，他也不能偏袒韩轩，尤其是在证据已经确凿的情况下。

所以他选择放弃。

"传令，鼎军司由副将田渊掌管兵权，即日起调用一切可用军队，于一月内集结，前往三斗岭迎敌。"他很快做出了决定，时间只有一个月，即使他明白邪道想要趁此一举击溃慕容世家，他也必须要迎战。

男儿战死疆场，亦何足憾！

"得令！"大殿一侧走出一员年轻的将领，跪于地上领受任职，正是田渊。

慕容峰环视四周，问道："大战在前，耽误不得。诸位长老可还有话讲？"

殿下众位长老互相看了看，或许是很久不动的身子骨渴求活动，也或许是很久未曾流淌的热血重新活络了起来。

"我附议迎战！"

"此战，乃为了我朝黎民百姓！我附议迎战！"

"遗国贪我城池，窃我宝物，此仇不报，我等还有何脸面自称慕容世家！臣，同样附议迎战！"

第三次，大殿上乱成了一锅粥。不同的是，慕容峰的脸上多了丝欣慰。

"迎战！！"

脱身记·犹忆当年

当辟间无殇睁开眼睛，意识逐渐清醒时，他渐渐感受到了风在耳旁轰轰作响，他感到自己俊俏的面容在劲风之下都被吹变形了。

胸口传来一阵剧痛，他这才想起来好像是被人劫走了。

辟间无殇眨了眨眼睛，努力辨识着四周。

还是那个老管家在背着他，但面不红气不喘速度还不慢，这可比一个同阶的武修好用多了。他不禁惊叹了一下这傀儡的做工，当真是精密，也不怪师父如此忌惮六傀门，确实是有些门道。

老管家在树枝上跳来跳去，宛如一只猿猴在树丛间翻腾挪移，看着一个老人这样蹦蹦跳跳属实有些怪异，尤其是当辟间无殇被他背在背上的时候，则显得更加古怪。

风声在耳边呼啸，景色在眼前掠过，自己还不用费力，这让他感到十分惬意。"当务之急还是要赶紧摆脱这老管家的魔爪，绝不能让他把我带到敌军老巢为所欲为。"辟间无殇想到。

唉，如果是合阴楼的那帮罪大恶极的舞女，辟间无殇说不定会下定决心跟过去清缴一番。到敌人内部打探消息，他肯定是没去过的，连

"合阴楼"这个名号都是听别人告诉他的。

"想我一身浩然正气又岂会被那等低级的魅惑之术扰了心智！"

"哼！想我七尺男儿……"

啪的一声，墨轮用尾尖抽了辟间无殇一下，示意他停止幻想，准备战斗。他虽然有些不满，但还是强打起精神猛地一蹬腿，准备脱离老管家身周的丈许范围，然而刚要离去，老管家却一伸手拉住了辟间无殇的右臂。把他重新背到背上，不愧是傀儡，就算下了麻药也不会放松警惕。

老管家的手爪十分有力，捏得他右臂动弹不得，又因为伤处隐隐作痛，他只好伸出左手拔出了腰上的潇光作为武器。老管家的左臂以快得看不清的速度对他连续打了数拳，辟间无殇用潇光如数接下。而令他惊讶的是，在这几拳之下，金竹所制的潇光竟然与老管家的手打出了火花，辟间无殇心中对这傀儡究竟是什么做的产生了很大的好奇。

由于停止了脚步，他和这具傀儡一同坠落到地面上，踏着落叶沙沙作响近距离出招。傀儡没有什么招式，只是一拳接一拳轰击，但每一拳都力大势沉，拳拳相扣，有若拳雨，让他不得不接下，连个喘息的空当都没有。

若问为什么，辟间无殇可是亲眼看见这个老傀儡一拳把一棵苍天老树轰出一个洞，他可不希望拳头落在自己身上。

他握着潇光一下下地拨开傀儡的拳头，以四两拨千斤的手法不断削弱着他的力量，但还是感觉得到左臂上传来的阵阵麻痹感。金属相击声音清脆，铛铛作响。

"墨轮助我！"他高喊了一声，惊动了一群飞鸟。

正要伺机扑向敌人的墨轮被他吓了一跳，身形一阵摇晃，差点没从辟间无殇的肩膀上掉下去，墨轮冲他凶狠地吐了吐信子。

报仇？不会不会，山水师一点也不记仇的。

他露出了人畜无害的笑容。

他们继续你攻我守，只不过他的防御圈一直在缩小。

老管家的修为应该是末品问天，也算得上是一代宗师了，再加上成为傀儡之后的力量和耐性，应该是直追二品问天，不过和辟闾无殇的修为比起来还差上一些。

但关键是傀儡不用右手可以一样攻击，而他用左手很不习惯啊！

他心想："这傀儡不可能一直运作，必定有时间限制，只要耐心等待，就应该会等到他露出破绽。"

"啧！"

咂了下嘴，他迫不得已用出了凝气，刚刚要消散的麻药又开始在体内活动起来了，较之上次甚至有过之而无不及。不过还好他的力量提了上来，已经能够和老管家分庭抗礼。而墨轮此时也已经爬到了老管家的右臂上，狠狠地绞住对手。

所以说终究是个傀儡嘛，尽管情况不对也无法做出最好的防范，只是一个劲地出拳。辟闾无殇力量已恢复大半，故而老管家这次的拳头被他悉数接下，荡起一阵阵轰鸣和狂风，堆满落叶的地面上露出了一片空地，显得有些突兀。

墨轮的身子不断缩紧，渐渐地辟闾无殇能看到老管家的右臂已经被绞得不成形状，又过了几招，他这条称得上麒麟臂的胳膊终于不堪重压，被硬生生地绞断了。辟闾无殇赶紧反手抽出了竹剑，他看出老管家的弱点正是在胸口处，他凝神蓄力，尽力一击，集中于一点的攻击成功贯穿了老管家的胸口，刺穿了其中一颗红色小石头。

师父曾经告诉过他，这里是支持傀儡运作的藏功石，就是这颗小石头传给傀儡所需的能量，代替内力进行活动。

辟闾无殇握着支离破碎的石头，愈发严重的药效使他变得晕晕乎乎，忽然间想起了那老头很久之前在他还未奔赴北关时的教诲。

那天刚刚开春，桃花还没有完全开放，一朵朵花苞在树上等待着一夜春风的洗礼。师父讲着课，但他跟往常一样没有听，而是津津有味地看着窗外追着母鸡跑的墨轮。师父闭着眼睛滔滔不绝地讲授着傀儡的知识，师姐则认认真真地记下了师父说的每一个字。师父下课之前对他们说第二天要提问，辟间无殇顿时慌了神，连夜跑去师姐住的小院子求助，不巧正撞到了美人出浴。她的脸不知是刚洗完澡还是害羞，红得惹人怜爱，平常波澜不惊的面容第一次露出了羞怒的表情。他好想念那个时候啊，也好想念师父啊，可还是最想师姐。

嘿嘿嘿嘿。

有便宜不占不是他的风格，他俩都愣住了，在师姐的巴掌还没有落到他脸上的那一瞬间里，他想了很多。

"她到底是怎么发育得竟然这么令人惊叹，明明她年纪还很小的！"

"她的巴掌就要打到我了，我到底是躲还是不躲。"

"躲的话下次就不一定还有这种机会了，而不躲就可以多欣赏一会儿。"

最终，他还是选择了活在当下。

是夜，他半边脸红肿着，站在师姐屋外的窗子边上，向师姐问了许多问题。

可是到了第二天，辟间无殇还是没能通过师父的提问，被师父罚去捡了半年用的柴火。从那之后他决定再也不向师姐请教问题了，耽误学习的效率。

不过那天捡完柴火，她递给了辟间无殇一个馒头，是他吃过最好吃的一个馒头，白花花没什么点缀，却比加了糖还甜。

"啊……"石头里的红光消散，药效被辟间无殇的身体很快挥散得所剩无几，他的意识也渐渐回到了这片枫叶林，而非那片金竹林。

甩甩头，墨轮已经重新爬到了他的脖子上，他叹了口气准备顺着原路返回。

他刚刚找回陷入回忆中的灵神，忽然间耳朵一动，听到了轻轻的一声"啪"。

那是与老管家那时一样的，属于机巧弹簧的声音。

受重创·求医故人

"嗡——"

在听到爆炸的声音之前，辟间无殇就已被强劲的气浪轰击到了一棵树上，猝不及防的爆炸让他没有一点准备，整片后背被炸得血肉模糊，若不是《忆水怀山经》厚重的卷轴挡住了他大半身体，恐怕是难逃一死。剧烈的冲击使他一瞬间失去了意识。

很快醒来之后等待他的却是更巨大的痛苦。

耳朵仍在嗡鸣，勉强睁开眼睛只能看到一片猩红，模糊不清。他的双手颤抖着试图支撑起自己的身体，却终是无用之举。

墨轮在他听到那弹簧响声时被扔出去了，此时并无大碍。它迅速爬到辟间无殇的身边，冲着他吐了吐信子。

尽管知道墨轮在为他着急，但辟间无殇此时真的没有办法回应它。

他张了张嘴，吐了一口血，勉强伸手到了墨轮的面前。墨轮会意，缠着他的手变大了身体，拖着他前行。

辟间无殇不敢用后背着地，于是便只能让他英俊的脸庞接受泥土的洗礼。

身上的伤带来了痛苦，却也使他的脑袋稍稍清醒了一点。这片枫叶林看起来有些熟悉，隐约是邀仙山上的果枫林。

若是邀仙山……以墨轮的灵智，应该知道去哪里吧。

这么想着，他便陷入了昏迷，不省人事。

……

青水都的西北方坐落着邀仙山，两者相隔并不是很远，如果顺着这一条路继续向行商那样走个三五天的时间，就会到三斗岭的地域。三斗岭别看占了个岭字，却是个平原。只因那里野兽太多，即使正邪联手也讨不到便宜，便空出来很大一片地，成了许多战役的战场。

善春堂曾经是建在三斗岭附近的，那是靠近战场的唯一一处医馆，就坐落在连天山脉和三斗岭交接处的山腰上，只有拨开丛丛的林木才能找到。但自从那次野兽暴动后，被摧毁的善春堂幸运地没有人员伤亡，只是迁到了这邀仙山上，倒也靠着老掌柜的妙手回春渐渐有了点名声，来看病的人也就多了。

只不过最近，病人照往常要少了大半。

老掌柜躺在摇椅上，晒着太阳。

秋日清爽，若是夏日可能手上还会多一把蒲扇。

老掌柜摇着摇着，困意渐渐袭来。正当他放空灵神，脑袋沉沉的时候，门却"砰砰砰"地响了，惊得他差点摔下摇椅。

他支起身子，甩了甩头清醒一下，对里屋喊道："司清，去应下门！"

里屋正逗弄着阿黄的司清闻声放下了手里的狗尾草："哎！来啦！"她清脆地应答道，随即响起了轻快的脚步声。

掌柜也趁着这个间隙打来了一盆水。

"女儿长大了呀……"老掌柜随意擦了把脸，心中不禁有些开怀。那次兽潮过后已经整整十年，他也与当初的救命恩人妙老头结了兄弟好些年，连女儿也在这两个山头之间跑着跑着就已经成了十七岁的少女。

老掌柜舒爽地叹了口气，擦擦手，也向着门口走去。

"您好……呀！墨轮？！"

司清跑到门口，拉开了并不厚重的木门。正欲迎客，却险些被墨轮绊了一跤。

老掌柜走到一半，突然听见自己女儿的惊呼声，赶紧跑到了门口。

门口没有人，他的视线随着女儿的视线下移，这才看到了地上的墨轮和身后拖着的血肉模糊的人。

墨轮身上脏兮兮的，满是尘土和血迹，身后的人更惨，后背除一个棋盘大小的位置外其他地方已经惨不忍睹，这样还没！死老掌柜也是惊叹于其生命力之顽强。

墨轮缩小到了原本的体型，一个劲儿地向身后那人吐着信子，老掌柜不禁奇怪，以墨轮的性子如此与人亲近可不多见。

正思索着，身旁的司清走近俯下身来看了看，发现了那人身上的卷轴："咦？爹，你来看看，这像不像是妙叔叔的那个忆水什么经？"

这么一提醒，老掌柜一下反应了过来，那么大个卷轴天底下恐怕没有第二个了。他连忙往前走了几步，又看到了那人腰上别着的竹杖，这可吓坏了老掌柜，赶紧招呼里屋："媳妇儿！快快打水！无殇受伤了！"

司清此时刚好翻过那人的脸，一下子僵住了，尽管那人脸上被血与土遮掩得看不清相貌，但足以让她辨认出这人就是自己的无殇哥。

"无殇哥？"司清的声音有些颤抖。她捂着嘴站起了身，跌跌撞撞地跑到老掌柜的面前，摇晃着他的手臂，"爹！快救救无殇哥呀！快，快用那什么山生术啊！"司清的声音带上了哭腔，眼眶发红，看得老掌柜一阵心疼。

"瞧你急的，那是善生术！快去帮你娘打水，还来得及。"老掌柜点了下司清的额头，安慰了一下，随即赶紧将辟间无殇拖进了并不怎么大的医馆里。

司清眼里泪花正在打转，但最终还是被她忍住没有掉下来，回身跑向了屋内帮着自己的母亲打水烧水。

她想起来那次阿黄走丢了，她找遍了整个山头，直到嗓子都喊得嘶哑也没有找到，急得蹲在墙角直哭。那时无殇哥叼着根糖人走过来和她蹲在一块，摸着她的头，告诉她有哭的时间不如想想该咋办。

她暗自捏了捏拳头，当年在三斗岭的救命之恩犹在，如今决不能眼睁睁看着无殇哥死在自己眼前！

这样想着，司清的步伐又加快了几分。

老掌柜抬着辟间无殇的上身，墨轮则顶着他的腿，将他放到了床上，依旧是后背朝上。

老掌柜解开了他身上的卷轴立在桌旁，撕开了辟间无殇身上破烂不堪的衣服，取下了别在腰间的潇光和……一个依稀可见舞姬模样的糖人，面带苦笑地放到了桌上。

这孩子，也不知道为何如此钟情于糖人。

司清从母亲手里接过了一盆水，捧着水盆快步到了掌柜身前，老掌柜在水盆里浸湿了毛巾，一点点地清理着辟间无殇血肉模糊的后背。

司清身体微不可察地颤抖着，看着渐渐显露出狰狞的伤口，她实在是看不下去了，抱着阿黄发着呆慢慢躲进了里屋。

"娘，最近是不是有什么大事啊？"司清蹲在石灶前，托着下巴看着噼啪燃着的火怔怔出神，轻声问母亲。

薛玉打来一盆水，将水盆放到石灶上，对着司清笑了笑。

"最近听酒楼里的游商说慕容家和邪道要开战了，你无殇哥估计又得掺一脚吧？"薛玉添了几把柴火，有些无奈。

"唉……娘，你说无殇哥什么时候能好呀？他都将近一年没来咱们这儿玩了。"

"傻妮子，成天就知道无殇哥无殇哥的，要不给你嫁到妙老头那去？"母亲拍了拍司清的脑袋，司清顺势歪了歪头。

司清愣了一下，脸上被火光映照得红彤彤的。

"那、那也行啊……"

话音刚落，她赶紧将脑袋埋在了膝盖上。

"什么？"水"咕嘟咕嘟"冒气了，母亲忙着收拾，没听清女儿说的话。

"没、没什么！我去把这盆水端给爹！"司清赶紧站起身来，一把接过了装着开水的盆，"好烫！"刚一接过就差点打翻水盆，慌慌张张地包好毛巾，她低着头快步走向老掌柜那边。

"这妮子……"薛玉擦着手，面带笑意地看着有些焦急的女儿。

十七针·管命判官

"爹，水来了！"司清第十二次小步跑到老掌柜的身边，再次放下了水盆。

老掌柜挑了下眉，诧异道："女儿你今儿个怎么这么勤快呢？"他看了看上一盆还算清澈的水，又看了看放到手边的水盆，眼角的皱纹抽了抽。

"当、当然！有伤患不就是该多帮帮忙吗！"司清缩了缩脖子，偏过了头，捧起那个水还半清的木盆就要往里屋走。

老掌柜见状赶紧拉住了她："哎哟我的好女儿呀，以前哪次病人来了你像今天似的这么勤快啊？你这半天时间都已经打了十来盆水了，再打下去人家无殇淹都淹死了！"

老掌柜重新放回了木盆，浸湿了毛巾，最后一次清理所剩无几的血迹。

他握着毛巾的一双手上布满了岁月留下的皱纹，但依旧灵活。

……

"司铭"，无论看过病的还是没看过病的，只要听到这个名字，第一

128

个想到的都是当年江湖上名动一时的"管命判官"。

管命判官，说的不是权倾朝野的官员，也不是令人闻风丧胆的杀手，说的就是他这个医师。

很多年前善春堂还不叫善春堂时，这家医馆也无名，也无人。只有一位年轻人独自坐在一个木桌旁，慵懒地晒着太阳。

奇怪的是，所有来到这儿的人，都是江湖上鼎鼎有名的侠客武修。

大部分人来的时候都带着戏谑与轻蔑，想要看看这"管命判官"是不是名副其实。

过程很简单，也很快。

一把针、一炷香，足矣。

但每一位走出这间医馆的人，都没有了来时傲气，恭恭敬敬地对着依旧懒洋洋的青年道谢。

青年挥挥手，此间事了。

久而久之，来的人多了，也就在江湖的圈子里有了点人气。

山依旧没有名，但人，却已然小有名气。

有人传了，来的人就多了。来的人多了，传的就更多、更神了。

他曾经偶然在河边捡到个男子，衣衫破烂，手里拿着把宽大厚重的血色大剑。他背回陌生的男子，在其身上笔走龙蛇地落了几针。

男子不久便醒了，也未多说，独身进入密林斩杀山间四头野熊、两只猛虎，放在不大的木屋前表示感谢，无声无息地离开了。

司铭撇了撇嘴，回去睡觉。

这间医馆，是在那次救了玛朝当今圣上于绝病中而名声大振的。

山头出了名，但人却不见了踪影。

司铭打点好本就不多的行囊，毅然走出了这片名震江湖的山脉。

风尘和岁月在他脸上刻下了无数印痕，痛得发涩。他依旧走着，直到年近五十，才再次开了间医馆，闲时摸摸脉，也算是悬壶济世。

但他原谅不了自己，每每想到那座山头、那间破屋，他就觉得心痛。

他有愧于天下。

那天他偶然救治的男子，正是向天裁。

……

司铭，或许还是叫他老掌柜更好些。

擦完了最后一丝血迹，抬手，露出了辟间无殇的后背。

一道刀伤贯透胸背，光滑的刀痕依旧残留着。

司清只是看了一眼，眼泪便止不住地往下流。

在这与世无争的邀仙山上，她还未曾见过这般狰狞而又致命的伤口。而这第一次见到竟是在自己无殇哥的身上。

她终于是止不住泪花了。

不消说她，就连老掌柜也是吸了一口凉气，有些诧异。

这刀伤本来不至于此，但应该是无殇小子自己撞了上去，才造成这般刀伤。而且受伤最严重的并非这贯透胸背的刀伤，而是后背被雷炸的伤。

"啧，这无殇小子怎么一出山就卷入了这么大个事情。"老掌柜活了五十余载，倒也看出了辟间无殇应该是又卷进了什么不得了的大事中。

今日午时，便有人在酒楼里说慕容世家要与遗国开战，唾沫横飞，说得那叫一个生动形象。薛玉出去买酒的时候听到了，回来便跟老掌柜念叨了几句。

应该是八九不离十了。老掌柜叹了口气，这孩子真能折腾。

看着身旁眼泪大滴大滴地滚落的女儿，他伸了伸手，又缩了回去。

无论何时何地，也无论他是司铭还是掌柜，他都不擅长安慰人。

他轻手轻脚地走到医馆中一个不起眼的药柜前，拉开一个不起眼的抽屉，从里面的暗格中拿出了一把针。

十七支，不多不少。

瞧了瞧发亮的针，又看了看满是皱纹的手，他乐了。

他笑呵呵地来到辟间无殇的身边，缓慢而沉稳地落下了一针又一针。

尽管他的背后伤势严重，但这丝毫不影响老掌柜落针的干脆和利落。

司清伸手抹了把泪，却发现根本抹不完，索性噙着眼泪惊讶地看着自己的父亲施展这从未见过的针法。

十余年来，父亲一直用的都是善生术，靠这个医治好了无数病人。今天这个针法却是她第一次看到，司清不禁有些好奇。

老掌柜下针的速度越来越快，针针入肉，却未见半点血花。

很快，十七针尽数落毕，老掌柜略略气喘，可依旧止不住地咧着嘴角。

辟间无殇趴在床上，伤口缓缓愈合。不似肉眼可见那般迅速，但却真真生出了一层层的新肤。

司清不敢相信地看着无殇哥后背上的伤口慢慢愈合，瞪大了的眼中流露出惊喜和希冀。

"爹！爹你快看呀！无殇哥他好得多快啊！"她摇着老掌柜的手，声音沙哑却开心地说道。

老掌柜晃动着身子，呵呵笑着，看上去很满意。

司清张开胳膊，抱起墨轮，蹦蹦跳跳地奔向里屋找母亲报喜去了。

医馆中，除了老掌柜和辟间无殇外，再无他人。

老掌柜独自坐了一阵子，依旧微笑着。

笑着笑着，他叹了一口气，像是叹息眼前，也像是叹息此前多年。

三斗岭·遗国密谈

三斗岭，裁天军帅帐。

一席酒桌，两个酒盅，几十盏油灯。

夜色弥漫，铺陈在平原上的裁天军营中依旧灯火通明。

被黑压压的无数帐篷围起来的中央帅帐中，有两人相对而坐。

一人身材壮硕，身着铠甲，坐在右侧；一人略显瘦弱，手持竹简，却坐在左侧主座。

两人皆未发话，右侧将领拿起酒壶倒满了一盅，咕嘟咕嘟地灌了下去，意犹未尽地擦了擦嘴。左侧书生模样的那人目不转睛地翻看着竹简，未动碗筷，倒让这将领奇怪上面写了什么，竟能比精心准备的酒席更吸引人。

时过半晌，夜色更沉了些，军中也安静了许多。

两人仍未发话，右侧桌上已经空空荡荡，左侧依旧满满登登。

那大汉见左侧书生还没有停下来吃喝的意思，开口诧异道："军师，这竹简有这么好看吗，连饭都顾不得吃？"

酒过半酣，大汉已经微微现了醉意。

军师默读着竹简，微微笑了笑："看得进去，方知其趣。"

将军琢磨琢磨，但奈何麻痹的大脑少了几分清醒，索性摇了摇头不去想了。本来今夜找来军师是想问些事情，但看着军师读着书简正入迷不好打扰，将军此时显得有些尴尬。

就这样沉默了半晌，军师方才放下了竹简，整整齐齐堆放在一旁，他温和地对着将军笑道："将军半夜邀请在下到帅帐中一叙，如今却欲言又止，不知所为何事？"

大汉挠挠头，不好意思地笑了笑。

"嘿嘿，军师见笑了，在下今日前来只是想问问军师此战之计，也好提前有个准备。"将军的话没有用疑问句，虽然两人地位差了不少，但这已不是他和这位裁天帐下首席军师第一次合作，每次打仗必有奇计，将军毫不怀疑这次也是同样。

军师微微扬了扬嘴角："将军言重了，在下拙笨，哪里谈得上计谋。"

"军师说笑了，拙笨的是我。说实在的，我到现在也想不明白为什么大人要单单挑慕容家打，为此还放走了玙朝的太子，真的值当吗？"将军重新看向军师，眼中全是疑问。

"那你觉得玙朝太子留在我们遗国会有什么用吗？"军师笑容不减，不知从哪里掏出来一把折扇扇着风。

"这……"将军一下不知道怎么回答。

"用不上的。"军师摇了摇头，自问自答道，"玙朝本来就不想与我们开战，留着这个太子也没法限制他们什么，继续放在遗国不过是个烫手山芋罢了，动不得放不得，还要提防着玙朝搞什么动作，倒莫不如用他换一次探底的机会。"

"您说……探底？"将军微微皱起了浓眉。

"对。"军师再次笑了笑，"单挑慕容家打就是为了探探玙朝的虚实。

别看天裁大人只要求攻打慕容家，但真要打起来，玙朝可能不给慕容家任何增援吗？而调来的增援一定数量虽不多，但个保个都是精兵。"

"为了不让我们察觉，所以只调少量精兵？"将军若有所思地摸了摸下巴。

"正如将军所言。"军师的笑容更加和蔼了，"随便挑一个战场，找两三个探子，都能估摸出玙朝兵力的多少，但究竟有多强还要真正打起来才能看出来。我这次随行就是为了帮天裁大人找找那些打散的精兵，看看玙朝给予慕容家的士兵们究竟能不能挡得住裁天军的脚步。只要能打下来任何一座城池，天裁大人就可以准备真正向玙朝宣战了。"

"……可是只为探底，让整支裁天军耗费如此多的军粮和民力，真的仅此而已吗？"将军皱眉思考了一阵子，抬起头看向军师。

"哈哈哈。"军师这回开怀地笑出了声，"看来将军大人并没有像自己所说的那般不解风情呀。也罢，那我就和盘托出，期望将军在了解全局之后，不要让天裁大人失望啊！"

"一定！"将军愣了一下，随后庄重地点了点头。

"好。"军师继续扇着扇子。

"慕容家为玙朝立过大功，玙朝皇帝特意给了他们这块江南宝地，而这块宝地上有一个不为人知的小宗派，将军你猜猜是哪一个？"

军师眼中跳动着愉快的火花，看着将军。

"呃……武当？"

军师摇摇头。

"峨眉？"

军师还是摇头。

"可少林和华山都不在这片啊……"将军冥思苦想了半天，也没想出还有哪个如此举足轻重的宗派。

军师得逞似的咧了咧嘴："哈哈，在下说过是一个小宗派，将军果然猜不到啊。"

将军不好意思地揉了揉肩膀："论天下轶闻，我怎么敢和军师相提并论。"

"呵呵呵，其实江南有一座山，名字就叫山水山。"军师摇着扇子娓娓道来，"山水山上有一个宗派就叫山水派，这个宗派小到一代只有一个人，这一派传人江湖人称'山水师'。"

"一个人？"将军听到这里有些不可思议。

"没错。"军师点点头，"而这一宗派有一卷祖传的经书，叫作《忆水怀山经》。普通人就算拿到了也用不了，只有山水师能通晓其中万法。"

"这卷经书十分贵重？"将军问道。

"岂止是贵重！"军师"啪"的一下用扇子敲了敲桌子。

"这卷经书从古至今数千年，不知记载了多少奇术异法，而任何一个能被这卷经书收录的功法，都可说是精华中的精华。毫不夸张地说，只要能把山水师和这卷《忆水怀山经》都得到手，天下又算是个什么东西！"

军师说着说着眼神中多了一丝野心。

"只要这次攻打慕容家能找到山水师的蛛丝马迹，天裁大人就会倾尽全力把他们纳入麾下，包括那卷《忆水怀山经》。"

"可是既然军师口中的山水师从未效力过任何人，天裁大人又用什么让他俯首听命呢？"

面对着将军的提问，军师脸上的笑意越来越浓："不知将军还记不记得有一个被守关士卒发现的小姑娘？"

将军想了想："啊，我记得，那日守关的士兵恰巧是我管的。可是那小姑娘有什么特殊之处吗？"

"无巧不成书，天裁大人那天刚好在关中准备调兵，正好看到了那个小姑娘脖子上的项链。"

"项链？难不成山水师都会戴吗？"

"自然不是。"军师笑着摇了摇头，"但是多年以前天裁大人曾经和一位山水师交手过，而那个项链就是当年那位山水师的。"

"那……"将军脸上带着疑惑欲言又止。

"应该是女儿一类的至亲吧。据天裁大人说那个项链也不是凡物，能得到这个说明她和山水师的关系绝对不浅。"

"这次行军带上她了吗？"

"嗯，我命人把她软禁了起来，跑不掉。万一这次战场上有什么变数，以这个小姑娘作为要挟，也由不得那什么山水师再不出山了。"

军师用扇子拍着手，瞧着将军又一次露出了温和的笑容。

军师少见地倒了口酒："待到六门齐聚，加上这张底牌，将军还担心这次'打闹'吗？"

梦中梦·"情"这一字

"啊……"辟间无殇努力睁开了湿漉漉的双眼，他怔怔地盯着天花板，喉咙里咕噜咕噜的，想说却说不出话。

他抬起了手臂，握了握拳，但依旧没有恢复的肌肉力量此时连拳头也握不紧。

他咬了咬牙。

"无殇哥？"门外的司清敏锐地听见了屋内再小不过的声音，她轻声问了一句。

"……小清？"辟间无殇愣了愣，这才反应过来自己身在何处。

嗯，墨轮那小东西有时候还是不错的。

他满意地点点头，看样子墨轮是送对了地方，他昏迷之前还担心会不会被"卖掉"。

"无殇哥！"正想着，门突然"嘭"的一声被推开了，一道身影以迅雷不及掩耳之势冲着辟间无殇扑来。辟间无殇还有些迷糊不清的神志猛然惊醒，他明白只要被这道身影扑中，自己十有八九撑不过今晚了，于是他眼神一凝，手一拂床边的卷轴。

"忆水十二，索风傅！"

司清看着眼前突然生成的气流，躲闪不及，一声惊呼倒在了床边。

辟间无殇刚刚死里逃生般松了一口气，就看到了躺在床边头晕目眩的司清，"嗯，小清？"

辟间无殇眨巴眨巴眼睛，身边的气势渐渐消散，他不理解地看着倒在床上的司清。过了好一阵子才反应过来，回想了一下刚才的山水术，他抽了抽鼻子。

"啊哈哈，司清也长大了不少啊，无殇哥刚刚都没认出来……"他僵硬地笑着挠挠头企图蒙混过关，司清还没有反应，他心虚地瞄了一眼。

顿时眼睛就直了。

还是那件熟悉的医馆服饰，但经过一番折腾此时已经皱皱巴巴难掩春光，更不消说如今的司清已然出落成了远近闻名的美人。

"咕嘟。"

这不和谐的声音在一时安静的房间里显得那样巨大，司清脑袋上已经冒出了蒸汽。

"无殇哥……"

司清此时扭过了头去，双唇紧抿，看不到她的表情，只能看到白皙的脖颈上通红的一片，倒是让本来想要道歉的辟间无殇不知从何开口。

"小清？"辟间无殇苦笑着开口。

"……"司清捂着脸没有理他。

阳光穿不过帘子，屋内昏暗，窗外传来一阵鸟鸣，倒是悦耳。

"我去跟叔叔道个平安。"辟间无殇也猜到了姑娘家面子薄，于是他轻轻地起身，悄悄关上了门，"吱呀"一声。

他并没有立刻去找司铭，而是无声地靠着门，闭上了眼睛。

"无殇哥啊……"

他已经记不起上次被人叫"张南北"是什么时候的事了，叹了口气，他又想起了梦里。摇摇头甩掉心中的杂念，辟间无殇踱着步子向内屋走去。

　　眼角有些发红的司清在辟间无殇走后稍稍松了口气，又有些失望。她跟辟间无殇约定过不再爱哭了，为了不让无殇哥看到自己的模样才赖在床边不动。但失望是从哪里来的，也许只有她自己知道了。

意已决·少女心意

"铭叔。"辟闾无殇叩了叩门。

"哟！"屋内传来一道惊奇的声音，司铭打开了门。

"真是无殇啊，你这体格蛮不错哈，我还以为还要再等几天哪。"他拍了拍辟闾无殇的肩膀，不无夸赞地说。

"天天跟着老头子折腾来折腾去，没点本事怎么撑得下来。"辟闾无殇脸上连一丝一毫的骄傲都没有地说了出来。

……

气氛一时有些凄冷。

"这么早就来找我，应该是又待不住了吧。"司铭倒了一杯热茶递给辟闾无殇。

"嗯……毕竟大战在即。"辟闾无殇随着司铭一同走进了不大的内屋，他接过茶杯抿了一口，热流顿时滑进了愁肠，让他感到一阵舒爽。

"哦？"司铭啜了口茶，不信地看着他，"从北关回来没多久，怎么又开始管这些闲事了？"

辟闾无殇没有回话，一杯茶很快见了底，他握着已经空了却依旧温热的瓷杯，一时出神。待得司铭又一次倒满了茶，"哗啦哗啦"的水声才将他惊醒。

"铭叔你应该知道吧？"辟间无殇没接过茶，抬起了眼帘与司铭对视道。

"哦？知道什么？"司铭无所谓却有所指地笑了笑，将茶杯放回了桌子上。

"……"辟间无殇试着从这个老狐狸脸上找到蛛丝马迹，但最后还是无功而返，"还能为了什么，除了师姐之外，连那老头子我都不愿意为了他掺和进这些杂事，大不了一死。"他大大咧咧地说完了这些话，感觉心中一块郁结许久的东西悄然消散了，忍不住咧了咧嘴。

"嘶……你小子，连自己师父都不管了？那我呢？"司铭故意没有找他言语中的重点，而是戏谑地打趣道。

"你？"辟间无殇"嗤"了一声，"真有事了绝对是你先来救我跟老头子。"

"嘿嘿……"司铭很受用地挠了挠头。辟间无殇瞅着眼前这位看起来年过半百的中年人，心中一阵无奈。

都说狡兔三窟，这人只怕三窟都不止。回想当年三斗岭那潮水般的兽潮，所到之处一片狼藉，唯独司铭一家逃过一劫，有运气的成分，但绝对和司铭的谨慎密不可分。这么一想，有危险了倒还真可能是司铭来救自己和师父。

正想着，司铭走到门口，他端着茶杯背靠着关上了门，看向辟间无殇的目光有些意味深长："那看来你真的要走了？"

"肯定的，听说圣旨都下来了。"辟间无殇耸耸肩。

"算上墨轮，你们俩够吗？"司铭嘴角似乎有一丝笑意。

"够？都这时候了哪里还会想着人手够不够。"辟间无殇自嘲地"嗤"

了一声，"北关我都活着走出来了，难道我还会怕这样的小打小闹？"

"你也知道遗国想要什么是吗？"司铭的眼神瞄了一下放着《忆水怀山经》的屋子。

"我会保护好我的'贞操'的。"辟间无殇对司铭开了个玩笑，让司铭咧了咧嘴，把皱纹堆了起来。

"要不我给你派个医师？我就怕老林子绝了你这个后啊。"司铭喝了会儿茶，对辟间无殇说道，"改了个名字都不一样，更甭提人没了。"

"我就是个捡来的孩子，哪算得上绝后，我没了大不了再找一个呗，当年我去北关不一样吗？"辟间无殇随意地玩着手指。

"呵呵……"司铭想了想，还是没告诉他，那几年林衔山成天跑到这儿倾诉了多少担忧，"你也知道他那个性子，你要真没了，他还真就不一定有继续传下去的想法了，更何况你身上还背着那玩意儿呢？"

司铭指了指放卷轴的屋子。

"那倒也是。"辟间无殇撇撇嘴，"铭叔你有什么合适的人选吗？"

"我徒弟你放心不？"司铭不露痕迹地笑了笑。

"你徒弟？"辟间无殇有些惊讶，在他的记忆里司铭还从来没有收过徒弟，"铭叔你这两年还收了个徒弟不成？"

"凭啥不能收？"司铭笑着抿了口茶，"怎样，我借你用用啊？"

"铭叔你说笑呢吧，你也不是不知道我要去哪儿。"辟间无殇诧异地挑了挑眉。

"那就说明我对你的信任比对战场的担忧更大呗。"司铭半开玩笑半是正经地说。

辟间无殇耸耸肩："铭叔要是同意，我自然没啥意见。"

"徒儿啊，听见他说什么了吗？"司铭用茶杯掩饰住了嘴角的坏笑，移开了身子。门被推开了，还是"吱呀"的声音。

辟间无殇好奇地瞪大了眼睛，却硬生生咽下了即将脱口而出的话。

"……小清？"辟间无殇一脸不敢相信地说道。

屋内一时沉默。

"哎呀，所以你就带着司清去玩吧。"司铭脸上挂着干脆的笑容，第二次拍了拍辟间无殇的肩膀，只是比上次多用了几分力气。

"啊？你让我带着小清去？"辟间无殇眼里全是不敢置信，"这怎么成！我……"

"……"司清的娇躯微微颤抖着，双拳紧握。

"那可是战场啊！"

"战场又怎么样！"话音刚落，司清就打断了辟间无殇接下来的话，"我明明都十七岁了……"

不知道为什么，辟间无殇背后一凉。还没等他反应过来，司清就一步上前紧紧地攥住了他的衣服，依旧红红的双眼紧紧地盯着他不住躲闪的眼睛，其中有着令人发颤的坚定。

"我已经不小了！为什么还是不肯带上我！不就是战场吗，我跟着爹爹都去过好几次了！每次都是，每次都是！无殇哥总是自己跑出去到各种危险的地方，却都告诉我我还小，不让我跟着！难道我在你心里一直都是个小女孩吗？"司清想到，当初辟间无殇临走前送她了一个糖人，却让她用五年时间才等到第二个。

她使劲儿摇着辟间无殇的肩膀，脸上又布满了泪痕。她一口气喊完了，身体像失去力气般软了下来，反而换成了辟间无殇支撑着她。

他抬眼一脸无语地望向在旁边看得那叫一个开心的司铭，沉默了片刻，辟间无殇抬起手轻轻地理着她长长的头发，"……我的问题。"他轻声说道。

"带你去还不行吗？"他无奈却宠溺地笑了。

司铭用笑容掩饰着的担忧也放下了许多。

七巧丹·伊人出关

"嗯！好酒！"

一座冷清无人的山头，突然被一道喝声打破了原本的宁静。

"哎，这峨眉山的苦蒿酒真是越酿越好喝！"林衔山靠在石椅上，一脸满足地摇了摇手中的酒葫芦。

"也难怪师父当年喜欢喝酒呀。"他眯了眯眼睛，嘴角带上了一丝笑意，"说起峨眉……也不知道萧瑶闭没闭完关，年纪轻轻就冲击问天了，如霜也算是捡了个宝贝。"他突然有些好奇，抬手就要再灌一口葫芦里的酒。

"多谢林叔叔关心，萧瑶前些日子已经出关了。"一道轻柔的声音似乎就在耳畔，却又似乎离得很远，林衔山的动作停在了举着葫芦的姿势，他缓缓回过了头。

金灿灿的阳光映在金灿灿的落叶上，陈旧的青石板路上响起"哒哒"的声音，阳光透过树叶斑驳地洒在那一袭红衣的女子身上，如同秋日里最娇艳的繁花，无论在哪里都璀璨而夺目。

"萧瑶？"林衔山缓过了神，举起酒葫芦笑着招呼已经优雅地走进院子里的萧瑶。随着她的步子，似乎还带进来了鸟语和花香。

"这么快就出关了？喜事还是坏事？"林衔山指了指石桌对面的另一张椅子，萧瑶微微笑着款款落座。

"承蒙林叔叔关照，这次闭关很是顺利，家师特意拜托我前来道谢。"萧瑶对着林衔山微微躬身。

"你师父？"林衔山抬起眼皮有些惊讶。

"嗯，她一直很欢迎您去峨眉山上坐一坐。"

林衔山看着面前微笑着的萧瑶，突然感觉到了和她师父当年一样的压迫感。

"这可就太客气了，我就一糟老头子能帮上什么忙，你们可把我想得太厉害啦。"林衔山苦笑着摆摆手。

是这样吗？

萧瑶瞧着对面一脸无所谓的林衔山，心中想到，她还清楚地记得眼前的林叔叔是怎么一次次传授给自己破关的要领，也忘不了自己师父给的一棵棵从山水山送来的草药，那些都对她的破关有莫大的帮助。但要说真正成为她破关成功钥匙的，还是那颗七巧丹。

但那颗七巧丹却不是林衔山送的。

"对了林叔叔，南北呢？"萧瑶摸了摸手中的口袋，张望了一下四周，不解地看着林衔山。

"他啊……外出办事去了，本来想跟你说来着，但你那时候在闭关，他就直接走了。"林衔山摸摸胡子，又喝了一口酒，"对了，既然你已经出关了，那我还要提醒你不要再叫他'南北'了。"

"哦？"萧瑶的表情有些惊讶。

"南北将军死了，现在只有辟间无殇。"

"南北死了？！"

这还是林衔山头一次看见萧瑶失态。

"不是不是，是南北改名了，就叫'辟闾无殇'，而原来的南北将军就相当于没了。"林衔山也不知道怎么说明，只好俩手一摊。好在萧瑶冰雪聪明，自己理了一会就大致明白了。

"为了摆脱谁吗？"萧瑶柳眉微皱向林衔山问道，让他再次感叹了下萧瑶的聪慧。

"北关的势力一直延伸到江南啊。"这样说着林衔山自己也有些感慨，谁知道当年的张南北在北关是怎样摸爬滚打，才闯出那么大的名声，还活着走出来的。

"是吗……"萧瑶微微抿了抿嘴，"那他去哪里了？"

林衔山的脸上露出了一丝复杂，没让萧瑶看出来："他去了慕容家，过段时间也许会……过玉关吧。"甩掉对辟闾无殇的担忧，林衔山对萧瑶问道："你找他做什么？"

"我想把这个还给他。"萧瑶从口袋里掏出了一颗珠子，晶莹剔透，其中似乎有好几种颜色在游走变幻。

"七、七巧丹？"林衔山一看到这颗珠子眼睛都直了。

"这……这是？"他看着萧瑶，后者只是微微笑着托着珠子，林衔山问道，"不会是无殇那小子给你的吧？"

"正是。"萧瑶习惯着这个新的称呼，笑着点点头。

"……"林衔山瞪大了眼睛，他突然有种不好的预感。

"从山水山上拿的？"

"正是。"萧瑶眼中不自觉地露出了一丝笑意，她想起了那个总是爱吃糖人的少年。

"……"林衔山咽了咽口水，他有些为难地说道，"可是……山水山上只有一颗无殇用过的七巧丹啊？"

"嗯？"萧瑶一下子没反应过来，疑惑地看着林衔山一脸古怪的样子。

只有……一颗？

她轻轻捏住了下巴，理了理思绪。

"无殇"……用过？

她突然如石化般呆住了。

"啊！"她一下捂住了自己的嘴巴，一双秋眸再也不复来时的那般波澜不惊，她僵硬地站起身子，脸颊比身上穿的红衣都更加鲜艳。她满脸不敢置信地瞅瞅珠子又瞅瞅林衔山，张着嘴半天不知道该说什么。

林衔山满脸的于心不忍，用一种"又一个好好的姑娘被祸害了"的惋惜目光看着萧瑶。萧瑶只感觉脸上发烫，赶紧将珠子收到了口袋里，也不敢在这院子里多待一刻，只垂着脑袋对林衔山施了一礼："那、那个，既然已经见到了林叔叔，师父叫我速去速回，我就先告辞了，以后有机会还会来见您的。"她感觉脑子里一团乱麻，只能匆匆忙忙地一躬身，小步跑着下了山。

哒哒哒哒，全然没有了来时的优雅与蹁跹。

"小废物啊小废物，你个小兔崽子真是心大得很哪！"等到萧瑶的身影消失在林子深处，林衔山才无奈地撇了撇嘴，灌了一大口酒，想了想又开怀地笑了，"算了算了，倒也有老子当年的风范！"

不多时，整座山头上又只剩下了一个老头自言自语。

……

"只有，一颗……"

"无殇，用过的……"

"那七巧丹是要含在嘴里的啊！！"

萧瑶走在林中小路上，内心呐喊道。

她不禁捂住了脸。

风雨来·镇守边疆

"报！"

原本气氛有些压抑的慕容世家，大殿外突然传来一道声音。

"进！"堂上的慕容峰喝了一句。

一名随从闻言跑了进来，随后单膝跪到地上说道："北方羊丰城防守准备完毕，田渊将军正于过玉关部署兵力，邪道依旧位于三斗岭中央，据探信兵所言，并无提前开战之意。"

"嗯，告诉田渊再快些。南方望海州呢？"慕容峰颇为满意地将了捋胡须，但脸上的表情还是一如既往的凝重。

"望海州……"随从突然咽了下口水，支支吾吾地不知道该怎么说才好。

"嗯？"慕容峰见到随从这副模样，不禁皱了皱眉头，"有什么坏消息吗？"

"这……"随从的脸上冒出了冷汗，但他还是没有开口，反而眼睛不住地瞟向门外。

"禀父亲！"就在慕容峰越来越不耐烦之际，殿外忽然传来了慕容花尘的声音。

"花尘？进来吧。"慕容峰挑了挑眉，堂上的几位将军也有些奇怪。

"家主，这……"一位将军有些迟疑，这毕竟是战争会议。

"无妨，尘儿也不小了，我倒是很期待听听她想说些什么。"慕容峰摆了摆手，看向一步步走上大殿的慕容花尘。

"见过父亲、诸位将军。"慕容花尘不急不忙地对堂上的几人施了一礼，殿上的将军们也躬身回礼。她站到了跪着的随从旁，随从见状终是松了口气，抬头望向堂上的慕容峰。

慕容峰察觉到了他的目光，好像知道了什么，微微颔首示意他可以走了，随从便恭敬地退出了大殿。

"尘儿不必多礼，都是自家人，有什么想法直说便可。"慕容峰的手摩挲着椅子旁的剑柄。

"禀父亲，花尘想前往驻守望海州。"

"不可！"话音刚落，堂上一名将军顿时一拍桌子站起身来道，"家主，此战事关我慕容世家生死存亡，大小姐身为慕容世家长女，怎么能独守一个孤零零的城池！这也太冒险了，决计不可！"

"李将军莫急，先听听尘儿怎么说。"慕容峰闻言也有些惊诧，但还是告诉身旁的李复将军稍安勿躁，他想要先听听慕容花尘这么做的理由。他的信条就是冒险可以，只要有理。

"谢父亲。"慕容花尘微微顿首，说道，"花尘之所以有此决意，其一是为提升境界，父亲也知道，自从进入了二品归土之后再想提升实在困难，故而这次驻守边关花尘也是希望能寻找些契机，突破一品；其二，也是因为望海州得天独厚的地势，其城池坐落于山头之上，可谓是易守难攻，此是原因之二。"

"其三，也是最重要的一点。"慕容花尘说到一半，却突然顿了顿，慕容峰好奇地看着她。

"花尘此行，更多是为了历练。"片刻过后，慕容花尘才再次缓缓开口，"慕容世家占了这天下三分之一，儿臣身为慕容家长女，势必将来要掌管这一方水土，若是缺少战争的磨砺，只怕到时手忙脚乱，应付不了风雨，因此还请父亲通融。至于此次招兵，因为前几日的突袭，总共只招揽了三千余人，就将这些军士及招兵令还给父亲吧。"

话说完了，慕容花尘微微施礼。

李复将军正欲开口，却被慕容峰抬手打断了。

"花尘，你想好了吗？"慕容峰接过招兵令，他的眸子深处藏着一丝难以发觉的光。

"是。"慕容花尘并没有犹豫。

"好！"慕容峰也不多说，大手一挥，不知从哪里拿出来半个玉质虎符递给了慕容花尘。慕容花尘小心翼翼地接了过来。

守城虎符，每个城池都会配备一个，准确来说是半个。而在家主手中则会有另外一半，每当大战在即，只要手持另一半的虎符，就可以接管该城池的一切资源。

慕容花尘接了虎符，她深吸一口气，又缓缓地吐了出来。

"谢父亲。"

"大战在即，我会派严虚将军携两万兵士随你一同前去，望海州那边会让城主康和先生接应，明日便启程，你意下如何？"慕容峰指了指堂上一位气势非凡的将军。严虚闻言双手抱拳以示领命。

"花尘谢过父亲。"慕容花尘再次躬身，随后便退出了大殿。

"家主！"等到慕容花尘的身影消失不见，一旁的李复将军忍不住开口。

慕容峰摆了摆手，他的眼神中透露出一丝疲惫。

"这一角天下，迟早都要给她，那还不如现在就让她锻炼锻炼，未尝不是件好事。"慕容峰摸了摸下巴，他第一次感受到自己应该是老了。

"好了好了，羊丰城那边就让李将军去吧。切记不要主动出击，我们的主力全都放在过玉关了，经受不起打击。"他轻叹口气，很快恢复了家主的威严。

"……臣领旨。"

……

慕容花尘走出了大殿，回到自己的院中。她缓缓地坐到凳子上，一双明眸多了几丝复杂。

此一去，前路难料。

战争当前，谁也不知道自己究竟会落得个怎样的下场。会是功成名就，还是战死沙场？

但她还是决定要去，不仅仅是因为那三个理由。

她咬了咬嘴唇。

那个老管家傀儡便是向着南方逃走的。

正与邪·就此开战

三斗岭。

裁天军的营帐漫山遍野地散布开来，正中央的帅帐之中，几名邪道将领正聊得热火朝天。帐内摆了个帅椅，正中端坐着一位青年，正面带微笑地扇着扇子瞧着下面几人的谈话。

"要我说直接压进过玉关不就得了，哪用得上那些花花肠子。"帐下一名大汉打了个哈欠，抬了抬手中的大刀，不屑地说道。

"就吹吧。"对面一人撇了撇嘴，"还直接压进去，你当慕容家的兵卒都是小娃娃？有能耐你咋不直接斩了那慕容峰去啊？"

"哟呵，老六你今儿个说话怎么这么冲呢？又欠收拾了？"大汉双眼一瞪，那刀往地上一立，竟然让这帅帐抖了几抖。

"哼，你配吗？"对面那人长得倒是瘦瘦小小，手里的匕首掂来掂去，冷笑着说道。

"你是不是欠……"大汉上前一步就要掀桌子，就在这时堂上突然传来一道温和的声音——

"行了。"

众人抬头看见了青年那张微笑着的脸，不管是那大汉还是其余人心头都没来由地一颤。

"一月之期已到，六门齐至。"青年离开了帅椅，扇着扇子缓缓说道，"今日便该开战了。"

帐下几人不约而同地捏了捏手中的兵器，眼中跳动着兴奋不安的光芒。

"诸位，准备好了吗？"青年停下扇子遮住了自己的嘴巴，让人猜不透他现在是怎样的表情。

"准备完毕！"帐下几人喊出了千军万马的气势。

"行了。"帐上青年第二次整理了一下秩序，下面几人顿时正了正容，一个个都有些迫不及待地等待着青年发话。

"击鼓。"青年在扇子后面的嘴角咧开了一抹大大的弧度。

"进军！"

"大将军！"

"怎么了？"田渊正坐在城主府里擦拭着自己的青花剑，闻言抬起了头看向来人。

"邪道那边开始行动了！"来人匆忙说道。

"是吗……"田渊倒是并不慌乱，略略沉吟便说道，"传我令，命左将军金铭率精兵两万出城迎敌，右将军与一万士兵城门口待命，护城将军姜明远随我到城楼上，其余人都各自待命，弓弩手准备好，再命人检查一下烽火狼烟。"

"是。"来人见到主帅这么镇定，自己心中也像是吃了颗定心丸般安心了不少。

"事不宜迟，快去吧。"田渊最后擦了一下剑柄。

"得令。"来人行了个礼，退了出去。

"一月之期过得还真是快啊……"田渊缓缓站起了身，提起青花剑要了几下。

"遗国……"他盯着青花剑上反射出的自己的脸庞，轻嗤一声，"我倒是想看看，这天下第一军是不是名副其实。"

说着，他推开了城主府的大门。

天色正蓝，秋日正暖。

他走出了备好粮草的内城，来到了人声鼎沸的外城。士兵们在城头上爬上爬下，准备出城的人马已经早早地集结完毕，等待着他的号令。

他站定，环顾了一圈忙碌而有序的外城，心中忽地多了几分感慨。

"诸位！"他用自己次品问天的修为大声喊道，让所有士兵都能听得清清楚楚。

士兵们听到了田渊的喊话，都停下了自己手头的工作，立定看向了城内的他。

"大战在即！"田渊对所有人喊道。

"是！"无数士兵齐声回答，震得大地都在颤动。

"国难当头！"

"是！"

"保家卫国！"

"是！"

"血战不休！！"田渊一把扬起了手中的青花剑，剑尖直指青天，万丈豪情霎时间充满了整座都城。

"是！！"所有人见到自家主帅这般霸气，自然不能掉了脸面，齐齐跺了跺脚，哑着嗓子应声喊道。

尘土飞扬。

"开城门！"他一声大喝，深深地吸了一口气。

"迎敌！！！"

情势急·驰援望海

密林之中，一行人在夜色的掩护下从一棵棵树梢枝头穿梭前行，簌簌的落叶声惊起了一群飞鸟。

"大、大师姐……我不行了……"又越过了几棵古树，一个稍胖的少年擦了擦脸上的汗珠，气喘吁吁地对为首的那名女子说道。

闻言，旁边几人也都用疲惫的眼神看向了女子，女子见状从怀中掏出了张地图，借着月光大致扫了一眼说道："前面就是九元湖，到那里再歇息吧，毕竟我们的任务很赶时间。"说罢她脚步不停地再度向前冲去。

后面几人听到女子这样说了，都强提起一口气跟上了她的步伐，稍胖的少年也调整了下呼吸，跟了上去。

树木的分布渐渐不复林深时那般密集，倒映着银白月光的湖面已经悄然显露出了一角。女子玉足轻踏最后一棵古树，伴随着微微颤动的树干，稳稳地落到了柔软的草坪上。

"呼……"她单手叉腰，轻舒一口气。

从武当山一路穿过封青森林，这几天的全力奔行，饶是她也有些禁受不住。

不过还好，大约再用半日光景就能到望海州了，战时一分一秒都弥足珍贵。她捂嘴打了个哈欠，今晚应该让所有人都养足精神，明天支援望海州的任务才能万无一失。

"嗒、嗒、嗒、嗒、嗒……砰！"

五个人紧跟着女子的步伐轻巧地落到了地面，只有最后那位稍胖的少年是屁股着了地。

"哎哟！疼死我了……"他龇牙咧嘴地揉着摔疼了的部位，前边的一位娇小少女对他伸出了手，他一愣，脸有些发红，"谢谢。"

"人齐了？"为首的女子回头问了一句。

"齐了，师姐。"第二位青年回了句。

"那便先行休息吧，养足精神，还有半日的脚程。"女子点了点头，收起了地图，随后便准备离开其余几人的聚集地。

"大师姐你不吃饭吗？"望着女子的背影，另一个人压着嗓子问道。

"不是很饿，我去看看四周的情况，你们今晚好好睡一觉。"女子摆摆手，几个腾越蹿进了另一片林子，消失在众人的视线中。

众人耸耸肩，那名微胖少年倒是迫不及待地掏出了自己的干粮啃了起来，其余几人也都放好了装备，坐下来安静地吃着。

女子绕过了几片草丛，轻手轻脚地从林子里探出了头。

一小片湖水隐在这片树林之中，像是月光不小心洒下来的一点，静谧无声，在寂静的月色下散发着幽深的光。

月明可见潭，水清初现石。石中有游鱼，翕忽明月间。

女子像是不忍惊扰这一方净土，蹑手蹑脚地来到了潭水边蹲下，小心翼翼地捧起了些许潭水。清凉的感觉从指间赶走了几天的劳累。

"嗯……"她的脸上难得地浮现出了少女的神情，随后拍了拍自己的脸颊，起身仔仔细细地在小潭四周插下了几个阵旗，又谨慎地用灵神感应了一下四周。

只有风声微微呼啸。

她松了一口气，将自己手中的阵盘放到了一旁的草地上，随后轻轻脱去了有些沉重的铠甲。

不多时，随着哗啦啦的一阵水声，女子的头从清澈的潭水中浮了出来，心满意足地默默享受着这一方天地的宁静。

皎洁的月光映衬佳人的面庞，肤若凝脂。

幽深的林子隔绝塞外的战火，狼烟四起。

她将身子靠到了岸边，闭着眼睛静静地回想最近发生的战事。

过玉关那边已经僵持了好一阵子，原本和自己等人没什么关系的战争，也因为遗国六宗的到来，而引得武当、峨眉和其他几个门派，都派出长老和弟子前去迎敌。兄长便是前往过玉关的武当众人之首，峨眉那边则是萧瑶吧……应该是了。

她微微点点头。

北边羊丰城倒还好，慕容家主派出的李复将军把羊丰城池守得固若金汤。那说起形势最严峻的……恐怕就是自己这一行人要去驰援的望海州了。

她不禁叹了口气。

遗国竟然下了这么大的功夫在望海州这个易守难攻的地方。望海州占据了连天山脉的高处，光是陡峭的山势就能令故人不战自退，更不消说山里多到数不清的野兽猛禽，甚至听说里面还有几只成了精的灵兽。这块难啃的骨头已经多少年没有经历战火的洗礼了，这次却被遗国当成了突破口。

经过数日的猛攻，这座城池已经显得有些摇摇欲坠。据说慕容峰听到望海州吃紧的消息，第一时间就给武当掌门写了封加急书信，掌门这才派了自己和几位精通阵法的师弟师妹前往望海州。不求杀敌，只求能用阵法保住这座至关重要的城池，这是掌门在她临行前特意叮嘱的。

　　但就算是保住……也不容易啊。她微微苦笑。

　　但谁叫师尊他们都在过玉关的一线战斗着呢？

　　算了，这就是命吧。

　　她也不愿去想太多了，随着"咕噜咕噜"的气泡声她又沉入了潭里。

　　"师姐……大师姐……"潭水忽然不复原先的那般平静，忽地惊起了几丝涟漪。

　　她陡然睁开了眼，脑袋浮出了水面。

　　"大师姐！有人偷袭！"

陷危机·黑衣女子

湖边空地上，六个人围成一圈摆出了防守阵势，外面则是足足二十余个黑色的身影。

"魏、魏哥，怎么办？"微胖少年咽了口唾沫，手里拿着柄阵旗，也没回头，直勾勾地看着对面的偷袭者，问向身后的高个青年。

青年咬了咬牙关，手缓缓从鞘中抽出了一把剑："你和小仙准备布阵，我和李子他们上去拖着，尽量撑到大师姐回来。"

"好。"微胖少年和一边的少女小仙对视了一眼，小声应道。

"李子。"青年捏紧了剑柄，瞟了一眼身侧。

"走嘞！"话音刚落，原本第六个人的位置空了出来，李子身影迅速窜了出去，直直地刺向当先的一名偷袭者。

青年也没有落后，朝着与李子相反的方向冲去，剩下的两人也各自奔向了自己的目标。原本的空地上只剩下微胖少年和少女小仙两人手法娴熟地布下一个个阵旗。

"来！"

青年蹬地，两个小坑留在他原本站立的地方。风起，偷袭者与青年在空中对上了招。

刀与剑相接。黑与白相对。

好一场酣战。

不过眨眼工夫，原本宁静的林中传出声声巨响，数不清的飞鸟应声而起，黑压压一片在密林之上胡乱飞舞，凄厉鸣叫。厚厚的一层落叶被扫开，腾出了一大片空地，阵阵狂风刮得树木剧烈摆动，树枝上的残叶哗啦哗啦飘落无数，原本平静无波的湖面疯狂扬起了阵阵大浪。

青年面对着四五个偷袭者，有的静立不动，眼神仔细看着青年动作，不放过任何一丝破绽；有的不断出手，刀剑齐发，偶尔还夹杂着几发暗镖。

寒光乍起，又是一阵风，几个偷袭者退回到了原位，地上零零散散多了几支铁镖。

"啧……"

青年此时被压制得已经有些气喘，身上多了几处伤痕，但依旧提着那把泛着锋芒的剑，阻挡着偷袭者们的步伐。

一旁的李子几人也不好受。就算他们几个自小在武当山长大，受的也是最好的教育，但奈何阵法师本就不是擅长和人短兵相接的，更何况几人此时已经是筋疲力尽，为首的大师姐更是不见踪影，一时间情势可谓是糟到了极点。

"胖子！小仙！"青年一把抹掉嘴角的血迹，对身后布阵的胖少年喊道。

"最后两根！"微胖少年的额头上都冒出了汗珠，但手上一点不慢地操纵着阵旗移向阵眼的位置。小仙那侧没有答话，吃力地立下了一根阵旗，赶紧寻找着下一个。

"啧。"青年见状哑了下嘴，但也没办法，只能应付着一波一波的冲击。

偷袭者中，几人互相交换了一下眼色，如刚才那般继续发动攻击。

"去！"青年和其余几人再度迎上，可是就在刀与剑即将相碰之时，偷袭者手中的短刀突然一偏，避开了青年的反击，反而斜刺向正在布阵的微胖少年和少女小仙。

"小心！"关键时刻青年只得大喊一声，正想奔回去却被眼前的另外几个偷袭者挡住了去路，一边的李子几人也是这样，他们只能努力突围，眼睁睁看着刺客飞速掠向阵眼之间的少年少女，而此时刚刚放下阵旗的两人显然已经闪躲不开了。

"不！！"青年撕心裂肺地大喊着，他咬破了嘴唇，鲜血直流，但面对着膏药一般紧紧黏着自己的对手却脱身不得。

微胖少年看到了向着自己和少女小仙冲来的敌人，他一下子愣在了原地。死亡的感觉第一次那样近，敌人手里的短刀像是抵在自己的眼前，明晃晃的，直入人心地冰冷。他不知道该如何应对这样的情况，在武当山上从来没有人能带给他这么沉重、这么凌厉的杀气，他感觉自己的膝盖发软，腿肚子也在打颤。但是……

他下意识地侧了一下头，看到了少女原本姣好的面容被迎面而来的敌人吓得面色煞白，张着小嘴却一个字也蹦不出来。

他的心中忽地一颤。

"小仙！"

他的腿爆发出了前所未有的力量，一个箭步窜到了愣神着的少女身前举起了双臂。

"三、三福？"

少女见到微胖少年突然这般决绝地冲了过来，不禁瞪大了眼睛。

微胖少年眼中没有任何犹豫，就连对死亡恐惧的本能都被压到了眼底，那双爆发出夺目神采的眸子里，此时只有决然。

他闭上了眼。

时间仿佛过了一瞬，又仿佛很久。

他并没有感到钻心的疼痛，疑惑使他稍稍睁开了眼睛。

一柄通体青色的短剑恰好不好地抵在了敌人的刀前，敌人一怔，却发现无论怎么使力都无法再让自己手中的刀前进一分一毫，于是赶紧一个空翻退回了偷袭者群中。

"我其实和武当山没什么关联。"一道清脆的声音自从阴影中逐渐浮现的黑衣女子处传了出来，动听悦耳，却让一众偷袭者面色阴晴不定。

"但谁叫我哥说要帮忙呢？"女子耸了耸肩，在面纱下露出了一个可爱的笑容。

夜潭边·不速之客

柳疏竹听到林子那边传来的呼救声时，第一时间就伸手想要拿过自己的衣服，可一阵从阵法处传来的猛烈震击使她不得不重新钻回了水中阵眼处。

"砰，砰……"

有人正在粗暴地用蛮力击打着她布下的小卦门阵。她迫于无奈只能被动防守，尽力保持着阵法强度的同时心下暗暗吃惊。

要知道小卦门阵可不是随便什么一个阵法师就会的，这可是武当山太极八卦阵中衍化出来的中级阵法，想要硬碰硬地打破这个阵，实力最少也要高她两个境界。而她自己作为次品归土，现在抵抗起来如此吃力，那对手少说也要一品归土。

这样的战力不去打望海州，跑到这深山密林里干什么？

她银牙紧咬，不断往阵眼中注入内力用来加强阵壁的强度，但还是不可避免地在一阵阵无休止的冲击中显得摇摇欲坠。

远处传来了金铁交击的声音，叮叮当当地在原本静谧的森林中显得如此刺耳。

她听到这不和谐的声音，心中不禁一紧。破阵之人实力这般强大，想必手下实力也不会太弱，魏风那边只怕情况不妙。想到这，她手上的力气又加重了几分，勉勉强强比那人稍强些许。

"不！！"

正僵持着，她忽然听到了魏风突如其来的喊声，那绝望的语气针一般地扎到了她的心里，让她的灵神不由得一恍，给阵壁的内力也空了一档。

"砰！"

破阵之人敏锐地感受到了这个空隙，猛然发力，随着巨响将阵法轰出了一个缺口，柳疏竹能感应到他已经穿过了最外层的小卦门阵。

她手掌下的阵眼亮了亮，最终归于熄灭。

她的额头上泛出了细密的汗珠，赶紧来到了聚雾阵的阵眼处，激活了第二道，也是最后一道防线。

烟雾逐渐在密林中聚集，很快布满了目之所及的各个角落，黏稠的小水滴挡住了来人的视线。柳疏竹通过阵法得知此人应该是看不透这聚雾阵法，在里面走了好几圈。

她轻舒一口气，正打算悄声上岸，突然感觉不太对劲。

通过阵法感知，她隐约能看到来人从怀中掏出了一块石头，但拿出来了之后却什么都没做，就放在手掌上静静等着。

这是……她定睛细看，忽然倒吸一口凉气。

这哪里是什么石头，这完全就是一块冰！不仅如此，这应该还是邪道那边五明岳上拿来的上好沉冰！

柳疏竹脑中一震，身形晃了晃，绝望逐渐浮现在脸上，心中泛起一阵阵苦涩。

连沉冰都祭出来了，这下子可是真的上天无路入地无门了。

天下之大，修冰法的宗门家派不只一个半个，但至今没有任何一家敢说能超过五明离幽阁。可以毫不夸张地说，离幽阁的冰功法冠绝武林，天下第一。而这沉冰便是就算离幽阁的阁主也需要数月时间才能凝成的宝物。它可以瞬间冻结一条湍急的小溪，也可以让原本晴空万里的天空不久就变得阴雨绵绵，这一切都取决于持冰者的内力强度。而此时阵法内的这人虽然修为并不顶尖，但实力依旧不俗，很快空气中的雾气便消散了小半。

柳疏竹强打起精神，挣扎着从潭中爬上了岸。她仅仅穿了件贴身的衣物便套上了掌门临行时赠予的铠甲，双手微颤地提起了搁在一旁的阵盘，摆出了战斗姿势，做好了拼死一战的准备。

她微微苦笑，纵然知道自己实力不如此人，但无论如何……

不能丢了武当的牌面啊。

想到这里，她突然感觉自己不是那么恐惧了。

雾，散了大半。

那人手中拿着沉冰缓缓站起了身。柳疏竹知道虽然他还没有看到自己，但迟早会的。

她正在默默念着阵文，并没有因为未被发现而抢先发难。实力差了两个境界，拉开距离的话阵法师或许还有一线生机。

来人缓缓转动着头，她感觉到冷汗不觉间已经布满了额头。但就在他似乎再稍微偏一丁点就能看到躲在潭水边的柳疏竹时，一道不是那么符合这片林中空地紧张氛围的声音使得来人转回了头。

"沉冰？好东西啊。"

一个戴着黑色面具的人，手中抛起了一块散发着幽光的石头，不无欣赏地说道。

来人一怔，低头一看竟发现自己手中的沉冰不见了踪影，大惊之下，他赶忙退身拉开了距离，摆好架势舞起了手中的大锤。

"别动了，多活一阵儿是一阵儿。"柳疏竹看不见面具人的神情，但是话语间那份掩藏不住的不屑和傲慢，还是让她感受到了面具人心中的淡然。

持锤男子没有理会面具人的话，全力对着他奔袭而去。

"啧。"面具人咂了下嘴，依旧看也没看那人一眼，随意打了个响指。

"啪。"

柳疏竹一瞬间怀疑自己是不是出现了幻觉，因为持锤男子那魁梧的身子就那样毫无征兆地停住了。那一往无前的气势猛然消散无踪，他刚才冲刺时扬起的尘土似乎不过是个笑话，飞散在空气中嘲笑着他的不自量力。

"喀，喀……"他扔掉了手中的大锤，掐着嗓子说不出话来，挣扎了不到片刻，便化为一摊黑水，在月光下反射着瘆人的光。

柳疏竹下意识屏住了呼吸，她从未见过这般离奇的死法，但她知道眼前那名面具男绝对是自己碰也碰不得的大能，于是她悄无声息地移动着脚步，想要躲回密林之中。

可是冷不丁的，她的视线里出现了一只小小的蛇头。

她呆了一下。

那一瞬间，被无限拉长。

"啊！！！"她尖叫着紧紧地闭上了眼睛，出乎意料地一脚踢向了那条蹿出来的白蛇，竟然还出乎意料地踢走了。

"谁谁谁啊？！"面具人被吓了一跳，手中的沉冰险些没掉下去，他赶紧捂上了耳朵，等到尖叫声停下来才晕晕乎乎地回过头来，却突然愣了一下。

那条白蛇心有余悸地爬上了面具人的肩膀，嘶嘶地吐着信子。

柳疏竹微微睁开了湿润的眼睛，对上了面具人的视线，她心中一颤，一种无力感油然而生。

作为武当山的大师姐，生死之权交与他人还是头一遭，而且还是一位素未谋面的陌生人，她绝望地散去了手中最后一丝内力。

但面具人却并没有出手。他面具底下的嘴角微微抽动了几下，有些尴尬地别过了头，摸了摸面具说道："姑娘……你这是……刚沐浴完吗？"

众人聚·误会丛生

柳疏竹还没有回过神，下意识地应了一声"嗯"。

面具人见柳疏竹神情有些恍惚，言语间颇有些无奈："你……先别坐地上了，你的朋友们还在那里等着呢。"

"……嗯。"柳疏竹呆呆地站起了身，像个木偶一样抬步就要往回走。

"你……"面具人有些无语，快走几步拾起了岸边的衣服，来到柳疏竹身后披到了光秃秃的铠甲之上。

柳疏竹眨巴眨巴眼睛，有些不敢置信地看着身上的武当外衫，她现在是真的有些糊涂了。不过出于礼貌，她还是小声地说了句"谢谢"。

面具人似乎笑了一下，柳疏竹十分不解他这样做的目的，却又不敢回身，脸上略有些发烫地迈进了林子。

林子中又恢复了些许原本的安静，另一侧的战斗应该是结束了。

但是……结果如何？魏风又为什么要大喊那一声？自己一行人真的敌得过那名大汉手下的偷袭者吗？

柳疏竹感觉自己脑子里乱成了一锅粥，而身后的面具人又像是粥里的生姜片一样不知是好是坏。

离林子那边越近，她的心跳就越快。她感觉这林子像是走不尽一般，却又在一眨眼就来到了林边。

　　她打了个寒战，缓缓地走出了林子。

　　"笨蛋！"

　　还没等她找到人，一道清亮却带着哭腔的声音就冲进了她的耳朵。她转过头，看到小仙正带着眼泪跪在地上使劲捶打着三福的肚子，而三福却不应声也不动，直挺挺地躺在地上。

　　她的心中"咯噔"一下，一种掉入深渊般的恐慌袭上心头，她颤颤巍巍地走到了靠着石头休息的魏风身旁，微不可闻地说道："三、三福他……"

　　魏风闻声也瞧见了柳疏竹，惊喜道："大师姐，你没事吧！"

　　"我没事，三福他……"柳疏竹伸出颤抖的手指指向了躺在地上的三福。

　　"三福？"魏风一愣，回头看了看躺在地上的三福，脸上喜悦的表情消失不见。他紧抿着嘴，眉头皱在了一起，手一捶地，咬牙切齿地说道："老天真是待人不公！"

　　"待……待人不公？"柳疏竹捂住了嘴，瞪大了双眼。

　　"我们几人真是千算万算都算不出来，谁又能想到，他竟然比我们所有人都先……"魏风从牙缝里一字一句地说道。

　　"都先……都先怎么！"柳疏竹的身形晃了晃就要倒下去，反倒是面具人扶住了她。

　　"都先……"魏风紧皱着眉头，像是强忍着泪水，他的手抵在鼻子上，牙关咬紧又放开，半晌才从牙缝中挤出了几个字——

　　"找到了道侣啊！"

　　"……"

面具人能感觉到自己扶着的人身子僵住了。

"什、什什什什么？"可能是被冻的，柳疏竹一连说了好几个"什"字。

"嘻！大师姐你别提了，小仙和三福他俩成了！"魏风又捶了一下地，悲愤的语调像是在责问苍天为什么不给自己也来一个仙女姐姐。

"那……那三福他为什么没、没动静啊？"柳疏竹感觉自己自从见到了面具人之后就再也没好好说过一句话了。想到这里她不禁感受到了支撑着自己的双手，脸色又红了几分，自己站直了身体。

"他啊……"魏风一愣，脸上突然多了丝苦笑，"估计是被吓得不轻吧，他这次可真是在阎王殿门口走了一遭，要不是那位大能的帮助，现在可能真就……"

"大、大能？"柳疏竹惊异地抬起眼眸，这面具人难不成还不是唯一一位大能？

"啊也对，大师姐还没见过吧，这次可真是多亏了这位仙……"魏风恍然一笑，回过头正想将那位黑衣女子介绍给柳疏竹，却被一阵风吹得闭上了嘴。

"哥！"

黑衣女子一个闪身绕过柳疏竹，一下子扑入了面具人的怀里。

强大的冲击力使面具人一个趔趄，他面具下的脸狰狞着咬牙拼命向脚下注入内力，这才险之又险地以一个诡异的角度扳回了身子。

"小、小清，你慢点……"面具人眉头一皱，感觉自己的胸腔被撞得有些发闷。

"好吧……"黑衣女子噘了噘嘴，鼓了鼓面纱下的脸颊，把一旁的柳疏竹都看呆了。

"师、师姐，这是……"这边的动静把另一边休息的几人吸引了过来，李子挑了挑眉感觉事情不太简单。

"啊？啊，就是这位公子在我被袭击时出手相助，要不是他，这时我可能处境要危险得多。"柳疏竹笑了笑，向众人介绍了面具人。

李子的神色却有些古怪，他摸着下巴若有所思地说道："不，我不是指这个，大师姐你这是……刚沐浴完？"

一滴发尖上的水珠掉到了地上，"啪嗒"一声好不刺耳。

"是、是啊。"柳疏竹强自笑了笑，她有一种不祥的预感。

"这位面具公子是和师姐你一起出来的？"魏风托着脑袋眯缝着眼，若有所思地接上了话。

"是、是啊……"柳疏竹的笑容逐渐凝固。

"那就是说面具公子是和师姐你，一起在林子那头对上了那个为首的偷袭者喽？"见状连三福也不"躺尸"了，在小仙的搀扶下捂着嘴巴若有所悟地提出了最后一个问题。

"嘿，是、是啊……"柳疏竹尴尬而不失礼貌地微微笑了笑——如果只是咧咧嘴也能算笑的话。

"嘶……"

"嘶。"

"嘶！"

李子、魏风和三福各自摆出了调侃的姿态。

"嘶！！！"

不过听这最后一道倒抽凉气的强度，应该是真的被人掐到了死穴。三人不约而同地看向了面具人的方向。

"小清——"面具人弓着身子，脸上挂着颤抖的笑容，双手在空中不知道比划着些什么，不停地抽着凉气。

"哥？你没对她做什么见不得人的事吧？"黑衣女子将脑袋伏在了面

具人的肩上，温柔的气息在面具人耳边吹着冰冷刺骨的风。

"当、当然没有！不信你问她！"面具人禁不住打了个寒战，赶紧指了指一旁的柳疏竹。

"啊？啊……面具公子他的确……"话语停在了一半，柳疏竹突然呆住了。

他毫不留情地杀掉了偷袭者头目，却没有伤害她。

他劝自己起身，怕自己着凉而给她披上了衣服。

他在自己以为遇到噩耗之时扶住了站不住的她。

这些画面好巧不巧地在这个时候涌入了她的脑海。

"没、没做什么……"柳疏竹低下了头，红了脸，声音小到不能再小地说道。

当面具人看到柳疏竹那张羞红了的脸和黑衣女子冰冷的笑容时，他就知道自己完了，但是他在"临死"之前还是十分不理解。

我到底干啥了啊？！

"啊啊啊——"

武当山·柳氏兄妹

再不平凡的夜晚过后也是平凡的新一天。纵然已是秋高气爽，但封青林里的树木依旧茂盛。阳光吝啬地从金黄的枝叶间投下来几道斑驳的光点，驱散了林子里的阴暗，同时倒也添了几分温暖。

"小清啊……哥之前怎么就一直没发现你力气这么大呢……"面具人揉着腹部一块块的青紫处，走在队伍的最前面小声对挽着自己胳膊的黑衣女子说道。

"哼。"女子哼了一声，别过了头。

"唉……"面具人无奈地苦着张脸试图安慰她，但看样子收效甚微。那黑衣女子无论面具人说什么就是一个劲儿地"哼""切""呵"，看得后面的李子和面具人脖子上的白蛇都连连摇头。

"大师姐，他俩都这样一路了，真的靠谱吗？"魏风稍稍顿了顿脚步，来到柳疏竹的身旁小声问道。

"我相信他。"柳疏竹好像是在发呆，沉吟了一阵才说道，眼角瞥了一眼前边的面具人。

"但是他俩来路不明，目的也……"魏风说着比了个手势。

"……"又是一阵沉默，柳疏竹轻叹口气说道，"离望海州越近，遗国那边的防守也就越严密，跟着他们走反而可能更安全，现在看来他们也没什么恶意，就先这样吧。"

"可是……"魏风还是有些放心不下，瞅了一眼身后跟着的众人，李子对他报以微笑，三福跟小仙正你侬我侬。

"我知道，"柳疏竹也回头看了一眼跟着自己的师弟师妹们，"但是就算他们真的翻脸不认人了……咱们也跑不掉啊。"

魏风一愣，咬了咬牙，还是回到了原位。

"唉。"柳疏竹又叹了口气，望着面具人的背影，心里浮现出了很久没有感受过的无力感。

原本柔和的阳光随着时间的推移也变得有些炙热，还好秋日的凉风时不时地能送来一阵清爽。不知不觉间，柳疏竹一行人已经走了半程。

"在此先休息一阵子吧。"正好是一片林中空地，面具人停下了脚步，肩上盘着那条白蛇，领着一脸不爽的黑衣女子来到了柳疏竹面前说道。

"好。"柳疏竹闻言点了点头，对身后的魏风等人挥了挥手，众人便都放下了行装，寻了个地方坐下。

三福和小仙依旧黏在一起，两人脸上的笑容真是遇见了幸福的模样，魏风叼着根狗尾草靠着石头闭目养神，剩下的李子他们仨则坐在一起聊天侃地。

柳疏竹也找到棵树靠着坐到了地上，翻出了地图看着。

路程已然过了大半，再有几个时辰就能到望海州了，她心中不禁感到一阵轻松。跟着面具人和黑衣女子走，虽然有时绕几个小弯，但还是一直在正确的行进路线上，而且也不知为何，这一路上竟然连一支遗国的队伍都没看到。

这终归还是好事。疑惑归疑惑，柳疏竹还是心下暗喜。

已经走过了封青森林里的九元湖地界，接下来再走过空鹤丘就能很快到达望海州了。

柳疏竹卷起了地图就要收起来，这时一道阴影突然投到了眼前的落叶上。

"你们是武当的人？"面具人站在她身旁问道。

"嗯，是的。"柳疏竹也不知道为什么自己要以这么谦恭的语气回答他。

"看你这身衣服也不像是内门弟子的服饰，但他们还都叫你大师姐，那想必也不是外门的，那你是……"面具人摸了摸脸上的面具，突然恍然大悟道，"哦，你应该是掌门的亲传弟子吧？"

柳疏竹闻言一怔，瞪大了双眼不可思议地看向面具人。

他怎么对武当山这么清楚？

掌门亲传弟子的服装样式的确不同于内门外门，但是眼前这面具人是怎么知道的？亲传弟子的服饰据她所知还没有在任何外人面前展示过，出任务用的也都是内门弟子的衣服，这次穿出来还是为了表明掌门对望海州的重视。

他到底是……

"别紧张，别紧张。"面具人面具下的表情是怎样的别人看不到，他只是摆了摆手，问道："那你应该认识柳问轩喽？"

"嗯，嗯……"对于面具人知道柳问轩这件事她倒不是很惊讶，毕竟兄长他作为武当山首席弟子，名号自然是在武林当中响当当的。

"唔……"面具人思索了一阵，又开口问道，"那你俩……熟吗？"

柳疏竹有些警惕，她看向了面具人仅露出来的两只眼睛，有些犹豫到底应不应该如实相告。她也想反问面具人的身世，但不知是不是故意的，面具人的问题中并没有能让她回击"问别人名号之前不是应该先报上自己的吗"这样的语气。

正当她沉默之时，魏风的声音突然响了起来："大师姐可是问轩师兄的妹妹。"

"魏风！"柳疏竹猛地回头，瞪了一眼躺在石头上的魏风就要开口训斥，却被面具人的一声嘀咕打断了。

"真是啊……"面具人似乎挑了挑眉。

"什么？"柳疏竹怀疑自己听错了，抬头盯向面具人的双眼，面具人却躲开了视线。

"没什么……"面具人挠了挠头，语气有些阴晴不定地说，"休息完了吗？"

柳疏竹看了眼四周，魏风已经起身了，其他人也都没有特别疲倦的样子，看来昨夜他们的确是难得地睡了个好觉。

她安心了许多，点了点头。

"那便走吧。"面具人说着，和白蛇当先走在了前面。

一行人在短暂的休息后又上了路。

黑衣女子刚刚不知去哪里了，此时才姗姗回到队伍里，和面具人并排走着，没有像之前那样挽着胳膊。

密林之中只有阳光能告诉人们时辰。此时已经日上三竿，柳疏竹略略算了算，应该快要到空鹤丘了。

可就在众人眼看着不远处就是空鹤丘的时候，最前面的两人突然停下了脚步。

面具人的手肘碰了碰黑衣女子，黑衣女子没有动静，他只好有些尴尬地自己转过了身，有些不好意思地说："嗯……我觉得各位可能要在此分别了。"

惊回首·似是故人

树林里只有簌簌的叶浪声依旧不绝于耳。

"什么？"李子第一个反应过来，"面具老哥你这话什么意思？"

面具人没有应声，面具下的目光看也没看他一眼。

"分别？什么分别？"柳疏竹闻言也走了上来，一脸不解地问道。

"咳，就是……"面具人的眼神看向了柳疏竹，再一次挠了挠头，说出了一番令众人瞠目的话，"你们跟她走，你们的师姐跟我走。"

话毕他指了指身旁的黑衣女子和面前的柳疏竹，女子还是没有动静，柳疏竹见状则吃了一惊。

"啊？"一众人马的脸上先是充满了疑惑，随后又布上了敌意。

"你这是……"魏风阴沉着一张脸，口气不善地对着面具人说道。

"面具老……你想干什么？"李子也没了往日嬉皮笑脸的样子，正色问向面具人。

"我们都是武当山的，她还是我们的大师姐，岂能说散就散？"三福和小仙见状义愤填膺地走上前来，后面的几人也不甘落后，一时间林子里到处飘散着质问面具人的声音。面具人也不回话，面具下的表情依然让人不得而知。

就在众人群情激愤之时，柳疏竹却挥手打断了魏风等人的话，走到了面具人身前。

"你……您究竟想要做什么？"柳疏竹轻皱着眉，一双细长的眼睛微眯着，看向面具人的双瞳。

面具人和她凝视了片刻，还是不着痕迹地移开了视线。柳疏竹一直看着他，面具人微微咂了下嘴，又重复了一遍之前的话。

"你们跟她走，你们的师姐跟我走。"

"你欺人太甚！"魏风这下沉不住气了，猛地抽出了剑就向面具人刺去。

"魏风！"柳疏竹一声惊呼，没想到他竟然出手这般迅速，而且竟然如此狠辣致命，她不禁惊出一身冷汗。

但这冷汗却不是为面具人出的，她突然想起了那个持锤大汉。

"快回……"还没等她喊完，魏风的剑就已经到了面具人的脸前。

强烈的劲风吹得面具人的衣袍猎猎作响，一头黑发随风飘动，但他面对这致命的一剑却手脚一动未动。

可魏风的剑突然停了。

面具人肩膀上的白蛇不知何时睁开了眼睛，赤红的瞳孔盯得魏风浑身冰凉，他感觉自己的手竟然在不争气地微微颤抖着。

面具人的语气还是那样淡淡的，无波无澜，剑尖就在眼前，他却依旧看也不看一眼魏风。

"再往前，我也救不了你。"

这是柳疏竹第二次感到了面具人身上的不屑和傲慢。

"魏风，回来！"柳疏竹赶紧对魏风说道，魏风垂着头没有动。

"魏风！"柳疏竹加重了自己的语气，魏风沉默地捏了捏剑柄，还是不甘心地回到了原位。

面具人看着魏风退回了队伍，没有再出手。柳疏竹见状稍稍安了心，向前走了几步来到了面具人面前，深深鞠了一躬。

"若不是先生昨日出手相助，小女子此时还不知会身在何处，若是先生执意要我跟着先生，那……只求先生不要为难我的师弟师妹们。"

柳疏竹深吸了一口气，说完了这句话。

面具人的目光看向了垂着头的柳疏竹，眼神里似乎有些欣赏，他点点头："好。"

柳疏竹身子一颤，缓缓直起了身，她也不知道自己脸上应该摆出怎样的表情。

魏风的嘴唇紧抿，手中不住地捏着剑柄，但每当那阵热血冲上来时，他的眼前总会出现那只蛇的赤目。

那种无论跑到天涯海角都躲不掉的死气，他甚至都不曾在自家掌门身上感受到过。

柳疏竹踩着落叶，"嘎吱嘎吱"的声音像是碾在一众武当弟子的心上，她走到了面具人的身旁。

面具人看看疑惧不安、却没有过多表现在脸上的柳疏竹，心中暗自点了点头。他也没对魏风等人说什么，回过头看向了身侧的黑衣女子。

"小清。"面具人轻声说道。

黑衣女子没有动作。

面具人似乎苦笑了一下："那我走啦。"

话毕，柳疏竹只感觉自己被一阵风推了起来，连惊讶的时间都没有，风景变幻，她就已经离开了那片林子。

黑衣女子就在面具人说完话的一瞬间，出手想要抓住他的胳膊，但只剩下几丝风还残留着面具人身上的余温。

她的手不甘地停在了空中许久。

"魏哥……"李子悄声走上前来，有些不知所措地看向魏风。

魏风也不知道该做些什么，面具人说跟着黑衣女子走，可是这……

魏风犹豫了好几次要不要上前询问，但他还是待在原地没动，身后的几人也不敢多动。

半晌，林子中清静了许多。

黑衣女子收回了手，声音里带着些许委屈的鼻音道："哥说让你们跟着我走，那就走吧。"

她说完便头也不回地蹿进了树林里，魏风一愣，忙不迭地跟身后的众人招了招手，跟了上去。

很快，这片林子里就只剩下几只松鼠溜下了树，寻找着地上残留的干粮。

柳疏竹·孩提心性

　　柳疏竹晃了晃自己的脑袋，好不容易才看清了自己的所在地。

　　这里应该是百柳畔吧。她心中回忆起了地图，看着围绕在眼前九元湖畔的成片垂柳，她更加确定了自己的想法。

　　刚刚搞清楚位置，柳疏竹就不禁被吓到了。空鹤丘离百柳畔少说小半日的脚程，那面具人是用了什么办法瞬息间便到了这里？

　　她想到这里有些好奇，可一抬头忽然发现原本在自己身旁的面具人不见了，偌大的林子里一点人声都没有，只有林子深处似乎传来了一阵阵野兽的低吼。她忽地有些害怕，在封青森林里落单可不是什么好事。

　　柳疏竹咽了咽口水："面具先生……"她刚要抬步寻找，忽然脚下一个趔趄。

　　"啊！"她一声惊呼，眼看就要摔倒在地上，她的身子突然被人轻轻托住了。

　　她回过头，对上了面具人有些无语的眼神。

　　柳疏竹感觉自己的脸上滚烫一片，赶忙自己站好了身形。

　　面具人似乎还有些担心地看着她整理好了衣服，那目光就像是带小女孩玩的大哥哥。柳疏竹手忙脚乱地理了理有些凌乱的衣服："走、走吧。"

说完，她抬步就要走，面具人一把拉住了她的胳膊把她拽了回来，指了指与她完全相反的方向说道："往这走。"

柳疏竹这才反应过来好像应该是自己跟他走。

但是为什么总感觉他像是在哄小孩啊？！

柳疏竹真想一拳砸到自家掌门的宝贝阵盘上。

面具人走了几步，回过身静静地等着柳疏竹跟上。

柳疏竹强自笑了笑，努力保持着自己已经快要消失殆尽的武当山大师姐形象，跟在了面具人的后边。

百柳畔的景色很是唯美，九元湖清澈深沉的湖水倒映着岸边依然泛绿的柳枝，看来像是连时光都禁不住在这里驻足。若是忽然风动，那自然再好不过，清波荡漾，柳枝低垂，吹过来阵阵花香。

柳疏竹还是第一次见到这样的美景，武当山上的太湖周围总是围了一圈又一圈的长老、弟子，人头攒动，吵吵闹闹，像是集市一样。

她心中感叹自然之美，可是又总感觉这片湖畔少了些什么。

是什么呢？

除去风声微微，只剩下自己和身前面具人的脚步声。

柳疏竹发现偌大的林子里竟然一只野兽都没有，平日里活跃在湖边的鸟兽都消失得无影无踪，这片百柳畔安静得有些诡异。

柳疏竹心中一愣，她有些犹豫地问面具人："先生这是要去……"

面具人微微偏了偏头，继续默默地走着。

柳疏竹再次咽了咽口水，心中有种不祥的预感，但是事已至此，她也只能硬着头皮跟上去了。

面具人不紧不慢地走出了林子，踩着落叶来到了九元湖边上，他解下了身上一直背着的卷轴，翻开了一卷，嘴里喃喃地念着什么。

"嗯？"柳疏竹不可置信地看向那卷轴，随着面具人不断地叨咕，她竟然感受到了自己阵盘内阵文的波动。

尽管那阵波动是那样的微弱，她还是敏锐地捕捉到了。

从她很小很小，甚至都不记事的时候，掌门就给了她这个古旧的阵盘，而自打拿到这个阵盘起，无论她到哪里都会带着它，阵盘也像是认定了她一般与她配合无间。而掌门之所以会给她这个古老的阵盘，也正是因为只有在她的手中，这个阵盘才能焕发出原有的能力。

乾离盘已经暗淡了少说百年左右的时光，谁知道到了柳疏竹的手里就突然有反应了呢？于是当年掌门毫不犹豫地将这个传宗宝物给了柳疏竹，并且收她为亲传弟子。

而现在，这乾离盘又好像和那个不起眼的卷轴有点联系？

可想而知此刻柳疏竹心里的惊涛骇浪。

她抬头疑惑地看向了面具人，面具人的眼神中似乎有些笑意，他示意她拿出乾离盘。

"在这里放一个阵旗。"他指了指他现在站着的位置。

柳疏竹虽然满腹疑问，但还是拿出了自己的阵旗插到了那个地方。看着她放下阵旗，面具人点点头走向了另一个方向。

柳疏竹跟着他来到了离刚才放阵旗之处有数十步的位置，面具人跺了跺脚，伸出手比了比湖心到此的距离，回身对柳疏竹说："第二个放这里。"

柳疏竹走上前放下了第二个阵旗，面具人看了看放好的两个旗子，满意地点了点头，他又把手放到卷轴上念着什么，随即找好了方向继续走过去。

柳疏竹这次把旗插到了一处树荫下，她正要继续拿旗，却被面具人的手打断了。

"最后一柄旗给我。"面具人伸出了手，"帮我照看下我的蛇。"

"啊？"柳疏竹还没反应过来，就见一道白光迅速蹿到了自己的肩上。

她怔住了。

就在她要大喊出声的一刹那，面具人上前一把捂住了她的嘴，靠在她的耳边说："别喊，在这里待着。"

柳疏竹心跳得剧烈，也不知道是因为蛇还是因为什么。

过了好半天她才努力平复好自己的心情，眼神复杂地看向面具人。面具人见状不好意思地眯了眯眼睛，摸了摸她的脑袋："我马上就回来。"

柳疏竹保持着僵立的姿势，眼睁睁地看着面具人的身影逐渐没入湖中，直到再也不起一丝涟漪。

她突然感觉刚才他摸自己脑袋的动作似曾相识。

力战起·上古神兽

滴答的声音还是一如既往地烦人。

驳盘卧在自己洞府里的一块巨石上，不耐烦地理了理身侧的鬃毛。这人类长得矮矮小小的，却天天打仗，搅得自己还不得不从中曲山跑到这里避一避风头。

"呼……"它长出了一口气，皱了皱眉头想要摆脱心中的杂念，就在它又要睡过去的时候，突然被一阵脚步声惊动了。

"哒哒哒哒"。

来人脚步丝毫没有犹豫，大大咧咧地由远到近，驳怀疑自己是不是在洞府里待久了出现了幻听，它直起了上半身竖起耳朵听着。

走了一阵，来人的脚步停了。驳估计了一下，他应该是走到了第一座石门前。

驳吸了一口气，正准备质问来人是谁，却只听见"轰"的一声，震得洞府顶上哗啦哗啦落下几颗石子。脚步声又一次响了起来。

驳瞪大了眼睛。

这人竟然把老夫的门踹碎了！

驳当即一声怒吼，从盘卧着的石头上下来，愤怒地看向第二道石门外的闯入者的方向。

"来者何人！"

威严的声音撞击着湿润的石壁，更多了一丝严厉。

但来人却似乎丝毫不受影响，依旧自顾自地哒哒走着。

驳眯了眯眼睛，身周带上了一层危险的迷雾。

"最后问一次，来者何人！"

来人停下了脚步，他此时已经站到了第二道——也是最后一道石门前。驳矮下了身子，做出了攻击的准备。

"小马驹！"一道嚣张得欠揍的声音响彻洞府，"还不快快恭迎你的主子！"

话音刚落，"砰"的一声巨响，这最后一道石门也被人踹碎了。

驳一愣，烟尘散去，只瞧见一个戴着面具、背着个卷轴的白衣人站在散落的石块上，抱着胳膊冷冷地看着它。

"嗷！"

驳回过神来，脸上顿时布满了怒气，它绷紧了全身的肌肉，头上的独角闪烁着黑色的光芒，眨眼间便化为一道黑光向着来人冲去。

"汝敢叫老夫小马驹？！"

面具人轻轻一闪身，驳扑了个空。

"长着一副马身子，不叫马驹叫什么？"面具人依旧抱着胳膊，手里攥着个旗子，不慌不忙地说道。

"嗷！！"

驳又是一声怒吼，回过身再次扑向了面具人，速度比上次有过之而无不及，但面具人仍是微微一动便躲开了。

"嘶嘶……"驳从牙缝间吐出了一口气，眼神危险地盯向了不远处的

186

面具人，猛地从独角里射出一道黑光。

"哟。"面具人似乎笑了一下，手一拂卷轴，那黑光顿时像是碰到了屏障一样前进不得。

驳一皱眉头。此子，来头不小。

驳没有再贸然出击，缓缓开口道："汝找老夫，有何贵干？"

"这个嘛……"

面具人掸了掸身上的灰，轻描淡写地说道："我想骑你。"

驳一愣。

"小子受死！！！"

音爆之声响起，洞府不住晃动，黑光追着白影，从洞府深处一路摧枯拉朽般来到了洞口。

"嗷！！！"

一道水柱冲天而起，阵阵巨浪势不可挡地拍向岸边，柳疏竹怀里抱着白蛇，瞪大了眼睛看向天上的两个身影。

其中一道是面具人，还有一道形如骏马却长着白身子和黑尾巴，头上一只独角，有着老虎的牙齿和爪子，此时周身围了一层黑气。

轰隆隆隆——

水中洞府彻底崩塌，湖面变得更加狰狞。

"小马驹挺猛啊！"面具人站在天上一抖，手臂散开了卷轴，原本洁净的白衣带上了几道红印。

"汝究竟是何人！！"驳腾在空中，龇着牙盯着对面的面具人，它的身上也多了不少伤口。

"你知道我是你主子就行了！"刚说完，面具人就又冲向了驳，驳也不甘示弱地迎了上去，顿时强烈的气浪呼啸而出，湖畔的垂柳疯狂地摆着枝杈，柳疏竹不得不用出了内力壁才能堪堪挡住扑面而来的风刃。

一黑一白缠斗在天上，教人分不清此时是白天还是黑夜。

过了许久许久，柳疏竹感觉好似足足打了一个日夜，面具人突然化为一道青烟，一个俯冲向岸边冲去。驳一怔，紧随其后跟了上去。

面具人回头看了看驳的位置，在即将落地之前猛地一个回身："定！"

面具人一打响指，驳的身子突然一滞，面具人缓缓落到地上，拿出了手中的旗子，轻轻插到了泥土里。

叮。

一圈圈白色的波纹从湖中心扩散开来，在到达湖边的四个阵旗后消失不见。

树叶不再颤动，湖面不再疯狂，连纷飞的落叶似乎都静止在空中。柳疏竹睁大了双眼看着这天方夜谭般的景象，怀里的白蛇吐了吐信子。

驳已经摆脱了面具人施加的定身，但它依然一动也不动，眼睛里闪烁着惊惧的光芒。

它知道自己只要稍稍一动就会万劫不复。

面具人来到驳的面前，稍稍有些气喘。

"呼，还行，没看错你。"他拍了拍衣服，又恢复了以往的淡然。

"汝……究竟……"驳连嘴也不敢大张，它身上早已经布满了汗水。

"你不用知道，我就问你，服不服？"面具人走到驳的面前看着它金色的瞳孔。

"嘶嘶……"驳从牙缝里又吐了一口气，面色阴沉地和面具人对视着。

叮。

波纹又散了一圈。

"服不服？"面具人似乎嘴角带笑。

"……"驳龇了龇牙。

"服。"

边星垂·故人旧事

不知何时出现了不少鸟兽的啼鸣，倒也让原本寂静的封青森林多了几分生气。

"这么说，这些野兽都是因为你才缩在窝里的？"

路过一株古树，面具人听着不绝于耳的鸟鸣声，对身下的坐骑问道。

"嗯。"驳心不甘情不愿地回答道。

"为什么啊？"面具人摸了摸下巴，似乎有些疑惑。

"嘶嘶……"驳吸了一口气，但考虑了一下现在的处境，还是缓缓开口答道，"因为老夫放出了点威压。"

"哦。"面具人撇了撇嘴，继续抱着胳膊坐在驳的身上，一晃一晃悠闲地欣赏着森林里的风光。

"面、面具先生？"走在驳身旁的柳疏竹突然小声开口道。

"嗯？"面具人和已经回到脖子上的白蛇一同看向了她。

柳疏竹被一人一蛇看得有些不好意思，有些扭捏地抓着手，轻声说道："我的阵旗……"

面具人一愣，恍然大悟道："啊啊，忘了忘了，抱歉抱歉。"说完不好意思地挠挠头，将阵旗还给了柳疏竹。

柳疏竹接过阵旗却没有立刻收起来，她迟疑了一阵，抱着阵旗小心翼翼地开口问骑着驳的面具人："先生适才用的……是什么阵法？"

面具人低下头，看到了柳疏竹闪烁着别样光彩的眼神，他被看得有些不自然。

"啊？那个阵法啊，就是普通的那个四象阵啊……"面具人再次挠了挠头，不以为意地说道。

半晌，柳疏竹都没说话，面具人见状不禁用余光看了看她。柳疏竹依然盯着面具人，那火热的眼神却让面具人心头一凉。

"真的是四象阵吗？！就是和八卦同级的大道阵法吗？！"柳疏竹快步走近了驳，眼中似乎冒着小星星。

"咳、嗯，是……"面具人有些拿不准自己应不应该继续说下去了。

柳疏竹激动得声音都有些发颤了，手中的阵旗从左手换到右手，又从右手换到左手："师、师尊到现在都没教过我大道阵法，只是听说过大道阵法才是阵法的顶峰，不曾想今日竟在先生这里见识到了。"

"啊，嗯。"面具人不知道该怎么作答，只好点了点头。

"那大道阵法和普通的阵法有何差异？对阵旗有什么其他要求吗？内力要多少最为合适呢？必须要事先布好阵吗？如何才能让普通的阵法效果更强呢？"柳疏竹一口气问了好几个问题，眼中的求知欲似乎要溢出了，恨不得掏出个小本本记下来。

"……"面具人理了一阵也没弄明白她到底想问什么，但看着她眼中对知识的渴望也不好直言拒绝，犹豫了一下，他踢了踢驳，叫它停了下来。

"上来吧。"面具人对柳疏竹伸出了一只手。

柳疏竹一愣，看着驳有些惊慌地说道："这，这不太好吧……"

"异兽又如何，还不是一头小马驹。"面具人笑言，拍了拍驳的后背，驳嘶嘶地吐了口气，还是没多说什么。

柳疏竹见驳似乎没有反对，加之心中又有对异兽的好奇，迟疑了一阵，还是拉着面具人的手坐上了驳的后背。

"哇……"柳疏竹坐定，不禁惊叹出声。

天下异兽无一不是声名赫赫，而驳在异兽中也是数一数二。它生性不喜争斗，且自身实力绝不可小觑，身形似马但又有龙脉的返祖血统，这才是它头上独角的来历。骑在这样神异的坐骑之上，可想而知柳疏竹心中的震撼。

她环顾一周，目之所及，一片欣欣向荣，纵然秋日踏遍林海，树青依旧。

封青林便是因此得名。

面具人拍了拍驳，驳起身便走。

"呀！"柳疏竹一个不注意险些从驳的背上跌落下去，还是面具人一把拉住了她。

"啧。"面具人一咂嘴，手掌轻轻贴到了驳的后背上。

驳浑身一抖，那种若有似无的危险感再次出现，它只好放缓了脚步，平稳柔和地穿过树林。

"没事吧？"面具人问道。

"啊，没事没事。"柳疏竹笑着说，但脸上还是浮现了汗滴，双手紧紧地抓着驳的鬃毛，可以看出她第一次坐这般高大的坐骑，不免有些紧张。

面具人叹了口气，双手自然而然地绕过她的身侧，环着她抓着驳长长的鬃毛。

柳疏竹脸一红，支支吾吾地想说什么，最后还是放弃了，只好努力将周围的风景刻入脑海。

面具人确定她不会掉下去之后，开口说道："其实四象阵并没有那么高深莫测。"

柳疏竹猛地一回头，差点和面具人的面具撞上，她又赶紧别过了头，速度快得让面具人有点担心她会不会扭到脖子。

"小女愿、愿闻其详。"

"也许到高级阵法之前，阵法师需要看重的都是阵旗强度和内力多少，但是大道阵法不同。"面具人缓缓说着，"大道阵法看的是阵法师对阵法的理解和对道的掌握。"

柳疏竹听着，将这些话一字不差地记到了心里。

"举个例子吧。"面具人敲了敲面具。

"如果想要布置两仪阵，只要修为过了归土基本都可以，但是必须要找好所谓两仪——也就是水火两道的方位。"面具人歪了歪头，让脖子上的白蛇把卷轴传到了身前。他露出了一点点内容，柳疏竹只能看到一个棋盘模样的图画，其他的信息都被面具人卷了起来。

"换而言之，你要是能借到水火之气，也就不必全用自身的修为堆阵法了。"

面具人两只手不再抓着驳，一只手托着卷轴一只手在上边画出的棋盘上指来指去。

"以此盘来讲，我们便是天元。"面具人先指了指棋盘的正中央。

"而一般来说，五行都会在边星的不远处。"他又一指棋盘四周的八个黑点，"布四象时会占四星，而想布下你们武当的护山八卦阵，就要八星皆占。"

"八星……"柳疏竹看着棋盘，眼中不住地冒着向往。

"嗯，所以就算是我，想要布个八卦阵也要费一番工夫。"面具人点了点头。

柳疏竹沉默地看着面具人手上的卷轴。

面具人知道她正在思考着什么，因此他也不再多言，看着封青林里春日一般的景色，略略出神。

"问轩啊问轩，你妹妹也长大了呀……"

过了半晌，他突然"扑哧"一乐。

巾帼提剑·慕容风采

"报！左城墙告急！敌军纵云梯数目太多，赵彧将军正率军士与敌军短兵相接！"

"报！大城门连弩车已损坏三台，仅剩一台濒临报废！"

"报！敌军攻城车……"

虎符发着幽光，城主府里人声嘈杂，报信的士兵络绎不绝，但鲜少有捷报从城外传来。

"从右城墙调两百人到左城墙协助赵将军！抛弃剩下的连弩车，改用枪矛阵抵御登墙！"

康和先生长长的白胡子无风自动，原本仙风道骨云淡风轻的模样也因为战事的紧迫而带上了些许慌乱。严虚将军已经出城御敌了，单立仁身后背着一口长刀，与背着弓的舒欣立在城主座旁。而城主座上此时只剩下慕容花尘在愣愣地看着天棚。

她知道在此情境下自己应该做些什么，发号施令也好，亲自上阵也罢，但她终究是个深闺大小姐，她做不到以那种睥睨苍生的姿态站在城墙上，她也做不到有条不紊地处理一道道繁杂战事。

她只能看着父亲派来的康和先生哑着嗓子不停地下达命令，再看着城门外来回奔跑的士兵。

空气中刺鼻的血腥味让她不得不微微张开嘴巴呼吸。

这便是战争吗？

"报！！我们要撑不住了！！"

一个士兵断了条胳膊，连滚带爬地进了城主府，鲜血布满脸颊，他用尽全身力气声嘶力竭地喊道。

城主府里的空气凝固住了。

无论士兵还是康和先生，抑或堂上的慕容花尘，都浑身一抖。

"……来人，扶下去。"康和先生沉默了一下，很快摆手让人将断臂士兵扶出大堂。

战争依旧在进行着，但康和先生眼角的皱纹更深了些许。

慕容花尘原本正出神，却被那声喊叫打断了。她缓缓看向城主府中央的地图，渐渐回过了神。

耳边的声音渐渐变得清晰起来，她从未这般真切地感觉到自己的存在。

她走下大殿，单立仁愣了愣，也带着舒欣走了下来，慕容花尘来到康和先生旁边，看着地图。

康和先生一愣："大小姐。"他只对慕容花尘点点头，便又忙不迭地发出一道道命令。

慕容花尘看着画满图案的望海州图，脑海中理着思绪。

敌军分为四路，分别从东西南北四个城门进攻。左城门赵或还能抵挡一阵；主城门还没让敌军登墙，但是防守能力已经见底；严虚将军在后城门抵挡敌军的进攻；而敌军兵分四路之后在右城门的兵力显然不足以攻破望海州的防御工事，目前还没什么大问题。

那么突破口只能放在右城门了。

慕容花尘仔细看过地图之后得出了结论。

"康和先生，"她开口说道，"右城门还有多少兵力？"

康和先生停下了指挥，略略算了一下："剩余两千左右，大小姐您想……"

"我去一趟右城门。"慕容花尘留下这一句话，对康和先生笑了笑，带着一直跟在身边的单立仁和舒欣离开了城主府。

康和先生一怔，看着慕容花尘的背影想要说什么，但战事当前，也只得暂且搁置了。

慕容花尘出了城主府走到右城门，她听到自己腰上的幽踪剑"当啷当啷"地响着，摸了摸剑柄，她深深地吐出一口气。

"大小姐您这是要……"单立仁提了提背后的刀，有些不解地问道。

"慕容家的战争，我作为长女怎么能不出份力？"慕容花尘走在前面头也不回地答道。

单立仁一愣，笑了笑又继续跟了上去。

右城门并不像其他地方那样战火喧天，慕容花尘掏出了自己的令牌。

"我是慕容家长女，前来调一千人马。"

城墙上跑下来一位百夫长，来到慕容花尘身前。慕容花尘将令牌递给他，他检验过后对慕容花尘深深地躬了躬身。

"大小姐有何吩咐！"嘶哑的嗓音却并没有让慕容花尘心生一丝一毫的不快。

"集结一千人马，随我出城迎敌。"慕容花尘收起了令牌，看着城墙上的无数士兵。

"是！"

很快，城墙下一千士兵排成了一队，刚刚那名百夫长也为慕容花尘牵来了一匹白色的马。

慕容花尘上鞍，勒住马。

士兵们屏息，准备听她的指令。

"此去前途难料。"她的开口让一众人马不约而同地一怔。

"但我们依旧不得不去。"

她环视着所有的士兵，那些微微发抖的、那些脸颊泛红的、那些惴惴不安的，她曾经鄙夷过，但此时她知道了战争当前，这些都是人之常情。

她吸了一口气。

"因为我们是望海州最后的希望！

"因为我们是慕容家南侧第一道防线最后的希望！

"但我们不顾生命的脆弱前去杀敌，不光是为了胜利。"

说到这里，慕容花尘挺起了胸膛。

"我们杀敌，是因为我们勇猛。

"我们浴血，是因为我们果敢。

"而我们之所以成为我们，是因为我们是慕容家的人！

"此战，不成功便成仁！"

寒光出鞘，剑指苍穹，随着城门打开，马嘶伴着人吼，一同冲出了原本安静的右城门。

"欣儿，在我身边不要走远！"单立仁手持那柄长刀坐于马上，倒是真有一番大将风范，看得舒欣一阵脸红。

"嗯。"舒欣也不忘拿起弓抽出一支箭射了出去，倒是比任何人都更快地斩杀了一名敌兵。

慕容花尘一袭白甲，阳光之下每一片鳞甲都闪闪发光。她手持幽踪剑，领着那一千人直直刺入敌军的左翼，而毫无防备的邪道军队哪里料得到，龟缩到州城内的慕容家会突然冲出来这样一队人马，登时阵型被冲散了大半，慕容花尘得以看到浑身浴血的严虚将军。

"严将军！"慕容花尘用自己二品归土的实力扫出了一小片空地，严虚将军闻声也看到了慕容花尘。

"大小姐！您怎么来了？！"严虚将军一抹脸颊，连忙纵马奔来，惊声说道。

慕容花尘从马上看着一颗颗发着冷光的头盔，战场的残酷激起了她被世俗琐事尘封已久的热血。

她紧紧地握住了自己的幽踪剑。

"当然是让他们看看慕容家长女的风范！"慕容花尘一抖幽踪剑上的血迹，脸上的笑容是前所未有的开怀，她回过头看向已经看愣了的严虚将军。

"不知严将军，可否助我一臂之力？"

严虚将军张了张嘴不知道说什么，虽然这样在战场上可能有些奇怪，但看着自家大小姐破天荒地这样开心，他又怎么可能不去守护？

也许笑容也会传染，严虚将军一口白牙在阳光下熠熠生辉。

"末将严虚，谨遵大小姐之令！"

"师姐！你闻闻这花香不香？"

蓬莱仙岛里传来了一道独属于少年的清脆声音，配上流水清泉的叮咚声，山间草木的簌簌声，倒是让这出尘的仙岛也多了几分生气。

"我闻闻！"紫梦言从郭玄手中接过了一朵开得正盛的青灵花，放在鼻尖轻轻嗅了嗅，有些惊喜地道："的确很香呢，师弟你这是从哪里寻来的？"

"嘿嘿。"郭玄挠了挠头，脸上挂着灿烂的微笑，对着紫梦言有些微微脸红地说，"师，师姐要是喜欢，就送给你喽。"

"是吗！"紫梦言听到这话开心地笑了，看得郭玄不禁一愣，但他还是装模作样地别过了头去，引得紫梦言眼中的笑意更甚。

"谢谢师弟！"她走到郭玄的身前，摸了摸比她矮不了多少的郭玄的头。

"没、没事！"郭玄享受着这份奖励，不无骄傲地说道。

山下的人声更加欢脱了，花香却随着风飘到了山上石桌前青云子的鼻子里。

"啊——啊——啊嚏！"

青云子打了个大大的喷嚏，揉了揉鼻子，有些无奈地说道："啧啧，就算是仙人也免不了要对花粉有些敏感哪。"

说完他拿起了桌上空空如也的酒杯，微微一晃，里面就再次充满了琼浆玉液。可还没等杯子碰到他的嘴唇，一道洒脱的人声就打断了他的动作。

"哟，青云你还真是蛮有闲情雅致的嘛！"

远处出现了一道人影，眨眼间便到了石桌前。

青云子都不用看这人的脸，光是看那手中无时无刻不挂着的竹杖和那一袭白衣，便知道来人是谁了。

"我说老陶啊，能不能不要老是在酒入愁肠之前过来啊？"青云子看着脸上带着微笑的陶崇泽，有些无奈地说道。

"谁叫你老是独酌也不叫上我。"陶崇泽丝毫没把青云子的话放在心上，自顾自地拽过一把石椅坐到他的对面，从虚空中拿出一个酒杯，微微一晃，便出现了与青云子同样的苦蒿酒。

"来吧，干！"陶崇泽爽快地一举杯，青云子苦笑着与他碰了碰，两人都一饮而尽。

"唔……好酒！"陶崇泽一抹嘴巴感叹道。

"说吧，你这次来是干什么？"青云子也在心里对陶崇泽从人间带来的苦蒿酒暗暗点头，脸上带着些许微醺之意对陶崇泽说道。

"我说青云哪，难道没事就不能让你的老友过来也享受享受仙岛的乐趣？"陶崇泽嘴上打趣道。

"得了，这小岛哪里容得下您这山水祖师啊！"青云子赶紧摆了摆手说道。

"哈哈哈哈。"陶崇泽豪爽地笑了笑，又干了一杯，这才缓缓说起来正事。

"不瞒你说，我前些日子闲来无事请卜阴阳算了一卦，卦上说我的徒孙里有个人的命相有些奇怪。"陶崇泽想了想说道。

"你还真敢去请老萝卜算卦？！"青云子一拍桌子，问的却不是谁的命相，反而更在意陶崇泽去算卦这个问题。

陶崇泽一听青云子的话，脸上就摆出了一副苦脸。

"嘻，别提了，那老顽童又黑了我一笔，还好没动我的忆水怀山剑。"陶崇泽向青云子倒着苦水，但眼神中不无佩服地道："不过那老头算得倒的确是挺准，要不然我也不会大老远地跑去找他。"

"那倒也是，他好歹也是演天门的开山祖师。"青云子点了点头表示同情和赞同。

"对呗，然后我叫他算了一卦，你猜他说什么？"陶崇泽斜着眼睛故意卖了个关子。

"说什么？"青云子愣了愣有些好奇。

"他告诉我，我的第三百七十二代传人复姓辟间！"陶崇泽一拍桌子。

"嗯？"青云子一下没反应过来，沉吟了片刻突然也跟着一拍桌子。

"不会……是辟间家的人吧？"青云子咽了咽口水问道。

"我觉得八成是了，你都没看到老萝卜头告诉我这个消息时的表情，我当时倒是挺想笑，现在却不想了。"陶崇泽一脸纠结地说道。

"嘶……辟间家的人为什么会到人间？"青云子眉头一皱，有些不解地道。

"不清楚。"陶崇泽又干了一杯，"听老萝卜头说辟间家几万年之后恐怕会有什么巨变。"

"几万年啊……"青云子也喝了口酒。

"天上一年，人间十年，看来你的徒孙过不了多久就能现世了啊。"

"对呗，三百七十二代。"陶崇泽晃了晃酒杯。

青云子转过头遥遥看向山下正在玩耍的郭玄和紫梦言。

"我倒是很期待有朝一日看看咱俩谁的弟子更有出息呢。"青云子若有所思地用手指敲着石桌。

"对了，你那个徒孙叫什么？"青云子忽然问道。

"辟间无殇。"

茫茫昆仑踏雪行，清风三尺斩凡尘。乾坤之中别有天，休问何处是蓬莱。

踏过时间的长河，经历万古的沧桑。游莽莽仙山之中，风月依然，山水清幽，云雾缥缈，东来紫气。云兮欲雨，水兮生烟。一览仙山，似画卷，似梦。

眼中画，隐蓬莱。道家之言，洞天福地分三十六洞天，七十二福地。目中之地，便是七十二福地之一——蓬莱仙岛。

仙境之中，一座仙山耸立于此，万丈瀑布飞泻而下，苍穹之上紫气弥漫，点点氤氲星罗棋布，宛如星河般璀璨、耀眼。

山岳叠嶂，碧水如镜，青山浮水，倒影翩翩，一行行仙鹤遨游于云霄之中，一入仙境，魂牵梦萦。

莽莽仙山的一处山峰之中，一道人身着星月道袍席地而坐，一张简朴的石桌之上，颗颗棋子星罗棋布，内涵天地之秘。道人平静的脸上尽显沧桑之色，黑白分明的眼瞳似深渊般寂静又似星辰般夺目。而这道人隐隐融入天地之中，一举一动间尽显玄妙。

道人目视棋盘，手中黑白二子颗颗落入棋盘之中。提子、落子间，冥冥之中天地悄然发生变化。

石桌之上，太极紫砂壶中茶香浓郁。清风徐来，紫砂壶随风浮起，滴滴茶水落入石桌上玉杯之中，杯中的茶水如灵泉般清澈，又似月色般明朗。

道人手持玉杯，一饮而尽。苦涩的茶水沁入咽喉，浓郁的甘甜也悄然浮现。一盏清茶，一段风尘。

蓬莱仙境之中，阵阵罡风拂过，枯黄的落叶随之飘落。道人放下了手中的玉杯，棋盘也停止了变化。他望着天外之域，沉默不语。

往事也该落幕了。

道人缓缓起身，道袍随着罡风舞动。玉指轻弹，虚空破碎，一道裂缝随之出现。而随着裂缝一同浮现在脑海里的，却是故人旧事了。

……

"徒儿啊。"青云子抿了口酒，眼底的光芒哪怕是现在道人仍然看不透，"待时机成熟，便去看看山水师的传人吧。"

"为何？"道人，那时候还只是个小道士，不解地问道。

"到时候你就知道了。"青云子笑了笑，闷声饮酒去了。

道人一挥道袍，本是破碎的虚空又化为了重重混沌，浑浑噩噩。恍惚间迈入其中，便是一片新的天地。

封青森林之中，一道裂缝凭空显现。簌簌的叶浪声不绝于耳，道人风轻云淡地从中缓缓走出，目视八方。破碎的虚空裂缝逐渐合拢，消失不见。

一步一青云，道人迈着懒散的步子走入森林深处，风声幽幽，鸟兽齐鸣，平林漠漠如烟织。

"邕邕，啁啾。"

"邕邕，啁啾。"

封青森林九元湖岸边站着一位戴着面具的青年，一袭白衣，项间一条白蛇，立于薄雾之中，一动不动。

道人手掐乾卦，卜算着山水师一脉的后人足迹。一连十六卦，卦卦相同，按周天星宿指引于森林之中。

不知不觉到了午时三刻，本应日上三竿，阳气最盛，而这片森林中却依然薄雾冥冥，也不知究竟是不是人间。青年依然立着，道士已经来到了他的身后。

青年回过头，对上了道士深邃的眼眸。项间的小蛇却不断嘶鸣，毒牙若隐若现。青年轻抚小蛇，仔细地打量着眼前的道人，迟迟无法看出底细。

沉默片刻，便与之交谈。

青年面具下不知是什么表情，而道士也并不在乎："敢问道长，从何而来，欲往何处？"

道士微微一笑，举手回礼言道："贫道从梦中来，寻故人去。"

"那不知道长口中之人身在何处？"

"远在天边，近在眼前。"

青年的目光凝练了些许。

"可否告知雅号？"

"贫道郭玄。"道士眼中带着笑意看向青年，"你呢？"

"辟间无殇。"

郭玄忽地一笑，手中乾坤遍布。只是一瞬，两人便已身处云层之中。云雾缥缈间，祥云齐聚，化为一方棋盘。风雷化黑子，山水化白子，星辰化棋盘。

"人言山水师以山水为棋子，改天地之势。天地棋盘，乾坤变化。贫道今日，正想要见识见识。"

话音未落，郭玄黑子落下，天地间灾厄顿起，瘟疫弥漫，民不聊生，哭喊声响彻天地。

青年眼神一滞。

"竟是用天下苍生性命做局吗？"

"不错。"

辟间无殇抬头看了看道士，依旧是云淡风轻的模样，辟间无殇张了张嘴，还是什么也没说。凝神静气，观棋中奥秘，推落子之处，手握白子，乾坤落定。天地间，山川交错，河流涌动，以山水之力，救苍生之命。

黑子落下，天地战火不断，尸横遍野，再无安宁。白子落下，山川交替，生机繁衍，宛如希望的曙光渺小却又永恒。

……

一颗颗黑子落下，一颗颗白子落下。天地大变，鲜血染红了山岳，尸骨填满了江河，天地一片死寂。

辟间无殇面具下的表情依旧不得而知，双目一凝，生机已现。手触棋盘，却再无一子。

"天地死寂，再无生机。白子无存，看来是贫道承让了。"郭玄起身，拍了拍衣衫，看向对面，辟间无殇却还坐在那里。

他忽然抬起头，似乎带着一抹微不可查的笑意。

"还有一子，道长知否？"

"哦？"郭玄一愣。

"天下苍生皆为棋子，在下亦为沧海一粟，这棋盘中最后一子，便让我来吧。"

言语间，辟间无殇化为点点星光消散于天地之中，而一颗白子悄然落入棋盘之内。刹那间，棋盘崩灭，天地大变，时间的长河逆流。天地间的一切，回归于本来的面貌。

"有趣，有趣。不似恶人，不似圣人。心随本意。山水后人，非池中之物。"

郭玄袖袍一挥，虚空破碎，转身踏入虚空之中，再无踪影。

辟间无殇大梦初醒，云端之上的棋局在脑海中回荡。

夜风微凉，柳疏竹靠在驳的身边已然熟睡，驳似乎察觉到了辟间无殇的目光，瞥了过来。

"怎么？汝也会有烦心事？"

"没有没有。"辟间无殇挠了挠头站起身来，背着手走到一棵树前，看着树上斑驳的纹理，嘴角带上了些许笑意。

"梦到了一个有趣的人呢。"

有援兵·不知来处

"报！敌军暂停攻城了！"

一名士兵急匆匆地跑了进来，脸上第一次带上了城主府里许久不见的笑容。

"报！敌军左翼攻势稍稍缓和！"

"报！左城门赵或将军击退来犯！"

"报！"

越来越多的士兵带着捷报回来，康和先生一时间有些没反应过来，赶紧拉住了一个报信的士兵问道："怎么回事？遗国那边怎么了？"

士兵见是康和先生，赶忙恭敬地回道："禀军师，据说是大小姐领兵冲散了敌军的阵型。"

"啊？"康和先生一愣，又问了一遍："谁？谁？"

"禀军师，是大小姐。"士兵重复了一句。

康和先生惊异地张了张嘴，放走了士兵。他俯身看着地图，嘴角却没有带上其他人那样的笑容，反而微微皱起了眉头。

"右城门……左翼……"他提笔沾墨在地图上画了一道线。

"主城门……后城门……"又划了一道线。

"还有……左城门……"最后在左城门点了一点。

康和先生捋了捋长长的胡子，沉吟了片刻，他有些想不通遗国那边为什么要这样分配兵力，这时不论是集中攻击还是包围登城都不失为良计。

"嗯？"康和先生突然一怔，提笔在地图上画了最后一道线。

左城门到右城门，这才是敌军留的最后一手。

左右城门连在一起，将整个战场分为两部分，而慕容世家此时最多只能算占据了右后方，慕容花尘如果仅仅在右后方还能算处于望海州城的支援范围，一旦越界，望海州若想支援，将要面对的是遗国集中兵力的反扑。

"大小姐在哪里？！"康和先生一拍桌子，脸上布满了焦虑不安。

"禀、禀军师，大小姐正向敌军左翼行进……"一名士兵小心翼翼地说道。

"什么！"康和先生少见地有些慌张，赶紧对士兵大声喊道，"快！速速传令，所有弓手待命，我亲自登城，准备支援大小姐！"

说完康和先生披上了长袍，拄着拐杖，在士兵的护送下登上了主城楼。

从此处可以纵观望海州的局势，遗国的军队黑压压的一片，反射着不祥的银光，而目光右移，康和先生很轻易便看到了一袭白甲的慕容花尘。

正如那名士兵所说，慕容花尘的人马的确冲散了敌军的左翼不假，但整个阵局依然稳稳地偏向遗国那边，而此时遗国军队在短暂的惊异过后，很快重新恢复了气势，正缓缓收缩着阵型。

这一切都对处于敌阵中间的慕容花尘不利。

"快放箭！转射机瞄准敌军中心！"康和先生大声喊道，双手紧紧抓着城墙的石垛，眼睛死死盯着被越来越多敌军包围起来的慕容花尘。

士兵们两人一组登上了墙头的三架转射机，一人放箭一人控制它的方向，一时间天空上布满了黑压压的箭雨。

"挥旗！"遗国军中传来一道命令，旗手摆动起了手中的黑色大旗，无数箭矢落到了旗上，在晃动之中散去了力量落在地上。

所谓魔高一尺道高一丈。

"啧。"康和先生皱着眉头咂了咂嘴，转射机的效用并不大。

"先生！还不派兵支援吗？！"旁边一名百夫长喊道。

"不行，不能开城门！"康和先生握着拳说道。

"可是大小姐她……"那名士兵指了指深陷敌军中的慕容花尘。

"那也不行！"康和先生猛地一回身，"城门一开不消说去支援了，城内的所有人都要遭殃！"

"是……"那名百夫长缩了缩头，还是退了回去。

康和先生心急如焚地看着战场上的局势，慕容花尘身边围着单立仁、舒欣和严虚，外围的士兵已经折损了许多，在遗国的人海中飘摇得像一片小舟。

"援兵，援兵……"康和先生咬着牙嘴里不住吐着"援兵"两个字，可尽管这样他仍旧没有看到援兵的踪影。

慕容花尘的士兵越来越少，冲杀之间仅剩下寥寥百余人围在她的身旁。

康和先生几度按捺不住想要开城门支援，但他知道一旦开了城门，望海州是绝对抵不住邪道的冲锋的。就在他快要绝望之际，他的眼神突然一凝。

一名斥候适时出现在他的身旁。

"禀军师！是、是武当山的人！"斥候拍着胸口喘着粗气，眼中闪着希望说道。

"武当山？"康和先生一愣，随后大喜过望道："家主当真是料事如神！料事如神啊！"

从武当山来的，只能是阵法师。

望海州缺乏武将，缺乏士兵，缺乏护城机弩，但这一切都比不上几位成熟的阵法师有用。只要有阵法师坐镇，绝对可以扭转望海州的局势！

康和先生用激动到微微发颤的手捋了捋胡须，望向远方青水都的方向喃喃自语："多谢家主啊……"

慕容花尘白色的轻甲染上了鲜红的血迹，幽暗的剑光一闪便是一个人头，她身边围着的所有人都在保护着她不受伤，这才让她得以在初次见血时稍稍从容一点。单立仁提着一口关刀在敌军中不断冲杀；舒欣的箭筒已然见底，她抽出了腰间的佩剑灵巧地在马上躲避着攻击；严虚将军的长枪却已经有些磨损了，往往一击穿不透敌军的铠甲，但他的周围依然全是尸体。

慕容花尘看着越来越少的士兵和越来越多的敌人，握着剑的手微微有些发抖。但她依旧傲然立于马上，不断地习惯着沙场浑浊血腥的空气，眼角的余光瞥到了城墙上的康和先生。

慕容花尘将剑从一名敌军胸口拔了出来，她对着城墙上的康和先生笑了笑。

这一笑，有苦涩，有无奈，有害怕，但更多的却是决然。

康和先生看到慕容花尘脸上的笑容不禁身形一凝，他赶紧比了比手势想要告诉慕容花尘援兵就要到，但慕容花尘已经无暇响应了。

她的剑刺向一人，却在电光石火之间被弹开了，她眼睁睁地看着一把锋利寒冷的长枪向自己的胸膛刺来。

"立！"一声低吼突然如惊雷般炸响于战场上空。

敌人的枪尖似乎刺到了个盾牌上，强大的反震力使得他在马背上一个趔趄。

慕容花尘虽然有些摸不着头脑，但她还是迅速地一剑劈下。

无声无息之间，生与死便换了位置。

慕容花尘喘着粗气看向了吼声的来源。

七道人影不知何时出现在战场上，当先一人手抵在地上，嘴里低声念叨着阵文。

一道浅浅的金光浮现在慕容花尘和她周围的人身上，尽管光芒并不强烈，然而慕容花尘经过刚才的试探也已经知道了这道金光的坚韧。

"你们是？"慕容花尘定了定神，和这七人会合后开口向第一位跪着的人发问。

"武当山内门弟子魏风，奉掌门之命，前来驰援望海州！"

魏风抬起头笑了笑，继续释放着阵法。

"武当山内门弟子三福！"

"武当山内门弟子仙河。"

"武当山内门弟子李平安！"

"武当山内门弟子艾野！"

"武当山内门弟子张成鸿！"

慕容花尘点了点头，看向最后一位黑衣女子。

黑衣女子似乎绞尽脑汁地想了想自己的身份，最后索性放弃了。

"算了，还是叫我哥跟你说吧。"

慕容花尘一愣，疑惑地看向魏风，魏风苦笑着摇了摇头，还没等她发问，眼前一道黑影闪过，那黑衣女子手中青色的剑就已经染上了血光。

"不用担心。"黑衣女子瞟了瞟慕容花尘，语气中似乎有些不满，"反正我哥说……一定要保护好你。"

双目对·沾亲带故

"时间不早了，再快点。"面具人用手遮住阳光看了看天色，低头拍了拍身下的驳。

"嘶嘶……"驳不情不愿地加快了速度。

柳疏竹依旧保持着被面具人环在双臂之间的姿势动也不敢动，那条白蛇也依然盘卧在面具人的脖子上疲倦地吐着信子。

封青林中有几只寒蝉鸣泣，吱吱声引人心烦。

"柳问轩是你哥哥啊？"面具人看着前方的路，忽然对柳疏竹问道。

"嗯。"柳疏竹一愣，眼前晃过了自己兄长的身影，她笑了笑。

"哦……"面具人用余光瞥了瞥有些骄傲的柳疏竹，眼中勾起了一抹怀念。

"他近来如何？"面具人摩挲着驳的鬃毛，像是在自言自语般问道。

柳疏竹微微转了转头，看向了面具人的双目，她从那里看到了与之前的淡然截然不同的浓烈情感。

不知为何，柳疏竹没有隐瞒，她总感觉面具人身上带着丝自己十分熟悉的味道。

那是故人的味道，但时间似乎久远到足够让她忘记此人是谁的地步。

"兄长最近已经突破了问天一境。"柳疏竹说着微微挺了挺胸，"师父派他去过玉关支援慕容家了。"

"哦？该说不愧是他嘛。"面具人听到这里也有些惊讶地眨了眨眼。听她这样说，柳问轩应该比峨眉萧瑶更快到达问天一境。

"当然，那可是我的兄长！"柳疏竹不无得意地说道，这时的她倒是真的像个小女孩了。

"哈哈哈，是是是。"面具人也笑了笑，抬起手似乎想要拍拍柳疏竹的头，却顿了顿，还是放了下去。

林子里静了一阵子，只有驳的呼吸声低沉得引人入睡。

"问轩他修炼很刻苦吧？"面具人望向远方武当山的方向。

"嗯……"柳疏竹正看着风景，闻言眼神忽地黯淡了几分，"与其说刻苦……不如说有些拼命。"

"嗯？何出此言？"面具人一愣，没想到柳疏竹会这样回答。

柳疏竹咬了咬嘴唇。

"兄长为了突破，要么经常闭关数月，要么就以身犯险，总是带着一身伤回来。"柳疏竹似乎是想起了什么不好的回忆，闭上了眼睛。

"师父也经常劝诫他，但兄长依然我行我素。而自从我成为亲传弟子后，武当山的事务也变得更多了。想来我上次见到兄长……已经半年有余了吧。"

柳疏竹说完苦笑了一下。

面具人怔怔地听完柳疏竹的话。

"问轩为什么要这样？"面具人有些不解。

柳疏竹微微握了握拳头。

"因为当年的一场比试。"柳疏竹眼中流露出一丝不甘。

"比试？"面具人一下没反应过来。

"和山水山的。"她低下了头。

面具人神情一滞。

"那年在樊河畔摆下的擂台，是兄长前去比武的。

"兄长当年虽为师父最小的弟子，修为却早已突破了归土，而那年山水山派出的弟子正巧和兄长同岁，不论是谁都相信一定是兄长得胜。"

柳疏竹再一次咬了咬嘴唇。

"但是……兄长他却输了。"柳疏竹的语气有些低落地说道。

"时至今日，我还是想不明白，究竟要怎样的天赋才能在十余岁就突破问天，但那名山水山的弟子的确做到了。

"自那之后，兄长就开始夜以继日地修炼、闭关、冒险。后来在他准备再次挑战那人的时候，却听说那人已经去了北关。"

柳疏竹说到这自己也有些惆怅。

"兄长知道，去了北关之后他可能永远不能和那人比试了。如果那人没能活着回来，自然不会有机会；而如果他活着回来了，兄长可能只会再尝败绩吧。而也是从那时起，兄长和我就很少再见面。"柳疏竹垂下了眼眸。

面具人犹豫片刻，还是开了口，轻声问向低着头的柳疏竹："你口中的山水弟子，还记得是谁吗？"

柳疏竹的身子僵了僵。

"怎么可能会忘。"她带着微不可查的鼻音说道。

"张南北，这个颇好笑的名字是我和兄长共同的目标。"

秋风吹得面具人一袭白衣飘忽不定，他漆黑的面具下依旧不知是什么表情。

"你……"面具人过了许久才缓缓开口，望着幽深的林径怔怔出神。

"恨他吗？"

柳疏竹抬起了头，她的神情有些复杂。

"我……不清楚。"她习惯性地咬了咬嘴唇，眼底说不清是什么情感。

"他的确让兄长受到了打击，他也的确是我和兄长久难见面的罪魁祸首。"

柳疏竹垂下了头，显露出了白皙的脖颈。

"但他和兄长一直也都是好朋友，很小的时候我们就成天在一起玩闹了。"

言语间想起往事，柳疏竹轻轻笑了笑。

"算来他与兄长同龄，而我也的确将他看作与兄长一样的存在。"

"而且他总爱和女孩们玩玩闹闹。"柳疏竹有些忍俊不禁地捂住了嘴，"兄长老是因此数落他。"

面具人依旧看着远处。

"武当山、峨眉山、山水山和邀仙山，那四个山头已经被我们跑遍了。

"那是我从小到大最为宝贵的经历。那时的我还不需要摆出亲传弟子的身份，也不需要做出一副处变不惊的神态。

"那时的我应该很喜欢他吧。"

柳疏竹托住了下巴，喃喃道。

面具人的目光变得有些悠远。

"其实兄长之后那样地拼命也并不全是他的错。兄长本身就十分要强又有些孤高，那样彻底地输给一个人，不论是谁恐怕都要这样拼命地修炼。

"可就算不再怪他了又能怎样？他去了北关，而我最后一次听闻他还是兄长告诉我他的死讯。"

面具人看着柳疏竹无意识地咬着牙握着拳。

"就算在心里准备了五年，可一听到儿时玩伴的死讯，还是让人难以接受啊。"柳疏竹苦笑了一声。

面具人看着她的背影一言未发。

犹豫了一阵，柳疏竹忽然抬起了头，与面具人对上了视线，她笑了笑。

"您可能会笑话我，但有时候我真的觉得，也许那人还没死。"

仗剑立·姗姗来迟

面具人一时不知该如何接话，只是微微偏过了头，握着驳的鬃毛的双手微不可查地紧了紧。

夕阳把云照成了玉甲银龙。

驳低吼一声，它已经在隐约之间听到了金铁交击之声。

面具人放开了双手，从后腰处一撩白袍，手上多了一柄缠上白布的手杖。柳疏竹身形稍稍晃了晃，随即很快掌握了平衡，听到驳的吼声也微微皱了皱眉，右手摸到了腰间的乾离盘。

"快。"

面具人声音里多了份严肃，不复适才的轻快。

驳伏低了身子，身周影影绰绰多了几道黑气环绕，在林中悄无声息地穿行，仅仅带起了几片落叶。

刀剑声越来越清晰，层层的林木像是一张张薄纸，将对面的打杀声稀释得似有似无。

"停。"面具人立了立手，驳闻声止住了身形。

面具人眯起了眼睛环视一圈四周，林子外便是战场，然而单单这样就露了面，造成的影响还不能完全击退来敌。

他略一思索，突然瞥见了远处的一道火光。

已是入夜时分，战场上无处不是火光，但只有这一道成功地吸引了面具人的注意。

不远处的一座山头上立着一处营帐，有些许火把插在四周，若是他所料无差，那这里应该就是遗国将领所在的地方了。

这还真是，觉得大军压境就随意放松了吗？柳疏竹感觉面具人好像嗤笑了一声。

"走，去那儿。"他拍了拍驳。

驳"嘶"了一声，再次隐没了身形，无声无息地绕过了交战之地，几个腾越便登上了这座不大的山头，缩起身子停在了一旁的灌木后。

面具人翻身下驳，手中拿着那个手杖。

守卫的士兵看见了一袭白衣的面具人，但也仅仅是看见了。

就在他想要喊出声的一刹那，他的喉咙处已经多了一道血线，只能发出"呼噜呼噜"浑浊不堪的声音，他身侧的另外一名士兵落得同样下场。

柳疏竹只看见一道金绿色的流光闪过，之后便是两个士兵倒在地上，看样子再也起不来了。

面具人出现在守卫的尸体后，扶了扶挂在脸上的面具，遮掩住一丝若有若无的危险气息。

他比了个手势，打消了柳疏竹想要跟过来的想法，拍了拍身上的衣服，柳疏竹这才发现他身上的衣服依然洁白如初，连当时跟驳搏斗时的痕迹也不见了，不知是用了什么办法。

营帐内坐着两个人，人影又打在营帐上，活像是一出皮影戏。

"这一杯，我敬军师！"右侧人站起了身，抱了抱拳，端起一个酒杯一饮而尽。

"哎哎，韩兄不要多礼，战事未毕，这杯酒还是待下次再叙吧。"

左侧的人影像是推辞了一番，但就算是站在帐外的面具人都感觉到了此人心中的得意之情。

"话虽如此，今日这攻城战用了军师的锦囊妙计，那还不是手到擒来？"

右侧人自然不会就此放弃，再次劝起了酒。

"哈哈，韩兄这番赞誉可真是让在下无地自容啊！也罢，饮了这杯又有何妨？"

左侧人影听了这席话也是十分受用，终是不无自得地端起了身前的酒杯。

酒杯离桌的一瞬间，面具人一拂身后的卷轴。

一阵风过，帐内的火烛不安分地摇了摇。

"这等上品桃酿若是给死人喝了，未免有些浪费。"

面具人摇了摇青铜盏，一仰头，手中琼浆入喉。

他赞许地擦了擦嘴角，随意地将手中酒盏与身前僵直的男子扔到了一旁，那名被称为军师的人喉间同样多出了一道血线。

"啧啧。"面具人咂了咂嘴，听着帐外的喊杀震天，言语中带着一丝戏谑地向对面已经呆住了的人说道："真是好雅兴啊。"

"名号？"他甩了甩手杖。

那人咽了咽口水，正想随意搪塞过去，却猛地对上了面具人脖子上的白蛇。

过了片刻，面具人并不急，那人脸上已经布满了汗水。

"韩、韩轩。"最后，那人愣是没敢撒谎。

"韩轩？"面具人似乎有些疑惑，感觉像是在哪里听过这个名字，想了想旋即又放弃了。

"罢了，看你也是遗国将领，随我走一遭吧。"

面具人说着就要走，韩轩突然咬了咬牙，脸上带上了一丝视死如归的表情，挺直了身板，慷慨激昂地道："想让我去劝降吗？告诉你，不可能！我韩轩宁为玉碎，不为瓦……"

唰。

帐内的一根火烛被分成了两半。

韩轩愣了一下，狠狠地咽了一下口水，努力提着一口气，只可惜坚决程度已然大打折扣。

"宁、宁为玉碎，不……"

唰唰唰唰。

营帐被分成了无数块，哗啦啦地散落一地。

面具人冷冷地看着韩轩，面无表情。

"劝降是吧？这位高人您尽管放心，一切包在我身上，小的与遗国领兵的马烈将军交情深厚得很，保证不出一炷香的时间就能让遗国军队倒戈！"

韩轩这番话说得倒是比之前两句都要铿锵有力、斩铁截钉。

"那就有劳了。"面具人淡淡地抛下了一句话，将手杖重新放回了后腰，用白袍遮住。他吹了一声口哨，驳闻声缓步走了出来。

韩轩看着从灌木后出现的气势逼人的驳，一时间没缓过神，有些不知所措。

面具人上了驳，拍了拍，闭上了眼睛。

"嘶嘶……"驳有些无奈地吐了吐气。

韩轩正茫然着，突然感觉自己的衣服被人拽了起来，等回过神，他发现自己的衣服正被这只似虎似马、头顶独角的神异坐骑叼着，在林子中安静迅速地穿梭着。

就在他要叫出声的一瞬间，又对上了那双蛇瞳。

他硬生生地把嘴巴闭上了。

暮霭从林深处席卷到战场，火光充当了漫天星河。

驳停在了另一座稍稍高些、也要更陡峭些的山包上，睥睨着正在交锋的两拨人马。

面具人缓缓出了一口气，睁开了眼睛。

柳疏竹一声低呼，他循声望去，看见了正施展阵法的魏风几人，以及被围在最中间一袭白甲的……

慕容花尘？

面具人微微眯了眯眼睛，想了想。

"怀山七十，纳须弥。"

柳疏竹惊讶地看着面具人身后的卷轴缩成了一臂之长，被他放在了怀中。

面具人收拾好，拍了拍驳，驳抓了抓地低吼一声。

"跃。"

破局法·顷刻翻覆

一道流光飞过。

像是很小的时候听那个城外来的说书人讲的传说一样，一个从未见过的异兽化作白光黑电，从战场旁的一处高地飞跃而下。

慕容花尘看得愣了。严虚从旁挡掉一剑，策马近前，神色凝重地望着从天而降的不速之客。

驳的四蹄着地，气浪滚滚袭来。但严虚不知是不是自己的错觉，这阵风浪似乎对自己人的影响并没有对遗国那边那样大，他只是脚步顿了顿，遗国的兵将却齐齐退后数步。

灰尘四散，冷风席卷而来，在这秋冬交接之际，夜风显得格外的凛冽。

一如面具人脸上的面具。

驳一松口，韩轩直直地摔倒在地上痛得呻吟起来。遗国军队和严虚这两边谁也没有动作，不约而同地等待着战场中间这位不速之客的动作。

直到月透重云，面具人方才开口。

"遗国军师已死，投降吧。"

他的语气依然像潭死水。

遗国已然重整过队形，可听到这番话不禁又开始有些骚动，这样一位素未谋面的陌生人送来的噩耗恐怕没有几人会相信，但他身下的坐骑和地上趴着的人，却让他的话语多了几分可信度。

"一派胡言！"

忽然一声大喊，一人从军中策马而出，身上穿的是紫金银龙甲，手上持着一口响金列环刀，刀尖接地，带着丝丝火星勒马于阵前。

"你又是哪里来的装神弄鬼之人！军师岂是你想杀便杀的？将面具摘下来，我说不定还能饶你一命！"

"马……马烈将军！"

面具人只是瞥了一眼马烈，突然听见地上那人呻吟着叫住了马烈将军。马烈一愣，眯起了眼，仔细看向了驳的脚下。

"韩轩长老？！"他的惊讶大概可以从比平时瞪得更加像铜铃的眼睛中看出来了。

"是……是我。"韩轩痛苦地咽了咽口水。

"你在这里，那孙先生呢？！"马烈心中突然一紧，是他把韩轩和烛公子派来的孙先生安排在一起的，如今韩轩都落得了这样的地步，那孙先生难不成……

韩轩抬头看了看面具人，面具人只是向下瞥了一眼，什么也没说。韩轩便咬着牙说道："军师他……死了。"

"什么？！"

马烈瞪大了双眼，不可置信地看着韩轩。

"这位孙先生可是烛公子亲自下令前来助阵望海州的，他可是堂堂三品问天！你也是半步问天之人了，怎么可能会一死一擒！？"

韩轩咬紧了牙关，他沉默了半晌，整片战场上忽然陷入了死一般的寂静中。

慕容花尘望着骑在那匹高大坐骑上的面具人的背影，总感觉有些熟悉。严虚松了口气，此人看样子并不是冲着自己这方来的。

"此人……"

韩轩吞吞吐吐了半天，艰难地从牙缝里吐出了几个字，却让在场的所有人不约而同地瞪大了眼睛。

"应是一品……问天。"

夜风呼啸，慕容花尘不自禁地打了个寒战。马烈张了张嘴什么也说不出来。就连严虚这位身经百战的老将在听到这番话的时候都狠狠地吸了口凉气。

但最为惊讶的，却是坐在面具人身前的柳疏竹了。

无论是在百柳畔，抑或是第一次见面的幽潭旁，她自始至终都没有感到一丝一毫的属于站在武林之巅的压迫感。虽然知道他应该身手不凡，但柳疏竹绝没想过这是一个能与自家掌门平起平坐，甚至就连掌门也要以礼相待的人物。她暗暗握了握手，脑袋里不禁开始回想起自己有没有做过什么出格的事。

"一品……问天？"马烈狠狠地咽了咽口水，不敢置信地看着驳上的面具人。

面具人没有与马烈对视，他的目光从马烈身上挪开，转而扫向了密密麻麻的遗国军队。

望海州本就是个不大的地方，要不是占了个地势高的地利，只怕这里到现在也不过是个荒蛮之地。但遗国军队这次突袭，行军时的风尘仆仆反倒把尘世中的纷繁嘈杂带到了这片深山老林之中。偌大的林海竟然全然没了原先的生机勃勃，取而代之的则是一队队的黑甲士兵在城外林内来回奔走。

几日来的不断进攻换来的就是城墙下一片片再也站不起来的残躯，以及汇成小河的鲜血。每个人，不管是遗国的还是望海州的，都像是脱了层皮一般筋疲力尽，只剩下了所谓的士气提着，让战争得以继续。

而这只是战争中的一小部分。在这样地势不平的地方，遗国根本不能多派人马，或者用多么威力巨大的方式攻城，然而尽管如此，战争的残酷依然不会放过每一处角落，就如黄戈谷里的风，一卷就是一片沙尘迷蒙。

正面交锋的过玉关，又会是怎样一片景象呢？

面具人轻叹了一口气，像是在为逝者遗憾，又像是在努力克制心中一阵阵上涌的戾气。

"降了吧。"面具人望向过玉关的方向，对马烈用极为平静的声音说道。

马烈的面容经过了无数种变化，他的脑海里想着无数种情况。

但刀用多了是会钝的，脑子用多了是会断线的。

"无名鼠辈！还轮不到你让老子投降！"

马烈干脆地放弃了思考后果，他的眼里只剩下面具人一人，周围的一切都逐渐虚化。他抡起大刀，脚踏马背，带着势不可挡之威冲向了岿然不动的面具人。

这是柳疏竹第三次见到有人冲向面具人，但却都只有一种结果。

面具人拍了拍白蛇，地上多了一摊黑水，倒映着天上朦胧的月亮。

遗国那边在一阵死一般的寂静之后炸开了锅。

叫嚷声、哭喊声、推搡声、嘶吼声充斥了空气。火把点着了邪道的旗帜，又让这空气中带着浓厚猩甜味的战场多了几分狰狞。

面具人静静地看着这番景象，他伸手从怀里掏出了那块沉冰。

夜风忽地更加寒冷了几分，天上的云后多了阵阵轰鸣之声。只是片刻工夫，战场上空便落下了第一滴水珠，随后便是秋雨，猛烈迅速。

慕容花尘等人已经被接入了望海州城内，魏风一行人担忧地看着驳背上的柳疏竹，还是不放心地入了城。战场上只有面具人、驳、柳疏竹，还有驳脚下的韩轩，一动不动。

雨打湿了面具人的头发和衣服，却没有落到柳疏竹身上，面具人为她套了一层内力罩。

雨成溪流，流走了鲜血尸首，流不走生死离愁。

过了一刻钟，沉冰的光芒散了，"喀啦"一声成了碎片。

面具人再次叹了口气。

尘埃落定。

得入城 · 城主府中

雨打湿了面具人的头发，头发同白蛇一道柔顺地伏在他的脖颈处。

他抬起头，看着阴云密布的夜空。

夜，无星无月。

柳疏竹默默地陪着面具人。虽然她也想要说些什么，但归根结底，她也是第一次见到战场上真正残酷的一面，看着一地残肢废墟，她也不知如何开口。

驳倒是并不在乎刚刚发生的战役，但它却隐隐约约感觉到一丝丝愁绪顺着面具人的双手传到了它的毛里、身体里，乃至心里。这种孤寂感与它在中曲山消失之后的很长一段时间里一模一样，那是种并非能用奢衣美食掩盖，也不能用曲水流觞消解的孤独。

就好像，你失去了一段再也找不回来的人，或者时光。

战场上，遗国那边乱作一团，但面具人所在的很大一片空地内都悄无声息。

直到韩轩的一声呻吟打破了这片与世隔绝的沉默。面具人的眼神过了许久才如梦方醒般重新聚焦到一起。

"沙场啊……"他抖了抖衣袍上的雨，喃喃地像是在自言自语。

驳缓缓吐了口气，它驮着背上的面具人，神情有些复杂。

柳疏竹看着面具人的背影，不知为何，尽管刚刚得知他是位武林巅峰的一品问天，但此时她眼前的他却只显得缥缈而脆弱。她下意识地把手放在了他牵着驳的手上。

面具人的身子微不可察地颤了一下，柳疏竹一惊，又赶忙抽回了手。

"谢啦。"

面具人侧过头，应该是笑了笑。

"走吧，进城。"面具人一转驳头，驳嘴里重新叼起了呻吟不止的韩轩，三人两兽踏在泥泞的地上，激起点点泥土。

慕容花尘还没有回城主府，她只是换下了已如铅块般沉重的芊羽甲，身上披上了雨袍，在灵儿撑起的伞下一直站在城墙上，望着不远处的神异坐骑，以及坐骑的主人。

她一向对自己的直觉很自信，而这时她从那位不明身份的援兵身上，感受到了寂寞。她很奇怪，但见到了他们向城门靠近，略略思索后，她还是很快传令开城门迎接。

大门缓缓打开，迎出来的是原望海州的城主康和。

"多谢公子小姐相助！鄙人乃是慕容世家军阵长老康和，慕容世家定将牢记二位的相救之恩！请二位且先入城，若有任何吩咐直接找我便可。"

康和先生抱拳大大地鞠了一躬，只报出了自家的名号，没有再多此一举地询问这个戴着面具的人的身份。

"先生不必客气，在下只是希望能找到一处稍僻静些的地方借住一宿。若是州城之内并无此类住处，在下另寻他地亦可。"

面具人在驳背上还了一礼，并没有立刻驱驳入城。他让驳把韩轩丢到了地上，语气淡然地对康和说道。

"这……"康和先生一愣，正寻思着不大的望海州里有没有这样堪称僻静而又不失奢豪的地方，慕容花尘却抢先一步作了答。

"若是这位公子不嫌弃，小女想，城主府里应该正好有一处闲置的空房，于角落处不必担心有人打扰。至于这威武的坐骑则可交于严虚将军照看，当然，若公子不放心，那处空房的院子也可让它暂歇一晚。"

慕容花尘款款从城墙上拾级而下，对康和颔了颔首，康和会意，一边看着面具人的动作，一边命人将韩轩拖入了身后的队伍。灵儿跟在慕容花尘的身后，小心着避免踩到她的袍子。慕容花尘施了一礼，声音温婉而不失干脆地对面具人说着话。

面具人的目光转向了慕容花尘，只是短短的一瞬，眼里浮现了笑意，但速度之快让慕容花尘以为是自己眼花了。

面具人正思索着，身后的柳疏竹突然扯了扯他的白袍。

他回过头，柳疏竹有些焦急却又不好开口的表情让他觉得有些好笑。顺着她的目光看去，魏风一行人正在城门后蹦着跳着对他们的大师姐打着招呼。

看到这副光景，自然没有必要再让这世间多一份别离之苦，面具人点了点头。

"那就拜托这位小姐了。"

他翻身下了驳，抚了抚驳身上湿润的毛，将缰绳递给了从康和身后走出来的严虚。驳吐了一口气，却出人意料地并没有多做反抗。

"雨停了，灵儿把伞撤了吧，先备好水和衣服，这位公子身上都淋湿了。"

"是，小姐。"

灵儿福了一福，收起了伞退了下去，面具人见状也并没有制止。

"赵彧将军，邪道那边就交给你了。"慕容花尘看向人群中一袭银甲的赵彧。赵彧点头示意，旋即率领城内还有余力的人马奔出了城外。

"那便请公子随我走吧。"待一切安排完毕，慕容花尘微微笑着指向了城主府的方向。

"有劳了。"面具人饶有兴趣地看着望海州的城墙，点了点头，迈开了脚步。

心难安·面具之下

战争在望海州这片山脉上算是告一段落，城内渐渐恢复了往日的繁忙。尽管是夜里，刚刚传来的捷报也让大街小巷中点起了盏盏灯火，甚至还有些人兴奋地跑出来迎接凯旋的军士们。可辟闾无殇知道，门外的敲锣打鼓掩盖不了那些死去士兵家人的哭号。

慕容花尘只带着单立仁和舒欣二人跟在自己身后，没有听康和先生率兵跟随的意见。柳疏竹也早早地与魏风等人会合，只留慕容花尘和面具人并排走在雨后小城里湿润的石板路上。

关着门的房屋里传来沉闷的哭声，挂上灯笼的院子里却传出喜悦的欢笑。

慕容花尘偷偷瞄了瞄身侧的面具人，她依然没有摆脱那种特殊的熟悉感。面具人自然是感受到了一旁的目光，但他没有侧头，沉默地承受着喧闹的洗礼。

哒哒，哒哒。

单立仁和舒欣也没有说话，四个人像是一把剪刀，从吵闹的街市中裁出了一道无声的小径。

参差的楼阁被一个个抛在了身后。别看望海州不大，麻雀虽小五脏俱全，这样的小城中反而让人情味传递得愈加浓郁，就连平时不为人知的小巷子里，也能看见三两孩童嬉笑打闹。

星月当空，夜色正浓。

"城主府就在前面了。"慕容花尘指了指一栋谈不上多么壮观但也颇为气派的府邸，面具人点了点头，四人一同步入了城主府的大门。

城主府内侍女和守卫已经在待命了，慕容花尘回身对单立仁和舒欣笑了笑，道："可以了，二位先请回吧，今日真是辛苦了。"

单立仁和舒欣对视了一眼，对慕容花尘拱手道："那我们就先行告退了。"说完也不忘对面具人施了一礼，面具人再次点头回应。

"公子的房间在这边。"慕容花尘摆了摆手，没有让侍女领路，自己走在了面具人的身前。

院子里的草木错落有致，足以让人看出以前居住于此的主人有多么细心整洁。从正中议事堂两侧的小门穿过，再往府内走上片刻，便能瞧见一个单独的房屋坐落在院子的一角。

"就是这间了，不知公子是否满意？"慕容花尘停住了脚步，转过头看向面具人。

面具人审视着眼前古朴干净的院落，他侧耳听了听，这里倒的确僻静，而且看样子也不会有人打扰。他嘴角带着抹弧度，满意地对慕容花尘点了点头："可以，那就谢谢慕容大小姐了。"

"哦？公子是怎么知道小女子身份的？"慕容花尘笑了笑，也没打算隐瞒。

"能让长老相随，加之将军护卫，这般待遇若不是慕容家的大小姐，未免阵仗太大了些。"面具人语气中带着些许笑意地说道。

"公子果然心细，如此年纪就步入了一品问天看来不无道理，小女真是自愧不如。"慕容花尘客套了一下。

面具人摆摆手："哎，可不要太捧我了，若这点小机灵就能算心细，那这一品问天的含金量可就令人怀疑了。"

"哈哈，小女子自然相信公子的修为一定是货真价实的。今日的出手相助，着实是为这望海州雪中送炭，若是没有公子的相助，这望海州只怕是撑不过今晚。我慕容世家从不亏欠恩人，只要您日后能于青水都现身，定有厚礼酬谢。"

慕容花尘和面具人愉快地聊了几句，深深地鞠了一躬退出了院子，顺带关上了院门。

院子内归于寂静，只剩下面具人孤零零地立在院子中央。

半晌，面具人缓缓地摘下了面具，双手脱力似的把面具放在了一边。

"墨轮。"辟间无殇罕见地沉声地叫了一声白蛇。

"我曾经以为我习惯了战场。"

辟间无殇还想说些什么，但沉默了很久还是什么也没说。墨轮感受到了窒息的孤独感，它对辟间无殇吐了吐信子。

辟间无殇看着墨轮赤红的眼瞳，苦笑了一声。

"你说得对，我注定不是个当将军的料。"

他又站了一炷香的时间，看着庭院外的火光不知在想什么。墨轮盘卧在辟间无殇身边陪着他。

许久，他咬了咬嘴唇，拍拍脸走进了房间，换下了身上的衣物，钻进了准备好的热水中。

白蛇蹭了蹭身子，趴在他的脑袋上，一人一蛇都眯起了眼睛。

北关的回忆不适时地浮现在他的脑子里，他缓缓将自己沉入了水中。

月色被云朵遮掩得如怀抱琵琶的歌女。辟间无殇换上了慕容家准备好的衣物，吹灭了蜡烛上了床，将这一天的疲惫移进梦里，期待着明天一早能重新打起精神。

你别上床啊？！

　　第二天清晨，天色蒙蒙亮，微寒的晨风在窗外敲打着屋瓦。辟间无殇不情不愿地睁开了慵懒的双眼，伸个懒腰打着哈欠，准备迎接新的一天。

　　——一切本应是这样的。

　　将时间斗转星移。

　　秋夜，万籁俱寂。

　　折腾了一天的辟间无殇已经看到了周公的影子，却突然感到自己被人踩了一脚。

　　对，半夜，在城主府里，他被人踩了一脚。

　　迷迷糊糊之间他也没有大喊大叫，只是控制不住地弓起了身子，正当辟间无殇想要睁开眼睛时，却突然止住了动作，因为他听到了一声熟悉的嘀咕。

　　"咦，踩到了吗？没有醒吧？"

　　司——清？

　　这小姑娘，半夜跑到他房间来干吗？！

辟间无殇心里一下子冒出来无数个疑问。他通过灵神能感觉到她蹑手蹑脚地从窗户进入了他的屋子，随后又轻手轻脚地关上了窗子。

墨轮那厮盘在衣柜上睡得正香，见到它这样悠闲，辟间无殇恨不得把它卖了。

一阵幽幽的花香飘进了辟间无殇的鼻子，他拼尽全力才控制住了打喷嚏的欲望。

司清的头发还略有些湿漉漉的。辟间无殇保持着姿势一动不动。

司清环顾了一圈室内，什么也没做，只转头看向了辟间无殇躺着的方向。

他心底没来由地一惊。

司清环顾了一下四周，确定似的点了点头。

辟间无殇正奇怪着，突然听到"吱呀"一声。

嗯？

他一下没缓过神。

辟间无殇感觉到床的另一侧往下沉了沉，一个娇小的身躯钻了进来。

嗯？？？

如果不是在努力装睡，辟间无殇现在脸上的表情绝对可以到庙会戏班里扮演青面鬼，而且赌上山水师的尊严，绝对会赢得满堂喝彩。

司清的脸转了过来，辟间无殇能感到热气打在他的脸上，不亚于有人在有节奏地扇着他的耳光。

辟间无殇再也装不下去了，睁开了布满血丝的眼睛。

司清的脸上不知是不是因为沐浴的原因正可爱地泛着红，见到辟间无殇睁开眼睛，一下子石化般僵在了那里。

空气中死一般的寂静。

"竟然还梦到小清了，我可真是……"

辟间无殇用迷迷糊糊的语气故意让司清听到自己的嘀咕，随后淡定地转过了身，背对着司清。

纵然辟间无殇这辈子都没有几次这样慌张，但山水师的理性让他调动起全身的内力，专注于"睡眠"这一件无比艰巨的事情。

辟间无殇紧紧地闭着眼睛，控制着让呼吸尽可能地均匀，营造出一副已经睡着了的假象。

直到身后不再传来任何声音，他感觉时间已经差不多了，微微回过了头。

果不其然，这个小女孩已经闭上了玲珑的大眼睛睡着了。

哼，你以为这是第一次吗？

小时候每次师父闲来无事提着辟间无殇到邀仙山串门的时候，只要过夜，他每天晚上都要再三检查门窗是否关严，直到封得滴水不漏才敢战战兢兢地入睡。但就算这样，每天夜里总会有那么个鬼影，神不知鬼不觉地用超出沙榜第一刺客的灵活悄无声息地潜入他的房间。

但那还是在辟间无殇仍旧被称为张南北时的事情了。

虽然被打了一个措手不及，可这番奇妙的相会也算是让辟间无殇知道司清无事，让他安心了不少。

大大地打了个哈欠，疲惫不堪的辟间无殇转回脑袋沉沉地睡去。

半夜里一声鸟啼。那双原本闭着的玲珑眼睛缓缓睁开了，望着近在咫尺的黑衣背影，眼中似乎有千言万语想说。但许久过后，终归于一抹轻叹。她再次闭上了眼睛。

夜，无星无月。

夜袭后的早上

睁开眼，辟间无殇的脑袋依然昏昏沉沉的。

昨夜就算后半段勉强睡着了，但身边多了一个人总归是睡不大好，更何况他还是个男人，今早休息不好的感觉倒颇有些"浓睡不消残酒"之感了。

但还好昨晚没有"雨疏风骤"，要不然可就"怎一个愁字了得"。

他撑起身，甩了甩脑袋清醒一下，扭头看向了身边睡得正香的司清。

小姑娘微微张着嘴，身子有规律地一起一伏着，无辜的眉眼间看上去还没有完全消去天真和可爱。

但天真和可爱在江湖中是最要不得的。

想起当初在邀仙山上和司铭的谈话，辟间无殇苦笑着捏了捏司清的鼻子有些无奈。

"唔……"被捏了鼻子的司清微微皱起了眉头，不情不愿地睁开了眼睛，入目便是辟间无殇正微微笑着侧过头来看着她。

她迷迷糊糊地眨了眨眼睛，想起了昨晚的事，脸上"腾"地红了一片。

"梦醒啦我要飘走啦……"司清还以为辟间无殇觉得他自己在做梦，作势就要溜走。

"就穿这身？"辟间无殇笑着指了指司清身上薄薄的青衣。

"啊！"司清这才后知后觉地钻回了被窝。

辟间无殇什么也不说，毫无恶意地笑看着司清，倒看得司清越来越瑟缩。

"无、无殇哥……"她垂下了眼神小声说。

"怎么了？"辟间无殇还是那副人畜无害的笑容。

司清噘起了嘴："我错了……"

"噗。"辟间无殇瞧着司清低头认错的样子不禁乐出了声，引得司清几下捶打，普通人还真挨不住。

"哈哈哈哈……没事没事，这点小事你无殇哥早就无所谓了。"

辟间无殇笑了一阵，直到眼瞧着司清又羞又怒真要生气了，才擦了擦笑出来的眼泪安慰道。

"哼。"司清闻言鼓起双颊一转身子不理辟间无殇了，也不知道是因为辟间无殇的不正经还是他口中的"这点小事"。

"好啦好啦……哥错了哥错了，给，你的衣服。"辟间无殇无奈地哄着床上的人，一边从循着司清味道取回她衣服的墨轮口中拿出了衣物，伸手放到她的眼前晃了晃。墨轮则重新爬回辟间无殇的脖子上。

"嗯……"司清抿着嘴，赌气似的一把拽过了衣服，随后回过头用恶狠狠的眼神盯着辟间无殇，看得他一阵发慌。

"不许看！"司清用衣服向辟间无殇挥了过来，他赶紧一个翻身下了床，拿起自己的衣服用堪比步空的速度出了门。

门闷闷地关上了，秋日的风让辟间无殇打了个寒战，但也让他清醒了不少。

"嗯——"他抻了个懒腰，将避尘袍妥当地披在身上，走到水井边洗脸。

"嘶嘶嘶嘶嘶！！"冰冷刺骨的井水让辟间无殇连连倒抽了好几口冷气。

颤颤巍巍地洗完脸后，辟间无殇感觉自己好像在升龙穴的雪湖里面泡过了一遍似的，四肢僵劲不能动，连墨轮都感到了冰冷的水温而有些不安分。

半晌，辟间无殇瞧院子里的景色都瞧得有些腻了之时，司清才终于缓缓地推开了门。

她重新戴上了面纱，身上依旧是那件黑衣。

与此同时，院门外也恰好传来了叩门声。

叩叩叩。

"谁？"辟间无殇问道。

"是我，慕容花尘。"门外传来一道清脆的声音。

出乎意料的，竟然是慕容家长女亲自来接，这让辟间无殇有些吃惊。相反司清却显得有些不快，她走到了辟间无殇的身旁。

"已经这个时间了吗……"有人来敲门，辟间无殇才看了看天色，后知后觉地说道。

"不知公子今天有什么安排，饭食已备好。若公子收拾妥当了，不妨与我同去。"

慕容花尘不无恭敬地说道，这种口气让辟间无殇还有些不习惯。

也许只有当初在青水都，她在院子里回过头对自己露出笑容的时候，才是真正的她自己吧。

辟间无殇吸了一口气，将脸上和心里同时戴了面具，推开了门。

慕容花尘先施了一礼，待到看清院子里多了昨日那位身份不明之人时，不禁一愣。

司清看到了慕容花尘，一把挽住了辟间无殇的胳膊，这让慕容花尘更加不解了。但她很快回过了神，对面前两人微微躬身。

"那先去吃口饭吧。"辟间无殇用与刚才和司清说话时完全不同的淡然口吻说道。

"正巧，柳小姐他们正在那里等您。那匹奇……马也已经命严虚将军牵出来了。"慕容花尘闻言对戴着面具的辟间无殇点了点头，抬脚在前面领路。

酒楼定队伍，前往过玉关

司清挽着辟间无殇的胳膊，好奇地四处打量着偌大的城主府。昨晚回来已是夜半，没能好好看到一方城主府邸的样子。

辟间无殇看着一旁一脸欢脱的司清，不禁无奈地微微笑着摇了摇头。

出了城主府，穿行于市。很快，饭香就飘入了他们的鼻腔。

司清猛地一回神，从昨日下午起就一点东西都没吃，她此时已经饿得是前胸贴后背了。眼巴巴望着越来越近的酒楼，她不自觉地咽了咽口水。

一进酒楼，店小二便热情地上来招呼。

"客官里边儿请！要点儿什么尽管吩咐！"

特意拉长的声音在喧嚣的人群中也能被清晰地听到，不消片刻，一个看上去就手脚麻利的伙计走上前来，对慕容花尘等人笑着搓了搓手："小姐您几位啊？"

"我们与楼上内屋几位是一起的。"慕容花尘指了指二楼。

"内屋几位？"小二愣了一下，想了想，突然一惊，态度一下子变得愈发恭敬。

"啊！您是和那几位高人一同前来的呀，怪我糊涂了糊涂了，女侠这边儿请！"小二在"请"字上面特意加重了语气，腰弯得脸都要垂到地上了，满面恭敬地将辟间无殃等人引上了楼。

"这间就是了，有什么不满意的尽管招呼，保证随叫随到！"

小二推开了内屋的门，再一次对慕容花尘鞠了一躬，恭恭敬敬地离开了。

慕容花尘点了点头，随后带着辟间无殃和司清进了屋。

"面具先生。"

一道熟悉又陌生的声音传到辟间无殃的耳朵里，他抬头看到柳疏竹站起身子施了一礼。

"不必再叫面具先生。"辟间无殃有些无奈地说，这小竹子倒是和小时候一样规矩。

"叫我……"他沉思了片刻，"张先生吧。"

司清下意识地看了一眼辟间无殃脸上的表情。

柳疏竹一愣，随即笑道："也好，叫面具先生总感觉有些生分了。"

魏风和李平安等人在一旁看着，就连三福和小仙眼中都有些复杂。他们都在试图判断这个不显山不露水的人究竟是好是坏。

不管魏风等人的心理活动多么波谲云诡，辟间无殃已经把墨轮放下，和司清落座吃饭了。

慕容花尘和柳疏竹一同落座，两人吃少聊多，相反同为女性的司清却是低头摘下了面纱狼吞虎咽，就差没豪气干云地要几两酒喝。

待到酒足饭饱，司清靠在辟间无殃的肩上满足地叹了口气，墨轮顺着她的身子爬回了原位。辟间无殃感觉差不多了，透过面具看向慕容花尘。

"多谢慕容大小姐这番盛情款待，此次收留之恩在下记在心中。今日时辰已到，我想我也该走了，希望和姑娘来日方长。"辟间无殇对慕容花尘抱了抱拳，刚想起身，却被柳疏竹打断了。

"那个面……张先生。"柳疏竹犹豫片刻，像是下定了什么决心，"若是先生不介意，能否带着我一同去过玉关？"

"哦？"辟间无殇在面具下挑了挑眉。

"介意倒是不介意，只是为何姑娘突然变了主意？"他有些疑惑。

"家兄一直在过玉关，自打战事开始以来就再无兄长的音讯，我也想随着先生过去，看一看家兄的近况。"柳疏竹的目光里隐隐有些担忧。

这不是全部，有什么她没说，辟间无殇也就没问。

"也好，那便……"辟间无殇点点头，又一次想起身，却又一次被打断。

"不知李子能否跟着师姐一同前去？"出声的是魏风，他指了指身旁的李平安对柳疏竹说，"李子修为不错，而且布讯阵强，让他跟着师姐您去吧，至于我等就继续按掌门之命驻守望海州了。"

柳疏竹看了看脸上写满担忧的几人，又探询地看了看辟间无殇。辟间无殇思索片刻，微微点点头。

"随意。"

他正欲迈步出门，慕容花尘又突然开了口。

"公子……不知可曾见过一位戴着白色围脖的男子？"

慕容花尘的语气有些急切。

"白色围脖？"辟间无殇有些诧异。

墨轮吐了吐信子，赤红的眼瞳看向慕容花尘。

"是，而且他应该是穿着一袭白衣，但又有别于正常武修那般束缚，看上去总显得有些宽松。他的头发及耳，面目清秀，但身上又有些北方的感觉。"慕容花尘想了想，"对了，那人还十分喜欢吃糖人。"她肯定地点了点头，又加上了点描述。

"……"

嗯？这人怎么听起来有点像我？

辟间无殇一愣，从司铭那里换上这件避尘袍之前，他的确一直穿的是件白色的衣服，自己的头发之前没有束起来时也差不多及耳那般长，容貌谦逊一点来说也算是俊朗飘逸潇洒脱凡丰神俊目湛然若神。但白色围脖……

墨轮又朝他吐了吐信子。

呃……难不成她把墨轮当作了围脖？辟间无殇恍然大悟之余又有些无奈。不过想想也是，自己当初小心翼翼地不让墨轮在人前现身，一般来讲也不会有人把缠在脖子上的东西当作蛇，看上去倒的确像是一个秋天戴的围脖了。

咦，那样说来这慕容花尘找的人莫不是他？

辟间无殇刚刚得出这么个结论，慕容花尘又有些苦涩地说道："小女子此前曾受过那人的救命之恩，但还未及报答，那人却被这世家纷争之事牵扯到了。不瞒先生说，小女子之所以前来望海州，更多便是希望寻得那人的踪迹。"

辟间无殇一愣，突然不知说什么好。司清忽地掐了他一下，眼神一瞥，小姑娘正撇着嘴不满地看着他。辟间无殇心里苦笑了一下，对着慕容花尘摇了摇头。

"抱歉，在下未曾见过。"

"是吗……"慕容花尘的精神一下子不再像刚才那样激动，平静之中带着掩饰不了的失望，点了点头。

"抱歉。"辟间无殇也不知道为什么自己要再次道歉，他只是觉得面具之下的自己应该这样做。

"没事，只是不知公子若是再带上我一人……会很麻烦吗？"慕容花尘摇了摇头，突然没来由地说了一句。

"嗯？"辟间无殇一愣。

"小女子这几日已经搜遍了望海州的城内城外，都不见此人，依他的性子，只怕是跑到过玉关去了。若是公子不嫌麻烦，小女子也希望搭个方便。"慕容花尘带着丝苦笑，对辟间无殇微微躬身。

"呃……"辟间无殇一时无言。没想到和慕容花尘相处的短短几日，她竟然还真了解自己不少，从某种意义上来说，辟间无殇的确是一定要去一趟过玉关的。

"也罢，事已至此，多一个人也无妨。"辟间无殇一摆手，司清突然比之前更用力地拧了一下他的胳膊，疼得他在面具之下龇牙咧嘴。

奇怪地看了眼一脸恨铁不成钢的司清，辟间无殇身后跟着慕容花尘、柳疏竹和李平安下了楼。门外严虚已经牵过了驳和另外几匹良驹，神异的驳引得街上无数行人驻足感叹。

"嘶——"驳吐了口气，辟间无殇却觉得它好像是在问候，有些惊讶。司清好奇地看着无殇哥领回来的这头坐骑，有些跃跃欲试。

辟间无殇翻身上驳，将已经不复刚才那般闷闷不乐、换上了一副新奇表情的司清用胳膊环在身前，伸手抓住驳的鬃毛。

"为了快些到过玉关，在下决定要穿过连天山脉的腹部。那里地势复杂，人烟稀少，在下也不知会遇到些什么。若是各位不再改主意了，那便做好准备，前往过玉关吧。"

辟间无殇说着看了看马上的众人，众人齐齐点了点头。

"那么……"辟间无殇正了正面具，眼底多了抹严肃。

"出发。"

隐藏地图·鸳鸯浦

鸳鸯戏水，秋眸黛眉，对眼青山妩媚。

旧磨老马，枯枝新鸦，林深乍见人家。

地图上可没有记载这处隐于山林之中的村落。

连天山脉深处，森木密布。啁啾的鸟鸣透过泉涧滤清了山外的喧哗，来往的旅者将这里视作远游时的新家。

鸳鸯浦就这样藏匿在不为人知的密林深处。

清泉丁零当啷地跃过山花草石，哗啦啦的声响总是停留在水击瑶池，鳞次栉比的古木上有猿猴攀援附枝，低矮不平的灌木丛中有松鼠翕忽语迟。山中入了辰时，金黄映过秋日，霜雾浓浓如丝织。

露珠轻灵地一抖，恰好不好地落到了慕容花尘的额头上。

"啊啾！"

慕容花尘瑟瑟地裹了裹身上的衣袍，有些不好意思地偏了偏头。

"着凉了吗？"

辟间无殇，也就是所谓的面具人，见状问了问。

"啊没有，只是这山中清晨的凉气有些透衣罢了，不必担心。"慕容花尘苦笑着摆了摆手，吸了吸鼻子，颇为无奈地承受着秋日寒霜的洗礼。她身后跟着的舒欣也有些不舒服，但修为好歹比她高点，也不至于那般寒冷，单立仁体贴地为她披上了件衣服。

辟间无殇赞同地点了点头，饶是他一品问天的修为，也能感受到寒气的无孔不入。

司清坐在辟间无殇身前，听着他对慕容花尘体贴问候，突然不满地噘起了嘴："哥！我好冷！"

"啊？"辟间无殇愣愣地看着自己身前活蹦乱跳的司清。

"你看，人家的鼻子都红了！"司清说着还楚楚可怜地凑到了辟间无殇的面具前。

辟间无殇定睛一看。哟呵！还冻的呢，我瞧这是精神焕发吧！只见司清面纱下的面容双颊红润，唇红齿白，眼睛里的水波比这秋露还要清澈，哪里有半点挨冻的样子。

"你哪里挨冻……"

辟间无殇刚想回话，司清又噘着嘴拽住了他的胳膊甩来甩去："我不管，我这是寒气入体，更冷！"

辟间无殇无奈地顺着司清甩着胳膊，另一只手抓着驳，十分敷衍地安慰了一下司清："好好好，大小姐您的贵体欠安、贵体欠安。"说着他还打了一个哈欠，天地良心，他可不是故意趁这茬打的。

但司清见辟间无殇这般敷衍，鼓起了双颊，狠狠地揪住了他的耳朵："我！好！冷！"

瞧着司清一脸威胁的模样，辟间无殇思索片刻，突然正了正容，一抽胳膊，将手放在了司清的额头上，和自己的对比了一下。还没等司清缓过神来，又将自己面具外的额头抵在了她的额头上。

几缕发丝隔在两人中间，搔得司清心乱如麻。

"怎怎怎么了？"她的脸此时更可谓是白里透红，看着近在咫尺的辟间无殇有些慌了神。

"这位姑娘。"辟间无殇的声音突然变得温柔而不失担忧起来，挠得人心里痒痒的。

"啊……啊？"司清这时突然变成了曾经在邀仙山上未经世事的小女孩了。

"在下见您额头发烫，双臂无力，面色潮红，只怕是染上了重病。"辟间无殇关切地说道，"想要医好此病，唯有一种办法。"他的眼神比当初偷窥未遂时还要真挚。

"什、什么办法？"司清咽了咽口水，她已经听不大懂辟间无殇又在胡诌些什么了。

"那就是……"辟间无殇扶了扶面具，眼神中显露出得逞的坏笑，他抬手狠狠地敲了下司清的脑袋，"消停待着！别打扰你哥我找路！"

"唔！"司清被敲得捂住了头，满脸抗议地想要回击，但看到辟间无殇一脸认真寻路的模样，握了握小拳头咬咬牙还是作了罢，只好回过身子自己一个人生闷气去了。

李平安在驳旁边走着，看着驳上面两人的友好互动，有些无奈地瞧了瞧戴着面纱的那位。

"唉，所谓的一物降一物嘛……"

他揉了揉鼻子，问向跟在后面的柳疏竹："大师姐，您冷吗？"

等了一会儿也没人回话，他诧异地回过头，看到柳疏竹正迈着方步看着驳的方向发呆。

"大师姐？"李平安试探地又问了一声，这下柳疏竹方才如梦方醒般惊了一下。

"啊？怎么了？"她还有些愣愣地问道。

"嗯……没什么。"李平安笑着摆摆手，回过头避开了柳疏竹疑惑的视线。他摸了摸下巴，看着驳上的面具人，露出了若有所思的笑容。

隐藏地图的隐藏地图

"前边……应该是了。"

林子中的雾气总是叫人不好判断时间，但透过枝杈投下来的阳光，还是告诉辟间无殇已将近中午。

林子差不多走到了尽头，稀疏的林木之间已经隐约能看到有人家的炊烟袅袅盘旋。

慕容花尘眯了眯眼睛，想要看一看这片归慕容家管辖却未曾到过的地方。

"州主传令！男丁十四以上体健者全都须参军！不得隐匿！发现家中仍有未参军者，重刑伺候！"

飞鸟四散，司清皱了皱眉，不知是谁忍心这样打扰这片人迹罕至的村落。辟间无殇让驳放慢了速度，单立仁握了握刀柄，将舒欣和慕容花尘挡在了身后。一行人缓缓绕出了林子，走上了一旁的小路。

"将军大人！我家就这一个儿子，孩儿他爹身体也不行，他要是走了，我家连稻谷都收不了啊！还望您开开恩，看在老太婆的分上留我们家一条活路吧！"

小路不宽也不长，很快便走到了村落门口，里面站着几位穿着盔甲的士兵和一位银甲军士，看样子应该是在征兵。

　　"你说你们当家的身体不好？"

　　银甲军士看起来像是领队，正询问着那位白发苍苍的老太太。

　　"是！您要不信可以进来瞧瞧，老头子他已经下不了地了，正在床上躺着哪！"

　　老太太看样子很是焦急，她身后的茅屋门后，躲着一个看样子不过十四五的少年正瞧着外面。那名军士微微皱了皱眉头，跟着老太太走进了屋子，不多时就走了出来。

　　"既然当家的身体不行，那便缓一缓吧。"

　　"谢谢大人！谢谢大人！"老太太闻言不敢置信地捂住了嘴，随后连忙给银甲军士深深地鞠了三个躬。

　　军士摆了摆手，正了正盔甲："走吧，去下一户。"

　　军士身后的几位士兵相视一笑："是！"声音很是洪亮。

　　"哒哒"的蹄声响起，军士一愣，这种小村落里还有人骑马？他循声看去，看到了一行在这朴素的村落里不可谓不华丽的队伍。

　　"你们是？"他皱了皱眉头询问道。

　　"回将军，仅是路过此地而已。"辟间无殇下了驳，客气地说道。

　　"来自何处？你又为何戴着副面具？"军士怀疑地看着辟间无殇。

　　"来自望海州，在下只是因为脸部有伤故而戴着这副面具。"辟间无殇抱了抱拳，看上去颇为无奈地抚了抚脸上的面具。

　　"是吗……"军士摸了摸下巴，看了看一众人马，眼神在驳上停留了一阵子。

　　"既然是过客，那就不要在此地多留了，速来速往吧。"他挥挥手，示意可以走了。

"谢将军。"辟间无殇微微躬身再次翻身上了驳。

"驾！"他像是策马一样对驳喊道。驳"嘶"一声，还是缓缓迈出了步子。

小村庄很小，没多久就走出了人烟还算密集的地方。

"哥，你为什么跟一个小军士那么客气啊？"司清憋了好久的问题终于问了出来。

"客气不分官职，客气分人品。"辟间无殇微微笑了一下。

瞧着司清脸上若有所悟的表情，辟间无殇笑了笑，眼角的余光瞥向了一旁的慕容花尘，她脸上布着一层遮掩不住的满意。

越是偏僻的地方，治理的成就感就越强啊，辟间无殇心里想到。

柳疏竹观察着四周的景物，不经常出来的她见到这样的桃源总是不免有些好奇。李平安跟在她身后抱着双臂走着，也不知在想些什么。

"请问……我们难道不是前往这个村子吗？"柳疏竹看着身后的村子越来越远，不禁问道。

"我们是要前往这个村子啊。"辟间无殇神秘地笑了笑，"只不过这个村子还没有到头呢。"

野人书生·墨非石

　　山路本就崎岖，更不消说在金黄一片的林子中七拐八绕地找到一条忽隐忽现的小径。因此当一行人来到这个茅庐前时，司清由衷地敬佩自己的无殇哥。慕容花尘此时的目光像是一路上的柳疏竹一样充满了好奇，就连她都不知道这片不为人知的村子里，还有这样一处更加不为人知的地方。

　　一条稚水从山腰这片空地中央的潭水中流出，一路向下到林深处。不大的地方只有一间茅庐孤零零地立在那里，背靠着一处石壁，那石壁像是刀削一般整齐，上面流下一条小瀑布注入到清澈见底的潭水中。空地上树木稍稍减少了一些，地面上倒是种下了许多月朵，金黄得惹人怜爱。

　　辟间无殇下了驳，他回过头示意所有人退后，待到众人距离茅庐约有三四丈时方才停步。他舒了口气，随后做出了一个让除了司清之外的所有人都屏住了呼吸的举动。

　　他摘下了他的面具，敲响了这间茅庐的门。

　　司清看着辟间无殇的目光里有疑惑，不解这里是何处，自己的无殇哥怎么会找到这里，但其他人看向辟间无殇的目光可要复杂多了。

柳疏竹握了握秀拳，若说这里谁最想知道他面具下真正面孔的样子，恐怕非她莫属了。慕容花尘也很好奇，但她并没有过多的动作。李平安微微移步，半挡在了柳疏竹面前。

门内传出了一道懒散的声音，与空地上的气氛不太相符。

"谁啊？"

说着里面的人还打了个哈欠，听声音应该是位年轻男子。

"你猜。"辟间无殇笑了，走到了茅庐门前。

里面的人似乎愣了一下，随后突然大喊一声："无——"

"嘘！"辟间无殇赶紧示意里面的人安静，"知道就开门。"他带着笑意说道。

"哎哎哎，来了来了！"茅庐里面一阵噼里啪啦，门很快在叮咣乱响中打开了。

开门的是一位布衣青年，顶着乱蓬蓬的头发和深深的黑眼圈出现在辟间无殇的面前，与他蓬头垢面模样不同的是他精神的高涨。他一露面就给了辟间无殇一个大大的拥抱。

"老弟你终于来了！你知道这么长时间我孤家寡人待在这么个鸟不拉屎的地方有多寂寞空虚吗！我做梦都想着能不能去碧州城里找个人唠唠嗑！哪怕陪我扔扔石头也行啊！我跟你说这段时间里你找到的那个什么锋洞一点动静都没有，我还寻思着你是不是把我拐到这里就把我给忘了，我当时那叫一个伤心啊，自己的好兄弟竟然把自己抛弃了！那时候我就只能终日以泪洗面，但你这个破地方还藏得这么深，我连出都出不去，我当时都想着自己要不死了算了……"

"等等等等……"眼见着男子越讲越激动，眼泪都要出来了，辟间无殇赶紧堵住了他的嘴，推开他之后重新戴上了面具。

"我说你啊！咱俩见个面你整得这么神神叨叨的！还戴面具，你戴个锤子的面具你戴……"男子见辟间无殃匆匆忙忙地戴面具，猛地一撇嘴，伸手就要揪下来。

辟间无殃赶忙架住了他的双手："你你你看着点！我可不是一个人来的。"说着他侧过了身，让这位蓬头垢面的兄弟和身后的一众人马对上了视线。

司清大睁着眼睛看着无殃哥口中的"兄弟"，慕容花尘和柳疏竹看到这人这样衣衫不整的，都有些不好意思地移开了视线，单立仁遮住了舒欣的眼睛，李平安看热闹不嫌事大地吹了声口哨。

半晌，那人狠狠地咽了咽口水，他嘴角抽搐地伸出颤抖的双手指了指柳疏竹他们的方向："你……你带来的？"

"嗯。"辟间无殃戴着面具确凿地一点头。如果他没戴着面具，也许那人就会看着他一脸欠揍的表情给他一拳了。

"你……"那人手指着辟间无殃半天说不出话，最后还是威胁似的瞪了他一眼，随后赶紧一溜烟地跑回了屋子，关门前还悲愤地撂下了一句，"你给爷等着！"

辟间无殃挠了挠头，这人打也打不过我，我等着他干吗。

不过算了，辟间无殃摇了摇头。许久不见的老朋友终于又见面了，他还是蛮开心的，虽然自己的这位朋友看样子返祖现象还是挺严重的。

"那位名叫墨非石，是在下的旧友。前往过玉关的路程不长了，在这里暂时歇歇脚吧。"他回过头向围在驳旁边的一圈人介绍道。

"墨非石？"柳疏竹微微皱起了眉头，她好像在哪里听过这个名字，"是……墨三家的小儿子吗？"

"正是小生！"墨非石猛地一把推开了门，穿着一套勉强还能入眼的衣袍，手里装模作样地拿着个扇子，活脱脱一位半死书生。

"还请容许小生自我介绍一下，小生姓墨名非石，墨三家季子是也。"墨非石摇了摇扇子，随后"啪"的一声合上了扇叶，"与你们的这位神秘人先生还算有些渊源。"

　　他诡异地对辟间无殇笑了笑，辟间无殇心中没来由地一紧。

他 会 来 的

"弓三百，卫七百，枪四百……"

田渊坐在过玉关的城主府里，看着面前铺开来的三斗岭地图，口中喃喃地自言自语着。正午时分城外的战事还能暂时歇缓一下，但过玉关外越来越少的慕容家旗，还是昭示着这场战役慕容一方并未占优势。

"来人，告诉迟晨将军放弃第一道卡关，到第二关与史将军会合，用玄武刺阵迎敌，不要再贸然出击。"田渊一挥手，一位士兵便会意跑出了大堂。

"田将军。"田渊刚要扑回到地图前，一道清越的声音却死死地把他按在了椅子上。

田渊一回头看到了款款走来的萧瑶，他恭敬地行了个礼："见过萧瑶小姐。"

"将军不必客气。"萧瑶微微一笑，看得田渊愣了愣，她回了个礼说道："刚刚恰好听闻将军传令弃关回防，小女子便也让我峨眉弟子一同回来了。只是遗国这六邪攻法，一味防御似乎也并非长久之计啊。"萧瑶说着微微皱了皱眉。

"嗯……"田渊沉吟了片刻，颇有些无奈地说道，"诚如您所言，防御对上遗国这般打法确实作用微乎其微，但此时想要再出其不意地进攻，却更是难上加难。"

他指了指地图上三斗岭外东西各处的山脉，这两座山脉夹着三斗岭，让奇袭未曾纳入两军军师的头脑里。

"果然是兵力不足吗……"萧瑶端着手臂拄着下巴，沉思的模样让城主府里的兵士们看直了眼。

"其实并不是。"

原本有些情绪低落的田渊突然开了口，他目若犀火地看向远处的城墙，似乎正透过墙死死地盯着遗国大帐中的那位"烛公子"。

"论兵力，我们绝不逊于遗国一方，或者说若是单论兵力，我慕容家还要略胜一筹。"他说到这儿，脸上却未见喜色，反而握紧了拳头，表情有些复杂，"遗国并不以兵强著称，裁天军虽被誉为天下第一军，实际上更多还是要借他们六宗的实力。而我慕容家，正是最缺六宗那样的高阶武修。"

田渊骨子里的不服输和现实中不得不败退的矛盾，在他脸上交织起来，让他的表情说不出来的怪异。

"军队只是侵略用的工具，攻城略地举兵占区，军队用众多士兵完成这些不得不做的工作。但想要打赢一场战争，尤其是两国之间，决定胜败的还是武修——确切地说是高阶武修们。"田渊看了看萧瑶。

"小姐您身为问天一境之人，应当能感受到一位问天对战局影响会有多大。前日岭西那场战役，遗国仅用了两位问天，便硬生生让迟将军一路撤军回关内，优势全无，若不是最后您出手相助，恐怕这第一关不是我们放弃，而是对面夺得了。"田渊郁闷之余还是感激地看了一眼萧瑶，萧瑶苦笑了一下。

"平心而论，您所在的峨眉和问轩天师所率的武当，基本上可以说是过玉关大半的高阶武修。慕容家……说实在的，高阶武修问天一境的，恐怕不过一手之数，而归土以上的也算不上多，更不消说与遗国六宗相比了。"

田渊沉默了，他已经被这种无力感困扰了很长时间，如今说出来也算是稍微轻松了些许。

萧瑶听过田渊的苦闷之后，也望向了过玉关的方向。她的眼神在这阵沉默飘中了很远，远到了一座小山上，一位老人和一个青年在阵阵笑声中打打闹闹。

"那……若是再多一位一品问天呢？"萧瑶突然没来由地向田渊问道。田渊一愣，有些不解地看向她，但很快缓过了神。

"一品问天？若是真有一位一品问天能为我慕容世家所用，这场遗国本就没用全力的战争很快就会平息了吧。"田渊双手环过了头靠在了椅背上，"难道小姐您的峨眉山上还有位隐居的一品问天吗？"田渊向萧瑶反问道，他有些纳闷为什么萧瑶会突然这样说。

"那倒没有了。"萧瑶笑着摇了摇头。

田渊遗憾地抿抿嘴："也是，想必如霜大人也不会在战争迫近时还藏着掖着什么了。"他摇摇头，正用笔蘸了蘸墨要在地图上写些什么，萧瑶的一句话又一次把他的思绪扰乱了。

"但是呀……"萧瑶突然用左手轻轻地托起了脸，她脸上不自觉带上了一抹柔和的笑容，"我相信不久之后，会有一位这样的一品问天出现的。"

这是田渊第无数次被她的美貌所惊艳，但却是第一次见到她这样深切的思念和期盼。

她微微弯起的凤眼中流露出柔和的光，照向了不知哪个山头上的哪个方向。

分　别

辟间无殇此时并不知道遥远的过玉关多么需要他，他面前有一桩更大的烦恼。

"我说你啊……"辟间无殇一把揪住了墨非石的耳朵，硬生生把正口若悬河的他从人堆里拽了出来。

"哎哎放手！别跟老夫老妻似的拽小爷耳朵，大老爷们的也不嫌害臊！"墨非石龇牙咧嘴地甩掉了辟间无殇的手，嫌弃地掸了掸袖子，脸上不屑的表情看得辟间无殇面具下的眼角一阵抽搐。

"你能不能消停点，快去把东西收拾收拾腾点地儿，要不然这两天这么些人就都要风餐露宿了，你忍心吗？"辟间无殇的太阳穴突突地跳着，但他还是咬紧了牙关控制住了自己的拳头。这个墨非石从刚才开始就一直跟柳疏竹她们唠得欢脱，不光把自家老底全都交代了，还差点把"辟间无殇"托出来，还好墨轮悄无声息地爬上了他的肩膀，他才打了个寒战作罢。

"怎么不忍……"墨非石满脸写着不屑就要脱口而出，但看了看慕容花尘略显担忧的柳眉，司清天真无邪的眼睛，柳疏竹规规矩矩的样子和墨轮血红的眼瞳，他还是咽了咽口水，乖巧地回去收拾屋子了。

辟间无殇长叹一口气，看样子自己内部的卧底远比过玉关的敌人要强。他甩了甩头，恢复了淡然的神态。

"各位，在下在这里有些事要办，若是各位着急的话，先行也无妨。"辟间无殇转过身对着一众人马说道。

"我跟哥待在这儿，你们走吧。"司清一听这话就蹦到了辟间无殇身旁挽住了他的胳膊，满脸写着分别的悲伤。

"嘘。"辟间无殇摸了摸司清的头，他静静地看向慕容花尘和柳疏竹，除去他和司清外的人实际上就由她们管着了。驳抖了抖毛，走到辟间无殇的身旁盘身卧下。

慕容花尘和柳疏竹对视了一眼，犹豫了一下，慕容花尘先说道："小女听闻望海州主康和先生说慕容家在过玉关的形势并不乐观，此番前行，恐怕不得不与先生道别了。"她微微行了一礼。辟间无殇点了点头，司清幸灾乐祸地捂住了嘴。

"我……"辟间无殇看向了欲言又止的柳疏竹，她的表情有些纠结，"不瞒先生说，从望海州临行前家兄送来了一封书信，叫我速到过玉关见他，因此……"她缓缓垂下了头。

"是吗，"辟间无殇微微颔首，"那也没办法，毕竟问轩写的信应该是真的有事，那看来我们要就此别过了。"辟间无殇笑了笑，对柳疏竹抱了抱拳。

柳疏竹低着头，看不见她脸上什么表情，但见到辟间无殇对她抱了拳，她还是有气无力地抬起了头回了一礼。李平安在她身后看着自家大师姐的背影，摸了摸脑袋也有些无奈。大师兄总是这样和大师姐的想法恰好不同，这也算是兄妹的默契吗？

柳疏竹突然感觉十分疲惫，她强打起了精神回过身叫上了李平安，李平安也只好背起行囊跟在了她的后面。慕容花尘身后跟着单立仁和舒欣，两人的队伍和到了一起，倒也不怕什么意外了。就在这些人即将走出这片空地时，柳疏竹仿佛在心里斗争了许久，还是回过头来看向了辟间无殇。

"那个……张先生！"她憋红了脸，手足所措地叫了一声辟间无殇。

"嗯？"辟间无殇正目送他们，闻言一愣。

"下次再见面时，能否请您摘下面具？"柳疏竹握紧了拳头，她也不知道自己为什么这么紧张。

辟间无殇怔了怔，看着柳疏竹一副被拒绝就要哭出来的样子，也有些无奈。

"行吧。"他挠了挠头答应了柳疏竹，等能见到再说吧。

"一言为定！"柳疏竹的眼神里充满了难以置信，她赶忙把这件事敲定下来，回过身跟上了等着她的慕容花尘。在穿过这个隐秘树林的时候，她回过身来向着辟间无殇欢快地摆了摆手。

玩剑人和玩匕人

"你确定要这么做吗？"

不为人知的林深处，雾气似乎弥漫了整片空地。一道人影单手提着剑傲然立在潭边，看不清此人的面容，只听他缓慢而有力地向对面问出了这几个字。

"当然。"

潭的另一边同样站着一位看不清面貌的人。他没有犹豫，咬牙切齿地将绝对不会再次更改的答复，狠狠地从牙缝里回了过去。他眼神里的凶光混合了不甘'愤怒'悲凉和孤寂，直直地刺向了提剑男子，手中拎着的轻弩早已迫不及待地上好了弦。

气氛降到了冰点。在瀑布的"哗啦"声中，两道目光在悄无声息中交汇。

"那就来吧。"

提剑男子抬剑一指，目光中带着不屑，等着对面的进攻。

"中！"话音刚落，一道银光已经划到了提剑男子的眼前。他目光微微一滞，头一偏躲开了第一箭，但紧随而来的还有第二箭。

"嗯?"他眉头一皱,电光火石之间以一个诡异的弧度弯下了身,险之又险地避开了第二箭。

"中!"对面那人把弩一背,从袖中抽出了匕首,眼光里带着狠厉,直奔向提剑男子的下盘。

男子还没直起腰,但面对这种状况他也并没有慌张,左手一撑地,借力踢向了对面。

"啧。"那人一咂嘴,收回了攻势用手挡掉了抽腿的威力,随后借着男子单手单腿没法发力之时再次刺向他的身子。

"哼。"男子从鼻子里哼了一声,用右腿再次蹬向那人,那人侧身一躲,用更快的速度近了男子的身。

"中!"男子黑色的眸子中倒映着一把精巧的匕首,正飞速放大着。

刀光划出一道银色,却在一缕黑发前停了下来。

那人握着匕首再也不能前进一分,他愣愣地看着面前这个散发着货真价实杀气的人。

"你再动一个试试!"

眼前的人眸子里是彻骨的冰冷,束成马尾的长发在空中舞动着,她的手里拿着一柄通体青色的短剑,甚至不管就在自己颈边的匕首,用一命换一命的决然死死将短剑横在那人喉前。

"咳……咳……"那人被逼得仰起了头,不敢张嘴说话,只能用求救的眼神一个劲地示意已经站起身的男子。男子无奈地挠挠头,走到依然浑身绷紧的女子身后,拍了拍她的脑袋。

"小清,先把剑放下。"

司清不解地看了一眼辟间无殇,没有放下剑。

"我俩闹着玩的,真没事儿。"辟间无殇见状苦笑着捏了捏她的脸。司清脸一红,这才噘着嘴收回了短剑。

墨非石直到司清把剑重新收回到别在腰上的剑鞘里，才敢放下心来，他狠狠地咽了一口口水。

　　"小辟……阎无殇？"他本来还想保留一丝威严地叫住辟间无殇，但被司清一瞪又恭恭敬敬地叫全了大名。

　　"干吗？"辟间无殇一脸无辜地摸着爬回脖子上的墨轮的脑袋。

　　"不是说好……"墨非石欲言又止地、小心翼翼地用指尖指了指挽起了辟间无殇胳膊的司清。司清对他恶狠狠地龇了龇牙，吓得他又赶紧收回了手。

　　"怎么？司清救了你一命你还不知足？"辟间无殇好笑地对墨非石咧了咧嘴。

　　"嘶！"墨非石嘴角猛地一抽，但眼角一看到司清，又学乖地握了握拳头，只得在心里吐槽这个剑人。

　　咦？剑人？

　　他的剑呢？

　　墨非石一愣，一看辟间无殇空空如也的手和他脸上欠揍的笑容，不敢置信地低下了头。

　　剑锋只是冒了个头，碧金色的样子像极了刚出土的竹笋，但隐隐约约的剑气还是让他感到下肢一阵发凉。他再次咽了咽口水，颓然地避开剑锋，往后坐在了地上。

　　"行行行我输了我认栽。"他有气无力地吐出了这几个字。司清像是早就准备好了一样，抱起辟间无殇的胳膊蹦蹦跳跳地庆祝了起来。辟间无殇抽了抽胳膊发现抽不出来，只好苦笑着等她庆祝完，才有机会把瘫在地上的墨非石拉起来。

　　"行了，这下咱俩也痛痛快快地打了一场，我把人送走的气也该消了吧？"辟间无殇帮墨非石拍了拍后背，墨非石心不甘情不愿地"嗯"了一声。

　　"那就说说正事吧。"辟间无殇突然一扳墨非石的后背，脸上变得前所未有地严肃。

洞

墨非石一愣，看着辟间无殇严肃的眼神，他有些紧张。

"哦，哦……"他咽了咽口水，对辟间无殇招了招手示意他跟上。

辟间无殇看着不远处并不大的瀑布微微皱起了眉，下意识地握住了司清的手。司清脸"腾"地红了，正欲拒还迎地想再矜持一下，但瞧见辟间无殇的表情还是低下头乖乖地任他牵着了。

驳看着走向潭边石壁瀑布的三人，眯起了眼"嗞嗞"地吐着气，墨轮也有些不安分地在辟间无殇的脖子上扭动着。

"这儿得快点过来，不然会被浇湿。"墨非石走到瀑布前对不知道情况的司清说了一句，随后一弯腰钻进了瀑布后面。辟间无殇领着满脸不知所措的司清也蹿了进去。

瀑布后面是一处石洞，洞口很小，辟间无殇需要微微躬身才能不磕到脑袋。潮湿的石壁不时滴下几滴水，"啪嗒"一声于洞内激起回响。

"这个洞……一直还没什么反应。但的确这附近动物少得很，也就偶尔停几只鸟吧，也亏了还有鸟，要不然我可能真就被闷死在这个鸟不拉屎的破地方了。"墨非石像老朋友一样地拍了拍石壁，"多少个日夜，我就是在这里冥想着天下大势和星辰规律的呀。"

辟闾无殇神色复杂地看着一脸亲切和眷恋的墨非石，司清则好奇地环视着石洞的四周。

"咦！那里是不是还有一个洞啊？"司清突然一指石洞的最里面，地上黑乎乎的似乎还有个洞口。

"啊？"墨非石闻言停止了自己的回忆，顺着司清的手指看去，他怀疑地揉了揉眼睛。

"真有个洞啊！"突然他一声大叫，吓得司清躲到了辟闾无殇的背后，"我在这里待了这么长时间，就算里面太冷了我不怎么去，但我也不能一直都没察觉这里还有个洞啊！无殇你知道吗？"

墨非石满脸不可置信地看向了辟闾无殇，辟闾无殇见状摆出一副无辜的样子挠了挠头。

"啊……我知道，但因为我之前给它上了个小森罗，所以你看不见。"他对墨非石摊了摊手。

墨非石一愣，瞪大了眼睛。

"啊？！"

回声在狭小的洞穴里震耳欲聋，逼得司清不得不捂上了耳朵，辟闾无殇也受不了地偏了偏头。望着一脸悲愤的墨非石"叽里咕噜"地说着不明所以的话，什么"这个破地方""终日无所事事""探险""还给整没了"之类的，其言辞之恳切，感情之真挚，真是闻者落泪听者伤心。

"停停停。"辟闾无殇看墨非石还没有停下来的意思，赶紧一把捂住了他的嘴，身形恰好不好地挡在了司清和墨非石之间。墨非石还"唔唔"地想要抗议，却被从那个洞里传出来的阴寒之气激得打了个寒战。

"嗯？"

墨非石一挑眉头，诧异之余还有些心悸地看向辟闾无殇。辟闾无殇保持着刚才的动作，看起来像什么都没有发生。

"不闹了？"辟间无殇放下了手。

墨非石点了点头，在辟间无殇挪开身体的一瞬间，脸上一下子挂上了不忿的笑容，捶了辟间无殇一拳："你可真是有良心啊，把我放这里还给上幻术，啊？"

"这不也是无奈之举吗，下不为例下不为例。"辟间无殇笑着挠了挠头，拍拍墨非石的肩膀。

墨非石斜睨着辟间无殇，叹了口气，一摊手说道："好好好，但等出去你可要请我去吃临风楼的珍火淬花鱼，加枣塔那种。"

"嘶……"辟间无殇脸上的笑容僵硬了一下，但犹豫了半晌还是一脸肉痛地咬牙答应了。墨非石脸上露出了得逞的模样。

"无殇哥，那个洞？"司清趁着空当从辟间无殇背后探出头来，看着那个黑漆漆的洞口好奇地问道。

"啊，那个洞可能是山林里什么动物打的吧。"辟间无殇眼睛一眨不眨地瞅着洞口，身体还是保持在司清身前。

"穿山甲？"墨非石托起胳膊拄着下巴若有所思地应道。

"有可能。"辟间无殇点点头，随后回过神来对司清笑了笑。

"小清你先回去吧，我和非石下去瞧瞧，说不定会有什么有趣的发现。"

"哎？为什么不让我去啊？"

"这不先去探探路嘛，我家小清这么漂亮可不能灰头土脸地从洞里走一遭不是？"辟间无殇摸了摸满脸挂着失望的司清的脑袋。被这样一番奉承下来司清有些脸红，便也不情不愿地走出了石洞。

不大的瀑布遮挡住了洞内洞外的视线，哗啦啦的水声掩盖了两人的对话。

"真下去？"

"嗯。"

"有东西？"

"嗯。"

"能上来？"

"……"

辟间无殇沉默了一下，看着眼前表面上满不在乎的墨非石，突然一乐。

"你能。"

随后他不等墨非石反应过来，一把拽住对方的衣服冲入了石洞。

敲诈头子

水滴落在伸手不见五指的周围，在一片死寂中如同惊雷。

"啊！"

墨非石往后一缩撞到了辟间无殇。

"啧。"

辟间无殇一嘬牙花子，相当鄙视地推开了他。

"哎小辟你别呀！你又要把我一个人孤零零地丢弃在这里吗！"

墨非石被推得一个趔趄，他赶紧在黑暗中摸索着又贴了上来，满腔悲愤、紧张、惶恐地对辟间无殇压着嗓子喊道。

辟间无殇的眼皮跳得非常剧烈，但他还是深吸了口气压了下来，换上了一副在黑暗中墨非石看不见的阴险笑容。

"跟着我？嘶……可以是可以，但在这里我也看不见什么，说实话，自身难保啊。"辟间无殇托着脸敲着下巴，边走边说道。

"你以为我会被你骗吗！你以为我不知道你什么修为吗！"

墨非石紧紧地靠着辟间无殇，一副就算海枯石烂也绝对不放手的态度。

"唉……但多带个人很费精神啊，而且又没有回报，我又何必这样耗费自己的精力呢？"

辟间无殇摊摊手，一脸爱莫能助的表情。

"说到底是谁把我拉下来的啊？！"墨非石以压着嗓子的最大音量对辟间无殇吼道。

"而且又没有回报……"辟间无殇似乎没听见墨非石的吐槽，相当遗憾地叹了口气，重复道。

"……"

墨非石这次回过味儿来了。

"珍火淬花鱼……我不要了！"墨非石咬着牙说道。

"而且又没有回报……"辟间无殇又叹了口气。

"……"

墨非石抱着辟间无殇的手握成了拳头，额头上浮现了青筋。

"墨家抓钩……一个！"

"而且又没什么看得上眼的回报……"辟间无殇又又叹了口气。

呼哧呼哧……

墨非石的牙齿都要被他咬碎了，他从牙缝里蹦出了几个字。

"须弥玉！"

"啪。"辟间无殇一打响指，食指尖上冒出了一丝不大却相当明亮的金色火焰。

"哼！有光了！我收回刚才的话！"

墨非石在眼睛看到光的一刹那，猛地从辟间无殇的身旁跳开，抱着胳膊仰着脑袋看着辟间无殇。

辟间无殇抿着嘴无语地看着兀自傻笑的墨非石。

哧。

"啊，灭了。"辟间无殇挠了挠头。

"啊！！！"

墨非石以比从辟间无殇身边跳开时还要快上好几倍的速度，重新蹦回了原来的位置，落点丝毫不差。

"辟哥，我错了。"

两人都是一阵沉默。

"而且又没什么……"

"墨家楼二掌柜给你了。"

"成交。"

"啪"的一声，火光重新燃了起来，照亮了这片安静得可怕的石洞，和火焰中心拉拉扯扯的两个男人。

阵阵阴风从每一丝角落钻进两个人的身体，辟间无殇还好，墨非石忍不住一个劲儿地打战发抖。

"这里，到底……嘶！有什么啊？"墨非石好不容易挤出一句话，中间还忍不住打了个寒战。

"不知道。"

辟间无殇耸耸肩。目前看来这个洞除了有些令人不安之外，也没什么不妥之处，但能让已经步入问天的辟间无殇感到不安，已经是最值得人小心的地方了。

踏云靴落在坚硬的石头上，"啪嗒啪嗒"的声音从石洞头一直回荡到石洞尾，空空荡荡的声音使悄无声息的洞窟内多了几分诡异。

风慢慢变小了些许，但弥漫在空气中令人窒息的湿寒却浓稠得像是雾一般，辟间无殇手上的火花摇摆不定，但他还有信心不会让这缕墨非石的希望之火熄灭。

石洞内出乎意料地一个活物都没有，就连最喜欢阴暗潮湿的虫子也从没出现。

"嗯？"

辟闾无殇突然停住了脚步，微微皱了皱眉头。

"你先别动。"他推开了墨非石，墨非石还挣扎着想跑回火焰的旁边，辟闾无殇眼神一凝，墨非石第无数次打了个寒战退到了辟闾无殇五十米开外——当然没这么夸张，勉勉强强两丈左右吧。

辟闾无殇看着墨非石满脸惊恐的表情，无奈地凝了丝内力。

"石流火。"

一道火种射到了墨非石身边的石头上，静静地燃烧着，这个画面在墨非石看来与天方夜谭无异。

"行了，站着别动。"

辟闾无殇最后一次警告着墨非石，随后转过了身，收起了自己手上的火焰，缓缓从背后抽出了无雨杖。

辟闾无殇的眼前变回了一片漆黑，什么也看不见。他慢慢地吸了一口潮湿的空气，向黑暗中迈出了一步。

云门·南天

第二步。

第三步。

辟间无殇紧紧地蹙着眉，他再次调整着呼吸。

第四步。

锵嘟嘟嘟嘟！

铁索沉闷的声音从黑暗的中心传了过来，却用与铁索的沉重完全不同的速度，眨眼间来到了辟间无殇身前。

辟间无殇瞳孔狠狠地一缩，毫不犹豫地用了无踪。

那道通体漆黑的铁链离辟间无殇的眼睛只有半寸之远，猛烈的鞭风带得他衣袍猎猎作响，头发不受控制地飞舞。

"辟……"墨非石直到攻击结束才反应过来，下意识想要跑上前去，却被辟间无殇头也不回地抬手止住了。

辟间无殇眼睛一眨不眨地死死盯着黑暗深处，手上紧紧攥着潇光。

第五步。

空气中石流火的噼啪声逐渐变小。

第六步。

锵嘟嘟嘟嘟！！！

辟间无殇在听到声音的第一刻便抬起了手中的无雨。

叮叮叮叮叮叮叮叮！

一道道火花从无雨和铁链上迸发，照亮了辟间无殇罕见扭曲的面孔。

"好……沉！！！"辟间无殇用麻痹的双手用力一振，这才勉勉强强将铁链的攻击如数弹回。

哗啦啦的声音重新缩回了黑暗深处。

水珠落到石头上的声音依然那样震耳欲聋。

辟间无殇甩了甩控制不住发抖的手臂，眼神阴晴不定地看着石洞深处不知名的敌人。

"无殇！你还要去吗？！"

墨非石看着辟间无殇竟然丝毫没有退回的意思，大惊失色，刚才的两下攻击就算根本没有靠近，他也能感受到凌厉狠重的鞭风。那种攻击半步问天都不敢说能躲开，更不消说硬碰硬地挡住了。就算辟间无殇是一品问天，也没人能保证他还能挡住几次这样的袭击，而他身后背着的巨大卷轴更是让墨非石提心吊胆。

哪怕只是擦中一下，墨非石这个墨家季子也知道辟间无殇的下场是什么。

"哼。"辟间无殇一声冷笑，擦了擦嘴动了动自己的肩膀，"当然。"

他的脸上突然挂上了不知其意的笑容，在石流火昏暗的光芒下竟然让墨非石感到有些瘆人。

"云门，南天。"

墨非石的瞳孔一缩。

辟间无殇的发梢突然变成了白色，原本墨色的瞳孔突然带上了一丝金光。他重新握住潇光，反手抽出了竹剑。

"你……"

墨非石张了张嘴，第无数次被辟间无殇堵了回去，但这次却格外地不客气。

"闭嘴。"

辟间无殇一抖剑柄。

"看着就行。"

一道残影留在了原地，辟间无殇话音未落，便已冲出数丈之远，铁链的破空声重新激起，叮当碰撞之声震得墨非石死死地捂住了耳朵，但他还是不甘心地眯着眼睛盯着辟间无殇越来越模糊的背影。

当当当当——

钟鸣似的声音震得石洞也在颤抖，辟间无殇身上已经多了几道被鞭风抽出来的伤口，但他双眼中依然跳动着火花，飞速奔向黑暗的终点。

铁链抽动的频率越来越快，每次撞到地面都会留下一个深深的坑洞。

"无踪！"

突然出现了第二根铁索，辟间无殇用出无踪惊险地躲开，身后被击中的石头上激起了阵阵石粉。

"喊！"

他一擦嘴角的血迹，阴沉着脸脚步一刻不停地继续跑动着。

墨非石在摇曳的石流火旁愣愣地看着辟间无殇已经难辨身影的动作，以及地上不断出现的石坑。

"你他娘的……"

他实在忍不住爆了句粗口，咽了咽口水，望着不知道究竟清不清楚自己所作所为的辟间无殇。

"穿柳！"

辟间无殇还是头一次使用这个被自己师父称作戏台班子的招式，但在铁索之上腾跃翻滚的时候，辟间无殇还是感觉效用不错。

铁索愈加疯狂地甩动着，辟间无殇就算开了南天也一丝精力不敢分散地盯着铁链出现的位置。不过就算剑能挡得住铁链，鞭风的余波还是不可避免地被辟间无殇如数接下。辟间无殇的脸上多了几道伤口，血花刚落下便被远远地抛在了身后。

近了，辟间无殇心中不安的感觉到达了顶峰。

"稷上飞星！"

辟间无殇第三次用这个只有开了南天才能用的步法。他身形一晃，贴着甩过来的铁链摆动着身子前行，脚下的步伐灵活得让人看不清，就这样在铁链的边缘上用更快的速度冲向了铁链的源头。

来了！

一步之遥。

铁链突然被毫无征兆地尽数抽了回去，辟间无殇一愣，但还是用最后一步跨到了黑暗的尽头。

水珠恰好不好地划过他的眼前，"啪嗒"一声滴在地上。

安静。

安静得诡异。

与刚才激烈的攻击截然不同的寂静。

水珠的声音从四面八方传来。辟间无殇一挑眉，他隐隐约约听到了水流动的声音。

"依然要闯入此地吗？"

一道由内而外散发着寒气、却又带着不可思议磁性的声音击打到了石壁上。几道蓝色的火焰凭空燃起，照亮了站在这处巨大地府入口的辟间无殇，和正中央身形缥缈的黑衣男子。

黑衣男子缓缓抬起了头，辟间无殇一瞬间竟被那副毫无血色的面容扰乱了心智。

　　"嗯？"

　　男子微微一笑，手中慢慢凝成了一个巨大的漆黑镰刀。

　　"阳人？"

当当当当！黑无常和辟间无殇

辟间无殇微微皱了皱眉，若有所思地看着正若有所思看着自己的黑衣人。

"阳人？"

辟间无殇不禁抿嘴一乐。

"叫我阳人，难不成你还是阎王派来的小鬼？"他笑着摇摇头，神态放松了下来，开始把玩起手中的剑。

"嗯。"黑衣人呵呵笑着点了点头。

辟间无殇手一抖差点扎到自己，他一脸诧异地用剑一指黑衣人。

"喂，都到这儿了还跟我扯皮呢？小爷今儿把话放这儿，就算是黑白无常牛头马面到了我这儿，也要先问问我才能收人，知道不？"

辟间无殇别看跑来的过程费劲巴力的，站着跟人吹牛还从来没怂过。

黑衣人笑得越来越欢，从呵呵冷笑到仰天大笑，震得辟间无殇直咧嘴。

"你笑个……"辟间无殇眼见南天还开着，顿时捂上耳朵提着剑就要冲上去。

“本尊度生死数千载，你还是头一个敢说不给七爷八爷开路的人。”

黑衣人乐完一下子站直了身子，面容阴沉得可怕，吓得辟间无殇浑身一哆嗦，狠狠地刹住了脚步。

“过得了锁魂已属不易，瞧你的身板儿也谈得上极品，但你也得记住……”黑衣人手中的镣铐往身后那么一背，“无常索命，当不得戏言。”

说罢，辟间无殇眼瞧着黑衣人的官帽上出现了“天下太平”四个大字，整个人缓缓地飘到了离地一尺远的地方。

黑衣人戏谑地俯视着辟间无殇。辟间无殇咽了咽口水，握剑的手微微出汗。

“对不起告辞！”

比冲过来更迅速地脚底抹油准备开跑。

“呵。”黑衣人冷笑着打了个响指，震得洞窟晃动的同时也将来时的洞口用落下的石块堵上了。

掉下来的巨石擦过辟间无殇的鼻尖，逼得他死死地定在了石头前。透过石头还能听见那边墨非石哭丧一样的叫喊。

“咳……咳。”

辟间无殇颤颤巍巍地回头对黑衣人苦笑了一下。

“咱……能不能给我留个几十年的阳寿？”

黑衣人缓缓飘到了辟间无殇的不远处。他瞧着辟间无殇的眼神让辟间无殇感觉自己像入夜时金磬桥畔的歌伶，尤其是一边扫视着他一边啧啧赞叹的表情，更让他浑身发毛。

“别说你这个底子落得着实是不错，身体像个丹炉似的糅了不少功夫，脸长得也还算俊俏，只是……”黑衣人嘀咕完辟间无殇，又瞧了瞧他背后背着的大卷轴，脸上表情有点阴晴不定，“那东西，看不大明白。”

辟间无殇的头脑飞速运转，他看着黑衣人脸上略显疑惑的表情，犹豫了片刻还是一狠心，开始了不成功便成仁的计划。

"这东西你不知道？"辟间无殇取下了《忆水怀山经》，嘲讽地在手上抛了抛，"别让我瞧不起啊，活……不，死了几千年连我身上背着什么都不知道？"

"哼！"辟间无殇一声冷笑，"真是让人忍俊不禁。"

没人能在听完这番话之后还忍得住不对辟间无殇动手，至少在他知道的范围内没有，而现在黑衣人也算进了已知范围。

"小玩意儿真是恼人！"

黑衣人一皱眉，表情在苍白的面庞上更显狰狞，一个闪身便冲到了辟间无殇面前。好在辟间无殇已经猜到了他的动作，堪堪一甩卷轴，用金纸挡住了黑衣人的利爪，刺啦一声，让辟间无殇一阵龇牙咧嘴，但他还是在黑衣人退回原位后装模作样地抖了抖手腕，以一副我自岿然不动的表情对着黑衣人蔑视地一瞥，眼中有七分不屑六分不耐五分嘲讽四分娇艳欲滴三分秋波荡漾两分热情似火一分古井不波，还有二分之一无可奈何。

"哼。"辟间无殇再次冷笑了一声，但双臂的震颤让他生生把到了嘴边的嘲讽又憋回了肚子。

黑衣人脸上真是要多难看有多难看。就像辟间无殇说的，他活……不，死了这么多年，没见过的东西真是少之又少，所以他在阎王府里总是以见多识广著称。可就这么一个十大阴帅之一，今天竟然在这么个破地方被一个根本看不上眼的小玩意嘲讽了，搁谁谁不生气？要是换作白无常早拷上这小子吸了他的阴魂了。

"好小子！"黑无常又冲了过去，手上的镣铐一甩就要扣在辟间无殇的手腕上。辟间无殇凭着南天的效力勉强闪开，黑无常又换了左手猛地一抓，辟间无殇一抬卷轴挡掉了大部分力，但还是被划出了一道不浅的口子，胳膊上顿时涌出了鲜血。

辟间无殇舔了舔嘴唇，生死关头受点伤反而没什么感觉了，他的眼中只有黑无常一人。他死死地凝视着黑无常的一举一动，继而缓缓调整着自己的位置。

黑无常看着辟间无殇手上的卷轴，心里还是拿不准这东西，但就目前来看，这个卷轴似乎没什么攻伐之用。略一犹豫，黑无常还是再度出手，眨眼间朝辟间无殇左手边猛地一划，再次在他的胳膊上留下一道血痕。辟间无殇吃痛，但依旧维持着守势，变换着位置。

随着黑无常不断进攻，辟间无殇身上的伤痕越来越多，左胳膊已经血肉模糊。黑无常得了便宜之后也没放松，心中依然提防着辟间无殇手里的《忆水怀山经》。稍作权衡之后，黑无常故意卖了个破绽，果不其然，辟间无殇眼睛一闪，一抖卷轴扫向了黑无常，但却像划过了空气一般毫无作用，没收住力反而让黑无常得空用镣铐狠狠一砸他的胸膛。这一下砸得辟间无殇连退数步，不断干呕，嗓子眼里涌上一股血腥味。

"呵。"这回轮到黑无常冷笑了。料想这小子就在寻这个破绽，老夫活……不，死了几千年还会不知道？

黑无常弄明白了卷轴之用，便肆无忌惮地攻击起来了，甚至为了加快频率用出了拳头。

臂膀如满弦之弓，指骨如长日贯虹，黑无常蓄满力的一拳对着毫无还手之力的辟间无殇就要轰去。

可辟间无殇一见到这个动作，就像嗑了合欢散一样重振了男人雄风，原本无神的两眼跟见了月楼花魁一般锃亮。他把卷轴一立，不等黑无常近身，自己反而拼上了老命往黑无常的身上撞去，惊得黑无常一个措手不及就这么被卷轴遮住了脸。

"怀山第七！"辟间无殇啐一口血，一字一顿地震声念道，"鸡鸣三响，藏尸纳气，囚魂度人，地府难避！"

卷轴上半部分的墨字亮起了刺眼的光，把刚想退回的黑无常死死钉在了原地，长长的胳膊保持着唯一一次没有护着身前的动作。

"给爷进来！！"

辟间无殇一声大吼，黑无常凄厉地尖啸着，却被遮住了面什么也做不了，只能任凭自己的身影不断虚化，眼看着就要虚化到了他的胸口。

辟间无殇下意识地松了口气。

随后就忍不住想给自己一个大嘴巴子。

"死！！！"

黑无常就在这一刹那，没有选择逃脱，而是选择自爆。

当然，本是灵体的他只不过损失一个上等的躯壳罢了。就算进了这个卷轴，让白无常那家伙单干几年几十年几百年，自己也终究会重见天日。

可辟间无殇和这整个山洞不是。

在被卷轴完全吞没之前，辟间无殇便已经被不祥的红光充斥了双目。

整座连天山脉震了三震。

墨非石被这突如其来的气浪吓得大惊失色，下意识地回头就想跑。但他突然一惊，咬了咬牙，还是满面狰狞地逆着砾石尘风，向辟间无殇的方向挪动着脚步。

司清一直在瀑布外面等着，感受到脚下传来的巨响，原本担忧的表情一下子变为惊恐。她一个箭步窜到了瀑布后面的洞口前，但被强烈的震波晃倒在地上，只能咬住贝齿缓慢地爬上了驳的背。

墨非石用削铁如泥的檀匕划开了飞到眼前的巨石，刚想抬手，眯缝着的眼睛便看到一个再不能更熟悉的身影。

那道身影在惊人的红光中太过渺小，以至于墨非石费了好大劲才弄明白他在跟自己说话。

"说个屁啊！跑啊！！！"

墨非石对辟间无殇嘶吼。

辟间无殇一愣，墨非石感觉到他对自己笑了，心中一阵恶寒刺得他浑身一个激灵，他看到辟间无殇对着自己摇了摇头。

"照顾好……你俩。"

墨非石听不到，他一狠心就要冲过去，却被爆散开来的红光狠狠地击飞到石洞的入口处。

昏迷之前，墨非石看到辟间无殇清瘦的背影被红光吞噬，只留下最后一丝黑色的身形。

哭就完事了

墨非石是被司清拼命拖出来的。

掀开沉重的眼皮，墨非石看着已经出现了星星的天空，有些没有实感。

嘴里的血腥味让他的嗓子像要裂开一样干燥，他忍不住撑起了身子干呕起来。

"咳咳……呼……"

他深吸了一口满是尘土的空气，呛得他又是一阵咳嗽。

"墨非石！"

听到有人叫他，墨非石嗓子疼得应不了声，但还是勉强偏过头看了过去。

司清灰头土脸地拿剑劈着石头，和驳一起刨着地，但也不过挖出了一个深约丈许的小坑罢了。

"快来帮忙！无殇哥还在底下呢！"

司清说完又回身从驳的爪子里接过了一块大石头，压得她一个趔趄。

墨非石没接话。

看着晃晃悠悠的司清和被染成灰毛的驳，墨非石一下子不知道怎么开口。

"别挖了。"

他还是吃力地从喉咙里蹦出了几个字。

司清手顿了顿，继续拿着已经有些钝了的剑砍着石块。驳瞟了一眼墨非石，又看了看头也不回的司清，"嘶嘶"地吐了一口气，也跟着继续刨。

被无视的墨非石低下头抿了抿嘴角的苦涩，认命般地点点脑袋，叹了口气。

"我姐死的时候我也这样。"

司清手里的幽踪剑第一次没能一剑砍开石头。驳的眼神瞥向了墨非石。

"火灾，我家房子烧了三天，白天也烧晚上也烧，烧到最后连园子里的石头都焦黑焦黑的。"

墨非石哑着嗓子，边说边咽唾沫，疼得他不停皱着眉。

"哎哟……说不好是天灾还是人祸，但反正也这么多年了，无所谓了。"墨非石像讲故事似的说两句就喘一口气，"我姐大我四岁，那年我八岁，那么大个家里就我们两个小孩，着火的时候还没人来找我们。"

墨非石说到这儿有些自嘲地笑笑，"所以她就拉着我跑呗。从廊道跑到后院，一看门还带锁呢，又拽着我跑到前院。我俩从房子里穿了个来回，什么椽子啊、屋顶啊都烧破了，就几个梁子还能勉强撑撑。"

"到了院门口，火把她的脸照得红扑扑的，她还喘着气跟我说咱俩命真大。

"然后一块着火的木板把她压住了。"

墨非石盯着地面的眼皮跳了跳，感受到司清的凝视，他又抬起头对着司清有气无力地笑笑。

"啊别误会，我早就不需要安慰和同情了。我就是想说你其实蛮幸运的。"

墨非石摆了摆手，眼神颇有些复杂地望向司清。

"幸运？"

司清秀眉微蹙，握着剑的手被不停的劈砍震得不受控制的颤抖。

"一个八岁小孩面对着一块燃烧的大木板，和你面对着这座山，性质是一样的，就是无能为力。但不同的是我到现在也清楚地记得我姐走之前的每分每刻，而你没进洞，我也没有亲眼见到无殇的……"

墨非石怕刺激到司清，只是在脖子上微微比了比手势。

"那个洞很大，无殇没让我一直跟进去，但我看洞里的空气那么湿润，说不定还有什么暗河之类的。再说，当年的南北不也是让我们担心了好久吗？"

墨非石试探着对司清笑了笑。

驳抖了抖毛，走到了司清身边。

"那个洞里有什么？"

司清直勾勾地盯着墨非石，看得他浑身不自在。

"呃……我也不知……就是感觉挺危险的……"

看着司清提在手里的剑，墨非石还是挠了挠鼻子，招了。

"那你还让他去？"

"你看我拦得住他吗？"

司清看着墨非石瘫坐在地上苦笑的模样，也只得把这一口气憋了回去。

"去过玉关吧。无殇要是还活着，想必也会去那儿。"

司清沉默良久，点了点头。她瞧了瞧天色，扔给了墨非石一个水袋。

"明天就走。"

墨非石咕嘟咕嘟地灌了一大口水，擦了擦嘴，疲惫地点了点头。

原本平滑得如刀割一般的山壁堆满巨石，凌乱不堪，那一条小河也不见了踪影，宁静深远的林深处在短短的半天内就彻底变了个模样。

司清不甘地瞅了瞅若隐若现的洞口，咬了咬牙，还是收起了剑。她领着驳来到没被尘灰覆盖的潭水中洗澡，墨非石识相地离得远远的，等到一人一兽清洗过后才敢去放松一下。

夜已深，寒蝉鸣泣。

司清靠着驳缩起了身子。

墨非石找到一个角落，用茅草铺了个临时的床铺，他躺在上面却怎么也睡不着。身体累得不像是自己的，精神更是不用说的疲惫，但他就是翻来覆去难以入睡，眼前都是辟间无殇在那一片红光中的身影。

他没跟司清说辟间无殇是怎么陪着他熬过姐姐的死的，但他心里比谁都清楚，如果没有辟间无殇，或者说当年的张南北，他也不可能成为墨家楼的掌柜，自然也不可能再有什么机会帮墨家重回天下三楼之一。浮名虚利过了十余年，依然摧不垮他和辟间无殇的友情。

他是眼睁睁看着辟间无殇被红光吞噬的，但与之度过的十余年，又让他内心倔强地不肯相信辟间无殇就这么没了。一阵凉意过去，一阵热血上涌，脑子里的一片混沌让他闭着眼睛也睡不着。

过了良久，再亢奋的精神也要沉寂了的时候，墨非石突然听见了轻轻的啜泣声。

把脑海里第一个浮现的山村女尸甩掉，他自然明白是谁。

八岁的墨非石想随着姐姐一起羽化，被八岁的张南北拦着说有人会为此伤心。

八岁的墨非石问是谁，八岁的张南北拍拍胸脯。

那声清脆的"我！"激励了他多年。

墨非石犹豫了一阵还是没有出去。

用张南北他师父的话来说，就是"人在江湖，命太轻浮"吧。

过了这十来年，墨非石依然不明白生死。但过了这十来年，他也多少放下了点。

就连叫了十来年的"张南北"突然换成了"辟间无殇"也都渐渐习惯了。

直道相思了无益，未妨惆怅是清狂。

有些事，有些人，终究不是永远。

再见故人竟是这副模样

河上漂来一个人。

起初汤楚也不敢相信，但随着那个泛着金光的卷轴越漂越近，也由不得她不信了。

山上的泉水一年四季都是那样冰凉，汤楚隐居在这片林子里一两年，也已经习惯了这样，有时会有松果树杈顺流而下，但漂过来一个人还是头一次。

汤楚犹豫了片刻，还是用一根长长的木棍挡住了卷轴，小心翼翼地走近了几步。

和大半个人一般大的卷轴厚得离谱，上面微微散发的金光也许是什么保护罩，因为汤楚没有看到卷轴被水沾湿的痕迹。卷轴微微张开，弯弯的像一艘船似的驮着一个人。

等到看清了那个人的模样，汤楚毫不犹豫地用上了九牛二虎之力，把这个厚重的卷轴连着一个失去意识的人拖上了岸。

……

辟间无殇被袭击了好几次，这还是他破天荒第一次醒来时没感到什么痛感。

又他娘的是块新的天花板。

在第无数次流落到陌生的地方后，辟间无殇实在是忍不住骂了娘。

他动了动手脚，惊讶地发现自己身上竟然所有零件都完好无缺。回想起刚刚那样疯狂的爆炸，他不禁怀疑自己是在做梦，于是便掐了自己一下。

很快，辟间无殇看到爆炸之后毫发无伤的自己，手臂上多了一块青色的痕迹。

他舒了口气的同时，眼神也凝重了起来。

死里逃生也许是《忆水怀山经》的作用，但逃生之后漂流到不知哪里却不容乐观。他凝神静气，屏住呼吸，小心翼翼地支起身子。

"吱——呀——"

行了拉倒吧，我拐杖呢？

辟间无殇不出意料地没看到自己的潇光，他十分平静地放弃了，乖巧地坐在床上任凭门外的小跑声越来越近。

门缓缓——不如说是慢过了头地开了。

事到如今还给他时间过一遍人生的走马灯吗？

看破红尘的辟间无殇淡淡地笑了，正巧对上了从门缝中探出来的脑袋。

"将军大人？"

这道声音说陌生不陌生，说熟悉不熟悉，但辟间无殇还能依稀记得几年前和许掌柜、太子等人吃的那顿饭。他开动起自己可怜的小脑袋瓜，绞尽脑汁地回忆了一阵子，这才猛然惊醒。

"汤楚？！"

辟间无殇还被人们叫作"飞关大将军"时的记忆重新倒灌回了脑袋里。他印象中的那位弹奏箜篌的艺伎和如今眼前的这个衣着朴素的姑娘，有些别扭地重合起来。

"真的是您！"

汤楚说不好是惊喜还是惊吓地捂住了嘴。辟间无殇则开始贪婪地呼吸起了死里逃生的空气。

过了半天，辟间无殇发现汤楚依然在门口踟蹰着，有些疑惑："呃，怎么了吗？"

"啊没有……"

汤楚闻言摆了摆手，但还是犹豫着没有进屋。辟间无殇这辈子见多了打打杀杀，但眼看着一个姑娘家对自己这么退避三舍，还是让他感到了深深的伤害。

又过了半天，可能汤楚自己也感觉到气氛变得越来越沉重，她才咽了咽口水，轻声谨慎地问向了辟间无殇。

"将军大人您……您……是人是鬼？"

说实话，辟间无殇听到这个问题后，在接下来不短的一段时间内，都在怀疑自己要么是脑子出错了，要么是耳朵有问题。但汤楚认真的眼神告诉他他很好，只是生死不明罢了。

辟间无殇脸上的表情很精彩，笔墨难以描述。他再次活动了一下手脚，又捏了一下自己的胳膊，这才反应过来自己为什么要跟着怀疑自己的生或死。他咳了一声，试图对汤楚摆出一个友善的笑容。

"我当然是人啊，你瞧，这不身骨都好好的吗？"

"真的吗？"

"当然是真的。"

"我不相信。"

"你……"

"将军大……人？"

辟间无殇正无奈地想要回话，突然间被汤楚打断了。

"您在……和谁说话？"

辟间无殇愣愣地看着满脸疑惑的汤楚。

"不是你？"

汤楚使劲摇摇头。

辟间无殇脸上的表情更精彩了，比彩虹还要多一层煞白。

"那是……"

"是我。"

这一句轻柔的话语，像铁榔头一般敲击着辟间无殇的心灵。

因为他太熟悉声音的主人了。

"黑无常？"

"真亏你能猜出来，不过也对，毕竟你差点栽在我手上。"那道声音听起来不无赞赏也不无嘲讽。

"你在……我的脑袋里？！"辟间无殇大惊失色。

"你是脑子被水冲多了还是你记不住一炷香之前的事？你把我封印在哪儿了还用我告诉你吗？"

黑无常是真的有些怀疑他到底怎么修成问天的。

"噢噢，那你还在卷轴里是吧。"辟间无殇松了口气。

"……"黑无常不愿意、也不屑于回答这个问题。

"嗯？那你怎么跟我说的话？"辟间无殇又突然想起来了，有些警惕地问向黑无常。

"巧合。"如果黑无常还有身体，他应该会无辜地耸耸肩。

很久很久之前，黑无常曾经见到过一个残本，泛黄的封面上写着

"山水卷宗"，虽然破烂不堪的书让他看得云里雾里，但多少了解了一点"山水师"这一群体，以及那卷《忆水怀山经》。

他的老练让他很快明白了辟间无殇的身份，以及自己应该被困在了那什么经里面。所幸他还记得点那本残书里的文字，这才勉强能透过卷轴传出来声音，虽然只有辟间无殇才能听到。

被封印的感觉很奇妙，灵体被虚化，只能在卷轴附近的一小块地方绕来绕去。黑无常并不喜欢这样，但他有信心，只要给他足够的时间，他就能凭着无数年月积累下来的经验把这个什么经破开，重获自由。

但眼下，他还是需要先蒙混过关，让辟间无殇放松警惕才行。刚刚没来得及多想，如果辟间无殇不相信的话……

"是吗，好吧。"辟间无殇有身体，他耸了耸肩。

"……"

他到底怎么修成的问天啊？

黑无常发现自己还不如不说话。

辟间无殇相信这个卷轴胜过相信自己的师父，他也明白黑无常不可能从实招来，所以他开始思索起了另一个深刻的问题。

"现在你相信我是人了吗？"

辟间无殇眼神复杂地望向满面惊惧的汤楚。

汤楚有些瑟缩地后退了几步。

"……"辟间无殇叹了口气，把从进入洞口之后的过程告诉了汤楚，只不过把进洞的原因换成了"感受到阴邪之气的召唤，我义不容辞应当为天下黎民除害"。

聪明的汤楚听过之后很快明白过来，但她还是没有进屋，因为一开始她的怀疑并不是由黑无常引起的。

"可是，当初宴冬掌柜亲手交给我的告示……"

汤楚这番话，让辟间无殇又想起了自己隐姓埋名在青水都度过的近两年时光。为了让引人注目的"飞关大将军"消失，也为了让辟间无殇尽快摆脱遗国、乃至于北关外敌人的追杀，他才让太子和许掌柜操办了一场盛大的没有死者的葬礼。

看来许掌柜连汤楚也没有告诉真相啊。

辟间无殇咬了咬嘴唇，想着事已至此，便挑着捡着把一部分真相告诉了汤楚。

在辟间无殇说着故事的时候，汤楚已经走进了屋子。

辟间无殇口干舌燥地说完了故事的起承转合，他看到汤楚搬了个椅子坐在了自己的对面。

两人之间的空气沉寂了几秒。

随后汤楚打了辟间无殇一拳。

辟间无殇不声不响地承受住了这轻飘飘又重千斤的一拳。

"将军您可真是，走了怎么也不想着告诉小女子一声，害得人家差点就随您一起走了。"汤楚半开玩笑地说道。

辟间无殇过意不去地挠挠头，没等他回话，汤楚先站起了身："您刚醒先歇着吧，我去泡茶。"

说完汤楚便走出了木屋。没来得及拒绝的辟间无殇只好百无聊赖地站起身来抻了抻腰，环顾这间谈不上雅居的木屋，再回忆回忆当年临风楼的排场……

"这两年，她也不好过呀。"

他犹豫着要不要询问汤楚为什么迁居到这样的地方，说不定自己还能帮上什么忙。但毕竟事关别人的隐私……不方便问出口啊。

门又开了，汤楚端着一杯冒着热气的茶走了进来。

看着汤楚虽然穿着朴素但依然优美的身段，辟间无殇脑袋里的问号越来越大。他接过了汤楚递来的茶杯，呷了一口。

没什么味儿。

倒不是说什么入口无感回味无穷，辟间无殇好歹作为将军登过几次宴席，他自然知道这茶应该是连茶农都不愿留着的碎末。

"茶并不可口吧，小女子自然知道将军不屑于饮这种茶末，但眼下实在没什么好招待将军大人的了。"

汤楚看着有些发愣的辟间无殇，不好意思地笑笑，眼神中流露出了一丝无奈。

辟间无殇发愣倒不是因为茶不好，他是真的想不明白为什么当年风华绝代的名伶会流落到这种地步。

"别叫将军大人了，将军大人不是已经飞仙了吗？"辟间无殇又抿了一口茶，对汤楚挤了一下眉弄了一下眼。

汤楚捂着嘴轻轻地笑了："那我应该叫您什么呢？"

"辟间……对，就是复姓的那个'辟间'，无殇。"

"真是复杂的名字。"

"让越少人记住越好。"

汤楚微微抬起头记住了这个奇怪的名字，而辟间无殇则看着一举一动依然保留着当年在临风楼时习惯的汤楚，还是决定要问一问。

"那个……"辟间无殇偏了偏头，没和汤楚对视，"我这样问可能有些冒犯，若是汤楚姑娘愿意回答便说，不愿回答就当我没问过。"

"您说。"汤楚像是知道辟间无殇要问什么似的点了点头。

"为什么当年名扬江南的箜篌玉人，会隐居在这样一处杳无人烟的山林里呢？"

粉　切　黑

"是呀，为什么呢？"

汤楚笑着反问辟间尢殇。

辟间尢殇一下被问住了："总不会是度假吧？"他打趣似的猜了一句。

"万一真是如此呢？"汤楚脸上保持着笑意，重新坐回了椅子上。

"那可真是……"辟间尢殇讪笑着挠了挠头，"好雅兴啊。"

"呵呵呵，小女子一介凡夫俗子，又怎么谈得上雅兴。"汤楚遮住嘴"嗤嗤"地乐了两声，"度假自然是玩笑话而已。"

"那……"辟间尢殇欲言又止。

过了半晌，陷入回忆的汤楚轻轻地开了口。

"被送到燕尔坊时，我刚刚八岁。"汤楚第一句中的时间跨度让辟间尢殇感觉这番话她已经在心里憋了很久了。

"父亲为了养活刚刚出生的弟弟，不得已把我卖给了坊主。当时我也不晓得什么乐坊不乐坊，我只记得我再也见不到生我养我的人了，哭得很凶也没用，他俩只能养活一个孩子。我在乐坊里一直生活了将近十年岁月。"汤楚摊了摊手，"这十年我学过古筝，练过琵琶，奏过丝竹，最后还是宴冬掌柜看中了我的箜篌。我第一次出了点名气便是在临风楼里传出来的。"

"本来我以为略懂一些琴棋书画，再加上这张并不算难看的脸，足够让我安稳地过一辈子了。但艺伎终归是艺伎，纵然有'兰膏明烛，华容备些'这等美词，又有何用？"

汤楚轻叹口气，辟间无殇的目光也有些沉重。

"就算乐坊中人卖艺不卖身，但说到底卖的还是个色相而已。年轻时再怎么众星捧月也禁不住韶华易逝，寻不到中意的夫君，流落青楼也是常有的事，乐坊又哪里会养你一辈子。"

"坊主便是想让我快些寻个好人家。"汤楚的手无意识地轻轻握了起来。

"我也知晓坊主之意，太多熟客都因为我从未表态而不再来乐坊。就算再怎么声名远扬，也不过只是虚名罢了，真正愿意为我一掷千金的公子们又能有几个呢？而已被捧上台的我，只一场戏就要让坊主花去无数银两做准备，恐怕不消两三年，我就会成为整个燕尔坊最大的累赘了吧。

"但我实在是没能找到合适的人。或者说，光顾乐坊的又能有几个不是纵情声色之人？虽然这样说您可能会取笑我，但我虽为艺伎，却依然想找个清清白白的人，过个清清白白的日子。"

汤楚有些羞涩地笑了，辟间无殇恍然间好像又回到了那日的烟塘桥。

"所以我就跑出来了，坊主自然寻了几日，但可能他也松了口气吧。燕尔坊就算没了我也有了名气，我的离开实际上也没那么重要了。"

说到这里，汤楚的眼神重新回到了现在。

"于是就住在这里了，还碰巧捡到了将军，真是世事无常啊。"她语气轻松地说完，柔柔地笑了。

"……世事无常啊。"

辟间无殇也跟着感叹了一句。汤楚应该还有很多话没说，一个孤苦无依的小女孩究竟要怎样才能在胭脂堆里出人头地，可能比他独自在北关面对数万兵马更加无助。

辟间无殇知道汤楚现在的生活是她想要的，他也不知道该帮什么忙。

两人沉默了一阵，汤楚突然想到了什么似的站起了身，责怪地敲了一下自己的脑袋。

"哎呀我竟然给忘了，您还没有吃过饭吧？我去给您做。"

辟间无殇被她这么一说才感觉到自己的腹中空空如也，他也不好意思再一味地麻烦汤楚，于是便跟汤楚一起走出了屋子。

秋冬交际，树木上的枯枝落叶多了起来，风一吹就是几番萧瑟。

辟间无殇跟着汤楚来到另外一间更加逼仄的木屋里。只有一张灶台和几个盆盆罐罐，还有一些看上去倒算新鲜的蔬菜。

"您不用来帮忙的。"汤楚还有些客气。

"这是对你勇气的敬佩。"辟间无殇笑笑，拿起一棵葵菜，到屋旁的小溪边洗了起来。

汤楚以为他在开玩笑，但又看到了他认真的表情，脸上微微泛了红，开始生火。

咕嘟咕嘟。

"呼。"

看着桌子上的两盘菜，辟间无殇在饥饿的同时也为自己感到骄傲，他还真的没有想过在山林里做个饭会这么艰难。

"今天看上去很丰盛啊，多亏了将军大人。"汤楚看样子对这两盘菜也很满意，只是她的"丰盛"标准可能和辟间无殇的不太一样。

"哪里，我也就只剩在北关时候那点三脚猫工夫了。"辟间无殇回想起自己连个菜都洗不明白，就有点尴尬。

"您也饿了吧？一起吃吧。"

"好。"

出乎辟间无殇意料的，这顿不见荤腥的饭菜，竟然比当年的那条珍火淬花鱼更加可口。

"哇，真的好吃。"

虽然面对着不多的饭菜辟间无殇只吃了个半饱，但他还是发自内心地感叹了一句。他忽然看见坐在对面的汤楚吃得很慢。

"呃，不合你的口味吗？"辟间无殇在问出口的时候竟然还有点紧张。

"没有没有，"汤楚闻言赶忙摆了摆手，"只是……当年说什么也不会想到，今天会和飞关大将军相对桌前。"

辟间无殇一愣，看着汤楚微微有些发红的耳垂，挠挠头。

"感觉……蛮神奇的。"当汤楚抬起头对辟间无殇不好意思地展颜一笑时，辟间无殇算是真真切切地明白了为什么当年会有那么多文人雅客甘愿为她一掷千金。

"将军大人？"

汤楚挥了挥手，让辟间无殇回过神来。

"……燕尔坊吗，有时间应该去看看。"

汤楚没听到辟间无殇在嘀咕什么，继续动着筷子。

辟间无殇醒来时应该刚刚晌午，此时折腾了半天，已经见了夕阳了。

"隐居山林的好处之一便是这夕阳美景了。"

汤楚轻轻走到正看着夕阳的辟间无殇的身边，她沉醉地歪了歪头。

辟间无殇看着汤楚被夕阳照得红彤彤的脸颊，目光在美景与美人之间做着挣扎。

"就算是为了这一刻，放弃那无用的名号也算值当了。"汤楚口中喃喃地说。

辟间无殇分明从她眼角看到了一丝落寞。

"我这个将军大人啊，一辈子也没能风光过几回。"辟间无殇昂首叉腰享受着倾泻而来的残阳，"这下倒称得上是'大红大紫'了。"

他偏过头对汤楚做了个鬼脸。

"噗嗤。"

汤楚愣愣地看了辟间无殇一阵，随后用袖子遮住脸笑了，笑得很开心，开心到也许她自己都没注意到眼角滑落的东西。

夕阳照着两个沉默的人，但沉默的空气却和前两次都不一样。

"对了，这是在哪里啊？"

残阳落下山头，辟间无殇在回去的小路上向汤楚问道。

"您这个问法还真是奇特。"汤楚微微笑了笑，辟间无殇习惯性地挠挠头。

"呃，我是说……"辟间无殇一下子忘了怎么开口，汤楚看他着急却说不出话的样子，有些好笑，"开玩笑的，这里是关外哦。"

辟间无殇看着脸上挂着坏笑的汤楚，忽而没来由地有些害怕。

"过、过玉关外吗？"

"北关哦。"

"啊？！"

"呵呵呵。"

"……"

辟间无殇看着捂嘴轻笑的汤楚，有些担忧自己今后的处境。

"这座山外就是遗国的军队。"

"又是开玩笑的吧。"

"瞧，已经能看到了。"

辟间无殇眼神无力地一扫，就突然看到了层层林木外密密麻麻的火光，惊得他一个激灵。

"这里真是遗国的地盘？"他有些难以置信地问道。

"也不尽然。这里是三斗岭偏西，离遗国稍近一些吧。至于前线的话，从这里往东走也不远。"

辟间无殇听汤楚这么一说，抽了抽鼻子。

遗国的军队已经看到了，那师姐又应该在哪里呢？

辟间无殇看着连绵不绝的火光，陷入了沉思。

汤楚向前走了几步，看到辟间无殇站在原地没动，她也没有打扰，只是看着日益稀疏的枝叶和外面愈加清晰的火光，微微皱起了眉。

若是遗国和慕容家一直打到冬天，自己很难不被发现吧。

汤楚有些犹豫，自己又能跑到哪里去呢？

等到辟间无殇回过神时，他才发现自己和汤楚已经站在这里不短时间了。夜风一吹，让汤楚不多的衣衫更显单薄。

辟间无殇脱下自己的避尘袍披到了汤楚身上，也惊醒了陷入思绪的她。

"啊我没……"

汤楚有些慌张地想要把衣袍还给辟间无殇，却被辟间无殇摁住了手。

"我堂堂将军大人，还受不了这点风寒吗？"

说着他又像傍晚时分那样叉起了腰。汤楚紧了紧握着避尘袍的手，犹豫了片刻，对辟间无殇感激地点点头。

"小女子谢过……"

"哎哎，我还没谢你的救命之恩呢，快走吧。"辟间无殇说什么也没让她说出感谢的话，领着她顺着已经渐渐看不清楚的小路走回了木屋。

萝莉将军

"报！"

从汤楚的居所西行数十里，过玉关紧张的氛围中，一道嘶哑的禀告声似乎并不那么引人注意。但田渊却对着这个插着红羽的士兵比了个手势，士兵会意，怀中抱着一张帛书低头走进了内厅。

"到了？"

田渊看着红羽士兵，眼中有几分期盼。

"禀大人，夏统领和赵将军率五千精兵已经到了。"

"好。"

士兵又把帛书递给了田渊。

"张，李。"

田渊很快明白了帛书传达的意思。

"以后没有夏统领赵将军，只有张将军和李将军。"

田渊把帛书扔到了火堆里，士兵重重地点了下头。

"是。"

"走，带我去见一见两位。"

"是。"

田渊大步流星地跟着红羽士兵出了城主府。士兵领着他穿过了四五条街巷，这才在一个不起眼的酒家外停下了脚步。

"禀大人，张李二位将军应该都在这里。"

"好，羽毛摘了，你回去吧。"田渊指了指士兵头盔上的红羽。

"是。"

看着士兵走远，田渊正了正铠甲，推开了酒家的门。

"哈哈！赵老弟你怎么可以不尝尝送到嘴边的美酒呢！来来来，张嘴！"

"赵老弟——"在田渊退出门口之前的片刻，拉住了他。

"您别误会，夏姐她只是有些舟车劳顿，稍稍喝了点酒。"

"是吗？"

田渊半信半疑地被赵将军拉到了桌前，看着桌子对面拿着酒葫芦一脸欢脱的小女孩，他猛然回过神。

"你管她叫什么？"

"夏姐啊，怎么？"

赵将军愣愣地看着呆呆的田渊。

"五帅之一的夏玉鸾统领？"

田渊不可思议地看着赵川迥。赵川迥苦笑着点了点头："啊对，您是第一次见吧，觉得不习惯很正常。"

岂止是不正常！

田渊是出于几十年来无时无刻不被熏陶着的礼数，才没有脱口而出这句话。任何人看到一个拿着酒葫芦"咕嘟咕嘟"灌着酒的小女孩都会认为她是一个小疯子，而不是一个大统领吧。

尤其是看着她娇小的身躯和还没有脱去稚气的脸蛋，叫人如何能想到被玙朝封为"北关五帅"之一的夏玉鸾夏将军!

对面豪饮着的夏玉鸾,对田渊一脸目瞪口呆的模样十分不满。

"干、干啥!没、没见过美人……嗝!喝酒吗!"

看着对面醉醺醺的夏统领,田渊属实是不知道怎么开口。

"真是的,一个个都、都是闷葫芦,还得是东、东西好,知道陪我喝、喝酒。"

夏玉鸾晃动着小脑袋瓜,在椅子上醉得东倒西歪,但说到这句话时,田渊第一次感受到她作为统帅该有的深沉。

"您放心,夏姐只是贪杯了点,但在领军上是不会愧对圣上赐予的称号的。"没等田渊问出来,赵川迥就先对他肯定地点了点头。

"但愿如此吧。"田渊也只好静观其变了。

但眼下怎么把这尊大神请回去还是个问题。

"唉。"

看着醉倒在桌子上胡乱呓语的夏玉鸾,田渊和赵川迥一起叹了口气。

"恕我冒犯了。"

田渊以"刚刚远行结束,您还需歇息"为由,拒绝了赵川迥把夏玉鸾背回去的提议,自己把她背在了背后。

"有点沉……"

没等他说完,本以为沉沉睡去的夏玉鸾拿起酒葫芦"当"的一声砸在田渊的头上。

"那是……盔、盔甲!"

田渊有一种预感,这个夏统领可能比遗国的那位烛公子还要难对付。

就算田渊已经挑了人烟较为稀少的小路走,他还是五次被人当成了人贩子。尽管前来追捕的士兵都知道他是现在的统帅,但眼神中也不免有一丝怪异。

身后背着的夏玉鸾睡得正香，毫无防备的表情让田渊不禁疑惑她是不是要靠扮可爱打架。

"夏姐可不是靠扮可爱打架的，她用的是这个。"

田渊愣愣地看着提着大半人高的重剑的赵川迥。

"你会读心？"

"最基本的猜测。"

赵川迥不好意思地摸了摸鼻子。田渊越来越好奇北关究竟是个什么样的地方了。

"呼……"

田渊经过千难万险来到了城主府里，把夏玉鸾轻轻地放到内厅床上，这才长长地松了口气。

"将军辛苦了。"

赵川迥拍了拍田渊的后背，把手上的重剑扔到了内厅的桌上。

"轰！"

险些被震倒的田渊惊恐地看着支离破碎的桌子和那把罪魁祸首的剑。

"哎呀呀呀，不好意思不好意思。"

赵川迥赶忙用双手拎起了那把重剑，重新安稳地放在了地上。

"那把剑……多沉？"

田渊咽了咽口水，手指微微颤抖地指向那把手柄已被染成了粉色的漆黑重剑。

"呃……百十来斤吧？"

赵川迥摸摸鼻子，不太确定地说道。

田渊走到重剑前，握住了剑柄猛地一使劲。

他瞧着纹丝不动的重剑，脸上的表情五味杂陈。

"这是夏统领用的？"

"嗯，我双手只能勉强拿得动，唯有夏姐能单手用它。"

"单手？！"

田渊克制住了自己给慕容峰写辞呈的冲动。

叩门声响起，门外传来萧瑶的声音。

"田将军，出什么事了吗？"

田渊一听到这道声音，顿时一个激灵。

"没没没没没，一切安好。"

说罢他给赵川迥递了个眼色，让他赶紧把夏玉鸾和那柄引人注目的重剑收拾一下。

"听闻北关的两位将军到了，现在方便让我一见吗？"

"啊您稍等，我来开门。"

田渊在脑海里急速地思考着怎么向她说明现在的状况，慢吞吞地打开了内厅的门。

"萧姑娘。"

"田将军。"

两人互相点了一下头，田渊领着萧瑶走进了屋内。

"这位是北关的赵川迥将军。"田渊先介绍了一下赵川迥，赵川迥也被萧瑶的容貌惊艳了一下。

"这是……"看着躺在床上睡姿"优雅"的夏玉鸾，田渊咬了咬牙，还是说了出来，"是夏玉鸾统领。"

萧瑶也有些惊讶，但她很好地掩饰住了自己。

"夏统领还真是不走寻常路。"她看着躺在床上呼呼大睡的小女孩，遮住嘴笑了笑。

继而她脸上挂上了认真的神色：

"我让孙奉军师把北关带来的五千精兵打散了分布在各军之内，不知将军是否同意？"

"正合我意。"田渊点点头，"尽量不要让遗国知道有北关的援兵前来，五千人已经是圣上最大的恩典了。以后夏统领和赵将军也要变个称呼，就叫张将军、李将军。"

"那我就要……"赵川迥刚想给自己选个名字，就被猛然坐起来的夏玉鸾打断了，"我要'张将军'！"

田渊三人都愣愣地看着她。

"怎么？不行吗！"

夏玉鸾被看得有些不好意思，但还是叉着腰一副蛮不讲理的模样。

"行倒是行，只是有些好奇原因。"赵川迥代替一脸疑惑的田渊和萧瑶问道。

"哪里需要什么原因，就是因为好听罢了。"

这回不光是田渊，就连刚刚见面的萧瑶也从她低垂的目光中感到了一丝寂寞。

"总、而、言、之！以后我在这过玉关就叫'张将军'了！我还要一匹马，必须能扛重，不然连刀都挥不了！"

夏玉鸾一甩头，甩得长长的辫子随风舞动，她不容置疑地对田渊说道。

"好……"田渊苦着一张脸，思来想去好像只有自己的坐骑符合夏玉鸾的要求，难道只能不得已忍痛割爱了吗？

"正好，有一匹宝马寄养在青水都很久了，这次战争把它也牵了过来，兴许夏……张将军能看得上眼。"

萧瑶适时地提出了建议，田渊立刻像抓住了救命稻草般点了点头。

"哦对对，那确实是一匹良驹，当初临风楼许掌柜给我的时候，我还在奇怪是谁会把如此宝马扔在驿站里。"田渊恍然大悟地拿手指点着空气。

"那匹马叫……叫……"他抱着胳膊冥思苦想着。萧瑶替他补充道："是叫'辞南'吧。"

萧瑶没有看清夏玉鸾究竟是怎么一瞬间冲到自己面前的，她小小的身躯只能勉强够到自己的袖子。

"叫什么？！"

萧瑶有些惊讶，因为夏玉鸾的眼神认真得有些可怕。

"若我没记错的话，就是'辞南'……"

"快带我去！"

不等萧瑶说完，夏玉鸾就风风火火地拽着她的袖子往外跑，萧瑶也只好加快了脚步领她去了马棚。

"应该在这里吧……"

萧瑶对脏乱的马棚有些望而却步，夏玉鸾却一股脑地冲了进去。

"不是不是不是不是……"

她飞速地掠过一匹又一匹的马，最终在一匹通体乌黑的高头大马前停下了娇小的身形。

"辞南……"

"真的是你！"

她一蹦三尺高地跳上了马的后背，把忧心忡忡的田渊又看呆了。辞南看到了兴高采烈的夏玉鸾，嗅了嗅，随后温柔地蹭了蹭她的胳膊。

"你还记得我啊！"

夏玉鸾也在辞南的鬃上蹭了蹭。

赵川迥凑到田渊身边："我也很久没见过夏姐这么高兴了。"

田渊看着又一次猜到自己想法的赵川迥，有些怀疑他是不是在骗自己。

"夏……张将军以前见过这匹马？"田渊没有深究，他问赵川迥。

"不晓得，我也才被升为夏……张将军的副将一年多，之前我和张将军没有机会深交。"赵川迥摇摇头。

"是吗？那也许只有她和这匹'辞南'知道了吧。"田渊只好耸耸肩作罢。

"我就要辞南了！"

夏玉鸾在辞南高大的马背上，宣誓主权似的说道。

夜 来 风

辟间无殇是被冻醒的。

窗外并没有风，但寒气携着林中的霜露，让屋子里如坠冰窖。

辟间无殇"嘶嘶哈哈"地翻下了床，蹦跳着暖暖身，愁眉苦脸地看着这间不大的木屋。

"她真能受得了吗……"他半信半疑地自言自语道。

既然起了床，他也很快消散了困意，裹了裹汤楚还给自己的避尘袍，咬咬牙推门走了出去。

"将军大人。"

辟间无殇以为是黑无常戏弄自己，直到他看见站在小溪边的汤楚。

"汤汤汤楚楚楚姑姑姑娘娘娘……"

辟间无殇努力在脸上挤出了一丝牵强的笑容。

"作为昨日刚刚受过伤的人来说，您起得还真是早呢。"

汤楚说着弯下了腰在小溪中洗着什么。

辟间无殇吸溜着鼻子凑了过去，这才发现汤楚正舀着水洗菜。看着她通红的双手，辟间无殇微微皱了皱眉，从汤楚身旁拿过一些青菜，与她一道洗了起来。

"您不用……"

"这不是天经地义的嘛，吃你的睡你的，怎么还能不劳动？"

辟间无殇看着汤楚微微有些发红的脸颊，才意识到话里有些歧义，他不好意思地挠挠头，改口道："住你的房子。"

"呵呵呵，那就有劳将军大人了。"汤楚捂嘴笑笑，和转过身就一脸惊惧的辟间无殇一同把手伸进了刺骨的溪水里。

洗过菜，辟间无殇感觉自己好像脱胎换骨了一般。看着已经没了知觉的双手和木盆中一小堆洗过的蔬菜，他不禁感叹人生的苦难来得竟如此的简单。

"辛苦您了，这水可算不上暖和。"

汤楚微微苦笑着递给他一条毛巾。

辟间无殇本来想点点头，但看着汤楚纤细通红的手指，还是抿了抿嘴。

"这算什么，北关的水比这里还要冷上许多，以后洗菜之事就交给我吧，我在北关早就练出来了。"

说着辟间无殇把毛巾还了回去，若无其事地拍了拍手。

汤楚在燕尔坊别的没学什么，但说到琴艺和看人她还是相当自信的。她一打眼就能从辟间无殇颤抖的嘴角和斜视的眼睛中看出他在逞强。

"好啊，那就拜托将军了。"

汤楚脸上天真无邪的笑容让辟间无殇莫名感到了一丝紧张："……"

辟间无殇脸上一副"交给我了"的自信模样，心里的苦恐怕也只有他自己知道了。

明天记得要把水带进屋里洗菜。汤楚脸上笑着，心中暗自说。

"这些菜看着还蛮新鲜的，是你自己种的吗？"

辟间无殇为了逃避现实换了个话题。

"将军大人高看我了，我只会洗菜不会种菜，这些果蔬和米都是山下有人送上来的。"汤楚摆了摆手。

"哦？遗国的人？"辟间无殇有些诧异。

汤楚摇了摇头："不是，她原本应该是在慕容家那边的，为何流落到这里她也没告诉我。"

"哦。"辟间无殇深有同感地抿了抿嘴，"同是天涯沦落人啊。"

"您也可以这样说。"汤楚认同地点点头。

"昨日我看菜已经剩得不多了，那人还不来吗？"辟间无殇看着所剩无几的食物，有些担忧。

"唔……"汤楚抱着胳膊闭上眼想了想，"今明两日应该就会来吧。"

"那就好。"辟间无殇松了口气。

"对了，将军大人喜欢美人吗？"

"喜欢。"

"……"

气氛突如其来地安静了下来。

原本死气沉沉的黑无常都开始在卷轴里幸灾乐祸。

"咳，我这个呃……是欣赏，懂吧，就是看了赏心悦目……"

"呵呵呵。"

从汤楚优雅的笑容里辟间无殇看到了一分同意九分不信。

"为什么突然问这个？"辟间无殇放弃了解释，转而反问打了他个措手不及的汤楚。

"如果将军大人喜欢美人的话，我相信您会喜欢那人的。"

汤楚玩笑似的对辟间无殇抛了个媚眼，却让未来的燕尔坊多了一个雷打不动的常客。

更加坚定了要去燕尔坊开开眼界的辟间无殇努力正了正姿态，摆出一副正人君子的模样。

"汤楚姑娘说笑了，站在你身旁时，天下还有谁称得上美人？"辟间无殇回忆起当年汤楚的名极一时，半开玩笑半是正经地说。

"……"

汤楚用笑容掩饰了脸上的红晕，但还是被辟间无殇发现了一丝端倪，搞得他自己也有些不好意思。

"总之先来生火吧。"

有些微妙的空气这才消散。

汤楚生火从不生大火，一般都是在一片空地上以小火烧东西，就是担心炊烟会引来图谋不轨之人。

辟间无殇盘坐在草席上，看着摇曳的火苗和渐渐煮沸的水"咕嘟咕嘟"地冒着气泡。

"汤楚姑娘又准备在这里待多久呢？"

他看着日见凋零的草木，和昨天的汤楚想到了同一件事。

汤楚抱着双腿看着火焰发着呆："……不知道，也许到时候战争结束了，我说不定还会回到青水都吧。"

战争结束？

辟间无殇看着林外黑压压的军队，不置一词。

"还会回到燕尔坊吗？"

汤楚的脸上又出现了辟间无殇熟悉的落寞。

"也许。"

"是吗？"

辟间无殇点点头，心里却和汤楚一样知道这不可能。

汤楚清瘦柔美的身段在山林的映衬下像幅丹青，美得令人窒息，却经不住一丝蛮力。

辟间无殇在想是不是不曾成为祸水的红颜都是薄命。

"若是小女子福气足够，说不定还能去过玉关拜访一下将军。"汤楚用微笑打破了岑寂。

"哈哈，那我定要请汤楚姑娘再奏一曲《登云楼》。"看着汤楚脸上的苦笑，辟间无殇笑着补充了句，"只有你我。"

"如果将军不嫌弃的话。"汤楚笑笑，客套了一句。

辟间无殇从汤楚的脸上看到了萧瑶的影子，但不同的是，萧瑶的笑容中带着几分魄力，而汤楚的笑容中带着几分清冷。

"该下菜喽！"

辟间无殇一个挺身站了起来，拍了拍土往锅里放着菜。汤楚这回没有站起来，笑着看辟间无殇匆匆忙忙的手法，眼神里终于多了几分温暖。

……

"还有多久到啊。"

司清趴在驳的背上，怎么也提不起精神。

"我估摸着还有一日左右吧。"

"哦。"

驳的"嘶嘶"声和鸟兽的啼鸣成了连天山脉里为数不多的声音。

"要不我给你讲讲故事？"

"不要。"

"哦哦……"

想要打破沉闷的墨非石讪笑着挠了挠鼻子，又回到了咽口唾沫都要小心翼翼的状态中去。

"你说，遗国那边为什么突然想打仗了呢？"

过了半晌，司清回忆起望海州的惨烈和小村落里的喧闹，还是压抑不住自己心中的好奇，问道。

"嗯？"墨非石一下没反应过来，但很快缓过了神。

"这个还真不好说啊。"他摸了摸下巴，倒不是在卖关子，他还真摸不准遗国那边什么想法，"要说试探，裁天军倾巢而出未免有些夸张；而若说遗国想要破釜沉舟一举攻破整个玙朝，那不出六门而单找慕容家打，更是荒谬。"

"嗯……"司清和墨非石不约而同地发出了思考的声音。

"但其实也不是无迹可寻。"墨非石突然想到了什么，"我还记得墨家楼年谱中记过的一则，玙朝当年从北夷强夺过来一批良驹，个个都是千里奔行不在话下的汗血宝马，要是靠交易，玙朝要送去的绫罗绸缎不敢想象，因此在眼馋了好久后玙朝还是选择了强取豪夺。那时玙朝正值鼎盛，哪用得着像现在这般窝在北关之内。"

墨非石说到这里感慨地撇撇嘴。

"而当时玙朝用的办法和现在遗国的做法相差无几。用人质要挟，然后假意和气地宣称只是单找一个地界切磋切磋，只是切磋之后带回去什么就用不着你管了。"墨非石点点头，"这招还蛮好用的，当年北夷首领气得跳脚，但打完了仗总不能空手而归吧，玙朝的说辞也算是合情合理，北夷也只能闷声吃亏。"

"而若从这个角度来看，遗国这次似乎醉翁之意不在酒啊。"

墨非石微微皱了皱眉。

"他们又想抢走什么呢？"

溪流映月照佳人

只是在山里待了不几日，辟间无殇就感觉超然脱俗了一般。

"辛苦您了。"

汤楚染着月光从屋中出来，周围的景色都在应和着她。

"这么些天了，还客气什么。"辟间无殇笑笑。

二人无话，看着溪流映月。

"感觉最近你笑得多了些。"辟间无殇发现汤楚就算无事发生，眉间也似乎总是挂着几分笑意。

"是吗？"汤楚自己也没察觉，有些惊讶，"那可能是因为有将军大人在旁吧。"

辟间无殇看汤楚眉间的笑意更浓了。

两人披着月光聊了很多有的没的。

辟间无殇比汤楚更早察觉到有人靠近。

"此人就是'那人'吧？"辟间无殇打着趣说。

汤楚侧耳听了听，笑着点点头。

"的确是熟悉的脚步声。"她理理头发，又看了看辟间无殇，"但我应该怎么对她介绍将军大人呢？"

"那有什么为难的。"辟间无殇倒是一点也不介意，"她要是能认识我才怪。"

"北关的大将军难道名声这么小吗？"汤楚不禁有些奇怪辟间无殇为什么这么自信。

"嘻，"辟间无殇一摆手，"就算听说过也没几个人见过我不是？"

他低下头揉了揉鼻子："再说，天下太平的时候，谁还在乎是哪些人拼死拼活地守着另外所有人安之若素的宁静。"

"……"汤楚看着今晚出奇明朗的月亮，默然了片刻。

"总有人会挂念的吧？"

辟间无殇听着汤楚用肯定的语气问出来的问题，耸了耸肩。

"对月寄思二十载，不如家书一封。"

"但有个念想终归是好的。"

辟间无殇本没打算和汤楚说这些，但话已至此，他不免想起了那个越来越小的山丘。

他望着小屋院子的入口，眼前似乎出现了那个人的身影，只是似乎与记忆中最后见到那人时的样貌比起来更高挑、更清丽，也更沉静些。

脚步声渐渐近了。

辟间无殇并不在意来者何人，他沉浸在久违的回忆中，不想、也不能抽身。

他眼前那道身影随着他不断迷离的目光，却反而变得越来越清晰，尽管辟间无殇从未见过她长大后的样子，可不知为何，他觉得那人一定会长成眼前浮现的模样。但无论辟间无殇多么绞尽脑汁地去想象、多么费尽心思地去勾勒，那人的脸庞总是像被层层叠叠的树影遮起来似的不甚明晰。

汤楚没有打扰辟间无殇，缓缓地朝着脚步声走去。

几片断断续续的云挡住了皓皓的月光。

辟间无殇耳畔响起了两道除了树浪与风声外的人语。一道他能听出来是汤楚的声音，另一道却模模糊糊的。他懒得去辨识一个陌生人的声音，依然不信邪地一点点想象着那人如今的模样。

汤楚少见欢快地和来者聊着天，接过了来人带来的蔬米，把她领了过来。

江南秋日的风并不慢，云一点点地离开了月亮。

辟间无殇没有注意到汤楚是什么时候出去，又是什么时候领着那位好心人进来的。只是随着云开雾散，绵长的月光再度洒下来时，那人的脸颊在月光里一点点浮现。

一个他心中想了念了千百遍的人儿，正俏生生地站在他面前。

从两叶弯弯的浅黛，到垂落在肩侧的青丝，辟间无殇的心脏狠狠地一紧。

众里寻她千百度

辟间无殇跨过一丛灌木，停下身子，细细查探路上细微的足迹。一路行来，他的手指被枝杈划破了，但他不以为意，只是直视着那足迹，面色凝重。

他见到了与自己久别整整七年的师姐。

确定了方向后，他又开始追寻，但师姐似乎在不断躲避着他，身影晃动，不断易换位置，宛若惊鸟。辟间无殇不得不走走停停，不时俯下身辨认。

等到他终于冲出树林时，他感觉自己受伤未愈的身体依然浑身酸痛，左肩衣袍已被划破，后背也多了几道伤口，浑身如散架了一般。

"那奔忙的丫头是谁？让你如此追赶？"

黑无常感受到了辟间无殇身上的伤痛，有些纳闷，好奇地问道。

"是我最重要的人。"

辟间无殇此时神态少有的严肃，没有一丝轻浮。黑无常怪笑一声。

到了此处，已依稀可听见遗国军士的练兵号子声。原来这里已是遗国军队的后方，但这里大多是随行的粮草和守军一类，前线征战不断，这里却依然稳如泰山。

辟间无殇打晕了一个落单的士兵，很快便换上了粮草守军的衣甲。

因为直接参与前线作战，粮草守军大多身着半衣半甲。辟间无殇伸伸腿，又扯了扯衣甲轻柔的衣摆处，北关的常年作战让他习惯了沉重的甲胄，穿上这不伦不类的衣服令他有些不适。摆弄好衣服后，他继续找寻着师姐的踪迹。

很快，他便注意到了一处用围栏围起的地方。围栏高筑，守卫不多，勉强可称院落，其内有一间大帐和随行小帐。

辟间无殇确定了方向，压低头盔，动身朝那院落走去。

院落不大，但于军队中就比较显眼。辟间无殇到了院子近前，没有贸然闯进去，他算好了巡查小院的士兵们的空当，瞬间奔至院落旁。一卷《忆水怀山经》，将其变成卷轴大小别在腰间，翻墙进了院子。

一落地，辟间无殇便觉得有些不舒服，微微调息，他蹑手蹑脚地走向大帐。可能是因为紧张，紧张也许马上就能见到师姐，紧张可能迎来一场大战，他身形都凝滞些许，不复往日的迅疾，似乎费了九牛二虎之力才走到帐前。

他停下脚步，犹豫了片刻，抬手就要撩起帘子。

"别动，别喊。"

一束寒光从剑尖上反射过来，剑尖抵在辟间无殇的喉间。他轻闭着眼，感受着这一如七年之前的冰冷。但他心里没有恐惧，只抽抽鼻子笑着，望着那持剑人，他还是头一次被人剑指喉间却如此开心。

"姓名，做什么的？"

林挽青语气冰冷，像是下一刻就要一剑刺穿辟间无殇的喉咙。辟间无殇却从中听出了浓浓的疲惫，他沉默片刻，没有嬉笑。

"张南北，来带你回家。"

院外大营的练兵声似乎一瞬间寂静了，连帐内燃着的烛火都不复飘摇，时间似乎在这一刻停止了。

林挽青听了这话转过头去，辟闾无殇看见那拿剑的手微微颤抖。

他摘下了头盔，转过了身。

她要是没有出落得这样漂亮才会令人吃惊。辟闾无殇脑海中出现的第一个想法就是这样，但很明显，林挽青想的不是这个。她突然握紧手中长剑，周身露出决绝的杀气。

"死！"

"嘶！"

辟闾无殇以一个极不自然的角度躲开了这突如其来的一剑，他惊疑地瞪大了眼睛。

"师……"

"去死！"

话音未落，又是一阵寒光闪烁，辟闾无殇只得苦着脸连连躲闪。

"七年！"

林挽青提剑继续追杀，她的声音颤动不止，她已经不再理会外面巡视的士卒会不会听见屋内的声响。

"整整七年，你没回过山！一次都没有！本来约好五年的！你是不是已经忘记了？还弄出什么假死！你觉得有意思吗！而且，而且……"

林挽青语气越来越激动，声音也越来越大，说着说着，突然一下没了声响。辟闾无殇停下脚步，转身看她。林挽青停在原地，眼泪不断从眼角流下。

"师姐……"

辟闾无殇低低地呼喊一声，声音小了下去。他莫名觉得这景象似曾相识。

322

林挽青脸上的泪痕不断，慢慢地哭出了声。声音哀怨，像是春天里没尝到蜂蜜的小熊，声音中连愤怒也已去了大半，只剩伤心。可越是这样越让辟间无殇心中难受，好像自己的心也在跟着一同抽泣，快要喘不上气。

　　辟间无殇缓缓走到林挽青身边，这次林挽青没有提剑。她眼眶通红，与平时的高冷截然不同，端的是楚楚可怜。

　　面对着落泪的佳人，寻常男子必定心如刀割，会用自己的怀抱尽力给她温暖。

　　因此辟间无殇走上前去，扬手便是一个脑瓜崩。

　　连卷轴里的黑无常都歪起头，满脸疑惑地看着这一幕。

　　"这小子不会是个缺心眼的吧，嗯，我觉得他就是。"

　　辟间无殇并非寻常男子，一来他修为远超常人，二来他脑子异于常人太多。

　　林挽青一时间没有反应过来，怔怔地愣在原地。辟间无殇见她愣住，率先开口道："先动手的要受罚，师姐没忘记山规吧？"

　　辟间无殇笑嘻嘻地说着。

　　这是山水山上的规矩，虽没有被写入祖训，却已经渐渐变成了大家约定俗成的事情。小时候的辟间无殇总是想方设法地挑战师姐，屡败屡战，屡战屡败，还总被不怀好心的林老头罚去干些脏活累活，让他幼小的心灵蒙上大大的灰尘。

　　场面一时间更加寂静了，林挽青没有被这话逗笑，反而停下啜泣，瞪着辟间无殇。连卷轴内的黑无常都一巴掌拍在自己的额头上，心想：我错了，不是他可能缺心眼，这小子铁定缺心眼！

　　"虽然我在外活动七年，但其实也挺惨的。更重要的是，其实我的心一直都记挂着山上，记挂着山上的一草一木，想念着山上的一枝一叶、点点滴滴、朝朝暮暮，当然，最想你。昭昭明月可证，我最想你了。"

辟间无殃一边动情地说着，一边深情凝望着林挽青无瑕的面庞。他轻轻牵起林挽青的手，忘情地注视着林挽青的眼眸，这让本就有些发愣的林挽青更加晕乎了。

"离山后，我无时无刻不在想念，如鱼慕水，如鸟羡林。在北关是如此，在这里更是如此。以前的张南北如此，现在的辟间无殃亦是如此。换我心，为你心，始知相忆深。"

辟间无殃神采飞扬地说完，对着师姐眨了眨眼睛。

"跟我回去吧，师姐，我们一起！"

林挽青看着一往情深的辟间无殃，不禁有些心软，手中长剑掉在地上，转过脸去，低下了头。

可自觉文若浩荡之水一泄难平的辟间无殃，接着又补了一句能让毛头稚子惊呼、让花丛老手扼腕的话。

"虽然我现在和汤楚住在一起，但我们之间清白如当空皓月，师姐你不用多想，我自然是无时无刻不想着你的。"

辟间无殃说完自觉传情达意不过如此，纵使那几位诗仙词圣再生也不能敌，简直是完美的收官。

就连一向漠然的黑无常都在他说完后，轻展笑颜，直道："孺子可教，勇气可嘉，十分了得！"

林挽青差点没背过气去，脸上的红晕未散便一把甩开辟间无殃，提剑二话不说就要劈。二人正又要闹作一团时，帐外突然响起一声言语，这让气愤不已的林挽青和不明所以的辟间无殃同时停住了动作。

"小子愚钝，有山水之友远道而来竟未远迎，还望海涵。"

声音温和，宛若主人在招呼客人，院门吱呀，走进一个温文尔雅的青年。随后数十个全副武装的黑衣甲士不断涌入，包围了这座小院，他们个个手持利刃，似乎早有准备。

"海涵海涵，我这人，气量最大了。"

说着辟间无殇伸手朝着青年勾了勾，像是没有看见那明晃晃的刀锋和青年脸上的讥笑。

青年一愣，又一副恍然大悟的样子。

"哎呀呀，我的疏忽，未能尽地主之宜，来人！"

青年左右吩咐两句，很快随行士兵便押出一个人。辟间无殇眼角一跳，那身着华贵服饰却衣衫凌乱、面色红润却有些疲惫的，不正是那位贪玩的太子大人。

"竟然能有幸在此遇见太子大人，太子大人近来可好啊？"辟间无殇神情真挚，满是对太子的关怀。

曲昇嘴角抽动，别过头去，只看着其他地方。

辟间无殇没再理落魄太子，他转头看向青年，摊了摊手："虽说礼轻情意重，但这未免也太……是吧？"

说着瞪了一眼那个略显惭愧的太子，不着痕迹地摇了摇头

青年面露调笑，看着辟间无殇："好个山水师，胃口着实不小。"青年笑着一摆手，示意左右推出准备已久的又一份厚礼。

这下轮到辟间无殇发愣了，他就试探试探，商场讲价不都讲究你来我往，互相摸底嘛。这小子不讲武德啊，上来就掀桌子。

当那份"厚礼"真的被推出来后，他破天荒地觉得自己这张嘴是不是开过光。美中不足的是他尚未意识到自己的脑子也同样如此。

"汤楚！"

辟间无殇身后的林挽青有些惊讶，看着被架着的汤楚，她下意识就想上前。

她身形刚动，便有四把明晃晃尖刀、两杆凌厉长枪、两柄狰狞大戟

交叉挡在她面前。辟闾无殇握住她的胳膊，轻轻把她拉到自己身后。

"既然盛情如此，那再拒绝可就不像话了，那我们，后会无期吧！"

最后一个字尚未说完，辟闾无殇便冲向汤楚。他没管曲昇，因为他知道，无论今天发生什么，遗国都不会撕掉这张底牌。他的目的只有一个，便是把思念已久的师姐和如今已无所依靠的汤楚给带出来。

辟闾无殇甚至都不愿意去想曾经的美人落到敌国手中会怎么样。

眨眼之间，辟闾无殇便已来到汤楚面前，快到甚至连林挽青都没有反应过来。就在这紧要关头，辟闾无殇眉头一皱，没有再做什么动作，因为他的手腕被那青年一把攥住了。

辟闾无殇目光凌厉地看着这温文尔雅的青年。青年眯着眼睛，回以微笑。辟闾无殇身形一晃，想要挣开。

没挣开。

辟闾无殇的惊讶程度好比有人告诉他樊河白水其实是蓝色的一样。

一个一品问天用了七成功力竟然没能挣脱另一个人的手，无论谁听说都会发笑，然而辟闾无殇就碰到了这么个充满诡异的情况。

青年看见辟闾无殇微变的神色，开口笑了，比刚刚辟闾无殇笑得更加开心。

"礼，我送了。只是，辟闾先生是不是应该稍坐一会儿，别那么急着走？我们一起畅叙幽情、共饮琼浆，岂不美哉？"

辟闾无殇其实没听出多少询问的意思，因为他感知到自己手腕处的压力越来越大。他看了一眼默然摇头、眼中含泪的汤楚，神色反而轻松下来，点了点头，算是同意。

似乎是怕汤楚咬舌自尽，遗国士卒特别在她嘴里塞了一团厚厚的棉布。汤楚动弹不得，又无法说话，只能用动人的眼睛一闪一闪地看着辟闾无殇，眼底已有清泪。

汤楚虽然对着几个五大三粗的士兵，但一股未知的恐惧让她明白，真正的危险来自身后那位笑容如沐春风的青年。

那青年曾在无意间短暂瞥过汤楚一眼，眼中没有悲欢，没有波动，只有漠然。

从前身处销金窟，后来隐居大山的汤楚，最擅长的就是以眼识人心。有的人神情淡漠、义正辞严，眼里却满是淫邪，男盗女娼一肚子，叫人看了就心烦；有的人嘴上轻薄调笑，眼里却满是寂寥。各人有各眼，眼里自有各自的大千世界。

她从那双没有悲喜的眼睛里只看到一样东西。

寂静。

青年根本不在乎。不在乎汤楚是生是死，不在乎周围甲士是否能活着走出这里，不在乎曲昇的地位，像是下一刻就能对曲昇痛下杀手。他唯一在乎的就只有自己眼里的目标，带着不顾一切的狂热和不择手段。

他笑得愈是温暖愈是让人如沐春风，汤楚便愈感寒冷，她从未见过如此极端之人。嘴里被塞了棉布，她无法发出任何声音，只能用一种近乎哀求的眼神看着辟间无殇，求他快走，求他离开。

"礼物就该有礼物的样子。"

青年神色有些苦恼，用手轻点一下汤楚的头。

汤楚只觉得那指间毫无温度，被碰到的一瞬间不由自主地打了个激灵。她额头冒出冷汗，心底涌起一阵阵寒意，不敢再看向辟间无殇，她从未觉得自己离死亡如此之近。

辟间无殇看着眼前面白如纸、眼底蕴泪的佳人，神色一凝，强行压住那份怒火和杀意，只是盯着青年。

"好啊。"辟间无殇费力地扯出一个不怎么好看的笑容，"但说起畅叙幽情，还是只有两个人更好吧？"

辟间无殇从未感觉挤出一个笑容要费这么大劲。

青年听了辟间无殇的回话，灿烂地笑了笑，似乎是由衷地替他感到高兴。

"那是自然，礼物的事也不必劳君费心。"

青年十分默契地和辟间无殇笑着说道。

辟间无殇神色一滞，随后复归自然，他听懂了这话的意思。

身后的林挽青早已按捺不住，她听完两人的对话，神色冷峻，直视着周围围得密密麻麻的黑衣甲士，径直走到辟间无殇身边。

"你将我软禁于此，又以太子为要挟想让慕容家腹背受敌，想叫玗朝四分五裂。明眼人都知道你葫芦里卖的是什么药！如今还惺惺作态，我看你就是要……"

"闭嘴！"

辟间无殇近乎是吼着喊出这句话。有些话可以说，可不能摆上台面说。林挽青被吼，有些委屈，她久居山上，不谙世事，自然是不明白那些险恶的粗浅道理。她怔了怔，转头便看见了辟间无殇那冷峻的眼神。她牙根紧咬，因为刚哭过不久还在泛红的眼睛，又泛起了一阵因不解和气恼产生的泪光。

辟间无殇当然不忍心如此粗暴地对待刚刚重逢的师姐，但他没有办法。人在矮檐下，不得不低头。

如果真让林挽青说下去，就等于把那背后的意思挑明了，那他之前故作轻松地与青年在那一句句交锋中达成的所有协定都将功亏一篑。他实在是没有底气能从眼前这个看似人畜无害、实则深不可测的青年的手中带着两人离开。

辟间无殇不着痕迹地揉了揉手腕，对着青年歉然地笑了笑。

"失礼了，内人不明事理，还望海涵。"

林挽青刚刚因为气愤而将要掉下的眼泪又生生缩了回去。她气得满脸通红，一半是因为情况危急，辟间无殇还有闲心开这玩笑；另一半则是羞怒，两人尚未有实，辟间无殇实在太过孟浪。

青年哈哈大笑，唯独被绑的汤楚面色似乎更加惨白了一些，连神色也暗淡了下来。

"小事小事，不足挂齿。"青年豪爽地摆摆手却又话锋一转，"事不宜迟，请吧。"

辟间无殇感知着手腕处传来的微弱疼痛，看着青年道："还有最后一事。"

辟间无殇盯着青年眯起的眼睛，青年恍然大悟地"哦"了一声，不急不慌地伸手做了个"请"的手势。

辟间无殇向后踏几步，回到生气的林挽青身边，轻轻用手拽了拽她衣袖。

林挽青柳眉紧锁，只是咬着嘴唇不说话，身上的冷意更甚从前。她偏过头去，看也不看辟间无殇。

辟间无殇却丝毫不动，只是怔怔地看着林挽青，像是要将她如今的容貌刻在心底，驻留万年。

林挽青被他盯得不自在，回过头瞪了他一眼，眼神却刚好对上辟间无殇脆弱的目光。她心一颤，仿佛真的是自己做错了些什么。

辟间无殇看见师姐看着他，想起小时候在山上，师姐有时捉弄自己，那是他们二人最开心的时光。他咳嗽一声，伸手挠挠头，恢复往日落拓的模样。

"师姐，人间纵有千万风景，你最好看。"

说着，辟间无殇伸出手，轻轻地抚平林挽青眉头的皱纹。林挽青觉察到了什么，她刚想开口询问，却被辟间无殇抢了个先。

辟间无殇摸了摸师姐清丽的脸庞，豁达一笑："日后再见了。"

没等林挽青反应过来，她便柔柔然昏倒，倚在辟间无殇身上。

辟间无殇伸手摸了摸师姐柔顺的长发，感受着怀中的温香软玉，望着那个歪着头、正饶有兴趣看着这一幕的青年。青年面露了然，挥手招来一个士卒，轻声耳语一番。士卒低头领命，就要接过林挽青的身躯。

"若她有一点闪失，我拿你九族筑京观，天涯海角，至死方休！"

辟间无殇直视着青年，又偏过头看看这个士卒和善地笑笑。

"劳烦告诉其他人，记住了吗？"

士卒顿了顿，低头躬着身子回到行列之中，隐约间能听见盔甲因身体不断颤动而轻轻作响。

"你……"

曲昇并非完全不明白辟间无殇的所作所为，但他依然觉得心中像是被什么东西堵住了。尤其此事因自己而起，他更觉得难以面对。

辟间无殇转过身子，面对着神色复杂、面露愧疚的太子，耸耸肩膀。

"知道错了就学乖点，况且东宫也不是世上最差的地方。"

曲昇似乎因为辟间无殇没有恼怒而长舒了一口气，他莫名觉得辟间无殇的话有种诀别的意味。

辟间无殇没有再看曲昇，他走到汤楚面前，喝退周围士卒，轻柔地取下她口中塞着的棉布，轻轻捏了捏她的脸。

汤楚神色憔悴，鬓发散乱，眼神仓皇。两人四目相对，两两不言。

说到底，还是因为自己把她扯进了这一堆繁杂的事情里。辟间无殇想到。

那日夕阳下那个清瘦又脆弱的背影让他难以忘记，他曾暗中告诫自己，不让这位正当美好年华的姑娘再因自己而卷入纷争。事到如今，他没有做到。

心有余而力不足，他只能做到这么多了。辟间无殇伸手取下腰间悬挂着的一块玉牌，轻轻递给汤楚。

曲昇瞪大眼睛，他认得那块玉牌，玉牌中间用篆文雕了一个"帅"字，笔力遒劲，杀气扑面而来。这是玛朝军中统帅所独有的标志，能获得这块牌子的人，不过一手之数。这块令牌是与当年"将军令"一同发给他的，已是军伍中最高的荣耀，那时的他还不叫"辟间无殇"。

他递给汤楚的那一块虽不能调兵遣将，却也分量不轻。军中讲究见令如见人，帅令从不允许借于他人，为的就是防止兵权旁落，军权易主。辟间无殇如此做，就意味着，他昔日所统率的那支部队，在这一刻，全听汤楚的了。

试问谁能将一军统帅所有权限尽数赠与他人，这代表着持印之人如统帅一般。

曲昇明白这点，但汤楚尚未明白这代表着什么。她愣了愣，手里接过令牌，只是用手不断摩挲着这块仍有辟间无殇气息的玉牌。

"对不住，汤楚姑娘，还是把你卷进来了。"

辟间无殇头一次如此心疼，又如此抱歉，他干笑两声，却只看见汤楚低头不语，心里更加难受。

"要是有机会，我还想再听听那曲《登云楼》。"

辟间无殇弯下腰，轻柔地理了理汤楚的头发，还想说些什么，但最后只是黯然道："他们不会为难你，你速速离开此地吧，寻个好人家，安安稳稳的。若遇上难事可出示此令……"

辟间无殇笑笑："如果将来还能重逢，定要与你重回旧地，定要看你在台上顾盼生姿，一笑万古。"

汤楚眼角流下一滴清泪，用力地点点头。她突然抱住辟间无殇，抱了良久。

"好了。"辟间无殇轻轻推开汤楚，对着青年从容地点点头。

"引路吧。"

阳　　谋

　　叶落萧萧，天色渐晚。三个人正在离遗国大帐不远处的小亭子里，各自想着自己的心事。辟间无殇悠闲地坐在石凳上，旁边一个温婉女子正在烹茶，那温和的青年斜倚在柱子旁边，只是看着亭子外那棵不断落叶的老树，像是在沉思。

　　辟间无殇看着庭外的晚霞，突然想起师姐刚刚脸上泛起的红霞。记得山下有个文豪说过，世间真话本不多，一个女子的脸红胜过一大段情话。一念至此，他便嘴角轻轻上扬，自顾自地笑了起来。

　　那烹茶女子酥手轻摇，将茶叶放入茶壶，又轻捏壶口，对着辟间无殇的方向做凤凰三点头，以示礼敬，而后素手慢合，盖上壶盖，取沸水浇遍壶身，袅袅娜娜，端的好看。等那烹茶女子将茶汤倒入闻香杯，斟满七分后，青年转过身来，看着辟间无殇。

　　辟间无殇拿起一杯，轻嗅杯中的余香，再拿起品茶杯，细嘬一口，咂咂嘴，像是从茶道之中感受到了些什么，一会点头皱眉，一会摇头轻笑，像极了山下的那些鉴茶师。事实上，辟间无殇对茶道一窍不通，但就这么多年他摸爬滚打的经验来看，两人谈判，两军对垒，后发才可先至，辟间无殇不着急，他要等青年先开口。

青年的目光从亭外转到辟间无殇脸上，看他一脸认真，仿佛面前是什么稀世珍宝，要细细把玩，慢慢品味，完全不似刚刚还要分生死的模样。

"无殇先生可知这是什么茶？"

青年拿起茶杯，却不喝茶，只是笑望着辟间无殇。

"茶香袅袅，入口苦而后甘，茶汤入喉微润，入腹清凉，莫不是那大夏龙雀？"

大夏龙雀生长在遗国极北处的白龙山的清凉崖上。白龙山常年冰雪覆盖，天寒地冻，清凉崖附近却温暖如春，宛若两个世界。那龙雀树正是长在这样的两极之地，产量极低，传闻五年才能得九两，实在令无数茶道老饕为之扼腕。

"不错，正是大夏龙雀，没想到无殇先生也是此道中人。"

辟间无殇放下品茗杯，轻轻感受着大夏龙雀独特的烈与凉，心中觉得奇妙。以前在北关物资匮乏，这种珍稀到五年才一结，一次只结九两，而后五年一制，最后才能饮用的东西，也只能出现在兄弟们的谈天胡侃中。

"我有点好奇了，什么事情能让你拿出这么珍贵的东西？"

青年笑笑，挥挥手，那烹茶女子轻轻起身，对着二人施了个礼，退出小亭。青年摩挲着手中紫砂杯特有的纹路，看着不断旋转在茶汤中的大夏龙雀。

"我想请你帮一个忙。"

"哦？什么事情连你也办不成？"

辟间无殇是真的有些好奇了，虽说两人心中都有数，所谈之事将会对遗国、对玙朝，甚至对那座山水山都影响巨大。可辟间无殇还是不明白，究竟是什么事情，能让这个修为不在自己之下的人和自己谈条件。

"我想请你杀一个人。"

说着，青年攥紧手中的紫砂杯，紫砂杯壁出现了一道小小的裂痕。青年抬起头，直视着眼前的辟间无殇，第一次周身充满肃杀之气，不复之前的如沐春风。

辟间无殇看着他眼里的阴翳，心中了然。如果说之前两人交手更多是试探，那这次青年是真正动了杀心。他心里暗自琢磨，放眼遗国，能让他动杀心的，可只有站在最高处的那几位了。

"那我可就更好奇了，究竟是谁。能让你动这么大杀心？"

辟间无殇放下茶杯，身子往前倾了倾，眯着眼睛看着青年。青年没有回答，只是低头把玩着手里的紫砂茶杯，轻轻柔柔，像是在欣赏一件艺术品，只是紫砂杯壁周围的裂痕越来越多。

见他不说话，辟间无殇放下茶杯站了起来，靠在身后的柱子上。

"既然你不愿说，合作很难进行啊，那不如我们先谈谈报酬的事情？"

青年抬起头来，看着揶揄他的辟间无殇，满脸无所谓道："你开。"

"这么大口气？看来你是吃定我了？"

青年挑了挑眉头，戏谑地看着辟间无殇，又道，"我猜无殇先生还不知道吧，慕容家的长女好像在七天前被前线军伍擒住了。"

辟间无殇面色一变，拧着眉头看着青年，心中算计他说的是否是实话。过玉关战场上，慕容家一直处于守势，只要坚守不出，慕容花尘不可能被擒住。

"不可能，慕容家又不傻，怎么会主动进攻？你我之间既是合作，就不必用这般言语试探了。"

辟间无殇满脸不信，只当这青年使诈，想以此要挟。

青年见他不信，伸手从袖中甩出一支木钗，辟间无殇伸手接过，仔细一看，心中暗道不好。这正是慕容花尘常别的那一支，这就意味着慕容花尘可能真的被擒住了。

"慕容家被围已有一月，再过一段时间就要短衣缺粮了，慕容长女与一队阵师欲以已为饵，想破此局。啧，可惜了，是个有骨气的女子啊。"

青年轻转着手里布满裂纹的杯子，又一次露出了那如沐春风的笑容。

辟间无殇心中暗想，一队阵师，是与慕容花尘一同的柳疏竹他们。她们被擒就说明过玉关战场已是凶多吉少，慕容家历代戍边，慕容花尘耳濡目染，怎么可能犯这么低级的错误？想来遗国这一次是打算拼命了。

"你想杀谁？"

"烛烨。"

"烛烨？就是传说中的那位影子皇帝？"

"是。"

青年握着茶杯的手攥得更紧了，手上青筋暴起，却又很快放松下来。

"这可就奇怪了，传闻这位军师大人是遗国得以有今日局面的最大功臣。按理说，他活着，对遗国才是最好的。"

辟间无殇斜睨着青年，青年也抬头望着他。

"擒住那位慕容长女的，正是这位莅临前线的军师大人。"

"那你呢，你这位大人物，你又为何而来？"

"你不觉得你想知道的太多了吗？"

青年眼里的杀意一闪而过，他转头望着亭子外的落叶，深吸了一口气。

"烛烨操之过急，贸然变法已动了我遗国根本。"

青年指尖夹住一片落叶，用力一捏，树叶四散飘零："无数人想要他死！所以烛烨必须死！"

辟间无殇了然，贸然变法看似使遗国骤然强大，但实际上是在拿遗国国运赌博。所谓的"无数人"，不过是眼前这位年轻人的托词，最想要烛烨死的，就是眼前这个人——这位遗国的储君，赢治！

遗国国君重用烛烨正是因为知道自己已命不久矣，所以变法迅疾如火，有不顾一切之势。赢治如果放任烛烨继续，那留给他的遗国将是一个大兴的遗国、一个只知军师不知国君的遗国、一个不需要他赢治的遗国，他不得不动手。

"事成之后，我可以放走林挽青和汤楚，你也可以去救那慕容家的长女。事成之后，我遗国境内，山水师行事可以自便。"赢治望着手中紫砂杯中漂浮的大夏龙雀，淡漠地说着，好像在阐述一件和自己无关的事情。

"啧啧啧，储君的口气就是大啊！我还没和储君打过交道，呃，曲昇是个例外。"

辟间无殇笑笑，又坐下，给自己倒了杯茶，轻抿了一口。

"五年，五年内，遗国不对玚朝发动战争。"

赢治望着淡定的辟间无殇，低头眯起眼睛，最后又开心地笑了："好，我若为国君，五年内不对玚朝有动作。"

"一言为定。"

二人都眯起眼睛笑了起来，像两只狡诈的狐狸。最后赢治举起茶杯。

"那就祝你成功。"

"合作愉快。"

赢治将杯中茶水一饮而尽，随后松开手，紫砂茶杯在半空中碎成无数片。

丈夫死国

封青森林外，秋风萧瑟，虫鸣已停，鸟啼歇止万物肃杀，只剩风穿过树林的声音。林木下枯枝满地，厚厚一层积叶下面分不清是平路还是泥泞，好像只剩风在低语。

突然一声脆响，像是有人踩踏在枯败的树枝上。声音由远及近，不断变大。脚踏声、车轮声、甲兵碰撞时的铿锵声，一下子淹没了这片沉默的森林。

"快点！快点！谁敢停？给我跑起来，都给我记住了！这批粮食无论如何也得在天黑前运到，前面的兄弟可都饿着肚子呢！要是出了差池，大爷我把你们脑袋拧下来！"

一个虎背熊腰的武夫骑在高头大马上，看着运粮车旁边惫懒的士卒，大声训斥。他说话时满脸横肉乱颤，身上的明光锁山铠都随之不停抖动，赤红色的面孔望而生畏。身旁的两骑上，一人身影瘦削，着一身鎏金垂云青袍，手指按住一柄长剑，连指节相交处都显得白皙；另一人则约近中年，穿一身白袍，蹬一双布靴，骑马走在最前面。

赤红色的脸庞迎着夕阳更显狰狞，望着夕阳，武夫眉毛突然皱起，铜铃般的眼睛直瞪着快落下的太阳。

"都给老子快点！太阳还没下山，都给老子打起精神来！要不然，老子……"武夫抬起手中的鞭子就要鞭打。

"三弟！够了！"白袍中年人开口喝道。

微胖武夫一听这话，缩了缩脑袋，小心翼翼地看向白袍中年人，顿了顿开口道："大哥，和这帮废物多讲什么……"微胖武夫还欲嘀咕些什么，抬头一看，发现白袍中年人正皱眉瞪着他才悻悻作罢。

青袍青年眼见气氛有些凝重，主动开口道："三弟，我们已星夜行军八百里，我们三人有武艺傍身尚觉累得不轻，更别提这些士卒了，切不可轻易责打了。"说完他看向白袍中年人，又开口说道："大哥，是不是让弟兄们休整一会儿？反正离大营也不远了，你看……"

白袍中年人看了看即将垂下山的夕阳，眉头皱了起来，又看了看马下那些疲惫的将士，轻轻地摇了摇头。昼夜行军八百里，饶是他二品问天的实力都有些吃不消，遑论这些普通的士卒了。

十二日前，前方大营忽然呈报粮草供应不足，战事告急。上面为了求稳，特意让他们三人一起押运这趟粮草。可此事处处让人感觉吊诡，可他们三人无可选择，只能硬着头皮走这一遭，幸好一路上没碰到什么困难。

斜阳透过疏叶，散碎打在银盔白甲上，林子里好像只剩下车马踏在枯枝上踩出的声音。

"弟兄们，过了这片林子，前面就是平原了，接下来的路就好走了。"

"弟兄们，等到了大营，酒肉管够！咱们喝个痛快！"

三人骑在河曲赤电马上，看着运粮队伍在林子中穿行而过。

"大哥，为何一路都心事重重的样子？有什么事情，不妨说说，咱仨一起想想办法。"青袍武将看着白袍中年人紧皱的眉头，开口说道。

"我总觉得不太对劲，我心湖翻涌不止，怕是前路变数不小。传我命令，各部加紧，一会儿进了平原，不作休息，直奔大营，务必赶在天黑前抵达。"

白袍中年人沉思一会儿，看看左边的青袍武将，点点头。微胖武夫叫住行军队伍，三人勒住马，从马背上的背包里取出蓍草，翻身下马。青袍武将双手掐诀，作占卜状，扔下蓍草，蓍草无风自动散碎一地，自成一卦，卦象显示：龙战于野，其血玄黄。大凶。

三人看着卦象都不说话了。白袍中年人的眉头拧成了一个"川"字，青袍武将把长剑攥得更紧了，只有微胖武夫仍不以为意，轻笑着说："能出啥事？不就是运粮食吗？还至于把我们三人全部调来。老子就不信这活儿还能出什么岔子，以我和二哥两个一品归土，哪个不开眼的敢来咱们这儿找死？再说，不还有大哥你嘛，以你二品问天的实力，就慕容家那点军力，就算全来了，还不是小菜一碟……"

白袍中年人摇了摇头，又转头看了看运粮的车马。车马络绎不绝，在林子里形成一条长长的线，道："也不知道，前路到底怎么样……"

天色渐晚，斜阳所带来的光明似乎已经被夜的寒气所侵蚀，天边的晚霞被染成赤红色。红色近黑，运粮队伍终于走出森林。

微胖武夫率先忍不住了："嗨，我就说嘛，能有什么事情，出了林子就是平原了，再走一段路就到了，慕容家这帮没种的东西，要不然非得让他们尝尝我斧子的厉害！"说完得意地扬了扬手中沉甸甸的斧子，斧子巨大却并不怎么锋利，战场之上，扛鼎之将配上重器，无须什么技巧，只要一通乱抡，敌手自会被打得四分五裂。

出了森林，不远处就是大营了，天色昏暗，运粮队点起火把，火光灿烂，明灭不绝，像是一条长长的火龙在夜色中起伏不断，翩翩起舞。忽然，有东西从不远处高速飞来，无数箭矢极快地破空而来，留下急促的"咻咻"声。

率先迎接这支长途跋涉的运粮队伍的，并非是己方将领，而是箭。是一轮密集的攒射，是无数尖利的箭头。

"敌袭！敌袭！保护粮草！"

"不要乱，不要乱！听我号令，全军首尾收缩结防御方阵，防止对方第二轮攒射！"

叫喊声、呻吟声、甲兵碰撞声乱作一团，运粮队伍四散溃败。平原的另一边是一支几百人的军队，依稀可以看到步卒已经架起方阵，弓箭手不断张弓，射出一箭又一箭。一声喊杀便冲向运粮队，喊声盈天。白袍中年人心中"咯噔"一下，暗道不好。

微胖武夫一瞪环眼，擎起斧子，骂骂咧咧地说道："还真来了，这慕容家还真是不要命啊！就凭这帮杂碎也想拦截咱们仨，大哥，看我非把这帮人的脑袋全剁下来不可！"说着便策马前驱，冲杀入战场之中。

"三弟！小心……"青袍武将朝着已经跃入战场的微胖武夫喊道。他拔出长剑，看向白袍中年人。

白袍中年人道："二弟，小心，此事有蹊跷，对方必有后手，不要恋战。我来压阵，一旦有变，立刻撤走，切记！"

青袍武将点了点头，便冲向微胖武夫所在之地。

微胖武夫抡着斧子，左右劈杀，将宽大的斧刃抡成一道弧线，瞬息之间便有数个甲士横尸当场，冲杀往来无往不利。以他为中心的战场已经渐渐被扫空了。杀到兴起，更是扔掉自己的头盔，大喝一声："痛快，痛快！一起上吧！"

青袍武将手持长剑，看似轻飘飘地刺或是扫，往往御马从战场一冲而过，身后便是一地尸骸。不多时，他勒住马，看看一地的狼藉，扬起手中的长剑，轻抖剑柄，剑刃上沾染的血渍便消失不见。战事逐渐走向尾声，步兵方阵被屠杀殆尽，留下满地的尸骸和断兵残戈。二人策马转回后方，回到白袍中年人的身边，正当三人准备说话时，突然听到一阵急促又沉重的马蹄声，仿佛天雷乍作，隆隆作响，每一下都踏得大地一阵震动。

白袍中年人心里一紧，正欲开口说话，却发现八队重装铁骑出现在八个不同的方位。举目望去，八支铁骑配装一模一样，连人带马均配重铠，马上之人更是都武装到了牙齿，每个人身披百余斤重的盔甲，手持长柄陌刀，全身上下只留一双眼睛暴露在外。不远处的这支铁骑，为首的是一个身着紫袍的年轻人。

黑压压一片，四周已被堵死，八支铁骑沉默地看着三人和三人手下的部队，没人说话，只有风声。

微胖武夫咽了咽口水，然后吐了口唾沫，说道："慕容家不是只有步兵吗，这慕容老儿上哪调集的这么多重骑兵？这得有一千五百骑了吧？"

青袍武将一脸凝重，正欲搭话，八支铁骑突然同时开始移动，并且按照某种阵法开始调整阵型。白袍中年人好像看出些什么，看着八支铁骑的变动突然喊道："坏了！是八门锁龙阵，专门用来磨死你我三人的！二弟、三弟，抛弃粮草，直接突围！"可八支铁骑哪里会给他们反应的时间，刹那间，万马奔腾，同时朝着三人撞去。

三人来不及多说便开始迎战，一股股钢铁洪流从四面八方袭来，不给三位高手喘息的机会，每当他们换气的间隙便有源源不绝的铁骑从不同的方向撞击。即使是手持巨斧的微胖武夫，使出十二分力气也无法将那厚重的盔甲直接斩开，更多的是借反震之力将盔甲里的士兵弹死。

一轮冲杀后，地上留下两百多具重装甲士的尸体。三人退到一起，白袍中年人开口问道："没事吧？"余下两人都摇了摇头，微胖武夫扬了扬手中的斧子，环顾四周，轻蔑地说："连开胃都不够，要是都这个水平，还是都洗干净脖子自个儿抹了算了。"青袍武将也开口道："我以为有多厉害，原来不过是大一点的土鸡瓦狗！"

剩下一千三百骑又各自移动位置，封堵七个方位。

还没等说完，第二轮冲杀很快又开始了。这一次，七支铁骑开始变换阵容，有负责前冲的，有负责殿后的，有负责放冷箭的，有负责戳冷枪的，组合截击，虽然无法直接杀伤三个高阶武夫，但的的确确给战场中央的三人造成了些麻烦。就连微胖武夫都收起了轻蔑的笑容，怒目圆睁，每一斧都势大力沉，竟将那前冲而来的重装步卒一分为二。另一边青袍武将也充分展现了自己作为高阶武夫的厉害，手中长剑只要前挥就必定会有重骑掉落马下。三人合力，又斩落三百骑，剩下的一千骑又互相补位，依然维持着基本阵势。

第三轮冲杀倏忽而至，这一次，除白袍中年人外，其余两人都负了伤，甚至连微胖武将的巨斧上都崩出了一个小缺口。等到冲杀结束，微胖武夫和青袍武将都有些气喘吁吁，这是体力不支的前兆。面对一支装备精良的重装铁骑的冲杀，没有任何高阶武夫能轻易活着出去。武夫武夫，武夫也是人。

白袍人看着两个受伤的兄弟默然不语，突然开口道："我观这八门锁龙阵，虽说有七支铁骑镇守七方，但生门一直没有被堵住，他们数次冲锋，已无力完成一开始那般严密的封锁了，估计他们下一次冲锋的时候阵型就会不稳，到时候你们找准生门的方位便杀出去，我来断后。"

青袍武将正欲说些什么，白袍中年人摇了摇头："我等三人，纵使为亡灵也只能说遗国的官话，哪怕身死此处，便也应该无怨无悔。"青袍武将攥紧了手中长剑，白皙的指骨因为过度用力，连剑柄上都留下了手掌的印子。罕见的，连微胖武夫都没有说话，只是沉重地点了点头。

第四次冲杀袭来，白袍中年人一力开道，手中长刀所向披靡。战至此时，纵使是他二品问天的实力也有些力不从心了，更别提身后两位武夫，他们身上早已是血迹斑斑，连各自手中兵器都缺口卷刃了，必须尽早突围。

八门锁龙阵开始调整位置。

"就在此时！东南方，生门大开，走！"白袍中年人大吼道。

其余二人一顿，便快速舍弃了自己的敌人，奔向东南方，就要闯出生门。然而刚刚还在调整阵型的铁骑，却突然以一个诡异的方向折返回来，四支铁骑同时撞向两人。二人见势不妙只能以死相抗，在奋力斩杀几十骑后，力竭而死，又被附近的铁骑一冲而散，身首异处。

原来，这个所谓的生门，一直是七支铁骑留给三人的陷阱，只要有人靠近便立即会被包围，问天以下，一冲而死。

"二弟！三弟！啊——！！！"白袍中年人发了疯，使尽全力，刀锋乱舞，带起一阵阵血雨。他疯了般冲向东南，身后一条血路，他身前所挡之人皆被一瞬而杀，连重铠厚甲也无法抵挡一个极端愤怒的问天高手的一击。

两人都被杀之后，这股重装铁骑，只剩下不到原来的六分之一，大部分都是被白袍中年人杀死的。见他发狂，所有铁骑都向后退开，只剩白袍中年一人留在战场中心。白袍中年人举止如狂却也开始气喘吁吁，他也快不行了。

铁骑们并没有着急发动下一次冲锋，而是不急不缓地收束阵型，好像特意在给这个白袍中年人喘息的机会。白袍中年人却并没有选择喘息，而是凭着一口气，快步向前，闪展腾挪，强行向前斩出。不多时，白袍人终于停了下来，他以刀拄地，睥睨着战场的四方，脚下是无数甲士的尸骸，他披头散发，嘴角流出鲜红的血液，连呼吸都不那么通畅了。

"二弟、三弟，我……我帮你们报仇了。"白袍人叹了口气，又强提精神，举起了刀。

远处，那个一直在观望的紫衣男人扬起了手，做了个向下斩的动作。顿时，最后一支铁骑向白袍人奔来，白袍人坐在原地，静静地看着眼前奔涌而来的铁骑，闭上了眼。

"国谋无对错，丈夫死国，生为遗人，死为遗鬼。可惜了二弟、三弟，大哥没能帮你们报仇啊……"

万马齐喑，尘嚣散后，只剩一摊肉泥。

如　魔

伴随着鸣金声，慕容家所有士卒迅速回撤，遗国见状并没有继续进攻，而是选择派出一队队掘丘卒不断向前构筑丘壑，一点点蚕食慕容家的阵地。

慕容家已无力迎战了。连日大战已经让他们损失惨重，人马、辎重、器械，甚至连城墙都被不断投来的巨石砸出了一个个小缺口。他们必须抓住战场上每一个短暂的间歇来修整城池，因为可能下一发利箭射中的就是过玉关里的百姓。

在过玉关守军开始收束队伍、修整城池的工夫，遗国军队里走出了一个满脸横肉乱颤的将领，骑马到关前骂阵。

"就这啊？原来玛朝尽是些缩头乌龟啊，一群孬种！哈哈哈哈哈哈哈……"

过玉关上下皆寂，这让敌将更加骄狂。

"一群拿着刀兵的猴崽子，赶紧回家吃奶去吧！怎么了，都哑巴了？难不成你们没种到连嘴巴也不听使唤了？还是说，你们当中有些人已经吓得尿裤子了？哈哈哈哈哈哈哈！"

话声未落，遗国军队里就爆发了一阵大笑，嬉笑、嘲弄之声不绝。城头之上每个士卒都攥紧了手中的武器，如果意念能杀人，估计这支遗国队伍已经死了无数次了。

那武将见城头之上久久没人回答，咂了咂嘴，舔了舔干裂的嘴唇，说道："难道玙朝和慕容家就这点能耐？你们不会是躲在墙后面偷偷哭鼻子吧？你们都不如赶快开门，要不然进城之后，爷爷的大枪可就不长眼了！你们是想让哪一杆枪刺中呢？哈哈哈哈哈哈……"

说完便张狂地摘下头盔，提起一个过玉关守军的尸体，又随手扔到地下，然后用脚重重地踩在那尸首的头颅上，又狰狞地踩了几脚。那头颅的面容已被蹂躏得面目全非。

城头之上，几个年轻士卒早已忍不住，他们攥紧手中长矛，咬着牙，目眦欲裂，忍不住对主将蓝玉说："将军，您就让我们冲吧，我要砍下他的脑袋给兄弟们报仇！"

"是啊将军，让我去吧，不杀此獠，怎么和死去的兄弟们交代！"

"蓝将军……"

蓝玉站在城楼之上，盯着下面叫阵不断的遗国将领，耳边是手下士卒们的呼喊。他面色如常，可额头上暴起的青筋却让人明白他的愤怒已经到达了顶点。他松开已经攥得发白的指节，痛苦地闭上眼睛，用冷冷的声音说道："守城，擅出者斩！"

……

是夜，遗国大帐中灯火通明，一个中年样貌的军政知事，站在沙盘前向那些将领介绍过玉关的种种。

"今日我们虽胜，却没有真正占领过玉关。此一役，过玉关折损虽多，却没有真正伤筋动骨。

"过玉关依托地利，易守难攻，若贸然举兵强攻，则会有被合围包夹的危险。

"若与真决意与过玉关死磕，即使我们能赢，恐怕也占不到多少便宜。

另外，我们的死间从城里传出的消息，过玉关已经开始着力修缮城池。

"具体的敌我战损，以及预计攻陷时间和资源的多少，辎重分队会在稍后给出数据。"

军政知事介绍完后，便率先离场，几位久经沙场的将领见此情形也只是皱了皱眉头。

有一个将领忍不住说道："他到底是何人，一个小小的军政知事，竟敢如此骄狂！"

另一个将领神色微变，皱眉望着他，道："慎言！他是军师派来的。"

听到"军师"二字，大帐里顿时鸦雀无声，连刚刚发牢骚的那个将领也神色难堪，噤若寒蝉。其他几位将领看了看彼此，开始商讨如何攻陷过玉关。

军政知事离开大帐后，迈步走回自己的营帐。那是个边角处的营帐，在整个遗国大营的最边缘处，十分不起眼，平日里也不会有人来此地。

他点起一盏烛火，迎着昏黄的灯光，左手捧书，右手大拇指和食指轻轻搓揉。烛火摇曳，等了一会儿，他看着手上的书轻声笑了笑，说道："贵客登门，何不一见？"

一个覆面白衣人撩开门帘，迈步走进帐内，看着神色不变的军政知事，耸了耸肩，玩味地说道："军师大人好雅兴，这样还能读得下去书，值得学习。"

知事放下手中的书卷，正了正衣襟，抬头看着这位悄无声息潜入大营的白衣人。

“百闻不如一见，南北将军果真英雄，可惜了。”

张南北——或者说是辟间无殇——嘴角上扬，说道：“那是，小爷可是出了名的英俊潇洒风流倜傥。可你看着好像和传说中的不太一样啊。”

“一具皮囊罢了。”真名为“烛烨”的遗国军师站起身来，直视着面具后面辟间无殇的眼睛。

看着这位相貌平平的中年男子，辟间无殇破天荒地觉得自己心中毫无杀心。烛火摇曳，映得这位知事的双眼明亮，像极了传说中那个睁眼白天闭眼黑夜的烛龙。

没人知道，这位面相朴实木讷的中年男子，正是遗国朝堂上的一把手。一手谋划两国战事的大小事宜，北关战争中几场精彩绝伦的战局，计策正是出自他手，让北关的玛朝士卒苦不堪言，如果不是辟间无殇力挽狂澜，北关早就沦陷了。

“远来是客，不如坐下聊聊。”

“别废话，慕容花尘和柳疏竹她们呢？”

一想到师姐曾经被这个王八蛋所擒，虽然不知道他干了什么，但辟间无殇还是对这个传说中的人物没什么好脸色，言辞也愈发激烈。

烛烨只是抬起手指，指了指书桌前的另一张椅子，并没有开口说话。

辟间无殇并没有选择坐下，他摸了摸下巴，微笑着说：“不了，我不习惯和男人面对面坐着。”

烛烨皱了皱眉头，盯着辟间无殇那副没有表情的脸看了看，右手手指慢慢揉搓，又很快舒展开来。

“你倒是和情报上的不一样，传闻张南北杀伐果断，不苟言笑……不对，现在该称呼你为‘辟间无殇’。”

辟间无殇定了定心，只是开口讥讽道：“军师大人好像并不是遗国本土人吧，莫不是真像他们说的那样，遗国皇帝有龙阳之好？”

说着眼睛便从下往上看他，还特意在臀部的位置多停留了一会儿。无他，单纯想恶心恶心他罢了。

据传烛烨当年突然出现，然后得遗国幼帝青眼，登上最高位。他整合全国，以一己之力推动变革，重农抑商，鼓励耕战，使民怯于私斗而勇于公斗，这才使遗国虽有动荡，然整体实力却不断上升。

"你知道我为什么要选遗国吗？"烛烨站了起来，却没有看他，只是转过身看着墙上悬挂着的疆域图。

辟间无殇摇了摇头，他敏锐地察觉到周身气流有了一些微小的变化，似乎随着这位军师的一举一动，帐内的空气都在发生改变。这位军师大人果然是位修行中人，他继续听了下去。

"遗国有野心、敢流血，行刑台上的头颅多得都足够筑起数座京观。玙朝呢？百足之虫罢了，君臣人子，无一可堪大用。"

辟间无殇"噗嗤"一笑，说道："那遗国还在北关被阻数年？我可听说遗国政要私底下对您这位主战派颇有微词啊。"

烛烨摇了摇头，手指从地图上玙朝的版图移到遗国的王都，冷声说："你心里很清楚，一群井底之蛙，他们活不了多久。"

气氛变得更加肃杀，辟间无殇隐藏在面具下的脸庞都能感觉到有一道若有若无的气流在涌动。他眉头皱得更紧了，心中默念《忆水怀山经》中的一篇经文，以此来抵御烛烨无形中的影响。

烛烨似乎是打定主意辟间无殇不会出手，他接着问："你知道在北关，遗国为什么迟迟不能推进吗？"

辟间无殇耸了耸肩，笑了笑，看来这位军师大人今夜谈兴正浓，估计是平常也没啥人跟他多交流，今夜有些憋不住了。

战争成功的原因历来只有一点，可失败却有无数原因。北关的遗国将领在前期拥有巨大优势的情况下不断犯错，给了玙朝无数机会。也正因如此，玙朝才能在极度劣势之下，不断积攒优势，最终得以扭转战局。

烛烨见他眼神里透出的揶揄，轻轻咳嗽了一声，缓缓说道："你真以为你一个人打乱了遗国所有的军事战略？你真以为就凭玙朝在北关那点兵力能阻住我？"

"你真觉得我在乎的是北关那一城一地的得失？

"你觉得那场战争是你们赢下来的？"

辟间无殇翻了个白眼，咂咂嘴，开口道："啧，那不然呢？难不成是您老人家送的？遗国为了那场战争耗费无数却什么也没得到，你该不会是气到脑子出问题了吧？"

这位被世家豪族戏称为"二皇帝"的军师猛然抬起头，看着辟间无殇的面具，突然笑了，笑声恣意张狂，却又蓦然停下。

"不谋全局者，不足谋一域。遗国算什么？玙朝又算得了什么？一群泥水里的蛤蟆而已。

"我知道，你们曾有过一次推演，结果怎么样你心里很清楚，这场所谓的胜利，是我送你们的。"

辟间无殇沉默了，北关战场上，遗国的确付出极大代价，可大多数并非是极其精锐的军队，他曾和北关其他几位将领有过一次极隐秘的会议，他们推演战局，得出一个惊人的结果：

整个北关战争，不过是一场阴谋！他把遗国内部所有反对者的头颅送到玙朝手里，让玙朝伤筋动骨，让遗国的世家豪族大伤元气。对这位军师而言，能赢自然好，若是输了便更好。

时至今日，他才突然明白，原来烛烨想要的一直都不仅仅只是玙朝。这位军师大人要一箭双雕，对外通过北关战争收回兵权，并以玙朝为对手进行一场血腥的练兵，以此清洗那些世家们的兵员，为日后更大的战争做准备；对内通过推恩令，日益削弱世家豪族在朝堂上的话语权，使遗国世家们再无影响朝政的可能性。阴谋阳谋兼施，杀到无人敢异议。

烛烨伸手虚握，又松开，手从胸口缓慢而有力地推向辟间无殇。没有任何波澜，辟间无殇却突然单手结无畏狮子印于身前，不多久又放下了。

只听一声脆响，辟间无殇身前的那把椅子缓缓出现了一条条裂纹，然后"砰"一声碎开。整座营帐以两人面前的桌子为界，各占一方。烛烨面前的桌子已然碎裂，桌子上那卷书无风自动，飘在烛烨的身边。

两人都神色淡然，烛烨率先开口道："辟间无殇，我知道山水师一代只有一人，可称得上是山上宗门里最金贵的了。你我若联手，别说区区三国之地，就是更远，那些我们从未到达的地方，也未尝不可纳入我们的版图。"

辟间无殇摸了摸腰间斜挎的《忆水怀山经》，斜睨着烛烨，示意他接着说下去。

"山下有山下的规矩，山上有山上的道理。你我若联手，可一统群山。我知道，你手里的《忆水怀山经》有缺，我可助你修订完整。"

辟间无殇摇摇头，说道："没得谈，除非你先放了慕容花尘她们。"

烛烨盯着他看了看，摸了摸下巴，轻笑着说道："这点倒是和情报上说的差不多，是个情种。敢跟我讨价还价的，你是第一个。"

烛烨说话的同时，一个声音悄悄出现在辟间无殇心底。

"这烛什么的，口气挺大啊，难道是我待在禁地中太久了，什么时候天下出了这样的人？啧啧啧，小子，我劝你早做准备，这可不是个善茬。"黑无常幸灾乐祸地说道。

"那您老要不帮我搞定他，您老活了那么久，干掉他对您老来说也就是小菜一碟。"辟间无殇不无揶揄地说道。

"可以考虑，但我现在被禁锢在这经书内的小空间里，实力也就能发挥个一二。要不这样，我给你助力，干掉他之后，你放我走。"黑无常怂恿着他。

"成，事成之后，我打开禁制。"辟间无殇邪笑着说。

"好！"黑无常激动地搓了搓手，一副恨不得大战马上就开始的样子。

"虽然我还没学到怎么打开禁制……"辟间无殇一边认真地和黑无常商量，一边在心底吐槽。

烛烨等了一会儿，见辟间无殇并未回话，只当他是在思考，便没有催促，只是一招那本书卷，翻开其中银色的一页，开始细细研读起来。

"那你可看错了，我那叫愿意为天下女子奉献关爱。一句话，放不放。"辟间无殇耸耸肩然后昂起头，直视着烛烨说道。一边装作毫不在意，一边悄悄用右手结印，《忆水怀山经》悄然松动。

"那就战！"烛烨眼眸中的瞳仁慢慢变白，大营周围突然升起四十九道光柱，以一个奇怪的阵型笼罩了整个大营。光柱升空而后又各自散开，其中一道忽然直奔辟间无殇而来，沿途的其余小营帐，全都被这道猛烈的冲击波一冲即毁。诡异的是，即使有这样巨大的声音，营地四周也没有任何人发出响动。

冲击瞬间而至，辟间无殇一握《忆水怀山经》，掐剑诀，以经代剑，用力挥动，将迎面而来的冲击波一斩为二。他臭屁地撩了撩头发："搞偷袭可就过分了，没有江湖道义啊。"

"这点子有点扎手啊，小子，这一下可不轻啊。"黑无常戏谑地说道。

"废话，要你说。"

虽然这般回应着，却又一心二用，辟间无殇右手缓缓提起《忆水怀山经》，直指烛烨，开口说道："你就这点本事？那可让人有点失望啊。"

烛烨之死（上）

烛烨盯着他看了看，白色的瞳仁没有一丝波动，叹了口气道："也好，那今天就教教你什么叫规矩吧。"

说话间烛烨左手掐法诀，然后一扬手中书卷，书卷飞到空中，无风自翻。那张银色的书页掉了出来，开始自行燃烧，很快便化作一堆灰烬。辟间无殇面前忽然出现一只灰色的天狗，身形高大，低头俯视着辟间无殇，灰白色的身躯，赤红色的眼珠，张口就要将他吞下。

辟间无殇身形一闪，闪到一旁，握紧《忆水怀山经》，反手就斩向天狗的脖颈。天狗虽然身形庞大，动作却并不迟缓，它一缩身子，向前滚去。

辟间无殇见剑斩不中，便暗中使梯云蹬，铆足劲力踢在天狗后腰之处。天狗受劲向前滚去，烟尘滚滚，碎石扬扬，地上出现了一个数尺的大坑。

天狗站起身来，晃了晃脑袋，有鲜红色的血液从它嘴角流出。它双爪绷紧，用力一抓，便在地上划拉下几道极深的印子。天狗举头望着月亮一声咆哮，然后朝着辟间无殇凶狠地龇着牙，鲜血混着涎液从交错的牙间流下。犬牙交错，牙间闪着瘆人的白光，像是极其凛冽的碎肉机。它眼角冒出火光，弓起身子，身形一动，瞬间扑出，朝着辟间无殇张开了血盆大口，就要将他生吞下去。

"奇怪，这幻化的天狗竟让我有种熟悉的感觉。"黑无常双眼放光，盯住这头天狗，露出疑惑的表情。

"怎么，有什么说头？"辟间无殇一边手结无畏狮子印，一边分心和黑无常说话，毕竟打架也是需要放松放松的。

黑无常摇摇头，说："不清楚，但我在这头幻化出的天狗身上感受到了饕餮的气息，怕是你一被吞下去就再也出不来了。"

辟间无殇看着天狗极快地朝他扑来，离得还远，却已经能闻到天狗大张着的嘴里那令人作呕的气息。他身子一转便闪身移到了天狗的脑袋左边，运起梯云蹬，死命一踢，侧踢在天狗的脑袋左边。天狗被击中脑袋，晕晕乎乎，身子歪歪斜斜趴在地上，拼命想爬起来却不能。

辟间无殇见状，一展手中《忆水怀山经》，从中射出一把数尺长的黄金铜，对着天狗的脑袋，运出封魔斩，直斩天狗眉心。天狗晃晃悠悠，无法躲避，被一铜结结实实打中，它轻轻摇了摇脑袋便轰然倒地，身子被一分为二。

灰烟消散后，辟间无殇掸掸肩膀上的灰尘，拍拍长袍下端的尘垢，斜着头朝着烛烨挑了挑眉头，啧啧两声："军师大人，学道不精啊！"

烛烨看着天狗倒下，并无言语，只是左手掐诀，伸手一指，天狗的身子便如流水一般化开，化成两道印痕缓缓流向辟间无殇脚下。

"织罪。"

两道印痕瞬间升腾，变成牢笼模样将辟间无殇困在当中。辟间无殇虽被困，却并没有丝毫惊慌，反而饶有兴趣地打量着牢笼中其他的角落，甚至伸出手指，轻轻触摸了一下形成笼子的光柱。

"嘶，好痛……好像没什么效果啊？"

烛烨蔑视地看着他，没有说话。辟间无殇正诧异间，一声呼号突然出现在他心底。

"啊！小子，别再碰那柱子了！"

原来是《忆水怀山经》里，黑无常正面色凝重地盘膝打坐，一颗冷汗正顺着黑无常狭长的脸颊往下流。

"怎么回事？我怎么什么都没感应到？"

辟间无殇好奇地问道。

黑无常没好气地回答道："小子，你要是嫌命长，不妨继续触碰那光柱。你仔细看看，你这本经文是不是有什么异样！"

辟间无殇闻言面色一沉，《忆水怀山经》已与辟间无殇神魂相交，若是《忆水怀山经》出了什么问题，他只会更惨。辟间无殇轻轻摩挲着《忆水怀山经》的卷轴，定晴一看，发现原来卷轴左右淡金色的光芒里出现了一抹极小极深的黑丝，似乎正在慢慢侵蚀《忆水怀山经》。

琉璃宝塔状的牢笼光芒一闪，开始转动，牢笼以倒两仪的方向逆转。牢笼之外的烛烨不断施术，却也气喘吁吁，似乎对于他来说，施此道术也并不轻松。

牢笼内的辟间无殇突然感到自己的修为和力量在不断消退，甚至连《忆水怀山经》的金色花纹也开始逐渐暗淡。他想起来，这是《忆水怀山经》后面章节中记载的一种牢笼——绝天塔，属魔道，本来不该存于世间。

黑无常感知到辟间无殇自身力量的衰减，似乎连《忆水怀山经》内的空间限制都少了很多。他脸色不断变化，最终说道："这是绝天塔，啧，这烛烨不要命了，此阵以施术者自身为眼，以己修为为阵，强行剥夺他人力量和修为。"

随着时间不断推移，绝天塔逆行的速度越来越快，辟间无殇感到越来越大的压力。他不得不盘坐下来，调整呼吸，结自在观音印借此来对抗绝天塔所带来的压力。

辟间无殇心中默数绝天塔旋转周期，要从绝地中截取一线生机。绝天塔虽逆行倒转，却仍遵从"天衍四九，其一遁去"的易数变化，每当运转四十九圈，第五十圈便会有一息的隔阂。

黑无常饶有兴趣地打量着不断在经卷中游动的细细黑线。

"是剥戮虫，没想到遗国还有这东西，这可是天下少有的美味啊……最是滋养阴物。"黑无常眼中露出浓浓的垂涎之色，像是极渴望得到这通体若丝的小虫子。

"别打哑谜，我要完了你也得吃不了兜着走。"辟间无殇没好气地说。

"这剥戮虫可是好东西，天生天养于天眼地穴之中，喜食灵气，别看它现在这么小，上古时期可是弑神封仙的利器。你小子可走大运了，这只还在幼年时期……"

"直接说我该怎么做！"

"没救，等死吧，这玩意和烛烨神魂一体，并非实物，唯有斩杀烛烨才能彻底炼化，要不然，你就等着《忆水怀山经》被它慢慢侵蚀吧。"

"那你说这么多废话！"

正当辟间无殇和黑无常交流时，烛烨取出一支狼毫小楷笔，虚空画符，符字一现便流向那牢笼，光芒四射，像是一座琉璃宝塔要彻底碾碎辟间无殇。烛烨见他不说话，便开口道："你修道，我修心，道向外求，心向内求。辟间无殇，你可识得此阵？"

烛烨接着自言自语道："天下之大，纵使是山水师也无法穷究。也好，今日之后，天下便再无《忆水怀山经》！"

"话说得这么大，你也不怕风大了闪了舌头！"

就是现在，绝天塔运转到了关隘处，辟间无殇猛然站起，伸手御动

《忆水怀山经》，让它摊开浮在半空。恍惚间可看到一幅幅山水画卷，有天上之水，奔流岩然；有万古星辰，纵横排列；有人祭天祀地，响起遍野号哭。

"云门，逐日！"

一声断喝，辟间无殇两手虚握，做弯弓射日状，弓弦如满月，然后对着烛烨，轻轻松手。一支箭矢被射了出去，箭矢初时极慢，甚至如学步稚子，东歪西扭。缓而又缓，又像一尾鲤鱼优哉游哉地游弋在清水之中。

烛烨啼笑皆非，摇摇头："山水一脉，今日可绝……嗯？"

话未说完，视线可及处便有一道箭矢倏忽而来，箭光所至，无往不利，沿途营帐全都被毁，甚至连声音也落后于这逐日一箭的飞速。巨大的音波传来，箭矢两边的道路像是被犁出了一道深深的沟壑。面对这一箭，烛烨面色阴沉，他仿佛置身于上古，白色的瞳仁中映出一人连开九弓，弯腰射落九日。他眼中一片昏暗，只有这极炽烈却寒光闪闪的一箭。连他都仿佛变成了那只金乌，只能等待死亡。

"砰"的一声，火焰的光芒犹如一颗太阳陨落，笔直射向烛烨。烛烨被一箭击中，火焰和冲击瞬间淹没了他。地上出现了一个巨大的坑洞带起无数尘土，暂时没了动静。

另一边，烛烨被射中的瞬间，琉璃牢笼便慢慢瓦解，仿若冰雪消融，别有一番风采。辟间无殇迈步走出牢笼。

"可以啊，小子，这一箭的威力，有我巅峰时二三分的风采了。"黑无常面色凝重地看完后，却又换上一副点评的模样，轻佻地说道。

"嗯，我也才出了……嗯，也就六七分气力吧。毕竟我可没活得像你那么久。"

说完辟间无殇甩甩胳膊，仔细感知了一下身体，发现身体状态不太好。毕竟"逐日"这种杀伤力强的手段都是他自己留着压箱底的，对自身伤害巨大，尤其是他尚未迈过问天大坎，强行催动，只会让自己本元受损。

"哈哈哈哈，有点意思，这样的山水师杀起来才有意思。"正当二人说话间，烛烨慢慢从巨坑中起身，头发迎风飘散，面色苍白如厉鬼，他抬头大笑，身体慢慢悬浮至高空。逐日射穿他留下了一个碗大的伤口，鲜血不断流出，烛烨却毫不在意。

黏稠的鲜血像是一条条小蛇，蜿蜒爬行，血液流经的地上留下了一道道血痕。最后血液越来越多，积成一个个血泊，又有无数身影从血泊中站起。甲士、贩夫、市侩、妖魔，有面容狰狞可怖的，有梨花带雨的，有坦然受死状的，千奇百怪，穿着不同时代的衣服，拿着不同年代的兵器。从烛烨的胸口处飞出道道流光打到这群异物身上，这群异物费劲地从地上爬起，然后浑浑噩噩地站了起来。

"这个烛烨不简单啊，吞噬了这么多人的本元还能活着，即使是在我们那个时代也不多见，真可称得上天纵英才了。"黑无常头一次没有用往常无所谓的神色，而是破天荒用赞许的口气说道。

"长眼睛的都能看见，赶紧想个法子，要不你我一起玩完。"

"小子，劝你赶紧走，这烛烨怕是已经由人转魔了。我若是可以活动，说不定还能帮你，可惜……"

辟间无殇扫视着这群异物，甚至从中看见许多刚刚死去不久的遗国士卒。

"原来是你，怪不得，北关战役中那个一直吞噬他人本元的是你！如此一来，几乎所有遗国高阶武夫遗体不见了的事情也可以解释得通了。"

辟间无殇曾无意中看到一份谍报，谍报上称，遗国一方所有阵亡的高阶武夫的尸体，都流入了一个极其隐秘的渠道。当时他就觉得不对劲，原来烛烨多年以来一直暗中吞噬他人本元。

"军师大人好狠的心哪，连本国武夫也不放过。"

辟间无殇一边说着，一边开始观察这座异常诡异的大营。这种大营好像以某种阵法囚禁了所有人，包括遗国的军队。大营可能从一开始就只有烛烨一个活物，其他一干将领怕是已经被烛烨活炼为阵基了。

"一将功成万骨枯。"面色惨白的烛烨看着辟间无殇，又来了一句，"妇人之仁。"

辟间无殇耸耸肩，心中默念："天衍四九，其一，遁！"他开始寻找这座大阵的缺点，许是因为过于简单，他很轻易就发现了其中极重要的几个阵基。

烛烨察觉出辟间无殇的意图，他冷笑一声，看着辟间无殇，淡然说道："你走不掉，你是山水师，不妨看看周围。"

辟间无殇面色如常，冷然说道："班门弄斧！"话音未落便极快地奔向其中一个阵基。烛烨以身作阵眼，眼下之计唯有将其他几个阵基击碎才能破掉阵眼，斩杀烛烨。

然而当他奔到其中一个阵眼所在之处，却一下子愣住了。阵眼里，一个极美丽的女子斜着坐在地上，满眼盈泪，楚楚动人，见到辟间无殇也只是轻呼一声："是你？"

"没想到吧？毕竟主角总是最后一个登场的。"

慕容花尘被这臭屁的话一下逗笑了。辟间无殇御动《忆水怀山经》，击碎阵基，慢慢地将她抱出，又轻轻地放在地上。

慕容花尘耳根都红了，眉眼含春，二人正欲说话，身后的烛烨阴阴地说道："左右也不需要她了，你们二人不如就做一对鸳鸯鬼，黄泉路上也不孤单了。"

说着，烛烨在空中发出一声怪叫，身躯化作凝液状，以他为中心，又有无数妖物浮现。烛烨看了看夜月，说道："今夜月色很美，宜杀人。"

烛烨之死（下）

烛烨一声怒吼，妖物尽出。辟闾无殇感受着破损的身躯，暗自叫苦，毕竟逐日一式远非他现在能随意挥动的，黑无常神色焦急，道："小子，你刚刚那一式还能不能再用？"

"没了，我现在的水平只能用一次。"

"那怎么办？我能为你抵挡一阵，要是你拿不出办法，你、我还有这女娃，全都得折损在这里！"

黑无常说着，身躯膨胀，鬼爪不断挥动，拼命地抵御着这些妖物，只是不断变淡的躯体显示着他现在的虚弱。

辟闾无殇看着慕容花尘清丽的面庞，伸手帮她抹去泪痕，柔声说道："不哭了，我会带你回去。"

说完，辟闾无殇转头面对着这些犹如夜行百鬼般的妖物，叹了口气，用手指轻轻摩挲着《忆水怀山经》，轻声说："老伙计，对不住了。"《忆水怀山经》轻轻颤抖，金色的边纹恍若被风吹动，像是一个孩子因为父母的离去而轻轻抽泣。画卷中那些山川轮廓不断暗淡下去，那些江河古人也发出声声哀叹，然后消失不见。

《忆水怀山经》中场景不断变换，最后停留在一个沙门面前。沙门好像身处无边地狱中，于一片血红中独立。那沙门慢慢抬头，却没有睁眼，环视一周，摇了摇头。这闭眼沙门突然直视经卷外的辟间无殇，轻声道："痴儿。"辟间无殇定定地看着他，心中古井不波，然后点了点头，慢慢闭上了眼睛。

"时候到了！小子，再不动手就来不及了！"黑无常狂吼道。他一边费力地抵御这些鬼物的侵袭，一边分心对抗大阵每时每刻的消耗，他已无多少再战之力，再拖下去，连他自己都要折在这片战场上。

《忆水怀山经》快速在辟间无殇四周飞动，像是在做最后的告别。

经卷中的沙门伸出手指，仿佛要透过经卷触碰尘世。辟间无殇看着他，心中古井不波，只是闭上眼睛，然后伸出手指轻轻地和沙门的手指碰在一起。

两指相碰，光芒大作，犹如末日临世，照得整个大营一片光亮，无人可睁眼，烛烨直视一瞬便双眼流血，顿时失去了对鬼物们的掌控。正在斗法的黑无常躲闪不及，被这光明笼罩，顿感痛苦不已。那些普通鬼物更是一碰便如冰雪般消散，连不停运转的大阵都被这光明阻碍。

光芒不断凝结，犹如实质，而后一闪，辟间无殇和《忆水怀山经》便消失不见，大营再次陷入黑暗。

场面一时间寂静下来。身形晃荡、眼角不断溢血的烛烨惊疑不定，不敢再有动作；鬼物们被那光明照射得痛不欲生，这会儿重归黑暗也只是发出几声嘶吼，不敢妄自活动；黑无常一边心里骂娘一边趁机调息。

片刻后，大营最边缘的光阵又开始运转，烛烨的声音从黑暗中传来。

"可惜了，没能把他留下，不过吞了你这黑无常倒也不算太亏——杀！"

"那你大可试试，千年来，你是第一个敢这么和我说话的！"黑无常冷冷地说道。

一边说着，一边随手抓碎近身而来的一只鬼物，而后将其摄进肚中。面对着四面八方奔来的鬼物，黑无常黑袍一扬，伸手扶了扶头上的帽子，轻声说道："天下太平。"刹那间，所有鬼物都面露痛苦，仿佛正在被一尊王者凝视。以黑无常为中心，所有弱小的鬼物都被碾成灰烬，稍微强大一些的也拼命抵御着这巨大的威压。

"百足之虫，死而不僵！"烛烨喝道。

说罢双手结印，大阵轰然倒塌，化作无数流光从四面八方冲向黑无常。黑无常躲闪不及，被流光击中，身形一滞，无数鬼物张着血盆大口扑向他，并不断撕咬。

黑无常化作轻烟状闪向一旁，等到了鬼物不那么密集的地方才停下。他身形一凝，却踉跄着差点倒地，环视着周围蠢蠢欲动的鬼物，煞白的脸上露出痛苦的神情，却又很快消散。黑无常身上虽没有实体化的伤口，身形却在慢慢变淡。

"妈的！老子这次算是栽了，老子要是能出去，第一个要吞噬的就是不讲信誉的小子！"黑无常在心中狂吼。

烛烨慢慢悠悠地踱步走向黑无常，纯色的瞳孔映着黑无常惨白的脸。

"可有遗言？"

"废话真多。"黑无常话音未落就笔直向后倒去，明明是灵体，墨绿色的血液却从他的七窍中不断涌出，身形变得更加飘摇。

烛烨身形一晃，踏着虚空来到黑无常面前，伸手一提黑无常的脖子，掌心涌现黑色白色相交的点点星芒，从黑无常身上不断吸收着些什么。随着黑白相交的光芒，烛烨面色逐渐由惨白转为红润，身后也出现了一团黑色的虚影。

黑无常身体不断颤抖，然后变淡，直至更淡，像是正在遭受莫大的痛苦。他看到烛烨背后的影子惊惧地说道："你！是你！你是那个人的倒影！你不该出现在这里的！"

烛烨凝眸注视着不断变弱的黑无常，身后的黑影也随之睁开眼睛，和烛烨同步看向黑无常。那黑影不断变长，头、脖子、身躯，然后凝为实质。

烛烨伸手一提，将早已昏迷的慕容花尘擒到面前。只是一瞬，慕容花尘便身影虚淡，快要死去。烛烨一手抓住慕容花尘的脸，一手提着黑无常。

"我送你们一起上路，免得路上无聊。"烛烨漠然说道。说完用力一震就要杀死二人。

正当烛烨准备捏死二人时，一个人影突然出现在烛烨面前，口诵一句："然后光明大作，恍若天日临尘，于人间立遑遑光明界。"烛烨正欲伸手格挡，却突然被震飞出去数里，周围鬼物也悉数被这光明绞杀，化为飞灰。沙门伸手接住一点尘埃，哀声说道："人间如此，地狱何空？"

黑无常昏沉之中，看见这人影双手作合十状，小心翼翼地问道："你是？"

"是我。"

光明渐渐散去，这人影显出样貌，做出一个鬼脸，正是突然失去踪影的辟间无殇。黑无常一看这小子脸上不正经的模样，差点当场就要晕倒，不由气得破口大骂："你小子还知道回来？！"

"你知不知道老子差点就折在这了？"

"等老子出去，老子第一个就要把你吞噬了！"

"嘿嘿，主角总是最后一个登场的嘛。"

辟间无殇正回话，却突然神情一变，变回沙门状，单手立掌，周身变作金黄。身后像是突然被什么东西猛烈地撞击，声音绝大，宛如金铁相交、晨钟乍响，身后土石尽皆碎裂，大地上出现一道沟壑，身前的黑无常和慕容花尘却毫发无损。

黑无常立刻运起术法，保持自身不被这声音冲击得神魂俱散，他现在已无力承受住任何冲击，遑论是最为克制他的钟声。黑无常神色阴沉，拧着眉头阴恻恻地盯着沙门身后的烛烨。

沙门只是伸手轻轻抱起慕容花尘，又凌空提起黑无常，光移影动，来到柳疏竹被困的阵基中，他口诵一声："天下之大，且容我为人间树一方净土。"

说罢，双手虚空一握，只是一瞬，大阵中遗存的阵基像琉璃水晶般破碎，显露出被困在其中的一行人。这沙门摇摇头，将几人接引到一起，左手于地上划了一个金圈。

黑无常看着这圆圈上金色的符义，蹑手蹑脚，不敢进去。

"进去吧，不必忧虑，剩下的就交给我吧。"

听到这句，黑无常还在考虑要不要合十答礼，听到后面的话神情一凝就要开口。

一个声音从沙门身后悠悠传来："多管闲事，地狱都管不好，还敢分心人间？"

烛烨悠悠起身，长发在空中飘散，身上伤口竟然全部愈合。只见他弓着身子，身躯不断颤抖，一线黑色的光芒从他脚底慢慢浮动往上。他的容貌也开始慢慢变化，额头处出现几道皱纹，怒眉凌厉，双眼血红，身躯逐渐被黑芒笼罩，身后的虚影映出一个周身漆黑的身影，正端坐在一株枯毁的菩提树下，身边无数天魔正在肆意杀戮。

"妄念一起，何处不是地狱？"

沙门双手合十，面露悲苦，看着烛烨身后那尊恍若魔神却又好似佛陀状的影子，轻声说道："自在不自在，十方天地，须臾而已，纵乱菩提，不过虚妄。波旬，你越界了。"

沙门一语道破烛烨身后影子的根脚，原来正是居于他化自在天的波旬。无数时空以前，佛曾于菩提树下禅坐四十日，欲求菩提正果。当时的波旬百般阻挠，手段尽出，最后也没能阻止世尊悟道。

沙门一掌拍向那波旬的虚影，掌若老翁劈柴，打向波旬。烛烨眼见这朴实无华的一掌，心中暗道不妙，面对这一掌，仿佛天人五衰降临，烛烨手上青筋毕现，那掌印却直击烛烨身躯，烛烨中掌，身躯一软就要倒地，身后波旬的虚影被一掌打中，如镜花水月，明灭不定。

"烛烨，还不速速醒来！波旬如若真正临世，你便会立刻死亡！"地藏菩萨一声厉喝。

"哈哈哈哈，来不及了，地藏，我倒要谢谢你，帮我解脱出来，这具身躯还是太弱了！"

烛烨狂吼不止，身体不断颤抖，像是被不断撕扯。身后虚影慢慢进入烛烨身躯中，烛烨面露狰狞拼命挣扎，惊恐道："不！从我的身躯中滚出去！我们当时不是这样说的！"

波旬的声音慢慢从烛烨口中响起："我为天魔，诵我真名，可常在化乐，所求一切，皆可实现。"

"不！你不能……"

烛烨的声音慢慢变小，脸上渐渐变幻出另一副样貌，正是波旬天人相，烛烨自身之灵逸散空中，人间再无军师烛烨，只剩下波旬的一具化身。

那沙门，也就是地藏，双手合十，轻点空中，摄起烛烨之灵，拧着眉头，怒视波旬。

波旬看着这个面露悲苦的沙门，张狂大笑，一瞬间，天地翻覆，二人转瞬来到一地。这地界有无数欲女正在交合，有无量天魔肆意杀戮，有生灵推倒诸佛神像，有亡灵口诵邪典乱法，一副末日景象。

地藏见此景象唯有悲叹，正要讲经弘法，身躯却是一抖，面目变作辟间无殇的样貌，他叹了口气。须臾，不再准备弘法，辟间无殇的脸上不复悲苦，只有惊讶。

我这是到了哪儿？传说中的他化自在天？辟间无殇心中暗想。

"仍在人间，不过进入了波旬域界。"地藏菩萨突然出现在辟间无殇面前。

辟间无殇好奇地盯着这尊其貌不扬的菩萨，地藏也静静地看着他，场面一度陷入尴尬。

最后，辟间无殇为了缓解尴尬，率先开了口："我为什么会在这？还有，您究竟是？"

辟间无殇只记得当时《忆水怀山经》展开到最后一页画卷，他看见那卷中沙门端坐地狱，满目悲苦，心中被这情绪感染，便伸手与那沙门相触，万丈光芒从画卷中绽放，后面的就记不得了，再然后，就突然出现在这个令人恐惧的地方。

地藏菩萨扶正了头上的毗卢冠，看着满脸疑惑的辟间无殇。

"此间地界，不过是自在天的投射，亦真亦幻。"

"您究竟是？"

"地藏。"

"久仰大名，久仰大名，刚刚也没来得及问您到底是谁……"

"无妨，事由紧急，人间也是地狱。"

"眼下该如何？"

"我有一法，可抵御波旬，但是代价极大……"

不等地藏菩萨说完，辟间无殇坚定说道："好！"

二人正于心底交流，波旬左手竖指向天，右手斜指向地，北西南东逆行七步，说道。

"我说，六道崩殂，一切众生不入轮回。

"我说，欲海无边，一切众生永堕无间。

"我说，天魔自在，一切众生皆求吾法。

"我说，末法已至！"

波旬言出法随，域界内风云骤变，上下四方有同再造，暗无天日。随后升起一轮血红的月亮，波旬自己也开始变化，原本庄严的天人佛相变得半佛半魔，周身飘散的欲女正轻展歌喉，作靡靡音，行摄魄舞，一副灭世的光景，这是无尽时空后的可能。

"他化自在！"

无尽黑芒冲向辟间无殇，像是要让他形神俱灭，永难轮回。辟间无殇对着无尽的冲击不躲不闪，径直被黑芒击中，眼耳鼻舌身意皆昏昏难明，色声香味触法皆难有为。他心中默念："一切有为法，如梦幻泡影，如露亦如电，应作如是观。"

他身后显出无数虚影，皆持诵《地藏菩萨本愿经》，坚固意、宝印、持地、宝处、宝手、地藏六位端坐辟间无殇六方。初时声音很小，渐渐的，声音越来越大，像是无数众生皆在念诵，声音如虹，震得波旬域界隆隆作响，众生脸上样貌逐渐变化，所诵经文也不断变少。而后，众生脸上皆显出地藏菩萨的样貌，经文也只剩一句——

"地狱不空，誓不成佛！"

地藏菩萨曾地狱发愿："地狱不空，誓不成佛。"

地藏——或者说辟间无殇，站起身来，神色庄严，身后有法相虚影。六位菩萨皆随之起身，立于千叶莲花座上，左手持人头幢，右手结甘露印。左手持幢，狠厉劈下，作金刚杖杀，右手结印，显菩萨垂泪。

六道菩萨化为一人，显出真正的地藏法身同，凝眸望着波旬。

"时间到了。"地藏对着辟间无殇说。

辟间无殇双手合十，向地藏行了一礼，地藏亦合十还礼。

"愿舍此身，得人间清明。"

一声哀叹，时间像是静止了一样，一切都变得极慢。

地藏王菩萨宛若阳神日游，从辟间无殇身躯中翩然而显，立在他旁边。他看着坚定的辟间无殇，突然笑了出来，摘下头上的毗卢冠伸手摸了摸头，问道："不后悔？"

辟间无殇摇摇头，他从不后悔自己的决定，只是心中遗憾，师姐、慕容、汤楚、北国，种种前尘浮现眼前，这一次，恐怕不能再和他们道别了。

地藏王菩萨将手中毗卢冠递给辟间无殇，转过身去，背对着辟间无殇，看着波旬，双手合十，轻声说道："唯愿众生，永不历三恶道苦。"

说完，地藏菩萨立地诵经，经文灿灿，环绕地藏周围。金光渐渐变暗，他的身形如冰雪般逐渐消散，周身明光如风中烛火，被清风吹散，最后凝结成一颗舍利子浮在辟间无殇前方。辟间无殇看了看昏厥的慕容，心中一叹，上前一步握住舍利子，闭上眼睛。

一瞬间，无数时间倒转，以辟间无殇为中心泛起光明，域界内是极致光明与极致黑暗的对抗，光明每向外一寸，便是一寸界灭。波旬域界无法承受如此巨大的冲击，只是一刹那，便被冲击得支离破碎，欲女哀号不复靡靡，天魔堕亡纷纷坠落。

波旬双手挥动，尽力定住这个域界，这毕竟是他在人间界的投影，若是真的毁灭，会对自在天产生不可估量的影响，他盯着光明中心的辟间无殇怒道："辟间无殇，舍利燃尽，你即刻会死，你甘心吗？不若你放下舍利，我自放出你与那慕容家一行人。"

饶是波旬费尽口舌，辟间无殇只在光明间一动不动，他在感受自身每一寸的身躯与舍利的融合，每一寸光明的前进就意味着辟间无殇离毁灭更近一步，他时间已经不多了。

他的身躯一寸寸消散，他已经无法感知身体的痛苦，死亡已近在眼前。

光明不断冲击着域界，波旬自身也因为域界的损坏变得虚弱，如骤雨打芭蕉，疾风催春草，随着域界不断被光明笼罩，他的脸愈发狰狞，他想杀死光明中的辟间无殇，却被那舍利绽放出的光明所阻碍。

辟间无殇心中古井不波，他没来由想起了地藏菩萨离去前对他说的话。

"只要地狱尚在，地藏便永不会消逝。

"其实人间人，都是地藏。"

辟间无殇的身躯慢慢消散，他脑海中的那些山川胜景、那些江河故人、那些庙堂风波，都一点一点消逝于眼前。

"再见了，诸位。

"师父，辟间无殇有愧师承，但好歹，无愧山水之名。

"师姐，对不起，我可能回不去了……"

看着不断挣扎的波旬，辟间无殇突然动了，化作白日流星，撞向波旬。波旬眼中一颗流星慢慢变大，极速而来。

极致的光明在一瞬间爆发开来，一切颜色都失去本色，一切有为生灵，皆寂灭，余下的只有寂静。

……

遗国大营的上空突然出现一个白色的光点，"叮当"一声，一个卷轴掉落在昏厥的慕容花尘身边。慕容花尘像是在经历什么痛苦，一滴清泪从她眼角落下，宛如梨花带雨。那卷轴无风自动，摊开在地，最后一页原本的沙门悄然不见，取而代之的是一个面容俊朗的年轻人，身着白衣，含笑而立。

勘破无欲

辟间无殇调皮地睁开一只眼睛，四周空寂无物，只能看见一片白色，看了看好像没什么危险。

"这是哪里？我还活着吗？"

刚要坐起身，却觉得自己浑身上下没有一处不疼。

"嘶，头好痛啊！"

揉了揉自己的太阳穴，晃晃脑袋，最后想起自己好像是死了，下意识有些呆滞了。他犹豫一下，毫不犹豫地抽了自己一巴掌。

"嗯，是真的，我还没有死！"辟间无殇开心地说道，说完脑袋一沉，栽在地上，在他倒下之前的最后一个心声就是：早知道打轻点了。

过了半晌，辟间无殇茫然地爬起来，心疼地揉了揉自己的脸颊，可见力大势沉的一巴掌把自己都给打蒙了，半天没有反应过来，等了半天，站起身来，抬头举目，这片奇异空间里什么也没有，好像上下四方俱是白色，除了白色什么也没有。

"这是哪里？对了，慕容，师姐！我想起来了，好像最后是地藏菩萨显化了，之后好像就没有什么印象了，这到底是什么地方？我在这多久了？出去的路怎么走？"

检视了自身，已身小天地破碎得厉害，不过幸好根基受损不重，以后还有补救的机会。感知了一会，觉察到这片空寂的空间里好像没有时间的变化，辟间无殇在此处甚至都感到自身伤势好得都快了许多，这纯粹是因为此地的时间流速远低于外界。

"喂，有人吗？没人的话有活着的吗？活着的也没有，来点东西也行啊？"

辟间无殇高声呼喊几声都没有回应，正当他垂头丧气的时候，身后突然传来一个微弱的声音：

"别吵了，烦死了，这里什么也没有。"

辟间无殇一惊，回头一看，一具白骨盘腿结跏在他身后不远处，庄严肃穆，白骨莹洁，似有光华流转，周身有神圣的气息。

"嘶，奇了怪了，谁在说话？"

辟间无殇走到白骨近前，轻轻敲了敲白骨，白骨叮当作响，发出玉石般的声音。又捏了捏白骨的手指骨节，心里暗想：这白骨必是高僧大德圆寂之后留下的，身如玉石，啧，不知道这是哪一尊菩萨。说着眼神不自觉向下看去，正要看到要紧的地方。

"你个臭小子看什么地方呢！"

白骨一声大叫打乱了辟间无殇的思绪，辟间无殇摸摸鼻子收回眼神。他看着白骨深凹的眼窝有些奇怪，明明是一具骨架，他却能感受到似乎有一道目光从那深凹的眼眶里紧紧地盯着他。

"问你呢！瞎看什么！"

白骨下巴开合吐出几个金色的文字，一股脑砸到辟间无殇脑袋上。辟间无殇在被砸晕前最后一个想法是：

"白骨说话了！"

过了一会，辟间无殇悠悠地醒过来，像是清醒了一般，躬身抱拳：

"晚辈辟间无殇，拜见前辈，未请教前辈名讳？"

白骨点点头，全是骨头的脸上绽放出一个浅浅的微笑。明明是白骨，却犹如血肉之躯，明明是白骨，却不让人感到恐怖，反而有一丝心安。

"嗯，这才有些山水师的样子，我名无真，一名囚徒罢了，与山水师一脉几位山水师都有所交集，后来因为一纸契约，自愿留在这里为后来的山水师护道。"

"无真前辈，我有一个问题一直都很好奇，不知是否……"

无真点点头："你问吧。"

辟间无殇轻笑一声，"前辈，你吃饭怎么办啊？喝水会从鼻子里喷出来吗？"

无真听完，笑容瞬间凝滞，手臂处的白骨瞬间化出血肉，狠狠地打在辟间无殇的脑袋上。辟间无殇昏迷前最后一个念头便是：

"这骨架打人真疼啊！"

一番打闹后，辟间无殇恭敬地跪坐在白骨面前，

"前辈，请你告诉我，这里到底是什么地方，又怎么出去？"

白骨摇摇头，没有说话。

辟间无殇见无真闭口不言，一下就着急起来，外面不知道发生什么，慕容、师姐、波旬都不知道到底怎么样了，在这个没有时间流转的空间里，他是时间最多的，可有无数人无数事需要他去处理，他等不了。

"我劝你最好别着急出去，漫说你出去之后浑身伤势瞬间就会发作，成为废人一个，还有，你可能出不去了。"

"什么？出不去？为什么？这里到底是什么样的地方？"

白骨见他心中焦急，便正色道：

"唉，你本来不应该这么快就进来的，这里是无欲界，也是历代山水

师最后的化道之地。"

"化道之地？那我为什么什么都没看到？"辟间无殇左右望望，发现周围并无一物，有些不解。

白骨瞪他一眼，用手轻轻拍了一下辟间无殇的头。

"别打岔，听我说。这一界由山水师的祖师爷三山五侯先生亲手创制。三山五侯一生光明磊落，与其他几位人族始祖一起带领人族走过最黑暗的那一段时光，斡旋于万族，为人族谋求一块立身之地，可惜晚年不幸受伤，所以创立这一界用来为自己疗伤。后来他勘破心中桎梏之后反而留下此界。虽然我不知道他究竟遇到了什么样的伤害，但我知道，他一定是走出了属于自己的道路，留下这里用来考校后世的山水师。"

说到此处，白骨亦是唏嘘不已，

"故此大多数山水师死亡之前都会选择进入此界，此界成为大多数山水师的埋骨之地，在山水师生命即将到达尽头的时候就会进入此界，若无法勘破，则困守此处直待死亡，你应该能感受到，此处光阴凝滞宛若不动。"

"既然要勘破此界，那么敢问此界法门何在？"

无真作势又用手敲打。

"你问我，我怎么告诉你，这种东西只有你自己知道。"

见辟间无殇仍茫然不解，无真轻轻叹气。

"我问你，山水师到底是干什么的？"

辟间无殇一脸迷茫地回答道：

"自然是勘定天下山水脉络，维护山下和山上的平衡，为人族安定而躬耕。"

无真摇摇头，神色严厉：

"虚妄！狂言！该打。"

白骨突然化出血肉，一尊异常清秀的面容配上一身雄健的肌肉，此人站立在辟间无殇身边，用手重重地敲击辟间无殇。

"你应该有所察觉，其实你们这一脉并非凡间所承，你身后卷轴之中所记载的经文典籍也好，诸般修行经法也好，都不是这里能有的。"

说完无真伸手指了指天上，

"你们这一脉，从那里来。"

"所谓山水师，山水二字相合便是动静、阴阳。上善若水，厚德若山，若看不破一切皆虚，你的眼中怎么能看见山水？不明白这一点，纵使你有移山分海之能也不过如此，未破这一界，你就永远只是山水之奴罢了，唯有明白，道法自然，我心即是天心，才算得上是真正的山水师，才能使《忆水怀山经》圆融通达。"

辟间无殇若有所悟，盘膝坐下，不多时，他抬起头，看了看这片无欲之界，轻声说道：

"我好像明白些什么了。"

无欲界突然震动起来，上下四周一片纯白突然剥落，露出此界原来的颜色，天青、水绿、云白，一一浮现。

无真面色惊讶，从未见过如此迅疾开悟者，不由得满脸不可置信，浑身血肉又开始逐渐消退，成为一具白骨，用股掌摸了摸自己早已没有任何头发的头颅。

无真暗自猜想："我不过随意说法，他却真的开悟了。难不成我是世尊？不对不对，世尊勿怪，这，这也说不通啊！"

随着纯白剥落越来越多，无真心中的疑惑也越来越多，

"这家伙，难不成是佛子转生？没道理啊，要不要干脆就将他度化入我门下，不行不行，毕竟受人之托。"

无欲界崩塌一半后停了下来，辟间无殇站起身来，回头望着后面的

白骨无真，轻声问道：

"大师，我现在可以离开了吗？"

无真一时无话，看着满脸开心的辟间无殇，不由得疑惑道：

"你这家伙，莫非就是传说中的佛子？要不然怎么可能如此快地勘破无欲界之密？"

辟间无殇洒然一笑，

"没什么，多亏前辈点拨，心中樊笼若冰雪消融，我突然想起，无欲界中不可成道，连道也没有，唯有空寂，既然有'空'，那执着于道又有何益呢？"

无真的白骨做出一个疑惑的样子，半晌才说话：

"倒是我着相了，不过，看你样子像是取巧为之……"

辟间无殇点点头："我散去一身功力，连道也忘了个差不多了。我突然明白这里究竟是什么地方了，三山五侯先生必是于此迎来涅槃，了悟一切皆是心中执着，特设此界考校后世山水师，唯有忘记一切道，才能求得道。"

无真突然大笑道："唯有忘却心中一切道，才能求得道，道在心中，道在心中！原来如此，原来如此！怪不得那人叫我等候在此，原来就是等待今日！如此，我心中执着破矣！"

说完，无真白骨瞬间从脚底开始转为人肉，大笑说道：

"昔年无奈，未破我执，虽入白骨观道，却未能勘破生死、真假、空无，今日心中惑解，我也该出去了！"

辟间无殇拽住无真衣角，满脸无辜地看着无真。

无真大笑道：

"路远马亡，自当一起，道友，请！"

结束也是开始

　　慕容府，府内一片惨淡愁容。

　　"什么？找不到？一帮废物！给我继续找！活要见人，死要见尸！"

　　慕容峰愤怒地将手中茶杯砸碎在墙壁上，握紧长剑的左手青筋暴起，显示出他现在正在极端狂怒之中。

　　慕容老祖慕容月合眼闭目坐在一旁，神色肃穆，听着儿子狂怒的话，不发一语。

　　"母亲！花尘失踪已快一月了，我真担心她出什么事情！不行，我要亲自去找，来人，来人！"

　　慕容峰焦急地在大殿里踱来踱去，不安地到处乱走，最后终于忍耐不住，想要亲自去寻慕容花尘。

　　慕容月听了慕容峰的话，拧着眉头严肃地说道：

　　"峰儿，每逢大事要静气，天塌下来尚且有人顶着，更何况天还没有塌下来！"

　　慕容峰听完母亲的话，更加焦急了，他走到慕容月的身边，急切地说：

"母亲！花尘是咱们家这一代仅剩的一根苗子了，若是她出了什么意外，我真不知该怎么和她死去的母亲交代！"

慕容月听到慕容峰焦急的话语，终于睁开眼睛，不由得严肃地一声厉喝。

"你坐下！你现在是慕容家的家主，一应事宜由你一人决断，若是你率先慌了，那其他将士该怎么想？"

"慕容花尘怎么了？不要说现在尚未知道她的下落，就是真的知道她死了又能如何？就算她是我慕容家仅剩的长女又怎么样？慕容军伍中无数好儿郎，哪个不是爹娘的心头肉？慕容家以武立身，我们是在打仗！打仗就要死人！偏偏我慕容家的姑娘就不能死？天下没有这样的道理。"

慕容峰听完慕容月的训斥，如同一只挨锤的牛一样，慢慢瘫在椅子上，

"可是，可是，没有花尘，我们拼命又有什么意义，我又有什么脸面去见她的娘亲？"

"没有可是，为了身后这座都城里的人民，为了他们，慕容家不能倒下，至少现在不能，虎死不倒架，就算真是天要绝我慕容家，慕容家也要在此之前庇佑城中百姓，如此才能不辜负他们，也不辜负圣上的信任！"

正当两人说着，一个士兵突然闯进大殿，气喘吁吁地说道：

"报……小姐，小姐她……"

慕容峰从椅子上一跃而起。

"花尘，花尘怎么了，你倒是快说啊！"

慕容月则凝视着这个突然闯入的士卒，心中暗想：上天保佑。

士卒喘了喘气，开口说道：

"小姐她回来了！"

"什么？花尘回来了？！她在哪？速速带我去见她！"

"小姐已经进城，马上就会回来了！"

慕容峰左右踱步，开心地说道：

"天佑我慕容家！天佑我慕容家！老祖，花尘她回来了！"

慕容月点了点头，坐回太师椅上，看着儿子高兴的样子，不由得常舒一口气。

正在几人说话间，一个身影跑进大殿，看着哈哈大笑的慕容峰和端坐在主位上的慕容月，先施了个万福，说道：

"父亲、老祖，花尘回来了。"

再抬眼时，慕容花尘已是双目噙满泪水，一点泪痕划过慕容花尘宛若凝脂温玉般的面颊，秋水双瞳里满是感伤，朱唇微闭，风乱青丝，心中千言万语，只化作一句话：

"花尘回来了！"

慕容峰赶忙将女儿扶起，用手轻轻抚摸着女儿的发丝，轻轻擦去慕容花尘脸上的泪痕。

"回来就好，回来就好，你受苦了。"

慕容花尘摇摇头，轻轻说道："孩儿不苦，请治孩儿擅自做主导致前线战事失利之罪。"

慕容峰捋了捋自己的胡子哈哈大笑，笑声震得房梁的灰尘都轻轻晃动，这爽朗的笑声直冲大殿上空，冲散了多日以来慕容家的沉郁。

"花尘何罪？花尘大功！虽说过玉关一战慕容家折损颇多，但是能大破遗国，力挫遗国锋锐，现在花尘你又平安归来，这已是最好的结果了，圣上有旨，要划京都精锐，开拔此地，协同慕容家御敌。"

慕容花尘听完并没有任何喜色，反而神色凝重，正欲开口说话，却发现父亲朝她暗暗摇头，慕容花尘了然，没有再说。

老祖慕容月等父女二人叙旧完事之后，缓缓问道：

"花尘，你既已经回来，我有事要问你。"

慕容花尘在来的路上已经暗中推想过慕容月会问些什么问题，早早地在心中打好腹稿。

"只有你一人？被活捉其他人呢？"

"就在慕容家内，我已安排他们各自去休息了。"

慕容峰满意地点点头，女儿虽生长深闺但是接人待物从未有过唐突。

"你究竟是怎么逃出来的？"

听了慕容月的问题，慕容花尘摇摇头，她只知道在她最绝望的时候，一个身影挡在了她的面前，后来，后来就什么都不记得了。

"最后一个问题，遗国军师烛烨是怎么死的？"

"有一位高人救下了我们，他似是随手施为，救下我们就独自离开了。"

"真的如此吗？"

慕容花尘坚定地点了点头，目光毫不躲避，直视着慕容月凌厉的眼神。

慕容花尘将重点草草带过，慕容月也因为不想破坏这仅有的喜气而没有再问下去。

慕容花尘听到祖母问话完毕，长舒一口气。

慕容月神色复杂地看了看慕容花尘，心道：花尘长大了，心里藏着秘密了。

慕容峰则是捋着胡须看着女儿。

"父亲，老祖，如果没事，我就回去休息了。"

"不知道究竟是何方高人，竟然如此厉害，也如此率性。"

"是啊，若是哪一天能得见这位高人，定要重重酬谢一番，这年头，做好事不留姓名的越来越少了。"

慕容花尘正要出去，听到这话，脚步一顿，是啊，如今的他现在在哪里呢？他，还活着吗？

一间空房内，林挽青正坐在床上怅然若失，身后悬挂着一幅辟间无殇的画像。

林挽青回想起过去数年的经历，脸色更是一暗，绝色的面容暗淡下来，好像整间屋子都因为佳人眉头的郁结而显得沉郁了许多。

南北，你现在在哪？我好想你，你究竟去哪里了？

林挽青一边想着，看着窗外的慕容世家，

"那个叫慕容花尘的女子，你和她？算了，我不管你了，只要你能回来，什么都可以商量。"

正在林挽青自言自语之间，无真与辟间无殇悄然出现在林挽青的身后，辟间无殇见到师姐无恙欣喜若狂，正准备从背后拥抱师姐，却被无真拉住，无真朝他摇摇头，示意再等一会。

林挽青的眼角流出一点点晶莹，抬起头，声音颤抖着说：

"不管你是叫张南北还是辟间无殇，不管你现在究竟在哪里，我一定要找到你，我一定会找到你，我要亲自问问你，你究竟有多么狠心，你走了，好像我的一部分也随你而去了！"

林挽青扯过被子，拼命不让自己的哭声被别人听到。辟间无殇在后面听得心都块碎成无数块了，他再也忍受不了了，他冲上前去，从背后抱住林挽青，轻声说声："师姐，我回来了。"

林挽青骤然被人从后面抱住，顾不得眼角泪痕，急忙就要取剑杀了身后这个登徒子，可一听那个朝思暮想的声音，她整个身子都软了下来，柔弱地靠在辟间无殇怀里。

林挽青背对着辟间无殇说：

"南北，是你吗？我好害怕这是一场梦，告诉我，这是真的！"

辟间无殇拥着林挽青柔弱的身躯，轻轻地说道：

"是真的哦，师姐，我回来了，辟间无殇回来了，张南北回来了！"

林挽青从他怀中直起身子，缓缓转过头去，直到对上辟间无殇那极疲乏的双眼，林挽青再也止不住内心的想念，扑进辟间无殇的怀里，眼泪宛若江河决堤，一触即溃。

"你这个大混蛋！你去哪里了！你知不知道我很害怕？你知不知道这么多年我是怎么过来的？你知不知道我在遗国大营里最害怕的就是你做傻事！你知不知道我有多么想你！"

辟间无殇唯有沉默，他实在想不出任何俏皮的话足以应对师姐的深情，只是抱着师姐身子的手臂更加用力了些，仿佛想将师姐揉进自己的身子里去一样，林挽青亦是紧紧地搂住了他。

半晌，辟间无殇苦笑着说道：

"师姐，你轻点！疼！"

林挽青听了这话羞红了脸，连忙从他怀里钻了出来，正准备好好惩戒一下这个嘴花花的登徒子，却惊骇地发现辟间无殇身上毫无修行者的气息，甚至体魄羸弱到与寻常山下书生一般，连忙抓起辟间无殇的手仔细感应起来，稍稍一感知，林挽青的面容如同死灰，她用颤抖的声音问道：

"南北！这是，这是怎么一回事，到底发生什么事情了？"

辟间无殇用力握住师姐的手，将她拉到自己怀中，什么也没说，只是紧紧地抱着师姐，这一刻，仿佛连时间都静止了。

除了一个人。

无真站在两人身后，看着两人一眼万年，唯有苦笑，早知道就不跟着来了，瞎掺和什么，这不是，当电灯泡了吧，口吟一声佛号，走也不是，留也不是，索性就安然地留下来，看着两人卿卿我我，打情骂俏。

"传闻西域之地有位七世情僧，阿弥陀佛，罪过罪过，嗯，我偷偷想，佛祖应该不知道吧。"

一声佛号之后，林挽青察觉到无真，惊呼一声，正欲与辟间无殇分开，辟间无殇却用力地握住师姐的手，不让她离开。林挽青羞红了脸，只得用语言转移注意力。

"这位是？"

"师姐，我来给你介绍，这位是无真大师，我在《忆水怀山经》中的无欲界多亏大师点拨，这才能以取巧的方式勘破无欲界，回来见你的。"

无真双手合十，口诵阿弥陀佛，

"叫我无真便好。"说完看向辟间无殇，点点头，

"你既已无大碍，我便已放心，如此便好，我要走了。"

辟间无殇问道：

"大师现在便要走了？要去往何处？"

"西天佛国。"

"为何要去？"

无真听完哈哈大笑，并不回答，只是说：

"道友又在打趣了，我要去青州烂陀寺寻找我师兄龙树和尚了，出来太久了，纵使找不到他，我也要回去看一看。"

辟间无殇连忙摆手，"我不过是卖弄一番，前辈何须介怀。"

无真点点头，看着一对佳偶感慨良多，认真说道：

"我有预感，九州将变，波旬降临不过是前兆罢了，三山五侯先生留下的封印已经松动，天地间山水皆有失控的风险，急需山水师重新勘定山水界域，不然人族有倒悬之苦，这一次，山水师一脉可有的忙活了。"

两人都没有说话，倒是一旁的林挽青开口了：

"可是前辈，南北他现在究竟怎么样了？为何周身感知不到一点山水师的气息？现在的他还能完成那些极其艰难的事情吗？"

林挽青正欲再说，却被辟间无殇用力捏了捏手指。

"我没事，再说，这不是有你保护我吗？"

林挽青风情万种地白了辟间无殇一眼，一旁的无真默念白骨观文，观想自身为一具白骨，一个冷血无情的白骨，是不会受到这些东西影响的！

"你散道于无欲界中，现在已是羸弱至极，甚至不若一般世俗武人，可我反倒觉得这是一个契机，将欲取之、必固与之！"无真见两人腻歪完了，开口说道。

辟间无殇握紧师姐的手，说道：

"我怕什么，我们走吧，去雍州，我虽然修为尽失，可反而感到一身轻松，我感觉现在的我反而明白了山水真意。我们走吧，我们去看看更大的世界，我有种预感，唯有不断降服平定山灾水祸，我才能算得上是真正的山水师。"

林挽青心中还是有些担心，仍旧有些犹豫，辟间无殇看她脸色便能猜想到她心中所想，他突然抱住林挽青，轻声说："师姐，我们走，过去这么多年，我们一直分离，如今我们总算团聚，这一次，我说什么也不会离开你了，只是，如今的我已经没有修为，变成普通人了，不能保护你了！"

林挽青咬着下唇，听完这感人的告白，轻轻地说：

"那这次，就换我保护你吧，让我们一起去更大的世界看看，九州，我们来了！"

说完，林挽青一把推开辟间无殇，像一只惊慌失措的小鹿一样，快步地跑开。

"师姐，你等等我！"

斜阳下，一个快步的女孩子和一个正在后面拼命追赶的男孩子。

一如当年，不过这一次，没有分别，两人并肩，走向明天。

番外篇 第七十四代山水师的传说

一、孤身少年和护短师父

牧穹打了个哈欠，睡眼惺忪的他临下山前又回头看了几眼这云雾缭绕的山水山。

他的竹竿上有一道裂纹，这道裂纹狰狞地盘在竹竿上，倒也使得这看似文雅的竹竿多了几分战场上豪情万丈的矛剑之风骨。尽管牧穹并没有见过那些妇人们垂泪相传的、那些老兵们酒后吹嘘的所谓真正的战争。牧穹见过的最激烈的一次，姑且称之为战争的战争，大概也就是官道上那几个混混酒后的厮打吧。

这道裂纹便也来自这几个混混。

彼时的牧穹还不过是一个如那山间碎草一般平凡的孩童。不同于碎草的一点大概也就是，碎草尚有父母在旁、手足在侧，而牧穹却已经孑然一身许久了。

牧穹并不知道自己的父母是谁，早几年收养自己的老先生咽下了那一口之乎者也，在那破屋残窗下安然闭上了自己浑浊的眼睛。先生家的独子还未等到这位贫苦的教书匠入土为安，便打发走了牧穹。

在十岁前的最后一个新月夜，牧穹离开了这一片难挡烈日暴雨的屋檐，成为一个彻头彻尾的流浪儿。

并没有老先生叩着沾染桂花香的书桌角摇着脑袋说着的那种袖中千金、心中万民的仁义君子，会站在街角的夕阳下穿着袍子，来安抚这些无所适从、被祸乱流离充斥着眸子的流浪儿。绝大多数的人家甚至都嫌弃那流浪儿蜷曲在自家屋檐下，仿佛这道瘦弱的身影会把屋外的寒风裹挟进来。

牧穹并没有选择将自己的人生压短，压浅，压在那阴暗的、氤氲着腐朽的木板味和恶臭的蘑菇味的义庄，与那些无人看护的死者为伍，并时刻准备永远陪伴着他们。

牧穹还是决定离开这座小镇，把自己的人生尽量拉长，尽管这也意味着这样的人生会变得更加脆弱。

牧穹随着南下的荒民们，荒民队伍宛如偌大的平原上一支雄赳赳气昂昂的大军，代表着荒芜之神威武不凡地践踏过每一片富庶之地。

这场浩大的游行，在约莫五十年后，终于被一群颇有胆识的史官们"详细"又"寥寥"誊写在史书上，然而也不过用"大莽"一词，寥寥掩盖了过去。

牧穹在这群流民中并不显眼，或者更为残酷地说，像他这般年纪、这般瘦削的小孩子，也是这支浩荡军队中的一大主力。

不过这个故事并不是一个从开始就让人垂泪的悲歌。

按照牧穹的老师——诩的话来说，牧穹此人命格"极目远眺四万里，强命竦翮九重天"。尽管后世的山水师口耳相传的先代传说里，诩一直都不曾是勘破命理、妙解尘缘的天纵奇才，但是无可否认的是，后世数代的山水师推究天人际合、衍算牧穹的命格时，最终都把手中的筹卦龟甲等林林总总的器具放了下来，和诩一样叹了一句"强运之人"。

这或许也就是为什么那一日诩会在官道上看见，牧穹两只手死死地抓着竹竿，抵着两个远比自己高壮的混混。

在那个易子而食不足惜、弹冠相歌无人鄙的时代，所谓的官道并没有多大的尊严，充其量也不过是对于这些饥民而言更为平坦、更为好走的路而已。

所谓饱暖思淫欲，自然并不是说每一个人都是丑恶的，欲望不过是骄奢淫逸的显像。欲望对于千金藏袖的富商巨贾便是再多几家商号供他囤积；对于长袖善舞的高台歌女便是再多一个郎君供她消遣；而对于刚走了几天官道的张虞，便是多喝了几口劣酒。

张虞并不是什么名震天下之辈，他留给后世的唯一记忆，除了在自己嫂嫂家行为不端、被自己的哥哥打断了腿以外，也就只剩下"恶徒"这一评价留在了史书中："诩，由恶徒救走一子，教子数年，出山为第七十四代山水师。"

张虞虽然湮灭在了这纷杂的世间——或者说甚至都没有活出这一场"大莽"的行军。

然而这并不阻碍他要把牧穹活活打死。

事情的起因并不复杂，充其量不过是几个混混仗着胸腔内三分醉气，各自吹嘘过去的几分逍遥自在的功业。

然后张虞那显得并不怎么光彩的和嫂嫂的故事，和那更不怎么光彩的腿，成功让他在一众杀人放火打家劫舍的穷途恶棍面前失了一分不怎么必要的威风。

于是张虞站了起来，甩着那条并没有多大用处的瘸腿。

他那双眼睛直直地瞪着在一旁路边坐着闭目养神的牧穹。

他觉得牧穹手上的竹竿很合他的心意，或者说抢一个并不怎么健壮的小孩的东西很容易能帮他找回几分威风，这件事很合他的心意。

于是他走了过去。步子很重，当然不免又要怪起这后面拖着的瘸腿了。他伸出手准备拽过那根竹竿，然而他失手了。

牧穹死死地抓住了这根竹竿，而那双琥珀色的瞳孔则死死地盯着张虞，令他发毛。

"这是我的竹竿。"

如果硬要说起来的话，大体上可以引用一句老话，"工欲善其事，必先利其器"。对于一直被人们窃窃私语的"南疆"所指引的牧穹来说，美好富庶的"南疆"是必要的，但是能帮他走完脚下的这千千万万里路的竹竿，也是必要的。

手里这根竹竿就是这条路上牧穹唯一的旅伴。

简单地说，如果没有这根竹竿拄着，牧穹早就不知道在之前的哪一个转角，被后来者踩在脚下—并化作"大莽"的尘埃了。

张虞也没有料想到这个时候、这个场面，竟然会有这样的小孩不识抬举。

这可能就是无知者无畏吧。

但是，很多时候，这种不懂得大人间气氛的小孩就会像丝瓜汤里的麻椒一样令大人厌烦。

牧穹大可以放下这根竹竿，然而他没有。即使日后他身处怎么样的荣华、拥有着怎么多的细软，竹竿还是那根竹竿。日后的他可能是未失本心，不过此时，只是单单的一句"少年心性"便可概括了。

张虞涨红了脸，当然也有可能是那点残余的劣酒在他的胃里翻滚，发出最后的威能。

总之在另外几个人笑意满满的视线下，张虞举起了一块有牧穹头大的石头，两只手托起这块石头朝着牧穹的脑袋狠狠砸了下去。

好在，后世的山水师们都知道自己的先辈，有一个叫作"牧穹"的，他是山水师正统第七十四代传人。

竹竿又一次支撑了牧穹。

不过并不是那种纸面上的单薄支撑，而是真正意义上扛起了那块狰狞的石头。

作为代价，竹竿用一种相当脆弱的回应告诉牧穹——它，只是一根普通的竹竿，并不是哪一位前辈大能炼器之作。随便一块石头就足以对它造成伤痕。

周围的酒客发现了不对劲。张虞的眼里有光，这种光对于在场的一行人——姑且除去牧穹——来说，相当熟悉。这里的所有人或多或少都遇到过杀气。当然更多的时候，他们是发出杀气。

这场"大莽"，在残忍地将无数本应安居的生灵残忍地捏碎成血腥的残渣同时，也让当时的这片大陆进入到一种诡异的祥和。在别的时代里那些愉悦的、欢快的、病态的、穷凶极恶的、迷恋左侧刀锋上那如午后清风香气般的血腥味的凶徒们，在这样一个悲惨的时代里，大多都无可奈何地丢下了刀锋。伴随着金属坠地的清脆声的，是另一批为了生活而碌碌奔波的辛苦人儿加入到这无边无际的行军阵中。

酒客们纷纷冲过来拉住了张虞的胳膊，掰开了张虞的拳头。他们把张虞从牧穹的身边拉了出来。

他们并不知道为什么会这么帮助一个并不怎么熟识的小孩，可能只是单单喜欢他那种桀骜地甩开头不愿意吃浮肿的富户指挥着跛崴的仆从递来的、稀得可怜的米粥；喜欢他那种会婉拒面上沟壑纵横的老妪辛辛苦苦攒出的烙饼、只自己采果子猎山鸡的滑稽样吧。

但是拉着拉着，不知道是张虞还是劝架人的一句话，又点燃了原来本就不平静的气氛，并且从原来的"多对一"变成了大混战。

拳头、膝盖、牙齿、手肘、木棒、石头，尽情地招呼在旁边的人身上，权当疏解旅途的压力吧。

张虞则是在人群的间隙中又看到了牧穹，他准备再试试，找找面子。

"——不好意思，他是我的徒弟，不管你知不知道，我现在都可以告诉你，我们山水师是极为护短的。"

一个披着及腰长发的、穿着黑白色绣着山水泽川道袍的男人，用不可抵抗的气势说道。

即使看不到瞳仁，张虞依旧感觉到了那人眼里的杀气。

二、骑红马的大小姐和不会水的山水师

牧穹离开了山水山。

那一天的后续，就像酒楼里客人们撒着铜铸钱逗弄的说书匠口中，泛着劣酒香气的故事——

一位世外高人发现了一支苗子，准备悉心培养。于是便也顺手解决了几个惹人厌的臭虫。

于是牧穹成为第七十四代的山水师。

和他绝大多数的先辈以及后辈一样，牧穹也要开始下山游历。

诩——牧穹的老师——第七十三代山水师——七十二代山水师暗的徒弟——并没有和绝大多数的师父一样垂着泪或是喝着酒为徒弟送别。他选择了打一卦，看看天道运理。

实在是因为牧穹的命格过于强横，命理实在是过于清晰，以至于就连最后血溅九阶台的结局都清清楚楚地呈现在了卦上。

诩并没有告诉牧穹，妄议天机是逾界的。

牧穹也没有自占命运，自测前途也是逾界的。

在牧穹下山后的第一年冬，诩收了第二个徒弟，他的名字叫"弦"。

牧穹是在官道上遇到谷雨的。谷雨当时骑着一匹不怎么高大的枣红色马，马的毛色颇为黯淡，这是这官道上尘土的功劳。小马来回踱步，踟蹰不前。牧穹并没有选择避开这位少女，和她心爱的坐骑。

山高人为峰，水深心为渊。

所谓"山水师"若避人匿心，便也失去了两分胆识。闯荡江湖，四分才干，三分品性，两分胆识还有一分机缘，都是这十全十美江湖人必要的。

少女仰着下巴，露出雪白的脖颈和锁骨。她在看太阳，可是她不是山水师。长时间盯着太阳的一大弊病是——会打喷嚏。

一直以来谷雨打喷嚏的时候喜欢侧过脸，一只手捂着鼻子，然后用怀里的手帕擦干净。不过这一次谷雨两只手拉着缰绳，并没有理会应该侧过身用手捂住脸的礼节。这种没有用手捂住脸的动作不但让她没有什么负罪感，甚至觉得很畅快。

然后唾沫就喷到了牧穹的脸上。

牧穹用袖子擦了擦，对于世俗间某些"少女唾沫贵如油"的高谈大论，他不知道，也不想知道。

他看向了谷雨，少女是他下山遇到的第一人。

这是缘，妙不可言。

虽然师父诩不擅长命理之术，但是一直被师父念叨是强运之人的牧穹，也很是相信这虚无缥缈的命中红线。

谷雨似乎也觉察到了异样，她扭过头看了看，见到自己心爱的小马旁边站着一个人。更可怕的是，这人脸上似乎还有一两点细小水珠。这不是个下雨天气，谷雨清楚。

她连忙从马上翻了下来，绕开马来到牧穹的面前。

“不好意思……我、我不是故意的。”谷雨向着这个手持着竹竿、眼含着琥珀的男人道歉道。

“没事，我很在意，但……”

“你不在意就好……好……你说什么？”

谷雨愣得破了音，明明这般说辞，说与丫鬟、说与仆人、说与来府上的公子、说与臂夹书的学究，大家都含着笑点了点头原谅了。怎么这个男人如此刁蛮？

“虽然我很在意，但我相信这点水溺不死我。”牧穹说道。他和谷雨见过的丫鬟仆人、公子学究挂着一样的笑容。

但是谷雨可没有感到一丝半点的、往常的、得胜者的喜悦，相反即使是一样的笑容，她感到的更多是挪揄的意味。

“好了好了，你要我做什么？金银珠宝还是加官进爵？”谷雨咬着嘴唇说道。除了清明，她第一次受到这样的挫败感。

“小姐，若是往南，沿着此路便是。”牧穹伸出竹竿，指了个方向。

“你怎么知道这是南边，不是北边？”

“它是南边便不是北边。”牧穹用平和的声音说道。一直到现在为止，谷雨都怀疑这家伙是不是连最起码的音调都还没有学会。

“我、我凭什么相信你？”少女用一种听起来摇摇欲坠不胜这夏日微风的颤抖语气说道。

她颤抖了，她动摇了，她怀疑了。谷雨现在就像跌落水中的蚂蚁，哪怕是一根细小的麦草都足以支撑她活下去，或者说不继续饿下去。

“你若不信，我自然也是多费口舌。这里往前不足百里便是一座小村庄，你大可以去尝试尝试。”牧穹指着先前的方向继续说道。好在之前师父大致给过周围的地图，不至于让刚下山的牧穹像一只无头苍蝇般来回乱转。

谷雨决定信这个男人。就好像七岁那年相信清明一样。

谷雨翻身上马，驱策着这匹小马继续奔跑着。这枣红小马先前想来也走了不少路程，似也有点疲软体虚，并没有什么足踏清风、蹄下生尘的惊世风范。

倒也让牧穹得了机会足以追上这匹小马和它的主人。

谷雨则是颇为惊讶，虽然府上的叔叔们也可以追上自己的小马，但是也做不到这样闲庭信步啊。

"那个，你是什么境界啊？魂魄境吗？"

府上的最强侍卫是烟叔叔，听其他叔叔说，烟叔叔已经到了魂魄境。烟叔叔从来没有真正展现过实力，但是谷雨相信只要他想，自己就是骑父亲的赤云照天马，都能被拽回来。

"魂魄境，那是什么？"

在山上终年只有他和师父两人，所谓境界也就没了意义。牧穹自然也不知道这武功修为竟然还有层次的区别。

所谓身死既兮以神灵，魂魄毅兮为鬼雄。天下境界不过身死、神灵、魂魄、鬼雄。

"身死"指的是斩去旧体弊病，让躯体遁入空灵。

"神灵"则是指代在这五脏六腑里凝聚后天神灵。

"魂魄"乃是后天神灵和先天感识合二为一，先天为魂，后天为魄。

最后一个"鬼雄"，则是魂魄到了一定强度方可凝练突破。

不过这些功法最后都泯灭在历史尘埃中。

问天、归土、寻道、出尘，这些是现在的境界，谁又能确保以后的境界还是它们吗？

谷雨没再继续追问，倒不是少女的矜持，只因府上叔叔曾说做人要三分糊涂，这行走江湖的人最忌讳被别人知根知底。

牧穹到了小镇，伴着谷雨。

镇上最靠近路口的茶馆中茶客们对马很感兴趣，在这不大的小镇里，不是驽马的马已经屈指可数。而像这样泛着枣红色色泽的宝马，很容易吸引大家的目光。

接着他们又开始对马上的红发少女产生了兴趣。毕竟一头红色及腰长发，身上穿着上好的绸缎绫罗，难免显得有些光彩夺目。更何况，谷雨那细致的肌肤和那明眸皓齿，未免太过于摄人心魄了。

再然后便是牧穹了，一个看上去就很强的高手。

"这位伯伯，敢问这南方在哪边？"

一旁顶着草帽的、皮肤黝黑的大伯，听到少女的话，连忙朝着南方指去。他指的方向和牧穹说的丝毫不差。

"伯伯，我说的是佳城，你知道佳城具体在哪里吗？"所谓不服输，在谷雨身上体现得尤为突出。

"不就是南边咧，你往南边走走就知道咧，你这娃娃认得路不？"大伯关切地问道。

谷雨嘴角抽搐地点了点头，便告辞了。留着大伯一个人承受一堆羡慕的目光，以及两道凶狠的视线。

"怎么样？问到路了吗？"牧穹跟上前来问道。

红发少女并没有多做应答，跨上这枣红小马便扬长而去。

牧穹跟了上去。其实他大可以不跟着，凭着他那超凡脱俗的轻功，任山高水远都不在话下。

"你要去那佳城，做什么？"牧穹选择了跟上谷雨，或许人类都是讨厌漫无目的地到处乱晃吧。

"这和你有关系吗？"谷雨嘟囔着嘴。

"呃，姑娘教训得是。"

虽然冥冥之中，牧穹感觉到谷雨这个人和自己命有纠葛，但是牧穹却无法算出这纠葛是什么。这倒也不是因为牧穹学艺不精，实在是这周身强运确确实实能够遮蔽天机，任那天命推演，也难以勘破道理。

"我回家而已，你也赶紧回家吧。"

牧穹并不老成持重，或者单从面相上看，绝对不是那种被认为已经可以充当顶梁柱的男子汉。

"家？"

廿载叹尽浮生梦，半生唱断归人愁。

所谓的"家"到底是哪里？是那夫子的残屋败瓦，还是山上的绿林细水？牧穹并不知道，他也一直不想知道。

"算了，看你这样的，一看就是走江湖的，你要跟着我便跟着吧。"少女提着缰绳，一边扬着头，露出雪白的脖颈和锁骨，一边尽力保证眼神不往牧穹那里瞥。

"那就叨扰姑娘了。"少年提着竹杖，披着黑白色的道袍，两只眼睛泛着琥珀色光芒，笔直地盯着前方。

"啊，对了，姑娘，在下还有一事需要说明。"

"什么事？"谷雨停下了前进的脚步。

"就是啊，在下其实真的不会水，多有麻烦姑娘处，还望姑娘谅解。"

"你这混蛋，还敢提？"

谷雨红着脸，尖声说道。

三、弱小的劫道者和骑马的护卫

牧穹擦了擦汗，面前是一伙歹徒。

牧穹很诧异，他并不知道为什么这么弱的人敢上来劫道。当然他也很诧异自己为什么会遇到这么多劫道的。

是因为所谓的"红颜祸水"吗？他看向了马背上的少女——谷雨，然而谷雨则是满不在乎地看着远处。面前的这一伙劫道的，实在勾不起谷大小姐看戏的性子。

从一开始的"牧先生，你快拿着令牌去佳城请救兵"，到现在的"牧穹，又来一窝子人了，你来解决一下"，少女这中间的转变足以用七八伙劫道的失败来解释。

牧穹一扫竹杖，便又是一伙人倒在地上。

"完全不在一个层面上。"少女托着下巴念叨。不知道他和烟叔叔哪个强一点，少女做着十七八岁才会有的梦。

"谷雨姑娘，这前面就是佳城吧？"牧穹解决掉那一伙可悲的强盗之后，便又跟了上来。当然，这有很大一部分需要归功于这枣红小马已经有点乏了。牧穹指了指远处地平线上蚂蚁般的一点，对于山水师来说，这个距离，只要认真望去，并不难。

但是，谷雨并不是山水师或者盘桓在空中的苍隼，她是看不到的。她把五指并拢，放在眉框上，似模似样地挡住了这头顶光芒四射的太阳。

谷雨很希望自己住了那么多年的佳城，也可以像自己骑着的枣红小马或顶着的红色长发一样惹人注目，惹人注目到即使隔了那么远，自己也能认得出来。

可惜这座佳城可不会往路过的山水师脸上打喷嚏。

谷雨嘟嘟囔囔地应了一声："是就是，还能怎么样？"

谷雨用着这样子的"胜利无用论"宽慰自己刚刚的失败。

牧穹倒也没有多在意，他继续迈开脚步，仿佛跑赢这匹枣红小马已经并不能满足这位山水师了。

牧穹和少女走了不多时，便遇到了四个骑着劲马的男人。马的毛色有些斑驳，不是纯色马，但是这也不代表跑得不快。毕竟毛的色再漂亮，和健壮的四肢比起来，还是后者对于速度更有决定性。

"辉叔叔，我回来了！"谷雨颇为兴高采烈地冲着来人喊道。

那是一个身材高大、颇为健壮的汉子，他后面则跟着三个和他相仿的男人。他们大体上是一样的，都是提着缰绳骑着马，而这些马也都在迈着稳健的步子。

明明刚才牧穹才看到这些人骑着马仿佛就要踏着这夏日的清风，上青天，踩白云。现在却一个个表现得宛如闲云野鹤，尽力地掩盖刚刚着急赶路带来的窘迫。

这算什么？叔叔伯伯在侄子侄女面前最后的颜面吗？年轻的山水师如是想到。

不过显然谷雨并没有留心到之前那一段颇为急促的马蹄声，她露出了和这幅阳光相称的明媚笑容。

"小姐，怎么耽搁了这么多时间？老爷担心你，便差我们来找你。若不是这几日城里风声紧，烟大哥就准备自己出去找你了。"

被称作"辉叔叔"的男人一下子就打开了话匣子，和后世很多这般身材的男人不一样，他的初次见面给了牧穹几分唠叨的感觉。

"我走错路啦，早知道就让白衣伯伯派手下人过来接我了。"谷雨非常直率地坦诚了自己之所以如此姗姗来迟的原因。这白衣伯伯就是谷雨之前所在的碧石城城主白衣客。谷雨之前被父亲送到那座城里和白衣客商谈一些事宜，等到要回去的时候，少女则半是体谅半是逞能地要求独上远途。白衣客也不便多打搅这位的雅兴，便把准备好的车马仆役一并散去。

"小姐，以后可要多花点功夫在这上面，不然被哪个不开眼的恶人捉住，就是逃出来也不知道家在哪边。"辉叔叔后面的男人说起话来。

"玉石叔叔，有你们这些一流高手在，我怎么可能被人捉了去。"

这位叫"玉石"的，和前面的辉同样都是神灵境后期强者，至于另外两人则略次于玉石和辉了，但实力也不算平庸之辈。不过再怎么不平庸，得了自己家小姐几句夸奖也是会一阵舒心的。

和小时候夫子讲的才子佳人一样，牧穹心想，人们是不是都喜欢这些暗地里笨拙、却又在明面上光鲜的女孩子。不过他没有问出来，即使他考虑了一下自己绝对能打得过这四个人，但是如果这么说了，怕是自己和谷雨姑娘的缘也彻底解了。缘分啊，还是宜结不宜解。

"说来也巧，要是小姐你走别的路，我们几个还碰不到一起，白跑一趟咧。"第三个男人说起话来。

大家便也都在马背上笑了起来，似乎是碰到什么不得了的幸事一般。当然或许只是想笑罢了，毕竟这世道，莫说是这般神灵境高手，就是那些魂魄境的强者、那些一方贵胄，最后也不过昨夜红霞今晨霜。与其有一惊没一乍地担心受怕，倒不如在马背上这般没心没肺地笑着。

第四个人转身下马，走到了牧穹的前面，躬身作揖。

这种迟到而又不免有些夸张的礼节，着实让年轻的山水师感到些许慌乱。

"之前见到小姐便有点忘乎所以，忘记先生了。这一路上难免有点不开眼的蟊贼，我家小姐的功夫我们还是清楚的，看来小姐这一路上，多亏先生庇佑了。"

与那粗犷的外表相比，这第四位叔叔不免说话有点沾上斯文气了。

"在下名叫'丹生'，这几位分别是我的大哥、二哥和三哥，我们兄弟几个一直寄身在城主府里。"丹生指了指马上的几位，同时使了使眼神，那几位便也匆匆下马，来到了丹生的身边，作了个揖。不过这礼行在丹生的身边，也形成了对比，落了下乘。

"小兄弟，我们几个原来是保护小姐的，要不是前些天城主府有事我们脱不开身，这碧石城一行原来也该我们亲自护送。今儿个，辉就在此谢过小兄弟了。"

"我叫玉石，多余的话，大哥也说了，我又没有老四那样子会讲话，总之就先谢谢小兄弟你了。回去之后，我们几个肯定想办法帮你讨点赏钱。"

牧穹刚想回绝，转念一想，兜里没有些黄白之物难免出行受阻，便也应了下来。

"我叫付火，小兄弟等会儿就和我们一起回去吧，我们哥几个怎么能亏待小姐的恩人呢？对了，要不，你就喊我一声'付哥'吧。"

这老三的语气还是一如既往的欢快。

"付哥。"谷雨低声叫道。

"小姐，莫急，我看这小兄弟蛮机灵的，不如和我们哥四个结个兄弟，日后没处落脚也好来城主府觅个活计。"付火手一挥，提议道。毕竟谷雨向来在侍卫间都是侄女一般的存在，借着长辈身份，大家素来聊天也没有什么主仆架子隔着。

"三哥，这先生年纪尚浅，做我们弟弟倒还嫌小。不如我们几个托个大，让你喊一声'叔叔'吧。"

老四倒是心思敏捷，想着谷雨绝对不可能接受这般年纪的小伙当自己叔叔，不如顺着小姐。反正以自己这般年纪，认作这先生的叔叔也不算占什么便宜。

"那就有劳诸位叔叔帮我说几句好话了。"牧穹抱了个拳，毕竟与其漫无目的，倒还不如有人接应。

一行人便匆匆上马。

"牧先生还是与我坐一匹吧，挤是挤了点儿，但也不至于跑得这般劳累。"

于是牧穹并未推托，便坐在了丹生的身后。

六人便往这佳城骑去。

"说来，先生这身装扮，是哪一家的？"辉先问道，毕竟之后要带到城主府，纵使牧穹护卫小姐多时，这底细还是要摸一摸的。

"在下是一介山水师而已。"

"山水师啊，久仰久仰。"

牧穹前边的丹生别扭地回过头来说道。

"四弟听过这个吗？"

"这山水师我也不大清楚，但是三十年前，这北边的侯家便是败在山水师的手上。"

一行人来了兴致。大哥二哥三哥都不曾知晓，毕竟三十年前他们也不过才是少年，这北边侯家那浩大家业自然和这三个南方小孩没多大关系。至于谷雨和牧穹更是一点没听过关于侯家的事。这山水山上，诩还从来没有说过上一辈的风光。

"那个人的名字叫'喑'。"丹生继续说道。

这一下三个年长的人都反应过来了："若是那位大能，便也是了。"

牧穹人生第一次听到有关自己师公的故事，在两句话后便草草结束了。

"说起来，这山水师精通命理之术、堪舆之学。"丹生有心无意地说道。

"二弟，你不向来最信这个嘛！难得四弟都说这个小兄弟有本事，你也看看吧。"

玉石听了大哥的话，便转过头，驾着马来到丹生身边，道："有劳牧兄弟了。"

牧穹转过视线，上下打量了他一番。

不同于谷雨那样命理杂乱，玉石的命理清晰了很多，即使强运作祟，也相当好辨认。

"玉石叔叔，脖上挂的是黄璞玉吧。"

玉石生在矿工家，这小半块玉便是当时开采崩出的边角料，玉石便捡起来搭根绳穿在脖子上了。后来也有人说这是黄璞玉，不过成色不行，卖不了什么价钱。玉石点了点头，让牧穹继续说下去。

"艰难困苦，玉汝于成。这黄璞玉成形之前，必然是要经这大火淬炼，想来玉石叔叔早年也经历过一场大火吧，不过现在玉石叔叔倒是一帆风顺。"

泄露天机有违法则，便说些他知道别人不知道的，只要他信便是好的。下山前，诩是这般教他的。当然好听话多说点也是必要的，这也是七十三代山水师的人生经验。

玉石咋了咋舌，若不是当年那场焚及整个矿区的大火，自己也不至于家破人亡。但要不是那场大火，自己也不会学到这武功，在这世道保得周全。

玉石知晓了牧穹的本领，便也没有多问什么，骑马离开了。

毕竟若是知晓了明天出个劳什子，那还有啥过头呢。